LE TRÉSOR DE LA NORE

DU MÊME AUTEUR

Martine Alix Coppier

Schmil, Editions Alzieu, 1992
Un siècle pas à pas vers la lumière, Mémoires du général Raymond Coche, Editions Alzieu, 1995
Bleu horizon, Editions Alzieu, 1998
Cœur de soleil, le Roman de Tournesol, Editions Cabédita, 2009
Site : www.martinecoppier.fr

Jean-Michel Thibaux

Les Ames brûlantes, O. Orban, 1983
Les Cités barbares, O. Orban, 1984
Programme MZ, J.-C. Lattès, 1985
Les Tentations de l'abbé Saunière, O. Orban, 1986
L'Or du diable, O. Orban, 1987
Le Bal des banquiers, R. Laffont. 1988
Psywar, O. Orban, 1989
La Cantatrice, O. Orban, 1990
Les Sept Esprits de la révolte, Editions n° 1, 1992
L'Enfant qui venait du froid, Presses de la Cité, 1993 (écrit avec Claude Veillot)
Vercingétorix, Plon, 1994
La Bastide blanche, Presses de la Cité, 1995
Le Secret de Magali, Presses de la Cité, 1995
La Cour d'amour, Ramsay, 1996
La Fille de la garrigue, Presses de la Cité, 1997
Pour comprendre l'Égypte ancienne, Pocket, 1997
La Sainte-Baume au fil des eaux, Edisud, 1997
Les Maîtres du jeu, Ramsay, 1997 (écrit avec Claude Veillot)
Le Roman de Cléopâtre, Presses de la Cité, 1998
La Colère du mistral, Presses de la Cité, 1998 (prix de la ville de Sainte-Maxime)
Provence inspirée, Edisud, 1998
Pour comprendre les Celtes et les Gaulois, Pocket, 1999
Le Mondial bleu, Autres temps, 1999
L'Homme qui habillait les mariées, Presses de la Cité, 1999
L'Effet mer, Conseil général du Var, 2000
La Gasparine, Presses de la Cité, 2000
Pour comprendre la Rome antique, Pocket, 2001
L'Or des collines, Presses de la Cité, 2001
La Princesse de lumière – L'Esclave de la Porte, Anne Carrière, 2002
La Fille de Panamá, Presses de la Cité, 2002
La Princesse de lumière – La Sultane vénitienne, Anne Carrière, 2003
Tempête sur Panamá, Presses de la Cité, 2003
Imperator, Plon, 2004
Le Chanteur de sérénades, Presses de la Cité, 2004
Le Secret de l'abbé Saunière, Plon, 2004
La Pyramide perdue, Presses de la Cité, 2005
La Pénitente, Presses de la Cité, 2005
L'Enfant du mistral, Presses de la Cité, 2006
Sous la griffe de Bouddha, Plon, 2007
La Cinquième Courtisane, Presses de la Cité, 2007
La Dernière Prophétie, Plon, 2008
La Danseuse sacrée, Presses de la Cité, 2008
L'Or du forgeron, Presses de la Cité, 2009
La Malédiction de l'Ankou (coécrit avec Jean-Pierre Paumier)
 Tome 1 : *Les Terres désertées*, Anne Carrière, 2010
 Tome 2 : *Le Doigt du Diable*, Anne Carrière, 2010

Sites : www.jean-michel-thibaux.com/
www.peuplesantiques.com
www.clubecrivains.com
www.tresorslegendaires.com

Martine Alix Coppier
Jean-Michel Thibaux

LE TRÉSOR DE LA NORE

Roman

Romans Terres de France

PRESSES
DE LA CITÉ

ISBN 978-2-258-08294-6

A tous les paysans savoyards et provençaux qui ont su aimer leur terre et la transmettre à leurs descendants.

1

L'espion

La vieille et honorable Bastide, la mystérieuse et exécrée maison des Fabrègue, s'inscrivait parfaitement dans le cercle de sa longue-vue. L'homme l'avait tant de fois observée qu'il aurait pu en dessiner les moindres détails de mémoire. Le précieux document y était caché. Sa vie durant, comme son père avant lui, il avait rêvé de le posséder.

Tout s'était joué quelques dizaines d'années plus tôt, quand l'aïeul de Julien Fabrègue avait acheté le parchemin à un marchand du ghetto de Venise. Son père avait manqué de peu la transaction, et l'affaire s'était soldée par la mort de cinq hommes dans le quartier de l'Arsenal où les Fabrègue, marchands et armateurs de Marseille, avaient ancré leur bateau.

C'était ainsi que le fameux document avait échoué ici, au cœur de cette Provence balayée par cet insupportable mistral. L'homme avait tenté à plusieurs reprises de soudoyer la famille Fabrègue, proposant jusqu'à mille napoléons pour obtenir cette clé qui lui apporterait la puissance et la gloire. Mais les Fabrègue étaient morts les uns après les autres sans lui donner satisfaction.

Restait le dernier de la lignée, Julien, un jeune présomptueux qui se prenait à la fois pour Champollion et Soliman le Magnifique, mais n'avait plus assez de sous pour se payer un costume. L'homme soupira. Il ne tirerait rien de cette tête de mule de Français, provençal de surcroît, ce qui n'arrangeait pas les choses. A présent, il fallait passer à l'action et utiliser les méthodes brutales conseillées par les frères de son « ordre ». Il replia sa longue-vue, enfourcha son cheval et prit un chemin détourné pour rentrer à Brignoles.

On n'aimait guère les étrangers par ici. Surtout ceux qui avaient son accent.

2

Le rêve brisé

Julien Fabrègue errait au royaume des morts, le Helheim nordique, hanté de brouillards glacés et d'âmes en perdition où Anaïs Puget, le visage blême, lui tendait les bras. Il se réveilla en sueur, le cœur battant follement. De la bibliothèque, à l'étage au-dessous, provenaient des bruits et craquements qui ne devaient rien aux rats. Il se saisit de son pistolet dans le tiroir de la table de chevet, enfila ses chaussons, et en chemise de nuit, descendit l'escalier tel un fantôme. La nuit sans lune dévorait la bastide de sa noirceur de mauvais augure.

Elles étaient là, deux ombres éclairées par des lanternes qui fouillaient les étagères. Son cœur s'emballa ; il arma le chien, prêt à appuyer sur la détente. Entendant arriver quelqu'un, les cambrioleurs vêtus de noir s'enfuirent prestement, le bousculant au passage. Il perçut un martèlement de bottes sur le carrelage et dans l'escalier, puis le fracas d'une vitre brisée au rez-de-chaussée. Un cri de douleur lui confirma qu'il avait bien eu affaire à des êtres de chair et d'os. La colère le prit, à la vue du désordre de la bibliothèque et du bureau : livres à terre, tiroirs retournés, statuettes brisées, masques arrachés des murs.

« Ces saligauds ont fait un fichu chantier », constata Julien tout en faisant le tour des pièces, cherchant ce qui manquait. La tâche était malaisée car elles étaient encombrées et obscures. « Mounette n'y retrouverait pas ses petits », avait l'habitude de dire Magali, sa servante. Lui s'y mouvait avec aisance, tant qu'on ne changeait rien dans la disposition des lieux. Mais cette nuit, tout avait été chamboulé.

Julien Fabrègue rêvait de découvrir des trésors et s'était ruiné à en acquérir. Il vivait entouré d'objets étranges et rares ayant appartenu à des civilisations disparues. Au temps de sa splendeur, la Bastide des Oliviers ressemblait à une caverne d'Ali Baba. Elle regorgeait de momies égyptiennes et incas, de statuettes de dieux, de talismans perses et arabes, de bijoux celtes et parthes dotés de vertus magiques, de papyrus, codex, tablettes et rouleaux de palimpsestes. Julien avait passé sa jeunesse à étudier l'anglais, l'allemand, le norvégien, les langues anciennes et les légendes de toutes sortes. Il s'imaginait en nouveau Champollion ou en l'un de ces aventuriers pilleurs de tombes qui foisonnaient à Louxor, l'ancienne Thèbes sur la rive gauche du Nil. Grâce aux relations de sa famille, il avait fréquenté les meilleures bibliothèques et consulté des archives rarement dévoilées, avait même eu le privilège d'accéder à celles du Vatican.

Et à cause de cela, les malheurs s'abattaient sur les Fabrègue.

N'y voyant pas suffisamment, Julien avait d'abord songé à remettre au lendemain son examen des lieux, mais il savait qu'il ne trouverait pas le repos. Il fut rassuré de constater que le coffre abritant l'épée carolingienne n'avait pas été forcé. Puis il poussa un juron quand sa lampe éclaira la boule de poils ensanglantée. Sa gorge se serra. Sa chatte Mounette, qui aimait dormir sur le canapé de la bibliothèque, avait été tuée par ces lâches, de crainte que ses miaulements ne réveillent la maisonnée. Une intuition le fit se diriger vers le bureau en acacia, dont le tiroir était fermé à clé. Il avait vu juste. La serrure était fracturée, le coffret d'ivoire avait disparu et avec lui son précieux contenu.

« J'aurais dû m'en douter », se dit-il, retenant l'émotion provoquée par la mort de Mounette.

Des pas le firent sursauter. Magali était descendue en chemise de nuit, tremblante, une lampe à pétrole à la main qui transformait son visage en un masque chinois. Devant le saccage, elle s'exclama :

— Boudiou ! Oh ! Bonne Mère ! Même des gripets n'auraient pas fait pire !

Magali Caillol croyait aux esprits facétieux qui dérangeaient des objets dans les maisons. Elle poursuivit :

— Là-haut, je me suis tourné les sangs à me demander ce qui se passait. Je me suis pensé qu'ils vous avaient fait un mauvais sort. Heureusement qu'ils se sont esbignés, ces voleurs ! Si je vois un estranger rôder dans les parages, je lui fais éclater la coucourde avec un bâton.

Ce fut alors qu'elle vit Mounette et étouffa un cri. Les cambrioleurs étaient entrés par la fenêtre mal fermée du salon au rez-de-chaussée. Et ils avaient accompli leur forfait.

« Ils savaient exactement ce qu'ils voulaient. » Cette idée taraudait Julien. D'autant plus qu'il venait de s'apercevoir qu'on lui avait également dérobé la photo d'Anaïs qui trônait sur son bureau.

Il ne se croyait pas d'ennemis, hormis quelques maris jaloux et des voisins envieux de ses terres ou de la Bastide. Lors de ses voyages, il avait souvent côtoyé truands et trafiquants. Il pensa au papyrus du Livre des morts qu'il avait acquis deux ans plus tôt, au Caire, à la barbe d'Eugène Grébaut, le directeur des Antiquités françaises. Ce dernier ne le lui avait pas encore pardonné. Fabrègue revoyait son passeur, chapeau de paille, veste claire, cravate et yeux fuyants. Le marché noir des antiquités était florissant et, grâce à des complicités et quelques bakchichs, il avait acheté le tas d'objets égyptiens qui encombrait un coin de son bureau. Mais à part le coffret, rien de grande valeur n'avait été volé.

La mise à sac n'était qu'une mystification. Et le maître de la Bastide savait qu'une seule chose manquait : la copie du parchemin des *missi dominici* qui se trouvait dans le coffret d'ivoire. Par bonheur, il n'y serrait jamais ses notes et réflexions. Elles étaient avec l'original dans sa chambre, sous son lit où il avait fait aménager une cavité dans le plancher.

Qui pouvait être assez fou pour laisser de tels trésors et s'emparer d'une copie de parchemin incompréhensible ?

Et, plus encore, pour voler la photo d'Anaïs Puget ?

Julien songeait au parchemin dont il avait hérité, à la suite d'une longue série de drames. Son père Marius était mort dans un terrible accident de calèche sur la route de Tourves. Il n'y avait pas eu de témoin, car le cocher avait été broyé par les roues. On en avait conclu que les chevaux s'étaient emballés ; le véhicule s'était renversé, écrasant le père. Julien, assis à côté de lui, avait été éjecté de la voiture et avait atterri sur l'herbe du talus. Il était resté trois jours dans le coma, entre la vie et la mort, avait même reçu l'extrême-onction du curé de Brignoles. A son réveil, son destin se trouvait lié au monde de l'invisible auquel il appartenait désormais. Durant sa période d'inconscience, il avait rêvé par bribes de ce moment funeste sur la route Tourves-Brignoles. Le médecin avait prescrit du repos et interdit de reparler de tout cela.

Le grand-père Marcel, mort quand Julien avait vingt ans, n'avait plus jamais voulu évoquer ces événements, mais le décès de son fils l'avait miné, de même que le suicide de sa bru, peu de temps après. Au moment des faits, il avait dit à son petit-fils :

« N'écoute jamais les mauvaises langues qui condamnent ta mère, car elle ne s'est pas suicidée. J'en suis convaincu. Elle savait des choses qu'elle n'aurait pas dû savoir. Quant à la mort de ton père, elle est purement accidentelle. N'y vois pas la main d'un assassin ! Je te demande seulement de faire attention. Il y a des gens qui sont à la recherche d'un secret qui pourrait te mettre en danger.

— Mais, papé, c'est qui les gens dont tu parles ? » avait demandé le gamin.

Le papé avait emporté son secret dans la tombe. A sa majorité, Julien avait reçu des mains du notaire paternel la fortune gérée par son grand-père. Du moins, ce qui en restait. Il avait pris possession du coffret contenant le parchemin des *missi dominici*. En métal inviolable, il possédait une serrure mais pas de clé. Le notaire avait tendu une enveloppe à l'héritier.

« Tenez, monsieur Fabrègue, votre grand-père a laissé ceci avec. Si ça peut vous aider... »

Sur une feuille de papier jauni était écrite à l'encre une étrange formule faite de chiffres, et sur une autre, cette phrase : « *La claou d'or duerbé per tout.* » Le proverbe provençal qui disait : « La clé d'or ouvre toutes les portes. »

Dans sa chambre au dernier étage, Julien, les pieds nus sur la fraîcheur des tommettes, gagna le lit à baldaquin, vestige d'une magnificence passée. Une superbe icône russe était posée sur la table de nuit. Dans les chambres des invités – inoccupées depuis longtemps –, les images pieuses remplaçaient le crucifix.

La nuit profonde engloutissait la Bastide et son âme. Le regard troublé, Julien consulta sa montre de gousset. Elle était en or avec une chaîne à laquelle étaient accrochées médailles et pendeloques, son dernier luxe, un héritage de son père. Il avait vendu jusqu'à sa tabatière en argent pour financer ses voyages et l'achat d'objets exotiques. Sa soif d'aventures avait inexorablement rongé sa fortune déjà bien entamée par les conséquences de la guerre de 1870 contre les Prussiens. Ses expéditions en Norvège, en Allemagne puis en Egypte avaient achevé de le ruiner.

Devant l'icône, se trouvait le plus précieux de sa collection. Julien ouvrait chaque soir la grande boîte et défroissait le papier de soie où reposait une longue natte blonde au ruban mauve. Les cheveux d'Anaïs. Elle les lui avait remis pendant sa maladie, juste avant de mourir, afin qu'il ne l'oublie jamais.

Il revit le visage blême de sa fiancée, ses lèvres décolorées, la sueur sur son front. Avant de pousser son dernier soupir, elle avait ouvert ses yeux couleur pervenche et l'avait regardé jusqu'au fond de l'âme. Elle avait eu ces paroles : « Julien, mon aimé, le plus grand trésor de l'homme est l'amour. C'est la clé de tout. Ne l'oublie jamais ! » Il avait serré dans les siennes ses mains aussi fragiles que celles d'une poupée en porcelaine, et s'était juré de l'aimer toujours. Pour qu'Anaïs guérisse, il aurait donné tous les trésors du monde.

Encore hanté par son cauchemar de la nuit et ses visions d'enfer, Julien se pencha sur la tresse pour en capter les dernières fragrances d'eau de lavandin, et son cœur se brisa. Anaïs avait eu la clé de son cœur, la clé d'or dont parlait son grand-père et qui était à portée de sa main.

Car le parchemin n'était pas dans le coffret remis par le notaire.

C'était dans un double fond, sous le papier de soie faisant écrin à la tresse d'or, que son grand-père l'avait caché.

3

L'héritier ruiné

La Bastide des Oliviers faisait le dos rond sous les assauts du mistral. Depuis deux siècles, elle en avait vu d'autres. Les chênes secouaient leurs panaches et les oliviers argentés bruissaient en lançant des éclairs bleutés. Les cigales menaient un train d'enfer, leur vacarme assourdi par intermittence, au gré des changements du vent qui revenait à la charge. La chaleur était déjà étouffante, en ce mois de mai 1892.

Julien Fabrègue avait hérité de cette noble bâtisse, un grand mas du XVIIe siècle à deux étages, édifié au milieu de six hectares de vigne, veillé par deux grands ifs en sentinelle qui griffaient le ciel comme une plume du vélin. Murs de pierre chaulés, toits de tuiles romaines en camaïeu avec plusieurs rangs de génoises, encadrements et fenêtres en pierres de taille, volets peints en gris. Hélas, si vue de loin la bastide tenait encore son rang, de près on voyait que les murs se lézardaient ; une large fissure attaquait déjà la tour nord dont un pan menaçait de s'écrouler.

Julien Fabrègue n'avait plus l'argent nécessaire pour les réparations trop onéreuses Son arrière-grand-père

Joseph avait acquis ce mas alors que ses affaires de marine marchande à Marseille étaient florissantes ; son fils et le fils de son fils avaient parachevé son œuvre. Le commerce génois, vénitien, du Levant et des Antilles avait rapporté gros à sa famille. Mais malgré sa science des affaires et son esprit moderne, Marcel Fabrègue n'avait pas su anticiper les événements qui avaient contribué à les mettre sur la paille.

La guerre de 1870 était passée par là et avait tout emporté avec elle. Elle avait fauché Guillaume, l'aîné des oncles de Julien, qui avait combattu en héros. La même année, son père était mort dans un accident de voiture, puis sa mère s'était éteinte, peu de temps après. La rumeur disait qu'elle n'avait pu survivre à son époux et s'était noyée dans l'Issole. Le grand-père Marcel avait pris sous son aile son petit-fils, alors âgé de dix ans.

« Votre famille a été emmasquée. Il faut consulter l'*armièr* », avait conseillé Magali Caillol, qui devant tant de malheurs, les croyait ensorcelés. Le messager des âmes, celui qui vendait des talismans, faisait partir les revenants et conjurait le mauvais œil, avait frémi devant l'enfant et s'était signé.

Au sud, la maison des maîtres donnait de plain-pied sur une cour plantée de cerisiers, de mûriers et d'un marronnier au tronc énorme et déformé qui prodiguait de l'ombre à une table et des chaises en fer forgé. Jouxtant le corps de bâtiment, se trouvaient les annexes, les écuries, la remise à outils, la porcherie, la lapinière, le poulailler et l'aire de battage. Au fond des vignes, on avait bâti la bugadière, le lavoir des maîtres dans un local fermé. Les reins cassés, Magali y faisait de grandes lessives, tout en se plaignant de n'être pas aidée.

Au rez-de-chaussée, s'ouvraient un vaste séjour avec une cheminée provençale et une imposante cuisine donnant sur la terrasse nord, dominant un grand bassin à l'eau verte. Le premier étage était consacré au bureau, à la bibliothèque contiguë et aux chambres. Au dernier, autrefois le domaine du silo à grain, à pommes de terre et de la magnanerie, ainsi que de la chambre de bonne, Julien avait choisi de faire la sienne, dans l'ancienne magnanerie, pour avoir vue sur la montagne de la Loube et les collines de La Celle. De là-haut, il apercevait les toits de tuiles roses de Brignoles se détachant sur la verdure des collines et le bleu cru du ciel. La Bastide se trouvait à l'extérieur de la cité, à une paire de kilomètres du centre-ville. Fanny avait voulu pour sa maison une harmonie de couleurs en vert et gris, bleu et jaune, avec des tissus du Levant, des meubles en noyer ou en bois clair. Son fils avait conservé la décoration raffinée, en même temps que le souvenir de cette mère, morte de chagrin.

Sa servante l'avait aidé à remettre en ordre le bureau et la bibliothèque, sans cesser de pester : « Oh ! Coquin de sort ! Oh ! Fan ! » et de lui seriner qu'il devait appeler le commissaire. Le maître de la Bastide verrait cela plus tard. Rien d'assez précieux au regard de la police ne lui avait été dérobé et il n'avait à se plaindre que de quelques dégradations dérisoires.

« Vos masques, ils sont tout escagassés », se lamentait Magali, qui pourtant ne les aimait guère, tout en ramassant les morceaux.

Magali s'était excusée pour la fenêtre du salon entrebâillée : il faisait si chaud et si elle avait pensé le moins du monde... Par sa faute, les voleurs s'étaient facilement introduits dans la maison, avant de s'escaper à travers les vignes, et l'adorable chatte angora était morte. Mounette était enterrée au pied d'un des ifs. Elle ne chasserait plus les souris et les rats dans le grenier à blé. Mais au fond, Magali devait reconnaître qu'elle n'en était pas vraiment mécontente. Les chats, en Provence, étaient les auxiliaires des sorciers et des mauvais esprits.

Julien Fabrègue avait pris des dispositions. Il avait caché le parchemin original dans un coffret étanche encastré dans un mur du bassin où une pierre était descellée. « Ils » n'iraient pas le chercher là. Pour la première fois, il regretta de ne pas avoir repris de chien de garde. Le dernier était mort trois semaines auparavant. « Fort à propos », se dit-il, se demandant si le beauceron n'avait pas été empoisonné. Il avait voulu éloigner Magali, la mettre en sécurité chez son frère, mais elle avait obstinément refusé, argumentant que s'il lui fallait périr, ce serait auprès de son maître. C'était le serment qu'elle avait fait à monsieur Marcel avant sa mort.

Dans son bureau tapissé de satinade bleu lavande légèrement défraîchie, Julien avait remis en place les tableaux de marine marchande, dont certains avaient le marouflage arraché. Les cambrioleurs espéraient sans doute y dénicher le parchemin ou quelques notes. Sur des étagères en noyer, se profilaient une collection de minéraux et des maquettes achetées à un officier de marine. Il lâcha un juron : l'une d'elles avait été brisée dans sa chute, dérangée par les cambrioleurs.

Dans un angle de la pièce, il avait fait installer une petite table à dessus de marbre, avec dix chaises en saule, pour y recevoir ses amis et y tenir de longues et passionnantes discussions ; mais Julien n'avait plus d'amis. En même temps que sa fortune, ils s'étaient envolés.

Il soupira en pensant à sa collection de pièces anciennes qui faisait le bonheur du numismate de Toulon auquel il venait de la vendre. Sa famille, du côté de sa mère, possédait une épée enfermée dans un coffre, que le dernier des Fabrègue était résolu à ne jamais vendre. Une épée carolingienne de quatre-vingt-dix centimètres de long, à la pointe faiblement arrondie, achetée à prix d'or par son arrière-grand-père à un marchand arabe qui lui avait assuré qu'un forgeron avait mis deux ans à en marteler la lame.

Aussi belle qu'il pouvait s'imaginer Balmung, l'épée de Siegfried.

Julien tira la chaise droite à haut dossier, s'assit devant son bureau où trônait un globe terrestre, écarta de la main *Le Petit Provençal* de la veille et se remit à sa tâche. Il déploya la copie du rapport des *missi dominici* de Saboia à Charles, roi des Francs, des Lombards et empereur d'Occident. Une pièce rare que son arrière-grand-père avait négociée longuement avec un marchand génois et qui constituait un autre trésor de la famille. Sa seule vente aurait pu permettre de restaurer la bastide, mais Julien ne pouvait se résoudre à s'en séparer, car sans elle il n'arriverait pas au but. Il l'avait fait recopier à l'identique par Anastase Bayle, un archéologue valentinois, ami d'enfance féru de latin.

C'était un parchemin d'assez grandes dimensions. La première ligne était difficile à déchiffrer, avec ses lettres majestueuses, allongées et serrées. La suivante, écartée de la première, présentait des hampes fines et étirées. La date se trouvait en position finale. 802. Les mots se touchaient, s'entremêlaient ; seule une lecture à voix haute permettait d'en comprendre le sens. Le document était dans un état médiocre, en partie rongé par les souris. Bien entendu, le sceau avait disparu. Julien ne saurait jamais qui, des *missi dominici*, parmi les comtes, les clercs ou abbés de grands monastères, était venu remplir cette mission.

Il était question d'une étrange histoire. L'empereur Charlemagne avait ordonné à ses espions de s'informer en Saboia, l'actuelle Combe de Savoie, de l'existence du trésor de Gondebaud, roi des Burgondes au VIe siècle, et de le trouver. Malgré leurs orthographes différentes selon les sources, Julien avait décrypté aisément les noms des trois rois. Gondebaud, Sigismond, Gondemar.

Et celui des Nibelungen.

4

A en perdre son latin

La nuque raide, penché sur son parchemin, Julien Fabrègue traduisit « *locus circum ad publicanos et ad confluentem et ad turnomen* » par « l'endroit autour de Publicanos et de Conflans ». L'ancien péage romain mentionné dans la Table de Peutinger, aujourd'hui Albertville, sous la cité médiévale de Conflans. Turnomen était sans doute Tournon, un village proche.

In regione altus locatus... altitudo... « En altitude, un lieu élevé. »

Julien pesta contre les rongeurs qui avaient grignoté le parchemin au passage le plus important. Il poursuivit la lecture.

In summum saxum evaserunt. « Ils sont montés sur le rocher. » *Magnus corvus*, « le grand corbeau ». Perplexe, Julien enchaîna. *Ad augusta per angusta.*

« Vers les sommets par des chemins étroits » et « par des sentiers ardus jusqu'aux étoiles » sous-entendaient que la gloire était difficile à atteindre. *Cave ne cadas.* « Prends garde à la chute ! » Il s'étonna de lire *Tempora si fuerint nubila, solus eris* : « Si le ciel se couvre de nuages, tu seras seul. »

La pensée de Mounette vint le tarauder, elle lui manquait. Sa présence le calmait, l'aidait à se concentrer. La chatte aux yeux verts ouverts sur l'invisible glissait royalement, toute de blancheur, posant sur les feuilles l'empreinte de ses coussinets. Loin de l'envoyer promener, son maître lui accordait le pouvoir de lui désigner des indices. Elle procédait de même lorsqu'il tirait le tarot, marchant sur certains arcanes plus importants. « Bravo, Mounette ! » la félicitait-il lorsqu'elle restait à l'arrêt, patte avant gauche sur l'énigme. Magali disait que c'était là œuvre du Diable, et ses amis archéologues se moquaient de lui. Mais la chatte et lui faisaient une bonne équipe, et Julien avait compris depuis longtemps que la raison seule ne suffisait pas à déchiffrer les énigmes. Il fallait une pincée d'imagination, voire d'irrationalité. Il se sentait relié à une autre dimension qui accroissait ses perceptions. Né le jour des Morts, période ouvrant sur le monde des âmes errantes, il percevait leur présence. Magali disait de lui : « *Es enfadat.* » « Il est charmé par les fées. »

Julien reprit son décryptage. D'autres éléments paraissaient saugrenus. *In cauda venenum*, « dans la queue le venin ».

Signifer, « porteur de signes ». Mais aussi porteur de l'insigne. Julien eut la vision d'un soldat romain brandissant l'aigle au-devant d'une armée. Pendant quelques instants, il lui sembla qu'une légion en marche faisait trembler les murs de la bastide. Puis le calme revint, et il se remit à étudier l'énigmatique parchemin. Il traduisit *rubens et russus hominus* par « l'homme rouge et l'homme roux ». Pour lui, des mots latins qui désignaient les Burgondes aux cheveux blonds ou roux.

Suivaient des runes, encore plus improbables dans ce type de document. La rune germanique Fehu, qui dit les biens matériels, la prospérité. Tiwaz, la flèche verticale, signe de réussite et de puissance, mais ici figurée à l'envers, pointe en bas, donc désignant l'échec, la maladie et jusqu'à la mort. Hagalaz, la grêle, l'épreuve à surmonter.

Interloqué, Julien s'arrêta un instant pour réfléchir, se leva et entreprit de faire les cent pas. Dans l'assiette préparée par Magali, il picora des navettes à l'anis et au citron puis alluma sa pipe avant de reprendre sa lecture et sa traduction.

« Que celui qui l'ignore. » *Rex Gunther... thesaurus solis sacerdotibus.* « Le trésor du roi Gunther est destiné aux initiés. »

Tempora mutantur et nos mutamur in illis. « Le temps bouge, nous bougeons avec lui. » *Nil sine numini.* « Il n'y a rien sans la volonté des dieux. »

Ultima cave. « Prends garde à la dernière ! » *Omnes vulnerant, ultima necat.* « Toutes blessent, mais la dernière tue. »

C'était une mise en garde. Julien en eut un long frisson qui le glaça.

Horresco referens. « Je frémis en le racontant... Je le crois parce que c'est absurde. »

Il lut ensuite une formule plus positive : *Sed fide procul pellentur omnes insidiae inimici turbinum impetus, tonitrua ventorum.* « Mais grâce à la foi, tous les pièges de l'ennemi seront repoussés, les tourbillons de la bourrasque, les vacarmes des vents. »

« Un témoin. Afin de perpétuer le souvenir de cet événement. » *Anno domini.* « En l'an du Seigneur 802. »

Sous ses yeux et en latin, venaient de se dérouler les bribes d'une histoire terrifiante. Julien Fabrègue avait la preuve que Charlemagne cherchait lui aussi le trésor des Burgondes. Cent quarante-quatre chariots de butin étaient arrivés à Worms, leur capitale en Allemagne sur la rive gauche du Rhin, celle qui était aussi mentionnée dans la *Chanson des Nibelungen.* Vers 435, le peuple burgonde avait voulu agrandir son royaume au détriment de l'Empire, jusqu'à la Belgique. Etabli en Gaule, le roi Gunther, dont le nom figurait dans la *Chanson* en tant que beau-frère de Siegfried, avait été anéanti avec vingt mille guerriers par le général romain Aetius. Ce dernier avait établi un traité avec Gondioc, le successeur de Gunther, et vingt-cinq mille émigrants étaient venus en Sapaudia, « le pays des Sapins ». Les Burgondes, fédérés comme les Wisigoths et les Francs, protégeraient désormais les autochtones gallo-romains contre les autres peuples barbares.

Pour Charlemagne, comme pour Fabrègue mille ans plus tard, il n'y avait aucun doute que le fruit de leurs rapines leur avait servi à s'installer en Sapaudia, et en premier lieu à Genève. Après s'être emparés du fabuleux trésor des Nibelungen, ils l'avaient caché sous les montagnes savoyardes. Les « Envoyés du maître » avaient fait leur rapport à l'empereur. Ils étaient aussi allés jusqu'à Segustero et Castrum Brinoniae, Sisteron et Brignoles.

Julien n'avait pas décodé entièrement ce rapport dont manquaient des mots essentiels. Sans compter les traces de coussinets de Mounette sur la copie d'Anastase Bayle. Le parchemin était un secret de famille. Ses parents en avaient autrefois cherché la signification, en vain.

Quant à la formule de son grand-père, scellée dans l'enveloppe remise par le notaire, elle était incompréhensible. Pendant des mois, Julien s'était évertué à la traduire.

LAB 20 100 D 1000 HIER C OU L 13 OR. DCD 1881. 1 DU PI LA TUÉ
On le vit déjà au XIXᵉ siècle, l'année où sévit le Diable.
Ici un roc cornu.
Monter mont de Savoyarde là, avec or, l'oublieras-tu parfois ?
Ablata at alba.

Le roc cornu avait-il un lien avec le Diable ? Fabrègue avait traduit *Ablata at alba* par « Innocente mais tuée ». Ce qui ne l'avançait guère.

L'odeur de la daube provençale qui mijotait lui chatouilla les narines. Consultant sa montre de gousset, il constata que sept heures avaient passé depuis qu'il s'était attelé à l'étude du parchemin. Dans la cuisine, il avala sans se faire prier le bœuf et le porc marinés dans du vin rouge avec des carottes fondantes. Il disait toujours qu'il saurait se contenter d'olives noires, de fromage de chèvre, mais Magali n'avait pas sa pareille pour l'aïoli, l'anchoïade et les pieds et paquets. Nulle ne cuisinait mieux qu'elle les légumes farcis, les artichauts à la barigoule, le caviar d'aubergine et la tapenade.

La servante de Julien avait bien connu ses parents, de « *braves gènts* », même si le suicide de Fanny, un acte contre Dieu, avait fait scandale au pays. Juste avant ces événements funestes, sa propre mère avait été magnanarelle des Fabrègue. Magali Caillol était restée à son service, se contentant de peu, touchant ses gages quand le maître pouvait les lui verser, en fonction des rentes des vignes, des oliviers et des terres. Elle l'appelait encore parfois « le pitchoun ». Magali était née à Marseille dont elle avait conservé et l'accent et le patois. Elle était désolée de voir son maître vivre dans un tel désordre.

« Au lieu de rester encaforné dans votre bureau, vous devriez sortir ! »

Le maître de la Bastide somnolait dans un fauteuil de la bibliothèque, bercé par les rafales de mistral qui semblait vouloir arracher le toit. Magali Caillol, avec son ample jupe de coton à rayures bleues et blanches, son fichu sur les épaules et sa coiffe sur des cheveux bruns striés de gris, apparut sur le seuil de la bibliothèque, oubliant, comme à son habitude, de frapper.

— Si c'est pas Dieu possible de vivre dans tout ce fatras et cette saleté ! Oh peuchère ! soupira-t-elle.

Elle aurait bien aimé y remédier, mais Julien lui avait interdit d'y faire la poussière, et le long plumeau était resté dans ses mains, lui donnant l'air d'une autruche.

5

Brignoles

Quand il n'était pas occupé à étudier, Julien Fabrègue aimait se promener sur les berges ombragées de peupliers du Caramy ou de l'Issole et dans les oliveraies et les vignes tapissant les petites vallées encaissées. Il respirait à pleins poumons les senteurs de thym, de romarin et de genêt de la garrigue provençale, son pays. Il parcourait les restanques, les bois de chênes, de châtaigniers et de pins qui servaient à la pâte à papier. Dans les champs, hommes et femmes étaient courbés vers la terre pour les fenaisons ou les moissons, ou encore occupés à ramasser les haricots et les prunes. Les paysannes portaient de grands chapeaux de paille, de couleur naturelle pour les jeunes filles, teints en noir pour les femmes. Julien savait trouver les chênes truffiers, et l'hiver venu se plaisait parfois à aller chasser la grive, la caille et l'ortolan en compagnie du père Caillol. Julien revoyait sa silhouette cassée se découpant sur le ciel : cape, chapeau de feutre, guêtres, galoches et moustaches tombantes de Viking. D'humeur spirituelle ou en quête d'inspiration, il poussait parfois jusqu'à l'abbaye cistercienne du Thoronet et de La Celle.

En ce dernier dimanche de mai, vêtu d'un pantalon blanc, d'une veste et d'un canotier, le maître de la Bastide des Oliviers passa la porte fortifiée Saint-François et remonta les vieilles rues étroites jusqu'à la place Caramy. Il y croisa Manon Fabre, qui se rendait sans doute à la messe. Une apparition immaculée en robe de batiste et dentelle légère, corsage plissé et chapeau de paille blanche garni de taffetas géranium. La bastidane portait des mitaines en dentelle et la coulano, ruban de velours où pendait une croix en or aux chatons sertis de diamants. Elle inclina coquettement son ombrelle en mousseline de soie ornée de nœuds et fit bouger ses longs pendants d'oreilles. Le sourire que cette jeune fille de bonne bourgeoisie lui adressa en disait long. Elle désirait le mettre dans son lit, à défaut de se faire passer la bague au doigt. Malgré ses revers de fortune, Julien aurait pu espérer épouser une bastidane comme elle, mais le souvenir d'Anaïs Puget était encore trop frais et la blessure mal cicatrisée. Il se contenta d'échanger avec elle des propos galants.

La cloche de Saint-Sauveur interrompit leur conversation. Il s'engageait dans la rue Saint-Esprit qui montait à l'église quand son instinct le fit se retourner. Manon avait rejoint un homme blond de haute stature, vêtu en bourgeois, un étranger au pays. Julien ne l'avait jamais vu.

Sur le parvis de l'église, se pressaient jupes colorées, caracos en soie, châles cachemire ou grenadine et coiffes en dentelle, tel un grand bouquet de fleurs. Le soleil faisait luire les croix en métal ou en or. Toutes les filles et femmes aisées du pays s'y montraient dans leurs plus beaux atours, parmi lesquelles des citadines plus modernes ayant adopté la mode. Des exclamations en provençal et de grands discours animaient la houle des coiffes brodées ou tuyautées, des chapeaux de paille noirs et des toques de roses et de feuillage. Les paysannes portaient leur tenue du dimanche, robe d'indienne, pantalon fendu qui leur servait de culotte et gros bas de coton. En raison du repos dominical, quelques paysans avaient déserté leurs champs pour se rendre à l'église. La messe terminée, ils iraient boire une absinthe au café de l'Univers sur la place Caramy.

Le portail sculpté avait absorbé la masse des fidèles ainsi que Manon Fabre, mais pas l'homme qui l'accompagnait. Intrigué, Fabrègue décida de lui emboîter le pas. Le blond au chapeau noir s'arrêta un instant devant le palais des comtes de Provence et de saint Louis d'Anjou dont un des bras se trouvait à l'église des Cordeliers de Marseille. Mais l'homme n'était sans doute pas là en touriste. L'étranger reprit son chemin de par les ruelles pour revenir en direction de la place Caramy. Sans doute se sentait-il suivi car, d'un coup, il se fondit dans la foule. Julien l'avait perdu.

Sur la place s'étaient installés des commerçants, marchands de fleurs, vendeurs de paniers, une marchande de lacets, un repasseur de couteaux. Un homme lui tendit un melon, en clamant : « *Bouen meloun !* » Plus tard dans la saison, on y verrait les vendeurs de prunes Perdrigon qui avaient fait la réputation du pays. Julien acheta *Le Petit Provençal* à un gamin de rues et alla s'installer à l'ombre d'un ormeau très vieux au tronc immense et biscornu qu'il considérait comme étant le sien.

Autrefois, Julien y venait conter fleurette à son amoureuse Anaïs, une piquante blonde au regard pervenche. Cette pensée rouvrit la blessure qui palpitait dans sa poitrine. La jeune Anaïs Puget était morte, un automne, de la typhoïde. Dans le pays, on disait : « *Doulour de fremo mouarto duro jusqu'à la pouarto.* » Mais la douleur de cette femme morte avait duré plus loin que la porte. Julien, alors âgé de dix-huit ans, en était resté inconsolable, et après la mort de son grand-père, s'était lancé dans une quête éperdue de voyages, de mystères et de dangers, désireux de trouver la balle qui le tuerait.

Son regard revint à l'arbre. Lors de l'occupation de 1815 par les Autrichiens, le mistral avait fracassé une des branches de l'ormeau, laquelle en tombant avait tué par la même occasion deux des leurs. Par une de ces associations de pensées sans queue ni tête Julien songea à l'étranger et à sa tête germanique. Puis il pensa au parchemin, et la soif de s'y consacrer le poussa à rentrer chez lui.

Des rires clairs attirèrent son attention. C'étaient les jumelles de Delfino Guichard, la tête couverte de leurs chapeaux de paille, très en retard pour la messe. Julien se rappela en avoir mis une dans son lit, un jour de novembre où la pluie battait la campagne et que les deux jeunes filles en promenade s'étaient réfugiées à la Bastide des Oliviers. Il n'avait jamais su de laquelle il s'agissait. Et il valait mieux que leur père, le très honorable banquier Delfino, ne le sache jamais non plus.

De son côté, l'étranger avait rejoint deux hommes descendus à l'hôtel Garrus. Ils avaient trouvé ce qu'ils cherchaient mais pas le mode d'emploi. Leur commanditaire n'allait pas être content du tout. Sans les notes de Fabrègue, le parchemin était indéchiffrable. Il leur fallait retourner à la Bastide des Oliviers.

— Il doit parler, tempêta le plus âgé. On ne rentrera pas bredouilles. Tout ce chemin pour rien ! Le vieux ne nous le pardonnera pas. Et ton complice qui est bien introduit à la Bastide, quand pense-t-il nous faciliter les choses ?

Le grand blond tritura nerveusement sa barbe couleur ficelle.

— Mon contact m'attendait dans la ruelle aux arcs-boutants contre l'église. Mais je n'ai pas pu lui parler, parce que Fabrègue me filait. Je crois qu'il s'est aperçu de quelque chose.

— Imbécile ! Maintenant il va être encore plus sur ses gardes. J'ai une idée, mais il faut agir vite.

6

La missive

Lorsque Magali Caillol revint de la messe, elle trouva son maître encore penché sur son bureau devant un tas de paperasses et jugea bon de ne pas le déranger, mais elle ne manqua pas de se lamenter intérieurement qu'un homme de son rang se soit coupé de l'Eglise et des obligations dominicales auxquelles devait se plier tout chrétien digne de ce nom. Elle ôta ses beaux vêtements du dimanche et sa coiffe brodée dans la petite chambre qui lui était allouée au dernier étage. Au début, cette promiscuité avait fait jaser les Brignolais, et les langues allaient bon train pour répandre des rumeurs sur cette fadade au service d'un bastidan ruiné. Puis les commères s'étaient lassées.

Magali jeta négligemment sur la table de la cuisine une enveloppe à l'attention de son maître que lui avait remise un gamin à la sortie de la messe. Occupée à son repas, elle n'y pensa plus. Un moment plus tard, elle lança d'une voix stridente dans l'escalier :

— Monsieur Julien, c'est le Gastoun qui vient pour la tour !

Il l'entendit maugréer en patois : « *Es adrech de sei man coumo un pouerc de sa coua.* » Celui-là, il est adroit de ses mains comme un porc de sa queue.

Gaston Aicard se découpa dans l'encadrement de la porte du bureau, costume de velours côtelé brun et feutre gris à larges bords. Le maçon se tortillait dans ses souliers noirs fraîchement cirés qui couinaient. Le devis qu'il venait apporter au maître de la Bastide des Oliviers allait le faire bondir. Ce qu'il ne manqua pas de faire en effet.

— C'est impossible, monsieur Aicard ! s'écria Julien, les sourcils froncés. A ce prix-là, je pourrais me faire construire un petit mas...

Aicard tripota ses moustaches cirées en forme de guidon de vélo et laissa tomber :

— Vous comprenez, monsieur Fabrègue, c'est qu'il y a du boulot ! La tour et l'aile nord sont complètement fissurées. Un jour ou l'autre, elles dégringoleront. Moi je fais ce que je peux, je vous aime bien, vos parents étaient connus dans la région, mais je ne peux pas vous faire plus de ristourne que ce prix-là où déjà je gagne à peine de quoi payer mon ouvrier. Votre bastide, elle a besoin d'être refaite de fond en comble. Voilà ce que j'en dis, moi !

Le fils de Gaston travaillait à la carrière de marbre de Candelon, une montagne dont la blessure rose s'élargissait au fil de son exploitation comme un gros jambon entamé. Le père pensait en faire bon usage pour la restauration de la Bastide des Oliviers. Les pierres veinées de rose feraient merveille dans les parties les plus visibles. Mais ses rêves s'évanouirent en fumée, car Julien refusa catégoriquement.

— C'est tout parlé, monsieur Aicard. Vous prendrez bien un chicoulon de vin avant de repartir ?

Magali lui servit deux doigts de vin rouge, puis raccompagna le maçon au portail. Pour l'heure, le maître des lieux avait d'autres préoccupations que des vieilles pierres à restaurer. De la cuisine, l'arôme d'ail et de tomate du poulpe en daube lui parvint aux narines. Une voix impérieuse clama :

— Allez, venez manger mon frichti, sinon il sera tout brûlé. Ah ! Quelle misère ! Oh pauvre ami !

Julien Fabrègue triturait entre ses doigts l'étrange message remis à Magali.

Vous avez ce que nous voulons. Donnez-le à nous, sinon il t'en cuira à toi ou ta domestique. Il faut le déposer dans une enveloppe dans le tronc de l'arbre très gros sur la place Caramy.

D'abord, il s'étonna de la curieuse tournure du message, visiblement écrit par des gens incultes ou des étrangers. Puis il se demanda :

« Mais quoi ? Qu'est-ce que je peux bien posséder qui puisse intéresser ces gens-là ? Si ça a un rapport avec le parchemin, je n'ai encore rien à leur apprendre. Et qui sont-ils ? Pourquoi s'acharnent-ils sur ma famille ? »

7

L'épée enchantée

Depuis l'effraction, les pièces maîtresses de la bastide restaient fermées à clé en permanence, rideaux tirés. Dans la bibliothèque nourrie par les aïeux de Julien, les étagères étaient bien remplies et, dans un coin poussiéreux, traînaient de vieilles revues : *Le Journal de Provence*, *Le Courrier de Monaco* et *Le Journal des savants*. Une sourde magie émanait de ce lieu, mettant mal à l'aise les rares visiteurs de la Bastide. Cette impression était renforcée par la présence sur l'un des murs de masques africains funéraires et initiatiques flanqués de couteaux sacrificiels, et de masques vénitiens et mexicains entourant un Janus au double visage. Aux angles, des diables tiraient la langue. Devant ces faces grotesques et ces gueules effrayantes, Magali se signait souvent, en murmurant les noms des saints protecteurs de la Provence.

Dans un coffre sous les étagères où se trouvait une rangée de scarabées en lapis-lazuli, dormait une momie poussiéreuse, hantise de Magali.

Julien retourna s'asseoir derrière son bureau sur lequel était ouverte une rare copie de la *Chanson des Nibelungen*. Passionné de littérature médiévale allemande, il avait pu contempler le *Nibelungenlied* qui se trouvait depuis une centaine d'années à la bibliothèque du monastère bénédictin de Saint-Gall, au pied des Alpes suisses. Un manuscrit enluminé par des moines italiens au début du XIIIe siècle. Un poème héroïque en trente-neuf chapitres, composé en Basse-Autriche et en moyen haut-allemand par un auteur anonyme, narrant des faits historiques avérés du royaume des Burgondes, sur fond de mythologies scandinave et germanique.

Julien connaissait par cœur une strophe du poème : « *Maintenant, le noble roi des Burgondes est mort. Morts aussi Giselher le jeune et le seigneur Gernot. Mais où est le trésor ?* »

Il tourna lentement les pages de la copie ; il avait la conviction que ce chef-d'œuvre ésotérique avait un rapport avec le cambriolage. Un courant d'air se glissa dans la pièce et les masques frémirent. Pourtant, tout était clos. Julien demeura sur ses gardes. L'espace d'un instant, il eut l'impression que des moines psalmodiaient la *Chanson*. L'illusion se dissipa. Il était temps pour lui de revenir à de saines et pragmatiques réalités.

Deux jours plus tard, alors que la chaleur accablait la Provence, Julien Fabrègue, triomphant, était sur le point de mettre un terme à trois années de recherches. Il allait pouvoir partir à l'aventure et mettre au jour le plus grand trésor de tous les temps. Il pensa à l'abbé Saunière qui effectuait les mêmes recherches que lui. Julien connaissait l'abbé, car une de ses tantes était de Rennes-le-Château. Bérenger Saunière lui avait confié le calque d'un des deux parchemins que ses ouvriers avaient trouvés dans l'un des piliers wisigoths de son église. Il s'était penché durant des jours et des nuits sur le texte du plus petit, s'aidant de la grille de décodage. En sélectionnant les lettres détachées, il avait simplement mis en évidence une phrase sibylline : « *A Dagobert II roi et à Sion est ce trésor et il est la mort.* »

Bérenger semblait satisfait. Julien pensait qu'il n'allait pas tarder à mettre la main sur le trésor des Wisigoths.

Les « phénomènes » se reproduisirent. Quelque chose de surnaturel rôdait dans la bastide, comme un souffle impalpable et inquiétant. Alors qu'il replaçait le véritable parchemin des *missi dominici* dans son coffret égyptien du Nouvel Empire, il y eut comme un hiatus. Julien se mit à dériver à la frontière d'une autre réalité. La pièce perdit imperceptiblement ses contours, les rayons de la bibliothèque ondulèrent. Un son étrange naquit de nulle part, suivi d'une mélopée chantée dans une vieille langue nordique. La pièce s'assombrit davantage, les rideaux occultant totalement les rayons du soleil. Dans un coin, un dieu maya battit des paupières, puis ce fut le tour d'une Isis de granit d'agiter sa croix ankh. Le masque de Janus se décrocha du mur et tomba au ralenti telle une feuille, ses deux visages le regardant alternativement avec une indicible horreur. La bibliothèque aux murs déformés se remplit de brouillard. La peur au ventre, Julien vit s'animer le monde des morts et surgir d'un tourbillon noir une épée flamboyante.

Balmung, l'épée de Siegfried, ornée d'un étincelant cabochon de jaspe vert. Elle fit des moulinets, se dressa au-dessus de lui et frappa.

Julien n'attendit pas qu'elle lui tranche la tête ou le cloue au sol. Il esquiva les coups, et le cœur au bord des lèvres, se précipita hors de la pièce et dégringola l'escalier. Le Diable à ses trousses, il traversa la cour, s'engagea dans les vignes, contourna la bugadière et courut jusqu'à l'épuisement. Il finit par s'écrouler sous un platane, la poitrine contractée, pris dans un maelström où la raison n'avait plus cours. Il avait voulu forcer les secrets des Nibelungen, sans se douter de ce qu'ils cachaient. Croyant sa fin prochaine, le maître de la Bastide regarda autour de lui, s'attendant à perdre la tête. L'épée foudroyante allait avoir sa peau.

Les cigales chantaient, le soleil argentait les feuilles d'un champ d'oliviers tout proche. Le mistral était tombé. Au loin, le clocher de Saint-Sauveur appelait joyeusement les fidèles aux vêpres. Hébété, Julien remarqua son pantalon couvert de grattons et les ôta machinalement. Il vit la prêle et les pissenlits qui partaient à l'assaut des pieds de vigne. Reprenant courage, la cheville gauche foulée, il retourna chez lui en boitant, persuadé de tout retrouver sens dessus dessous.

Il n'en crut pas ses yeux. Tout était normal. Les statuettes, les masques et les momies étaient toujours couverts de poussière, et des souris peu farouches fouinaient dans ce fatras à l'odeur de moisi. Toujours ahuri, il entendit passer le chiffonnier. Magali chassait de la Bastide tous ceux qui frappaient à sa porte pour proposer leurs services, rémouleur, raccommodeur de faïence ou vannier. Et en particulier depuis le cambriolage. « Vaï ! Vaï ! Zou ! Allez ! » clamait-elle, peu aimablement.

Comme dans un rêve, il entendit la voix familière de sa servante dans le hall d'entrée :

— Bon, je m'en vais ! Je soupe avec mon frère. Pour ce soir, je vous ai laissé une daube sur le fourneau.

8

Le mauvais présage

Les grillons chantaient, lançant leur plainte nostalgique dans la nuit qu'éclairait un croissant de lune blafard. L'odeur envoûtante des buis et la fragrance des feuilles de vigne montaient par vagues. Les grenouilles coassaient dans le bassin rectangulaire. La fraîcheur gagnait la terrasse, les oiseaux nocturnes partaient en chasse, et les papillons aux ailes carbonisées par la lampe à pétrole grésillaient dans une odeur écœurante. Julien eut à l'esprit le célèbre palindrome de Virgile : *In girum imus nocte et consumimur igni.* « Nous tournons en rond dans la nuit et nous sommes dévorés par le feu. » Le zodiaque tournait également dans le ciel, et si Julien avait connu le langage des étoiles, il aurait su combien son avenir était semé d'épreuves et de dangers.

Quelque part, il entendit jurer Magali contre « les mouches de l'enfer ». Plus que les corbeaux, elle craignait les chauves-souris. Julien avait déplié le message énigmatique de son grand-père sur la table, insoucieux de l'obscurité. D'un coup, ce fut comme si la terre se fendait sous ses pieds, l'illumination qu'il attendait. D'une main tremblante, il saisit la feuille jaunie et se parla à voix haute :

— Quels sont les points communs de ces mots ?

« *Ablata at alba.* “Ici un roc cornu.”

« Ce sont des palindromes. On peut les lire dans les deux sens.

« Le plus connu est “Esope reste ici et se repose”.

« Voilà ce que voulait me dire mon grand-père.

« 1881 était la dernière année palindrome.

« Ou plutôt que de palindromes, il s'agit de phrases anacycliques qui se lisent dans les deux sens mais mot par mot, ce qui change la signification. Ou encore, on peut lire un texte comme celui du parchemin de Bérenger Saunière qui concerne Sion. Selon la ponctuation, le sens de la phrase diffère. “*A Dagobert II roi et à Sion est ce trésor et il est la mort.*” “*A Dagobert II roi et à Sion est ce trésor. Et il est là, mort.*”

D'autres exemples lui vinrent qui se lisaient syllabe par syllabe Mais il s'attarda sur la mystérieuse phrase de son grand-père. « *Monter mont de Savoyarde là, avec or, l'oublieras-tu parfois* ? »

Il pouvait lire la phrase dans les deux sens, mot par mot, et elle prenait alors une tout autre signification.

« *Parfois, tu oublieras l'or avec la Savoyarde de Montermont.* »

Restait à savoir où se trouvait Montermont et qui était la Savoyarde.

Grâce au parchemin et au mot laissé par papé Marcel, Julien savait dans quelle localité il devait se rendre et chercher. Pour confirmer son intuition, il sortit d'un étui son pendule. Là où documents et archives demeuraient impuissants, la magie naturelle pouvait opérer. Un vieil abbé de La Celle lui avait enseigné la radiesthésie. Il approcha la lampe et promena les pointes vibrantes sur un plan détaillé de la Savoie, tout en sachant qu'il lui faudrait une carte d'état-major ou un plan cadastral. Il se procurerait cela à Albertville, et pour les autres indices, il verrait sur place. Il resserra frileusement sa veste de velours et laissa son regard errer au-delà des frondaisons noires qui se détachaient sur le ciel olive. Il ne vit pas les ombres qui se fondaient sur les troncs des arbres, leurs manteaux couleur papillon de nuit.

Le trésor que Julien Fabrègue convoitait était encore plus grand que celui qu'on attribuait aux Wisigoths et que l'abbé Saunière cherchait ou avait déjà découvert en partie à Rennes-le-Château. La rumeur publique et sa tante racontaient qu'il dépensait beaucoup pour un curé et entretenait même une liaison plus que scandaleuse avec sa servante Marie. Julien eut un sourire en évoquant la vieille Magali. Bérenger Saunière avait son idée sur la manière dont il dépenserait son or.

Julien imagina ce que lui pourrait faire avec l'or burgonde. Le trésor des Nibelungen.

« *Non es pas riche qu'a de ben maï aqueou que se countendo !* » disait son grand-père. « N'est pas riche celui qui a du bien mais celui qui sait se contenter. »

Ce soir-là, dans son lit à la couverture en coton piqué, Julien Fabrègue n'ouvrit pas la boîte contenant les cheveux d'Anaïs et mit du temps à trouver le sommeil. Dans sa chambre de bonne au même étage, Magali Caillol frémit en entendant hululer la chouette sur le toit de la bastide. Elle avait eu d'autres mauvais présages. A la lessive dans la bugadière, le drap enfoncé dans l'eau s'obstinait à remonter. Alors qu'elle avait allumé trois lampes sur la table, leur flamme s'était éteinte, et elle avait dû les rallumer. L'après-midi, elle avait vu trois corbeaux raser le toit. Elle leur avait fait les cornes. Au repas du soir, elle avait dit lugubrement au maître, en se signant :

« C'est mauvais présage. Il y aura bientôt un mort. L'oiseau l'annonce… »

A genoux au pied de son lit, Magali pria pour que ce ne fût pas son pitchoun.

9

Un banquier peu conciliant

De la commode au plateau de marbre, Julien Fabrègue tira ses cravates puis regarda sa collection de gilets dans le tiroir inférieur. Il en changeait chaque jour. Il lui fallait être à son avantage pour la venue du banquier, mais il ne se faisait aucune illusion sur cette entrevue.

« Vous n'avez qu'à travailler ! » lui avait conseillé Magali. Cette idée peu à peu faisait son chemin. Il songeait à lancer une affaire commerciale, une importation de bibelots exotiques, égyptiens par exemple. Mais il lui faudrait de l'argent pour acheminer des antiquités depuis Alexandrie.

— Magali, passe-moi la camiso !

La servante lui tendit la chemise de grosse toile blanche qu'elle avait repassée et amidonnée au col, puis elle l'aida à l'enfiler, admirant au passage ses muscles durs. Un instant, l'émotion la submergea, une émotion qu'elle croyait oubliée depuis fort longtemps, depuis la mort de son mari. Puis elle se morigéna. Même ruiné, Julien restait un Fabrègue. Et elle n'était qu'une vieille servante de cinquante ans. Elle noua les cordons aux poignets de la chemise, lui agença en guise de cravate un carré de tissu foncé plié ; ce que faisant, un instant, sa tête brune et bouclée frôla la moustache du maître. Puis elle lui apporta une taillole de soie rouge longue de trois mètres dont elle fit prestement plusieurs tours autour de sa taille. Enfin elle se recula pour juger son œuvre et, satisfaite, déclara :

— Voilà, monsieur Julien, vous êtes superbe ! Vous allez faire bonne impression sur monsieur Guichard.

— Je doute que cela soit suffisant, juste un peu de poudre aux yeux pour qu'il consente à me prêter quelque argent. Ah ! il est loin le temps où mon grand-père rentrait de Marseille les poches pleines d'or et de cadeaux pour toute la famille. La Bastide vivait bien, alors...

Il toucha le pentacle autour de son cou. Superstitieux comme tous les Corses qui formaient son ascendance du côté paternel, Julien Fabrègue portait au cou des médailles, des talismans et un coussinet de sel. La fortune ne lui était pas pour autant retombée dans l'escarcelle. Il était, du moins, toujours en vie, malgré quelques frayeurs de voyages. Né en 1860, il entrait dans la trentaine avec un certain panache et des ardeurs de jeunesse qui continuaient à lui jouer des tours. Il voulait mordre dans la vie à pleines dents, or ce maudit parchemin le retenait à la Bastide.

Julien alla se rafraîchir dans la salle de bains au sol de tommettes. Sur des étagères se trouvaient son rasoir à manche de nacre rose et le bassin à barbe en faïence. Il sentit les fragrances émanant du savon de Marseille et d'un flacon d'eau de lavandin. Ce parfum raviva en lui le souvenir de la belle Anaïs. Pendant qu'il se recoiffait, il pensa à ses affaires, à l'infortune qui s'était abattue sur les Fabrègue. Autrefois, la Bastide vivait en autarcie avec un élevage de poules et de lapins, un potager, un verger, des vignes pour le vin et des oliviers pour l'huile, des champs de blé pour le pain et des mûriers pour la culture des vers à soie à destination de Lyon. L'hiver, un troupeau de brebis venait pâturer sur la propriété. A présent, le maître de la Bastide avait dû congédier tous les employés, excepté un aide pour les vignes. Jadis, à la période des vendanges, ses amis venaient de toute la France pour lui donner la main. Maintenant, pour la récolte, il devait se casser les reins avec sa servante et Joseph, leur ouvrier.

Magali revenait du jardin, portant dans son grand tablier de coton fleuri de belles tomates luisantes. Elle posa sa capeline de paille noire sur la table et se dirigea vers la pierre d'évier, satisfaite. Elle allait préparer à monsieur Julien les petits farcis dont elle avait le secret et qui lui attireraient des compliments. Julien était amateur de bonne chère et de bon vin. Dans le pays, on disait qu'il prisait d'autres plaisirs, dont plus d'une fille se serait vantée si sa mère ne l'avait pas surveillée. Comme les jumelles de ce banquier. Magali les avait bien entendues, ce jour d'automne, sur le canapé turc du grand salon, qui poussaient des cris d'oiseaux.

Delfino Guichard s'était déplacé en calèche jusqu'à la Bastide des Oliviers, par égard pour la famille Fabrègue qu'il avait bien connue. Le drame qui avait privé Julien de ses parents n'était ignoré de personne. Dans le pays, on disait du jeune homme ruiné : « *Es carga d'argen coumo un grapaou de plumo.* » « Il est chargé d'argent comme un crapaud de plumes. »

Guichard portait un costume blanc et un canotier. Il s'épongeait le front en permanence avec son grand mouchoir ; les pointes de ses moustaches et de sa barbe étaient mouillées de sueur. Une fois introduit dans le salon, il regarda la vaste cheminée au rebord orné d'un volant de tissu rouge devant laquelle se tenait Fabrègue, fumant une pipe.

— Alors, comment se présentent nos affaires ? demanda Julien, faussement jovial, pour rompre la glace après que Magali leur eut servi un verre de vin rouge à la robe aux reflets grenat.

— Assez mal, je dois le dire, fit Delfino d'un air accablé. Comme vous le savez, monsieur Fabrègue, vous n'avez que mauvaises créances et dettes. Et votre petite rente familiale ne suffira pas.

— C'est pourquoi je cherche un moyen de me refaire et surtout de garder la Bastide.

— Vous devriez cependant vous en séparer, c'est la seule solution. Vos vignes et vos oliviers ne vous rapportent pas assez pour l'entretien de ces vieilles pierres. Vous êtes encore jeune, vous trouverez une autre demeure moins coûteuse à entretenir.

— Me séparer des Oliviers ! Vous n'y pensez pas ! J'ai passé ici toute ma jeunesse, et mon père y est né, comme mon grand-père avant lui.

— Eh bien, à ce stade de notre affaire, conclut le banquier, vous n'avez plus qu'à dénicher un trésor. Il ne doit pas en manquer de par le monde. Mais je vous souhaite bonne chance. Il faut être nourri de soupe et d'espoir pour se lancer dans une telle quête.

Guichard parti, cette idée germa en Julien, faisant naître une nouvelle espérance. Il allait trouver le trésor. Il brûlerait ses dernières cartouches dans cette recherche. Pour commencer, il se séparerait de quelques arpents de vignes qui feraient bien l'affaire de son voisin Olivier Borély, désireux d'agrandir sa propriété. Avec l'argent récolté, il aurait une année devant lui sans soucis matériels pour explorer la piste qu'il poursuivait depuis si longtemps.

L'or des Burgondes.

10

Magali

La servante tournoyait et virevoltait dans la cuisine. Sa jupe de coton à rayures rouges et blanches balayait les dalles. Comme toujours, elle avait soigneusement agrafé son fichu sur les épaules. Pour faire le ménage, elle délaçait son corset et ôtait un ou deux de ses sept jupons. A défaut d'être maîtresse des lieux, Magali Caillol régnait sur la cuisine meublée d'un buffet provençal en noyer moulurée, du traditionnel pétrin, de la panetière et de chaises paillées. Elle y trouvait tout ce qu'il lui fallait pour mitonner de bons plats. Elle tira du coffre une belle miche de pain blanc. Voyant apparaître le jeune maître sur le seuil de la cuisine, encore dans sa longue robe de chambre, pieds nus et les yeux cernés, elle le salua en patois :

— *Bonjorn, Julian !*

— J'ai mal dormi. Quel temps fait-il ?

— *Fai mari tèmps*, grommela-t-elle, lui montrant le ciel gris par la fenêtre.

Elle s'activa pour lui servir son café tenu au chaud sur le fourneau. Elle ne comprenait pas pourquoi, depuis la mort du papé, ce jeune homme passait son temps enfermé à étudier des vieilleries plutôt que d'aller vivre sa vie et rencontrer une jeune fille qui saurait le rendre heureux. Il n'allait pas pleurer sa fiancée éternellement. Un dernier grognement, puis un sourire éclaira son visage de fouine finement ridé autour des yeux bleus.

— *Vé ! Io solèu !* s'exclama-t-elle, voyant apparaître le soleil sur un coin de table. L'Oulivié va pas tarder...

Olivier Borély sonna la cloche puis poussa le portail aux arabesques en fer forgé. Il ouvrait sur une longue allée gravillonnée au bout de laquelle se dressait la bastide, flanquée de ses deux tours comme un vaisseau dans une mer de vigne. Mal à l'aise dans ses chaussures neuves et son pantalon blanc en grosse toile, Borély se dirigea vers la demeure des Fabrègue. Il avait abandonné ses champs pour venir signer son affaire. Il était comblé. Son rouge créé à partir d'une demi-douzaine de cépages locaux serait le meilleur du pays. Syrah, grenache noir et alicante étaient comme une douce musique à ses oreilles.

— Adieu, Oulivié ! Alors, te voilà satisfait ! fit Magali d'un air pincé. Tu les as enfin, tes vignes ! J'espère que ton maudit vin te donnera la cagagne. Mais mon maître, il va s'en aller pour ses affaires, et tu verras, il reviendra au pays plus riche que l'étaient son père et son grand-père. Et il pourra en acheter des dizaines, de vignes !

Olivier fourragea dans sa barbe touffue, piqua du nez sur ses gros souliers et, ôtant son chapeau, salua le maître des lieux. Ils entérinèrent la vente autour de verres de rouge. Quand elle raccompagna le vigneron dans la cour, Magali continua ses imprécations contre celui qui spoliait son maître. « Oh ! Bédigas ! Nigaud ! Bouffigue ! »

Puis elle frissonna en regardant, au premier étage, les fenêtres occultées de la bibliothèque et du bureau, aux épais rideaux tirés comme un sombre présage.

Pour le dernier repas à la Bastide, Magali avait sorti la belle vaisselle en faïence. Elle servit cérémonieusement la soupe au pistou dans la soupière en Moustiers décorée d'un cygne bleu.

— Assieds-toi avec moi ! la pria Julien.

Interloquée, elle lui coula un regard en biais : jamais elle ne s'était imaginée être invitée à la table du maître.

— Mais qui va servir ? bégaya-t-elle.

— Il n'y a qu'à tout poser sur la table, on se débrouillera. Ce soir est différent, Magali.

Pour ne pas entendre ce qu'il avait à dire, Magali se pencha sur le four et en tira un tian de pommes de terre au thym. Du plat en terre cuite vernissée, s'échappait un irrésistible parfum qui fit gargouiller l'estomac de Julien. La cuisine de Magali allait lui manquer. Il termina son repas par une tarte aux pignons, vida son verre de vin, s'essuya les moustaches d'un revers de la manche, bourra sa pipe et dit :

— Si je trouve ce que je cherche, je reviendrai aux Oliviers les poches pleines. Je retaperai la Bastide et tu resteras à mon service. Mais je t'achèterai de belles robes et j'engagerai aussi une femme de ménage.

Devant son regard noir, Julien corrigea le tir.

— Naturellement, elle sera sous tes ordres. Et nous recevrons de nouveau.

La bougresse battit des mains.

— Oh ! *Que me diatz !* Monsieur Julien, la Sainte Vierge soit remerciée ! Je suis si heureuse et aussi de vous voir sourire. Et, ajouta-t-elle malicieusement, j'espère qu'il y aura une femme pour vous ici, une maîtresse des Oliviers à laquelle je serai toute dévouée. De vous voir vous languir, moi, ça me tire du souci.

Le lendemain, muni de quelques livres sur les Nibelungen, de la copie du parchemin des *missi dominici* et d'un bon pistolet, Julien prendrait la direction de Digne et Sisteron, et de là, il se rendrait au pays des Burgondes.

11

La morte

Depuis longtemps, le coq avait chanté. La servante n'avait pas ouvert les volets donnant sur la terrasse, comme elle le faisait chaque matin. Fabrègue, déjà vêtu pour le voyage, pesta et partit à sa recherche pour lui dire au revoir. Elle avait sans doute fui les adieux, de peur que ses yeux ne trahissent son émotion. Il parcourut les étages de la bastide, puis se dirigea vers les annexes. Il se heurta au crapaud pendu vivant dans le poulailler, qui avait la vertu de faire fuir les poux des poules et d'absorber les miasmes. Une idée de Magali. Il parcourut à grandes enjambées la terrasse et les vignes, en vain. Revenu à la terrasse, il tourna la tête et regarda le bassin aux eaux vertes où se reflétaient les arbres. Son cœur se mit à battre frénétiquement.

Magali Caillol flottait dans le bassin, les bras en croix, le visage dans l'eau. L'instant de stupeur et d'horreur passé, sa première pensée fut qu'elle n'avait pas supporté qu'il s'en aille. Puis il se reprit : Magali se réjouissait qu'il revienne un jour à Brignoles en ayant fait fortune.

« Elle a vu quelque chose qu'elle ne devait pas voir », pensa-t-il, tandis qu'il retirait précipitamment du bassin ce corps de femme ruisselante, blanche comme lait, la langue épouvantablement sortie.

— Elle s'est noyée de chagrin comme votre pauvre mère, dit Joseph, l'employé, qui s'était approché, le chapeau à la main et se signant.

— Avec un lacet serré autour du cou et sans la coulano qu'elle n'ôtait jamais ? Drôle de collier pour aller se suicider, constata Julien.

Son cœur était aussi serré que le lacet autour du cou de sa servante. Le chagrin et la crainte lui ravageaient les entrailles. Une phrase que lui avait dite son grand-père, en évoquant le suicide de Fanny, lui revint brusquement : « Ta mère savait des choses qu'elle n'aurait pas dû savoir. » Julien eut la vision du corps de Fanny, flottant dans l'Issole, qui se superposait à celui de Magali.

Il fallait avertir immédiatement les autorités.

Le commissaire Legendre tira sur les pointes de sa moustache brune et demanda :

— Qu'est-ce qu'ils veulent, monsieur Fabrègue ? Ces types en ont après vous ? Votre employé Joseph m'a d'ailleurs avoué que vous aviez déjà eu une effraction, ce que m'a confirmé le vitrier qui a remplacé la fenêtre de votre salon.

— Je ne sais pas. Sans doute quelques masques anciens et des statuettes égyptiennes. L'Egypte est très en vogue chez les antiquaires, de nos jours.

Le policier le regarda d'un air soupçonneux.

— On ne tue pas pour ça, ni de cette façon. J'ai fait mon enquête. Trois suspects aux noms pas très catholiques qui étaient descendus à l'hôtel Garrus et qui, comme par hasard, se sont fait la malle... Quant à vous, je sais que vous faites la vôtre, mais vous ne quitterez pas le pays tant que l'enquête est en cours.

— Vous me soupçonnez, commissaire ?

Le policier ricana.

— Il est vrai que dans le coin, on raconte de drôles de choses sur vous et votre servante. Peut-être était-elle votre maîtresse, après tout. A Brignoles d'aucuns racontent qu'elle vous servait jour et même nuit. Mais pour ma part, connaissant bien votre famille, je crois plutôt que vous possédez quelque chose que des gens malintentionnés convoitent. Alors, monsieur Fabrègue, vous restez ici, parce que je peux avoir des questions à vous poser.

Julien froissa dans sa poche la boule de papier qu'il y avait fourrée. Une lettre anonyme, timbrée de Saint-Maximin. *Magali Caillol n'est que la première. Ensuite il y aura Manon Fabre puis votre ami Bayle de Valence. Vous savez ce que nous voulons. Vous l'expédierez par la poste à l'adresse ci-dessous.*

« Je vais vous expédier en enfer, moi, pensa Julien, serrant la crosse de son pistolet. Toucher à Magali est la dernière chose que vous auriez dû faire. » Malgré l'injonction du commissaire, il ne remettrait pas son voyage. Et si ces assassins voulaient ce qu'il détenait, ils viendraient le chercher là où il irait.

Dans trois jours, le temps d'enterrer la pauvre Magali, si tout allait bien, il serait à Sisteron.

12

A la recherche de la cité perdue

Sisteron était en vue. Julien Fabrègue n'avait pas cessé de penser à sa chère Magali. Il avait le cœur lourd. Seule la perspective de la venger et de percer le secret des Burgondes le soulageait. Il regarda la citadelle perchée sur son rocher et les masures aux pierres grises et aux toits rouges, érigées les unes contre les autres, escaladant la colline. De l'autre côté, la vertigineuse masse de la montagne de la Baume aux plis blancs dominait la Durance aux eaux turquoise. Son cousin Bernard, négociant en boucherie, chez qui Julien s'était restauré, attela un char à bancs à sa mule, et ils prirent la direction de Saint-Geniez. Ils traversèrent des bois de chênes verts et de pins parsemés de genêts dorés. Le char dérangea deux lièvres et une perdrix mais pas Julien, perdu dans ses pensées. Il imaginait les Burgondes, en 476, au nord de la Durance, partageant le royaume de Provence, alors la Narbonnaise, avec les Wisigoths et les Ostrogoths au-delà de l'Isère.

Fabrègue tenait à la main la copie de la vieille carte du prêtre et curé de l'ancien Saint-Geniez, Jacques

Masse, établie vers 1646. Il avait mentionné le mot latin *thesaurus*, trésor. Sous le dessin du rocher, ce n'était pas le mot « Dromon » qui était inscrit mais celui de « Conflens ». Confluent de rivières, de vallées ? Mais lesquelles ? Conflens était aussi le nom médiéval de Conflans, le bourg au-dessus d'Albertville, ce qui ramenait Julien au parchemin des *missi dominici*. Et le prêtre évoquait un monastère de sœurs bernardines qu'il avait représenté, tout contre le rocher, par une petite bâtisse surmontée d'une croix. Ce qui troublait Julien, car il n'y avait pas eu de bernardines à Saint-Geniez.

La mule peinait sur la mauvaise et interminable piste qui grimpait raide depuis Sisteron, en sous-bois, puis entre les roches blanches arides. L'ancienne via dardanienne. Ils n'avaient pas croisé âme qui vive. Seuls le vent qui soufflait en rafales et le vacarme des roues cerclées de fer et des sabots troublaient le silence. Julien était anxieux. Il n'avait pas raconté à son cousin Bernard les agressions dont il avait fait l'objet à Brignoles, ni la fin tragique de Magali. Il se sentait fautif. Il aurait dû l'éloigner de Brignoles et de sa quête insensée. Maintenant, il n'était plus question de reculer, sinon sa mort n'aurait servi à rien.

Le char bringuebalant aborda le lit d'un torrent et une gorge. Les eaux furieuses de riou de Jabron avaient emporté la route. En s'engageant dans la gorge qui menait à Saint-Geniez, Fabrègue revit d'autres défilés, ceux de la forêt saxonne de Teutoburg, aux étranges roches sacrées. Des silhouettes casquées et armées s'y faufilaient comme des ombres, des chevaux hennissaient, embourbés jusqu'au poitrail, des glaives se brisaient, des ruisseaux de sang coulaient. En l'an 9 après Jésus-Christ, Arminius, surnommé bien plus tard Hermann le Chérusque, y avait anéanti les troupes de Varus, le gouverneur romain de Germanie, et s'était approprié le trésor de la légion. Pour Julien, Siegfried et Arminius ne faisaient qu'un, ce dernier était le véritable héros de la *Chanson des Nibelungen.* La voix de son cousin le tira de ses visions antiques.

— La Peiro Escritto, désigna Bernard Fabrègue, s'épongeant le front d'une manche.

A gauche, dans le défilé, se trouvait la Pierre écrite, datant d'environ 420 après Jésus-Christ. Plissant les yeux, Julien déchiffra à voix haute en français les mots latins gravés dans la roche qu'il connaissait pourtant par cœur :

— Le patrice Claudius Postumus Dardanus, préfet du prétoire des Gaules, et son épouse... ayant fait couper les flancs de la montagne de chaque côté, ont procuré un chemin viable au lieu dont le nom est Theopolis, *locus cui nomen theopoli est,* lieu qu'ils ont fortifié par des murailles et des portes.

— Je ne comprends pas ce qui t'intéresse là-dedans, remarqua Bernard. Les montagnards et bergers du coin ne s'en soucient pas ou ne savent pas lire. D'ailleurs, ils parlent patois, et tu auras beaucoup de mal à obtenir tes renseignements.

Julien continua à marmonner et à compter pour lui seul.

Quelque chose le chiffonnait dans l'inscription et il prit la peine de la relire sur la pierre. Des non-sens étaient glissées dans les transcriptions qu'on en faisait d'ordinaire. Le texte qu'il possédait était d'ailleurs peu orthodoxe, truffé d'erreurs et d'imperfections, signe d'un auteur peu lettré ou ayant vécu plus tard.

« Et si c'était un faux ? s'interrogea Julien. Toutes les belles théories qui s'effondrent. Dans ce cas, mon parchemin des *missi dominici* peut l'être également. » Cette pensée le glaça, mais son intuition reprit le dessus. Il existait quelque chose. Il n'y avait pas de fumée sans feu, tous les éléments qu'il possédait se recoupaient.

La piste avait dépassé les falaises stratifiées et abordait le plateau et les prairies de Chardavon, une belle campagne à champs de blé et arbres fruitiers. A dix-sept kilomètres à l'est de Sisteron, à neuf cent cinquante mètres d'altitude, le village de Saint-Geniez aux maisons grises éparses était tapi sous une barre rocheuse verticale.

— Maintenant, je veux voir le rocher de Dromon, dit Julien.

— Il nous faut un quart d'heure. Et d'abord, je dois faire boire la mule.

Le terrain sauvage et aride aux roches dépouillées les emmena à l'est du village au pied du rocher de Dromon où Bernard laissa l'attelage. Campé au milieu du champ à la solitude absolue, Julien leva la tête pour contempler l'immense rocher éperonnant le ciel. Un chemin y était taillé jusqu'au sommet dominé d'une tour et de quelques vestiges. Le castrum Dromonus. En haut, se trouvait un beau bassin creusé lui aussi dans la falaise. Jamais les chercheurs n'avaient compris d'où provenait l'eau qui coulait à l'époque. Fabrègue estimait qu'il y avait une résurgence et surtout qu'il n'y avait pas eu de véritable construction. Le rocher était déjà une forteresse en soi qui ne nécessitait que des aménagements, une fortification comme le disait Dardanus dans l'inscription.

In summum saxum evaserunt, songea Fabrègue, pensant au parchemin des *missi dominici*. « Ils sont montés sur le rocher. »

Les vallons avaient conservé quelques restes antiques, et les laboureurs continuaient de mettre au jour médailles, outils et armes en fer et bronze. Le terrain s'était affaissé au cours des siècles, des torrents sapaient les montagnes.

— On dit que dessous le rocher se trouverait l'antique et légendaire Theopolis, fit Julien.

— Nous, ici, on l'appelle Théou, expliqua Bernard.

Julien avait une autre piste en tête. Le témoignage écrit, vers 1650, du prévôt du monastère de Chardavon, à deux kilomètres à l'est de la Pierre écrite : *On rapporte des vestiges d'une grande ville. Des médailles d'or et d'argent sont découvertes régulièrement à l'ermitage de Notre-Dame-de-Trainon.*

Le temple de Theopolis se trouvait sans doute au sommet de la montagne triangulaire, haut lieu de cultes antiques en raison de son tellurisme particulier. Julien reporta son regard sur l'espace environnant. Le silence régnait en maître. Il n'y avait pas un souffle d'air. Une sourde menace rôdait, et comme des présences impalpables, des silhouettes furtives paraissaient glisser sur les prairies incendiées de lumière. Il lui sembla que la chapelle blottie sur la pente de la montagne se déformait et se mettait à flotter, en même temps qu'un vertige le prenait. Julien se dirigea vers la chapelle de pierres grises au toit de tuiles roses, cachée au milieu des roches et des buissons au pied du rocher. Notre-Dame-de-Dromon avec ses béquilles et ses ex-voto, son pèlerinage du 8 juillet qui drainait une foule de fidèles. Un instant, il se dit qu'il s'agissait du monastère des bernardines dessiné par le curé Jacques Masse, au XVIIe siècle. Puis sa raison lui en souffla l'impossibilité.

Ce n'était pas en ce lieu qu'il obtiendrait des réponses.

Quand ils reprirent la route, il fit taire sa déception et demanda à son cousin :

— A-t-on récemment trouvé des cavités dans les parages ?

— Des cavités, ça ne manque pas ici, les mines de houille ou de plomb abandonnées avant la Révolution. On trouve aussi de l'ambre jaune et du marbre. Pour ce que j'en ai vu !

Fabrègue savait que Jules Verne s'y intéressait, dans le cadre de ses romans mais aussi sur un plan plus scientifique, puisqu'il était chargé d'un rapport sur les mines de la région ; cela lui permettait peut-être de chercher le trésor. Mais il constata que l'endroit était trop isolé et trop difficile d'accès pour attirer beaucoup de curieux. Au moment où cette pensée traversait son esprit, un vacarme de roues et de sabots mobilisa son attention. Au détour du virage, la forme monstrueuse d'une berline attelée à deux chevaux et menée par un cocher en haut-de-forme lui apparut comme tout droit sortie de l'enfer. Bernard n'eut que le temps de faire ranger la mule et sa carriole sur le bord de la piste caillouteuse, manquant verser dans le précipice, tandis que l'attelage passait dans un bruit de tonnerre, soulevant un nuage de poussière. Julien se retourna. Un visage blême s'inscrivait dans la lunette, à l'arrière de la berline bâchée de noir. Il n'avait pas eu le temps de voir les traits du passager engoncé dans son manteau, mais s'il l'avait pu, il en aurait frémi.

— Pas gênés, ceux-là, marmonna Bernard, trempé de sueur.

13

Albertville

Les wagons cahotaient sur la voie ferrée longeant la montagne, tirés par la locomotive à vapeur. Sur la banquette opposée, une femme portant un manteau de voyage en tartan écossais lui adressa un sourire prometteur. Dans le train qui l'emmenait à Albertville, oubliant la beauté des paysages et la galanterie d'une conversation, Julien Fabrègue récapitulait les informations qu'il possédait.

L'histoire, mâtinée de légende, racontait qu'à Saint-Geniez se trouvait un trésor. Vers 413, ce trésor en provenance de Rome et destiné à la fondation du royaume de Septimanie aurait été transporté par chariots à Carcassonne. Il aurait été dissimulé en ce lieu sur les ordres d'un affidé d'Athaulf, roi des Wisigoths, du nom de Claudius Postumus Dardanus. Ce dernier devait accorder son autorisation au passage des chariots wisigoths en route pour Carcassonne. Le temps de présenter son billet au contrôleur, il revint à sa théorie :

« En 409, le prince arverne Jovinius rassemble d'autres peuples contre Rome, il s'allie notamment avec Gunther, roi des Burgondes, et Athaulf, roi des Wisigoths. Quatre rois regroupent leurs armées à Valence pour marcher ensemble sur Rome, via Arles. Informé par ses espions, Dardanus les rencontre et détruit leur alliance ; Jovinius reste seul à combattre et perd la vie. Pendant le siège de Valence, les Wisigoths qui se trouvaient près de Turin franchissent le col de Montgenèvre, déferlent sur Briançon et Gap. Ils longent la Durance jusqu'à l'oppidum de Sisteron, le Segustero romain, et offrent à Dardanus une partie des chariots chargés d'or, comme droit de passage en Provence et pour leur avoir accordé de fonder un royaume en Narbonnaise. »

Sa tête heurta le coin de la fenêtre. Les cahots du wagon et le grincement strident des freins interrompirent ses réflexions. On entrait dans une gare. Machinalement, Julien se pencha pour regarder d'un œil absent le flot des passagers qui montaient et descendaient. Une femme âgée accompagnée d'une fillette avec une immense tresse et coiffée d'un petit chapeau entra dans le compartiment de première classe et s'installa sur la banquette opposée. Puis le train reprit sa marche, et Julien retourna à ses pensées, bercé par le rythme des boggies.

A Valence, le roi burgonde Gunther avait décidé de s'établir dans le secteur de l'actuel village de Nibles, au sommet de montagnes hautes de deux mille mètres. Fabrègue savait, pour y être allé, qu'au sud du village, dans les falaises du plateau de Gache, un immense anneau était gravé, dans lequel certains voyaient l'anneau des Nibelungen. Oublieux de sa situation, il se mit à parler à voix haute :

— Alliés de Dardanus, ces Burgondes s'installent donc dans le secteur de Theopolis et de Nibles, et doivent dissimuler leurs trésors à cause des combats.

La dame âgée toussota, le tirant de ses réflexions. Julien regarda la fillette à ses côtés. Leur conversation lui apprit qu'il approchait de sa destination. Alors que le train abordait la dernière partie de la Combe de Savoie, le Provençal conclut in petto :

« En plus du trésor burgonde, il y en a sûrement un wisigoth dans le Languedoc, et c'est lui que semble chercher l'ami Saunière. A moins qu'il ne s'agisse du même trésor... »

Julien Fabrègue descendit du train en gare d'Albertville avec son gros sac de voyage à fermoir. Ses valises suivaient. Dans la cohue, il ne prêta pas attention à l'homme blond vêtu de noir qui sautait d'un autre wagon, un journal sous le bras. La femme au manteau écossais le salua d'un signe de tête et s'en alla de son côté. Le Provençal se retrouva sur une large place légèrement pentue, encombrée de voitures à cheval, de chars à bancs, de fiacres, de cabriolets et de diligences. Le soleil de ce début de juin délivrait une douceur printanière. Il se donna un peu d'air en agitant son canotier, puis levant la tête, regarda derrière la gare les sommets de la Belle-Etoile et du Roc rouge appelé « Tête de la Négresse » par les Albertvillois, car de ce côté-ci, la montagne ressemblait à une Africaine. A gauche se trouvait le confortable hôtel de la Gare avec sa véranda derrière des bacs de lauriers-roses. Au pied du trottoir, un ruisseau courait, canalisé par la rue bombée. Julien fut happé par le va-et-vient des conducteurs de voitures entrecoupé de jurons, saluts et coups de fouet. Une Peugeot roulant à vingt-cinq kilomètres-heure klaxonna pour se frayer un passage. Depuis 1886, on parlait des premières automobiles à essence. Grâce au trésor, Julien espérait acquérir un jour prochain une Carl Benz, modèle 1886, un moteur à explosion sur un tricycle avec boîte de vitesses. Il regarda passer un charroi où s'entassaient valises de cuir et de bois, grande malle en osier, casseroles brinquebalantes, matelas, sommier et buffet, le tout arrimé par des cordes. Un enfant qui vendait des journaux le tira de sa contemplation.

Julien héla un fiacre de l'hôtel Million. En chargeant ses bagages, le cocher à l'accent savoyard marqué lui expliqua fièrement qu'Albertville était un chef-lieu d'arrondissement et comptait environ six mille habitants. Depuis deux ans, le 22e BCA amenait une certaine animation et les beuglants et cafés-concerts ne désemplissaient pas. Hormis dans les périodes où les soldats partaient en montagne pour les manœuvres d'été dans leur poste avancé des Chapieux près de Bourg-Saint-Maurice.

— En ville, vous trouverez bien une quarantaine de cafés, déclara le cocher.

— Bigre ! s'exclama Julien. C'est qu'il faut les abreuver et les amuser, tous ces troufions !

A partir de la sous-préfecture, une vaste et longue rue bordée de belles maisons aux façades contemporaines avec quelques balcons en fer forgé, de magasins, de cafés et de pensions de famille le mena à son hôtel au nord de la cité. Sur la banquette de moleskine, Julien se laissait aller au rythme des oscillations de la voiture. Le temps de tourner la tête sur sa gauche, il aperçut une église néogothique comme encadrée par une colline aux raides coteaux plantés de vignes et de pommiers.

L'hôtel Million était une longue bâtisse à trois niveaux, percé chacun de dix belles fenêtres, comportant trente chambres et donnant sur la place de la Liberté. Il disposait d'un garage et d'une grange pour le foin et la paille. Julien Fabrègue aurait pu se contenter d'un logement plus modeste, mais il était habitué au confort de la Bastide et souhaitait afficher un rang qui redorait son blason. Ici, descendaient commerçants aisés, médecins, notaires et fonctionnaires, officiers et sous-officiers de la garnison, et même le gouverneur militaire de Lyon en inspection. Le restaurant accueillait noces, banquets et repas de classe, et des habitués comme le maire François Gravin ou le docteur Armand. Devant l'hôtel, des gamins en culottes courtes et costumes de marin jouaient au cerceau près des bacs de lauriers-roses. Parmi les berlines à cheval noires, une Mancelle à vapeur se profila, jouant du cornet pour avertir les passants et une bicyclette de se pousser.

La femme de chambre était jolie ; elle portait une coiffe blanche laissant entrevoir ses cheveux bruns bouclés. Dès son arrivée, Julien lui demanda son prénom : Juliette.

Il était sûr qu'ils s'entendraient à merveille.

14

La rencontre

Julien Fabrègue entra dans la salle de restaurant en costume de bastidan, un ruban de soie en guise de cravate. Il prit place à la table qui lui était réservée. Une lampe à pétrole répandait une douce lumière. Un mouvement de serveurs lui fit tourner la tête. Le baron von Schober apparut en tenue de soirée, s'appuyant sur une canne au pommeau d'ivoire représentant un cygne. La rumeur disait qu'il était à la tête d'une grande fortune mais qu'il avait beaucoup perdu lors du krach de Vienne, en 1873. Devant l'apparition de ce personnage qu'il avait croisé dès son arrivée à l'hôtel, Julien se sentit de nouveau mal à l'aise. Il lui semblait l'avoir déjà vu, sans pouvoir associer un lieu ou une date à cette rencontre.

Mû par la curiosité et conscient de l'importance de ses recherches, qui lui avaient valu d'être cambriolé et, sans doute, d'avoir perdu Magali, Fabrègue s'était renseigné. Il avait télégraphié de la poste d'Albertville à son cousin Roland qui travaillait au ministère des Affaires étrangères à Paris. Karl-Edmund von Schober était un neveu du comte Edouard Taaffe, ami d'enfance de l'empereur François-Joseph, qui dirigeait le « Cercle de Fer », un groupement de conservateurs et d'aristos, selon les mots de son informateur. Depuis 1867, régnait la double monarchie austro-hongroise à Vienne et Prague.

Le Français et les Autrichiens dînaient à des tables éloignées, mais leurs regards ne cessaient de se croiser. Sur la nappe damassée en lin, les serveurs vinrent poser les assiettes en faïence contenant les spécialités de l'hôtel, volaille truffée et langouste rémoulade, accompagnées d'un excellent vin de Bourgogne. Julien s'estima repu après avoir goûté la glace à la vanille. Ce fut à cet instant que la silhouette d'un des Autrichiens se déplia devant une des baies vitrées à petits carreaux. L'homme blond de haute stature s'inclina cérémonieusement devant lui et l'invita, de la part du baron, à rejoindre leur table. Von Schober se leva, salua Fabrègue, lui proposa un verre de sauternes, puis lui désigna d'un index orné d'une chevalière en or un coin du bar où ils pourraient se faire servir des digestifs et fumer un cigare.

— Allons, monsieur Fabrègue, il est temps que nous fassions plus ample connaissance ! Je serais indiscret de vous demander si vous êtes descendu à Albertville pour affaires ou pour loisirs.

— Vous le seriez, en effet, répondit Julien. Mais je n'ignore pas que tôt ou tard vous en serez informé, alors disons que je suis là pour affaires. Puis-je vous retourner la question ?

— Certes. Je suis historien et j'entreprends un ouvrage sur la fameuse bataille de L'Hôpital-sous-Conflans[1] qui a eu lieu ici, en 1815.

---

1. Ancien nom d'Albertville avant sa réunification avec la cité médiévale de Conflans en 1835.

Le vieux baron parlait admirablement le français, seul un léger accent le trahissait. « C'est un homme intelligent, érudit et surtout fouineur », disait de lui le cousin au ministère. L'homme que Fabrègue avait devant lui arborait un long visage au nez aquilin, couronné de cheveux paille de fer encore épais, et des yeux qui savaient devenir aussi froids qu'ils étaient animés l'instant précédent. « Ou l'ai-je donc vu ? » se demanda de nouveau Fabrègue. Le baron devait lire dans ses pensées car il constata :

— Vous me regardez comme si vous me connaissiez. Nous sommes-nous déjà rencontrés ?

— Je ne crois pas, non. Ou alors, on a pu se croiser à Brignoles, à Valence ou peut-être à Paris ?

Fabrègue avait décidé de se présenter en tant que géologue venu effectuer des recherches sur les mines de plomb argentifère de la région.

— Je vais vous demander une faveur, dit le baron, changeant de conversation. Je sais que vous possédez des ouvrages sur la mythologie nordique qu'il me serait agréable de consulter, si vous le permettiez.

— Vous m'espionnez donc ? s'indigna Julien.

— Je m'en voudrais d'une telle indélicatesse ! C'est une pure coïncidence. Je passais dans le couloir au moment précis où le porteur a malencontreusement fait tomber votre malle qui s'est ouverte. Et j'ai vu les livres. Hasard merveilleux qui m'a fait comprendre que nous partageons le même intérêt pour la culture germanique et plus précisément l'épopée des Nibelungen, une bien belle œuvre qu'a su admirablement exploiter Wagner. Son *Crépuscule des dieux* est un chef-d'œuvre dont je ne me lasse pas.

L'intuition de Julien lui soufflait que Schober était dangereux. Des fils invisibles se nouaient sur la trame de son destin ; il les sentait liés au meurtre de Magali. D'instinct il rejeta cette idée. Il ne pouvait pas être en présence des assassins de l'être qu'il chérissait.

Son épingle à cravate ornée d'un diamant jeta ses feux ; le baron reprit :

— Hormis nos héros germaniques, il est d'autres personnages et épopées qui me passionnent. Même s'ils sont plus modestes et méconnus de la grande Histoire. Savez-vous qu'il existe, à sept kilomètres d'ici, le village des Millières, près de Grignon et Tournon, et qu'on raconte qu'un trésor autrichien y est enterré près d'un rocher ? Cette légende de la pierre des Autrichiens est particulière car elle concerne mes compatriotes, mais naturellement, tout cela a eu lieu il y a bien longtemps et tout est oublié…

Julien fut surpris, mais n'en laissa rien paraître.

— Cette femme est très belle, n'est-ce pas ? fit le baron, voyant que Julien Fabrègue regardait la blonde au chapeau de paille verte, en train de souper avec deux personnes. C'est une institutrice. Je la connais, je peux vous la présenter. Vous aimez les blondes, pas vrai ?

— Comment le savez-vous ?

— Intuition toute masculine, mon cher.

L'Autrichien et le Français étaient tous deux des érudits et des hommes de bonne éducation. Même si Fabrègue s'en méfiait, il reconnaissait un interlocuteur à sa mesure et ne pouvait que tirer bénéfice de leur conversation. Tout en dégustant un cognac, ils en vinrent à aborder le sujet des sociétés secrètes. Von Schober expliqua :

— Vienne était un grand centre de rosicruciens et de leurs sociétés alliées comme les Frères asiatiques. Mon père qui, je vous l'avoue, était un Rosenkreutz, un rose-croix, connaissait Franz-Anton Mesmer, le magnétiseur. Un génial connaisseur du magnétisme animal. Il est mort la même année que lui, en 1815. Etrange, n'est-ce pas ? Mon grand-père, lui, a bien connu à Vienne le comte de Saint-Germain qui se disait immortel pour avoir trouvé la pierre philosophale.

— Et vous, qu'en pensez-vous ? demanda Fabrègue.

Au moment où le baron se penchait à son oreille pour lui donner la réponse, la belle institutrice se présenta à leur table, jupe ronde et taille cintrée dans un tailleur en tissu anglais couleur tabac. C'était une femme émancipée. Sa silhouette attirait tous les regards ; les dames se poussaient du coude. Juliette, la femme de chambre, racontait qu'on l'avait vue une fois en jupe-culotte, perchée sur une bicyclette.

— Mon cher, minauda la blonde aux yeux lavande, vous ne m'avez pas présentée à votre ami ! Vous manquez à tous vos devoirs.

Le baron lui baisa la main et fit les présentations. Profitant d'une légère bousculade et du bruit ambiant, Julien glissa à Odette Merlaud :

— J'aimerais beaucoup vous revoir.

Il ne mettait guère les formes, le Provençal, mais cela plaisait à la jeune femme. Elle vit là une franchise et une liberté de manières augurant un homme passionné.

Elle chuchota plus qu'elle ne dit :

— Invitez-moi demain midi au restaurant de la Balance, rue de la République !

Ainsi, il y avait une pierre dite des Autrichiens, à laquelle était rattachée une étrange histoire. Julien

Fabrègue n'avait pas imaginé que le trésor pouvait en cacher un autre. Et si, par une de ces surnaturelles coïncidences, celui des Burgondes était intimement lié à celui, sans doute plus modeste, des Autrichiens ?

Dans sa chambre, Fabrègue interrogea son pendule sur la question d'un trésor autrichien, puis sur le trésor des Burgondes. La réponse était positive pour les deux. La région que son pendule avait mise en évidence sur la carte d'état-major s'étendait entre les villages de Monthion et de Bonvillard, désignant plus particulièrement celle au-dessus du chef-lieu des Millières. Cela confirmait les dires de Von Schober. Avant de s'endormir, la dernière pensée du Provençal fut celle qu'il avait déjà eue lors de leur conversation :

« Pourquoi le baron me tend-il pareille perche en me renseignant sur ce sujet ? Aurait-il dans l'idée de me suivre ou de profiter de mes investigations ? S'il me manipule, je le saurai très vite... »

15

Fils et petit-fils de héros

Le baron Karl-Edmund von Schober et sa clique arrivèrent dans son extravagante voiture La Rapide à six places, pouvant atteindre la vitesse stupéfiante de soixante-trois kilomètres-heure. Seules quelques personnalités albertvilloises possédaient une automobile. Gustav Hainisch, le chauffeur, n'était pas peu fier de ce véhicule à carrosserie échancrée, conçu par Amédée Bollée. Les six hommes en descendirent, un peu éprouvés par les bancs de bois et les vibrations. Von Schober, Hainisch, Alfons Moser, suivis de Theodor Wagner, Konrad Olbrich et Kurt Wittek, un borgne surnommé « N'a qu'un Œil », pénétrèrent dans l'hôtel Million, faisant sensation. Le temps d'avaler leur repas, les Autrichiens montèrent l'escalier au tapis moelleux et entrèrent dans leurs chambres aux plafonds hauts, aux lits et aux meubles décorés de motifs sculptés.

Drapé dans sa robe de chambre bleue, le baron se contempla dans le grand miroir. Il lui plut de se comparer au dieu Wotan, symbole du pouvoir absolu, l'incarnation de la violence aveugle. Le dieu des Morts avec un seul œil, vêtu de son manteau bleu nuit. Von Schober se servit un cognac, en attendant ses compagnons. Il préférait tenir réunion dans sa chambre plutôt qu'au salon où les murs pouvaient avoir des oreilles. Tout en buvant, il pensa aux Walkyries, ces nymphes du Walhalla, qui conduisaient les héros à la mort et au paradis, leur offrant bière et hydromel.

Son propre père était mort au combat. Non pas de manière héroïque, mais perdu dans un guet-apens de paysans crottés.

Ils furent quatorze à tomber dans la montagne des Millières, en ce 28 juin 1815. Leurs sept descendants avaient fait un pacte, juré de les venger et de revenir chercher leur trésor. Vinzenz Rainer, le petit-fils de Wladimir, était malheureusement mort l'année précédente. Le baron von Schober, leur chef, était aussi le plus vieux avec ses soixante-dix-neuf ans : il était le fils de l'Oberstleutnant qui avait mené ses hommes dans la montagne, alors que les cinq autres étaient de la seconde génération.

L'histoire de leurs père et grands-pères les tenaillait, ils ne voulaient pas mourir sans savoir ce qui s'était passé soixante-dix-sept ans plus tôt. Les Autrichiens, venus d'Italie par le col du Petit-Saint-Bernard et la Tarentaise, étaient grimpés en juin 1815 par les montagnes sous la chaîne du Grand-Arc dominant l'Isère, pour redescendre sur les Millières et aller prendre à revers les troupes françaises du colonel Bugeaud postées à L'Hôpital. Cette troupe, détachée de la colonne Von Trenk, avait pour seconde mission officieuse d'explorer les lieux où était supposé se cacher un trésor burgonde. Elle était commandée par l'Oberstleutnant Karl-Sigmund von Schober, le père du baron actuel. Vaincus au combat et pourchassés par les Français, ils n'étaient jamais rentrés au pays. L'artilleur Heinrich Dolfuss, le seul survivant, avait raconté que, fuyant par les montagnes pour rejoindre un col italien, ils avaient tous péri, dans des embuscades ou de mort surnaturelle.

« Dolfuss a rapporté des choses incroyables ; la bataille a dû lui taper sur la tête, disait Alfons Moser. Qui plus est, comment accorder du crédit à un sourd ?

— Sourd peut-être, mais pas aveugle », lui avait répliqué Von Schober.

Tout comme ses hommes, son père était mort, mais il avait eu le temps d'écrire une courte lettre à son fils, remise à Vienne à son épouse Bertha et qui, à sa majorité, lui était revenue. Le baron portait toujours sur lui la montre à répétition qui pouvait sonner à la demande, que son père avait confiée à l'un de ses hommes en même temps que la lettre.

Les six Autrichiens étaient eux aussi à la recherche du trésor des Burgondes. Ils étaient revenus plusieurs fois chercher les dépouilles de leur père et de leurs grands-pères ainsi que leur butin, du moins jusqu'en 1860, date à laquelle la Savoie avait demandé son rattachement à la France. Mais cette fois, Von Schober avait bon espoir, il disposait de nouveaux et sérieux indices, et le Provençal qui était descendu à l'hôtel Million allait, bien involontairement, l'aider à atteindre son but.

Alfons Moser, chauve au grand front, la barbichette taillée en pointe et la moustache effilée aux pointes parfumées, avait un faux air de Louis Napoléon Bonaparte. Il se cala sur sa chaise et expliqua aux autres :

— On sait grosso modo où nos grands-pères ont déposé le butin. D'après le témoignage de Dolfuss, ils ont choisi un rocher à proximité pour en marquer l'emplacement, mais la configuration des lieux change en plus de soixante-dix ans. Il faut considérer la nature du terrain. En 1815, c'était surtout des pâturages, la forêt démarrait plus haut. Aujourd'hui, on doit tenir compte du phénomène de hêtraie-sapinière. D'abord, ont poussé les hêtres, les fayards ainsi qu'on les nomme dans la région, puis les petits sapins protégés par leurs branches, qui peu à peu ont grandi.

Theodor Wagner intervint :

— Et si le rocher des Autrichiens, comme les paysans l'appellent encore dans le coin, était tout bonnement le rocher de Conflans ? Dans ce cas, l'or a pu rester dans cette cité. Et nos grands-pères qui l'ont occupée en 15 avec le régiment de Piémontais ont pu cacher leur butin avec le trésor burgonde dans une cave ou même dans le souterrain des sœurs bernardines. Maintenant, le couvent de la Maison-Rouge est devenu la caserne de deux compagnies du 22e BCA, et ça ne va pas être facile si on doit aller fouiller là-bas. Les temps ont changé. Nous ne sommes plus vainqueurs et occupants.

Ses pensées le ramenèrent aux mois de mai à juillet 1859, lorsque les Autrichiens se battaient contre la France, l'Autriche ayant déclaré la guerre au royaume de Sardaigne. Le royaume lombard-vénitien était alors sous leur domination. Une fois l'armistice signé, l'annexion de la Savoie à la France par plébiscite avait suivi.

— Et qui te dit que ce que nos grands-pères ont trouvé à Conflans était une partie du trésor burgonde ? rétorqua Olbrich. Si ça se trouve, ce vieux fou de

Dolfuss a tout mélangé, il a pris le butin dérobé aux Français pour le trésor des Burgondes.

Von Schober tripota une pointe de ses moustaches, signe de concentration extrême.

— Non, je suis certain que le trésor est bien signalé par une pierre, au sens littéral. Vous oubliez la lettre de mon père. Et puis, il y a le livre que notre famille possède depuis des lustres et qui fait bien des envieux jusqu'à la cour de Vienne. Et surtout, ma gravure...

Le baron savait où il mettait les pieds. Il possédait une gravure de la campagne de Savoie durant la guerre de Succession d'Espagne, datée de 1709. On y voyait trois médaillons avec des portraits de profil : celui du roi Victor-Amédée II, encadré à gauche par celui du général comte von Thann, feld-maréchal des troupes impériales autrichiennes dans les Alpes de Savoie, à droite par celui du maréchal duc de Berwick, leur ennemi. La topographie des lieux laissait à désirer. Les troupes figurées se faufilaient dans les montagnes dessinées comme autant de triangles. Venant du Petit-Saint-Bernard et du Mont-Cenis, elles contournaient la rivière Isère. Cinq bourgs étaient mentionnés : *Susa, Saint-Jean-de-Morienne, Monstier, Conflans-Hospital* et la *forteresse de Montmélian.* Plus un sixième, le plus intéressant : *N.D. de Milliers.* A côté, figurait un petit rectangle qu'il reconnaissait comme symbolisant un coffre, avec le mot *Nibelungenhort.* Le trésor des Nibelungen.

Quant au livre relié de cuir, d'argent et d'ivoire, daté du IXe siècle après Jésus-Christ, Von Schober père, spécialiste des Burgondes et des légendes nordiques, avait dépensé une fortune pour l'acquérir. Le texte était en carolines d'or sur parchemin teint en pourpre.

Von Schober fils en avait mille fois contemplé le texte. Dans le prestigieux scriptorium de Reichenau, sous l'égide de l'abbé Alcuin, un moine copiste avait scrupuleusement recopié des informations aussi capitales que celles figurant dans le *Livre des Nibelungen*. Et qui menaient aux Burgondes de Saboia. Avait-il conscience de ce qu'il écrivait, de la piste qui aurait pu le conduire à un fabuleux trésor susceptible de transformer sa misérable existence ?

Ce précieux livre avait été confié à l'orfèvre qui avait enrichi la couverture en cuir de pierres précieuses et de métal ouvragé. Dans la partie centrale, il avait inséré une plaque d'ivoire représentant une scène inhabituelle. Un berger avec quatre moutons devant une montagne en forme de corbeau. Il y avait fait ajouter des cabochons aux quatre coins, fixer quatre petits personnages en métal. Un loup, un sanglier, un aigle et un cerf. Seul un riche et puissant mécène pouvait s'offrir pareille merveille.

Le berger aux quatre moutons devant la montagne-corbeau, Von Schober père le connaissait. Il figurait sur le tableau qu'il avait raflé dans un château près d'Albertville, en période d'occupation. C'est pourquoi Karl-Sigmund von Schober s'était réjoui de participer à la bataille de L'Hôpital pour être sur le terrain, dans l'espoir de découvrir quelque chose. S'il réussissait, outre son enrichissement personnel, il s'attirerait les faveurs de la cour des Habsbourg et de l'empereur François II.

Car dans le trésor, se trouvait un objet fabuleux. Quelque chose d'unique au monde qui lui donnerait la puissance et l'invincibilité.

Le baron agita sa canne à tête de cygne, emblème des Nibelungen, et poursuivit :

— Je crois vraiment, mes amis, que nous devons prendre le livre d'Eginhard très au sérieux. C'est pourquoi nous sommes réunis ici. *Der Nibelungenhort* est bel et bien là, je le sens.

— Le Français le cherche, lui aussi, fit Hainisch, la bouche mauvaise.

— Eh bien, qu'il cherche ! Il a peut-être une longueur d'avance sur nous, mais cela entre dans mon dessein. Konrad le tient à l'œil et nous avertira de tout ce qu'il découvre ou manigance.

Le baron baissa le ton car il entendait du bruit dans le couloir.

Juliette Favre cirait les meubles, changeait draps et linge de toilette, nettoyait les baignoires, les vases de nuit et les potiches à fleurs. Elle s'attardait volontiers, admirant les montres, les bonbonnières en écaille, les tabatières garnies d'un cercle d'ivoire, les épingles à cravate, les brosses de soie ; elle reniflait l'eau de Cologne de ces messieurs. Elle posait parfois sur un guéridon le journal quotidien *Le Matin* ou *Le Progrès*. Elle terminait par celle où, sur la porte de chêne, elle pouvait lire sur le carton de son occupant : « *Herr von Schober* ». Le vieux et sinistre baron Karl-Edmund von Schober et ses cinq acolytes, des personnages peu recommandables qu'elle entendait chuchoter dans leur langue germanique et qui se taisaient dès qu'ils l'apercevaient, lui faisaient peur. Elle détestait en particulier le borgne qui n'avait qu'un œil mais bien deux mains pour les lui passer aux fesses.

— En tout cas, conclut Moser derrière la porte, notre piste, selon les témoignages des survivants, est la fillette au collier, un maigre indice. Elle s'appelait Albertine Gonthier. Quinze ans et un beau collier. Reste à mettre la main sur un de ses descendants...

— Alors, bienvenue à l'envers, à l'ubac, le côté où l'ombre reste, où se forme la brume, où poussent la mousse et les goitres gélatineux ! s'exclama Gustav Hainisch avec une emphase qui les fit sourire.

16

La belle d'Albertville

Odette Merlaud laça péniblement son corset, passa de la crème sur son visage, de la poudre de riz sur son nez et dans son cou un soupçon de Guerlain. Elle contempla dans le miroir ses yeux bleus agrandis par un trait de noir, ses sourcils fournis et son teint irréprochable. Ses cheveux à peine ondulés, rendus légers et vaporeux par l'emploi de l'Antiseptique de Lentheric, étaient relevés très haut par un peigne de nuque, les pointes frisées en grosses boucles, avec sur le front une frisure plus légère. Elle était irrésistible. Ce soir, Julien Fabrègue lui tomberait dans les bras.

Elle enfila son jupon et une chemise de jour en toile fine puis une robe en foulard fond paille et enfin chaussa des bottines. Avant de sortir, elle n'oublia pas son grand chapeau et son ombrelle en mousseline de soie garnie de fleurs, dentelles et nœuds. L'idée de ressembler à une de ces paysannes au teint hâlé la révulsait, et comme elle le répétait à l'envi, les femmes de son milieu pâlissaient encore leur carnation en buvant du vinaigre et en évitant l'air frais qui risquait de leur rosir les pommettes.

Elle avait donné rendez-vous à Julien dans un restaurant de la rue de la République, à deux pas de chez elle. L'hôtel de la Balance était réputé pour ses salons où l'on fêtait carnaval lors de bals masqués. Il était reconnaissable de loin à son enseigne en forme de balance et son balcon au premier étage, soutenu par quatre colonnes en calcaire noir veiné de blanc de la Combe de Savoie. Odette longea les boutiques aux portes de chêne à grosses charnières de fer forgé, se repliant et s'ouvrant à l'extérieur. Elle pesta contre le tintamarre des voitures à cheval dans les rues en terre battue, tout en marchant sur les trottoirs en larges dalles de pierre martelées par les galoches à clous des paysans. Les citadins venaient se servir en eau aux bornes-fontaines. Des voitures chargées de foin côtoyaient les rares automobiles et les bicyclettes convoitées par les voleurs. Odette aimait se pavaner sur une de ces machines modernes.

La rue drainait une foule d'hommes en costume, chemise blanche et chapeau. A la hauteur d'une boutique de modiste, le tombereau du balayage public la frôla. Un voiturier jura, son cheval s'emballa, et heurtant un des réverbères à gaz en fonte, cassa ses deux brancards. Laissant les deux hommes s'expliquer et les badauds s'agglutiner, Odette Merlaud se pressa vers son rendez-vous. On lui avait rapporté que le maire se méfiait des voitures. « Pour ne pas écraser les bonnes femmes dans les campagnes », il songeait à réglementer la circulation dans la ville haute, les jours de marché, et limiter la vitesse à huit kilomètres-heure. Odette avait vu passer les trois notables albertvillois possédant une automobile, monsieur Aubry, directeur des Papeteries, le docteur Armand et Joseph Maniglier. Au coin de la rue Pargoud, une femme chantait en exhibant ses jambes, sans souci de la morale. Heureuse en songeant à son rendez-vous, Odette eut pour elle un sourire indulgent.

Julien Fabrègue l'attendait dans le jardin de La Balance devant un bac de lauriers-roses en lisant l'hebdomadaire *Le Journal d'Albertville*. Levant le nez, il la vit arriver et en eut un coup au cœur, tant elle ressemblait à Anaïs. Même taille, même silhouette déliée, même blondeur. L'innocence en moins. Pendant qu'il se levait pour l'accueillir, elle lui prodigua un large sourire et un salut au léger accent. « Elle est d'origine suisse-allemande », lui avait expliqué le baron von Schober. Ils s'attablèrent et Julien commanda un excellent vin de Chignin avec des hors-d'œuvre et du pâté en gelée. Odette observait ses belles mains et la chevalière carrée noir et rouge qui ornait un annulaire ; elle marquerait bientôt sa peau délicate quand elle se donnerait à lui. Elle le regarda d'un œil bleu lavande qui le fit fondre et murmura :

— J'imagine que vous n'êtes pas venu à Albertville profiter de l'air pur des montagnes et faire des excursions.

— Je suis géologue, je fais des recherches sur les mines, plus précisément celles de Tarentaise comme Mâcot et Peisey.

Le Provençal se sentait en confiance. Il décida de lui en dire davantage, qu'il s'intéressait aussi à l'histoire et plus particulièrement aux Burgondes venus s'installer dans la région.

— Comme c'est passionnant ! s'exclama Odette, tamponnant un coin de sa bouche pulpeuse de sa serviette brodée. Moi, ma passion, c'est aussi l'histoire, les vieilles pierres, les archives. J'étais enseignante avant qu'une pneumonie n'interrompe une carrière prometteuse. Il faut que je me ménage, que je prenne le soleil. Vous êtes du Sud, à entendre votre accent charmant. Il me rappelle celui de ma cousine de Brignoles chez laquelle je passais mes vacances enfant.

Julien sursauta et manqua renverser son verre.

— Vous connaissez Brignoles ! Mais je vis là-bas ! Et comment s'appelle votre cousine ?

— Manon Fabre.

— Mais je la connais ! s'exclama Julien, le visage empourpré au souvenir de la belle bastidane qui lui faisait des avances.

Odette sourit, en hochant la tête.

— Quelles coïncidences ! Vous voyez que nous sommes faits pour nous entendre ! Si je vous racontais comme ma vie est jalonnée d'événements surnaturels et de rencontres providentielles... Avez-vous une fiancée dans votre pays ?

Julien se rembrunit.

— Elle s'appelait Anaïs, elle est morte il y a déjà longtemps, mais je n'ai jamais pu l'oublier. Elle vous ressemblait, vous savez...

— J'en suis touchée. Moi aussi, je suis en deuil. Bertrand, mon époux, est mort en héros en 70 à Beaune-la-Rolande.

Elle s'était trahie sans le vouloir. Il y a vingt ans, elle avait seize ans pour le moins. La belle Odette Merlaud, qui faisait tout pour qu'on oublie son âge, avait plus de trente-cinq ans. Ou alors, elle avait menti sur son mariage. Elle picorait dans son assiette. Les bons petits plats que lui préparait sa servante lui revinrent en mémoire. Il la revit le jour où il avait décidé de son départ. Magali s'était parée de ses plus beaux atours.

Pas de bijoux, mais dans ses yeux les larmes brillaient comme des diamants. Le lendemain, elle était morte.

A cette pensée Julien ressentit une décharge d'adrénaline. Il se ressaisit et demanda l'addition. Une fois dans la rue, Julien eut la sensation que la nuque lui brûlait, comme s'il était observé. Il se retourna lentement mais ne vit personne. Odette Merlaud à son bras, ils partirent en direction du quai des Allobroges, le long de l'Arly, une promenade bordée d'arbres où une brise légère dispensait de l'air frais.

Rue Gambetta, ils dépassèrent le théâtre au-dessus duquel, dans une vaste salle, se tenaient les réunions de la loge maçonnique des Allobroges, comme l'indiquaient le buste de Marianne et le fronton en triangle sculpté. Julien salua le baron von Schober, le nez levé, contemplant sous le faîte les symboles du pélican nourrissant ses petits, de la ruche, des grenades entrouvertes et des roses. Ce dernier lui avait avoué être franc-maçon. Toujours cette étrange manie de dévoiler son intimité, et qui paraissait bien suspecte.

Von Schober espérait pouvoir entrer en contact avec la loge et lui soutirer certains petits secrets pouvant toujours se révéler utiles. Il ne lui avait pas non plus échappé que Fabrègue faisait partie des maçons aixois.

Julien et Odette marchèrent au bord de la rivière, confiant leurs pensées troublées au fil de l'eau. Au bout d'un moment, la jeune femme déclara :

— Je suis à votre disposition pour vos recherches, mon cher Julien. N'hésitez pas car je connais Albertville comme ma poche !

Il sourit et lui demanda :

— Seriez-vous à ma disposition pour d'autres loisirs ?

Elle lui donna une légère tape sur le bras, faussement gênée.

— Cela dépend ! Mais si vous voulez qu'on se revoie pour des promenades à la fois agréables et enrichissantes pour vos recherches, je suis tout à vous.

— Etes-vous libre ce soir ? demanda Julien qui avait compris depuis le début ce que la nature impétueuse d'Odette réclamait.

— Libre et disponible, mon beau Provençal.

Une lueur de désir s'alluma dans les prunelles du jeune homme. Odette l'attisa en passant sa langue entre ses lèvres, puis elle s'en alla dans un envol de jupons et de parfum qui l'étourdit.

Julien s'assit dans le lit aux montants de cuivre et aux draps de satin blanc. Odette enfila une robe de chambre droite et lui servit un verre d'eau fraîche qu'il avala goulûment, pour calmer sa gorge échauffée.

— J'ai la langue en feu, ma petite allumeuse, mais j'ai encore envie de te caresser.

Elle constata d'un ton presque grave :

— Tu aimes l'amour à un point inimaginable. Je ne savais pas qu'un homme pouvait le faire autant de fois.

Il rit, lui prit la main, joua avec ses doigts.

— C'est vrai que j'aime l'amour. Quand je ne pourrai plus le faire, j'irai me faire tuer dans une bagarre.

Toujours riant, il lui montra la cicatrice imprimée au creux de ses reins, trace d'un coup de surin reçu dans un quartier malfamé du Caire, en compagnie de truands qui vendaient des antiquités.

— Revenons aux femmes et à l'amour ! dit-elle. Tu as dû en avoir beaucoup.

Il sourit malicieusement et hocha la tête. Sur le visage de sa maîtresse, il vit s'inscrire la jalousie. Il lui demanda :

— Et toi ?

— Oh ! Moi, à part mon époux et deux flirts poussés.

— Je n'aurais jamais cru ça de toi, Odette. Tu m'as paru, disons, plus libre de manières.

— Il ne faut pas se fier aux apparences, répondit Odette, qui le chevauchait en dévoilant des charmes qu'il avait bien du mal à ignorer.

— Demain, je vais au village des Millières. Tu veux m'accompagner ? Ça te ferait une balade.

Odette s'esclaffa.

— Dans ce pays de pouilleux et de goitreux ! Tu ne voudrais pas que j'abîme mes chaussures et surtout que je gâte mon teint, pour finir par ressembler à ces filles qui sentent la vache ! Tu n'auras qu'à me raconter.

Julien se sentit étrangement blessé par ses propos, il l'aurait crue plus simple et plus charitable.

— Maintenant, tu te tais et tu me laisses faire, fit Odette, s'empalant sur le sexe dressé de son amant.

17

Au pays du purin et des goitreux

Julien Fabrègue était médusé. Il regardait les toits de chaume qui descendaient quasiment jusqu'au sol, les minuscules fenêtres à barreaux, les tas de fumier d'où le purin s'écoulait dans la rigole du sentier, les clapiers. Il vit une demi-douzaine de maisons avec leurs soubassements en pierre, leurs parties hautes en planches verticales et leurs toits en paille de seigle. Le bassin était une grosse poutre de châtaignier évidée. Seuls les cerisiers garnis de fruits rouges et peuplés de merles qui lançaient leurs gazouillis joyeux mettaient de la couleur dans ce sombre tableau. Il avait vu des treilles séparant les champs et des pommiers dans les prés. « Pommaray signifie pays des pommes », lui avait-on expliqué.

On lui avait aussi raconté comment autrefois, avant que l'Isère ne fût endiguée, ses rives se transformaient en vaste marécage à l'époque des pluies et de la fonte des neiges. Le pays de l'ombre était alors une terre de goitreux, de méchanceté et de mauvaisetés, minée par les fièvres en période de canicule, où les sorciers jetaient des sorts qui rendaient les gens méchants et contrefaits. Même si le duc Charles-Félix avait dompté l'Isère, plus de soixante-dix ans auparavant, la Combe de Savoie était toujours humide, encombrée de vernes et de roseaux. On avait dû tracer la ligne de chemin de fer le long des flancs ensoleillés des Bauges. Depuis l'Annexion, la France avait investi de grosses sommes pour moderniser la Savoie, assécher les marais, discipliner les torrents, favoriser le flottage du bois, accroître l'exploitation des mines. On avait ouvert et restauré des routes, de bons chemins à charrettes ou sentiers muletiers. Et cependant le progrès semblait s'être arrêté aux portes du Pommaray.

Le Provençal promenait son regard sur les masures et leurs habitants vaquant à leurs occupations. Les paysans, eux, dévisageaient cet étranger essoufflé par la marche, en complet veston de lin avec pantalon au pli bien marqué, son chapeau de paille à ruban bleu planté sur une tête d'aristocrate.

— C'est un Francé, un étranger, marmonna une vieille femme en longue robe et coiffe noires, tenant une poule caquetante sous son bras.

— Bonjour, fit aimablement Julien. Je viens voir monsieur Cyprien Borrel. Pouvez-vous m'indiquer où il habite ?

La vieille, à la gorge déformée par un goitre, tendit un doigt tordu à l'ongle sale vers une des maisons au bout d'un chemin, sous un bouquet d'acacias. Le Provençal s'amusa de cette manie qui faisait qu'en 1892, au-delà des Millières, on appelait le pays la France et les gens les Francé. Mais la Savoie n'était française que depuis trente ans. Et dans les écoles, les instituteurs devaient se battre pour que les enfants cessent de parler le patois.

Il était venu en voiture à cheval d'Albertville, distant de sept kilomètres du chef-lieu des Millières, et était monté au Pommaray à pied. Drôles de villages, avait-il constaté durant sa demi-heure de marche. Des chaumières dispersées, des hommes arborant au cou un amas de chair flasque et proéminent, d'autres qui passaient leur chemin sans un coup d'œil, sans une parole. Des silhouettes de vieilles femmes silencieuses et voûtées qui se découpaient sur les bouches noires des portes. Il pensa avec appréhension à la masure du Crêt, le hameau au-dessous du Pommaray, où un pauvre hère muet et attaché beuglait comme un damné, effrayant les enfants qui passaient leur chemin.

A la mairie des Millières, on lui avait recommandé Cyprien Borrel, le garde champêtre. « Le Rossé, il connaît la montagne comme sa poche et il pourra vous aider. » Julien entra dans la maison semblable à toutes les autres, une cave au rez-de-chaussée, un escalier qui montait à l'étage d'habitation desservi par une galerie, laquelle dominait la soue des cochons. L'écurie-grange était bâtie à l'écart. Le Provençal trouva Cyprien Borrel en train d'aiguiser une grande faux. C'était un homme d'une trentaine d'années, en ample chemise de coutil, portant le sapé, le chapeau savoyard en laine feutrée à large bord. La chique qu'il mâchonnait déformait sa joue. Julien observa les outils accrochés à de gros clous et les seilles en bois. A côté, étaient empilés des échalas en châtaignier pour soutenir les vignes, à moitié taillés. Il était temps de se présenter.

— Julien Fabrègue. Je suis de Brignoles et géologue alpin. Je viens faire une étude sur les mines de plomb argentifère du Grand-Arc. J'ai eu votre adresse par le maire de Notre-Dame-des-Millières, monsieur Reydet. J'ai besoin d'un guide pour m'accompagner dans ces montagnes.

Le costaud aux moustaches rousses le regarda, eut un instant d'hésitation à la vue de son costume et devant ce flot de paroles, puis décida que Julien Fabrègue lui plaisait. Il l'entraîna à l'étage pour conclure leur affaire autour d'un verre de cidre.

— Venez donc boire un coup de bidoyon ! Vous en goûterez pas de plus fameux que par ici.

Dans la pièce sombre et malpropre où tournoyaient les mouches et pendaient des saucisses, Julien regarda la cheminée à crémaillère, les pots, le chaudron en cuivre, l'écumoire et le poêlon. Un grand rideau séparait la cuisine du coin chambre. Un angle de la pièce était occupé par une table-pétrin en sapin, planche mobile jetée sur deux blocs en forme de pyramide. Son regard engloba les seaux emplis d'eau avec leur grande louche à crochet, le garde-manger grillagé, l'horloge à caisse en noyer de fabrication locale. Et sur les étagères, les casseroles en fer galvanisé, les faisselles en argile cuite, les toupines en grès et la boîte à sel. Cette fois, le Provençal se sentait véritablement en Savoie.

Son verre de cidre avalé et leur affaire conclue, Cyprien Borrel allait renvoyer Fabrègue quand une voix sur le chemin l'arrêta.

— Tiens, voilà ma sœur Amélie ! fit-il jovialement. J'croyais qu'elle était montée en champ les vaches avec la ptuita sœur.

Ce n'était pas la plus séduisante des filles, mais elle avait quelque chose que les autres n'avaient pas. Un feu dans le regard qui faisait dire aux hommes qu'elle était belle. Environ vingt ans, de longs cheveux roux tressés sous la coiffe ronde à ruché de tulle et aux larges rubans, des yeux vert foncé dans un visage hâlé. Comparée à ces filles des villes au teint pâle, livides comme des cadavres, elle pétillait de vie. Même Odette, qui ressemblait tant à Anaïs, ne pouvait soutenir la comparaison. La jeune Savoyarde lui rappelait ces paysannes de Brignoles dont parfois il faisait ses maîtresses quand les nuits étaient trop longues et que la solitude se frayait un chemin au creux de son lit. En ce dimanche, Amélie Borrel portait une jupe, un caraco de lainage, un tablier joliment coloré et un châle d'indienne.

— Je te présente Julien Fabrègue, dit son frère.

Et désignant le Provençal aux cheveux d'or blanc, il ajouta :

— Voici ma sœur Amélie.

Julien tourna vers elle des yeux sombres, étranges, qui dévorèrent son âme d'un coup. Le temps s'arrêta, l'éternité les engloutit, tandis qu'ils échangeaient un long regard, indifférents à tout ce qui se passait autour d'eux. Ce qui les reliait prenait forme, devenait presque palpable. Julien prit sur lui pour se ressaisir et faire taire son désir. Avant de partir, il sentit la main du garde champêtre qui lui accrochait le bras par la manche de chemise.

— Ma sœur, pas touche ! Elle est promise à Hippolyte Mercier, le forgeron du chef-lieu.

En redescendant à pied à Notre-Dame-des-Millières où le conducteur de la voiture à cheval qu'il avait louée l'attendait au café Pernet, Julien pensa tout le long du trajet à la jeune Savoyarde. Etrangement, il l'associait au passage de la Chanson des Nibelungen qu'il connaissait par cœur.

En pays burgonde grandissait une jeune fille de très noble lignage. En aucun pays il n'en était de plus belle. Elle s'appelait Kriemhild. Elle devint une belle femme. A cause d'elle, beaucoup durent perdre la vie.

18

Amélie la rebelle

— D'où tu le connais ?

Cyprien dévisagea sa sœur d'un air curieux, comme s'il devinait en elle un maelström d'émotions, un désir nouveau.

— Il m'a posé plein de questions. C'est un géologue provençal venu pour faire une étude des mines. Tu penses, tout le monde ici est déjà renseigné sur lui. Et puis de savoir qu'il va aller traîner près du rocher des Autrichiens, ça questionne les gens, forcément. Maintenant, que le maire le connaisse, ça les rassure, et même ils se sentent importants, les gens. Si un type comme lui vient chez nous faire des études, c'est qu'il y a peut-être des mines à découvrir, comme celles de Bonvillard, et qu'elles valent quelque chose et peut-être même beaucoup de sous.

— Tu crois qu'il va rester chez nous longtemps ?

— Qu'est-ce que ça peut te faire ? Si j'te connaissais pas bien, je dirais que t'as le béguin. J'espère que c'est pas le cas, parce que d'abord t'es promise, puis c'est pas un gars pour toi, de notre milieu, de nos montagnes. Ça t'ferait du mal, rien de bon en tout cas.

Amélie se rebella contre son frère, contre son ignorance des sentiments, contre ses préjugés surtout. Elle regarda ses yeux d'absinthe, ses cheveux carotte, signes éclatants de la descendance d'Eléonore, qui lui valaient le surnom de Rossé, et elle lui cracha un peu trop violemment :

— Qu'est-ce que t'en sais, d'abord, des questions de milieu, que je suis pas capable d'en changer ? Je suis jamais arrivée à me faire à celui d'ici. Ce n'est pas mon milieu.

19

La Nore

Dans sa masure du Pommaray, Marie-Eugénie Besson préparait la petite tomme de ménage. Elle faisait calmement chauffer son lait, réglant la hauteur du chaudron à l'aide de la crémaillère. Elle attrapa sur l'étagère une jarre de caillette, la présure faite avec un bout d'estomac de chevreau de lait fermenté dans du vin blanc et qu'elle cachait comme un trésor. Tout aussi précieux était le levain sans lequel le pain serait immangeable. Satisfaite, elle mit son lait en caille. Puis le ballet de ses mains recommença ; elle défit son caillot, remit le tout à chauffer, le brassa longuement au-dessus des flammes. Elle sortit du chaudron la tomme faite de petits grains durs, la tira avec une toile de chanvre, pestant de n'avoir personne pour l'aider à la serrer afin de l'égoutter et la placer dans un cercle en bois. Elle la tourna rapidement trois fois avec entrain.

Une fois le fromage tiré, Marie-Eugénie prépara le sérac, fit bouillir le petit-lait jusqu'à ce qu'il monte dans le chaudron en écume blanche, y jeta du vinaigre mêlé d'eau pour le faire tourner. Elle avait des gestes lents, soucieuse de ne pas trop brasser le sérum, évitant de briser le grain immaculé. Elle réchauffa le tout lentement jusqu'à ce que se forment les œufs, puis elle s'apprêta à arrêter le feu pour tirer le fromage frais dans un moule. Mais il se mit soudainement à bouillir dans le chaudron, répandant une odeur pestilentielle et diabolique.

— Malédiction ! jura la Génie. C'est à coup sûr la Nore ! Je vais devoir tout recommencer.

Eléonore Bochet, la grand-mère d'Amélie et de Cyprien Borrel, qu'on surnommait la Nore, était une sorcière qu'on disait au service du mal. On pouvait tout craindre d'elle. Par sa faute, les bêtes avortaient, le lait restait clair et ne donnait plus de beurre, les chèvres se cassaient les pattes ou grimpaient aux murs. Nul chien, loup ou même ours ne voulait des carcasses du bétail envoûté. On murmurait qu'elle avait fait mourir le nouveau-né de sa voisine pour un regard de travers et un salut non rendu. « C'est l'œuvre de la Nore, la Granda Néra », disait-on en se signant. Les femmes enceintes évitaient de se trouver sur le passage de la « Grande Noire » pour ne pas recevoir « le mauvais regard ».

La Nore nouait l'aiguillette, barrait la matrice des épouses pour les empêcher de concevoir. Elle volait de l'eau dans les bénitiers et des restes de cierges pascals pour ses préparations diaboliques. Quant à son horrible corneille apprivoisée, elle parlait patois et imitait des tas de bruits.

Les cultivateurs avertis n'oubliaient jamais de ficher dans la terre ensemencée des rameaux de buis bénit afin de conjurer les maléfices de la sorcière.

Et, surtout, on racontait que la Nore connaissait le secret des Autrichiens.

Sa maison se trouvait à l'écart du village du Pommaray sur le sentier qui menait à la gure[1] et au ruisseau de la Combe, à l'orée d'un petit bois de fayards. Angélique Mermoz s'annonça dans la cour.

— C'est moi, la Gélique !

Comme à son habitude, la femme du docteur venait chercher ses potions et rapporter quelques ragots du chef-lieu. Elle pénétra dans l'antre de la Nore, composé d'une première pièce où étaient entreposés des sacs de grain et des outils agricoles, puis d'une autre voûtée et sombre à l'unique fenêtre, éclairée par des croéjus[2] brûlant de la graisse et répandant une lumière blanche et âcre. La corneille sur son perchoir lui jeta un regard amorphe que ses doubles paupières voilèrent. La pièce était grossièrement meublée de deux châlits en bois, d'une table-pétrin mal équarrie et d'un coffre servant aussi de banc. Des saucisses pendaient aux poutres et des chandelles fondaient sur les bougeoirs. Angélique avait déposé sur la table un paquet de bougies ; elle savait que cette attention ferait plaisir à Eléonore. La vieille la remercia d'un signe de tête et, sans un mot, retourna à sa tâche.

Le regard d'Angélique se perdit dans l'encombrement de toupines, de bonbonnes et de coffrets aux étiquettes rédigées d'une grande écriture laborieuse : ortie, violette, ciguë, reine-des-prés, rue, poire Martin et vipérine. Des vapeurs odorantes montaient des marmites de cuivre et de fonte pleines de bouillons et de décoctions, dans la cheminée ou sur le fourneau. Pendant que sa cliente attendait, la Nore jetait des plantes dans l'eau d'un bron posé sur les braises.

1. Ravin.
2. Petite lampe à huile qu'on peut accrocher.

D'autres séchaient en bouquets pendus à des poutres. Eléonore déclara d'une voix rocailleuse :

— *Vêtcha !* Ta préparation est bientôt prête. Tu la boiras chaque matin au lever. Tous les jours, t'en prends une cuillerée. Surtout, la Gélique, tu dois pas l'oublier, sinon tu finirais grosse et je serais obligée de faire passer ton fruit. Je pense pas que ça plaise au Guste.

La sorcière connaissait les simples. Elle cueillait les fleurs et les plantes sachant intuitivement le moment le plus propice, celui de la rosée, des sommités fleuries à prendre délicatement, des racines à arracher. Et quand elle ne savait pas, elle consultait son livre d'herboristerie illustré, qu'elle tenait de sa grand-mère Philomène. Elle tirait aussi sa science de l'almanach, cultivait dans son jardin plantes aromatiques et médicinales. Depuis des années, sa longue et haute silhouette couronnée de flammes rousses filées de gris, débordant de la coiffe, parcourait inlassablement les sentiers, les forêts et les abords de ruisseaux. Elle faisait sécher sa récolte, la pendait en bouquets puis la rangeait. Elle cueillait les feuilles de cassis contre les rhumatismes, du plantain soulageant l'asthme, des queues de cerise pour favoriser les urines. La reine-des-prés contre les maux de tête, la sauge pour dépurer le sang et le pas-d'âne[1] pour expectorer.

Le creux de son tablier recelait un tapis de fragrances forestières, des ombres luisantes y dansaient à la lueur des bougies. La Nore aimait vivre au contact des simples et des esprits des bois, sans crainte des loups, des brigands et des mauvais génies qui infestaient les lieux. Dieu ou le Diable la protégeait. Parfois,

1. Tussilage.

près du Rocher, elle croisait les fantômes des soldats autrichiens et faisait alors des signes de conjuration pour qu'ils passent leur chemin. Ils voulaient réparation, comme d'autres des leurs qui avaient fui par les montagnes des Bauges ou de la Roche-Pourrie. Ils recherchaient encore leur butin, celui qui depuis bien longtemps avait fini dans les caves et les greniers de certains villageois. Mais elle savait qu'un autre trésor, bien plus important, était encore à trouver. Celui des hommes aux casques à cornes dont elle percevait plus difficilement les esprits fugaces et dont elle humait parfois les odeurs rances. Elle se réjouissait à l'idée de voir s'entre-tuer les villageois dans une course au trésor effrénée. Le 28 juin approchait. Cette année, avec l'arrivée du Provençal, la journée fatidique serait particulièrement prometteuse.

— Où as-tu appris les plantes et la médecine ? demanda Angélique.

— Je les tiens de ma grand-mère Philomène et de sa mère avant elle et aussi des esprits de la nature qui me parlent quand je vais cueillir mes plantes. Ils m'indiquent les recettes, mais ils causent pas à n'importe qui. Il faut les respecter et leur donner des offrandes.

La Nore pensa aux nains puissants qui hantaient le pays. Ils habitaient les cavités sous la Dent-du-Corbeau et le Grand-Arc. Les gnomes cachaient leurs trésors à l'intérieur même de l'épaisseur de la roche, et nul ne pouvait pénétrer dans leur domaine, à moins de posséder la clé magique. Chez elle, vivaient les sarvans, les lutins domestiques, les poltergeist qui donnaient des coups dans les murs et dérangeaient ses objets. Pour les conjurer, elle conseillait à ceux qui en étaient victimes de clouer un fer à cheval dans l'écurie ou de répandre du grain. « Le temps qu'il les compte, le sarvan s'impatiente ferme et fout le camp. »

— On dit que ta mère Albertine avait des prédispositions comme toi, constata la Gélique.

— Ce fils d'Autrichien, ce baron de malheur, il faudra qu'il paye un jour pour son père et toute sa clique avec lui ! rugit Eléonore.

Angélique Mermoz n'eut pas le temps d'en apprendre plus. Trois coups furent frappés à la porte, et la guérisseuse lui désigna le rideau derrière lequel se cacher. Une grande fille fit son entrée, vêtue d'une simple robe marron, un châle sur la tête.

— C'est pour qu'on me reconnaisse pas, expliqua-t-elle, gênée, en découvrant son visage et ses beaux cheveux blonds tressés.

— J'ai l'habitude, dit la Nore. J'connais la chanson. Alors, la Toinon, qu'est-ce qu'il te faut, aujourd'hui ? Un philtre d'amour ? Des herbes pour la fertilité ? Une potion pour te rendre intelligente ?

La fille rougit intensément sous la raillerie. Elle secoua la tête :

— Non, je viens te demander conseil. Ma vie est devenue infernale avec mon Fardinand. Il fait le poulet avec les autres femmes.

— Tu as ce que j't'ai demandé la dernière fois ?

Antoinette défit prestement son sac d'étoffe et en tira une photo sépia qu'elle tendit à la lueur des flammes. Le portrait de Louis-Ferdinand Reydet, dit Fardinand le Roan, le roi mégalomane, le maire et un des instituteurs du chef-lieu. Aussi laid en photo qu'en réalité.

— Tu veux que je le tourmente avec mes aiguilles ?

— Non, non ! Je veux pas damner mon âme ! s'exclama Antoinette, terrifiée. Je veux un philtre d'amour à mettre dans sa soupe pour qu'il me revienne.

Eléonore lui désigna le banc coffre, tandis qu'elle s'activait près d'une lampe à pétrole dont la flamme crachotante éclairait son visage émacié. Le chat noir alangui sur le banc s'étira et déploya ses griffes, avant de filer en coulant à Antoinette un regard d'ambre. Eléonore jeta une poignée de résine oliban sur des charbons ardents au fond d'un récipient de terre. Puis elle ouvrit son grimoire et consulta la recette pour nouer l'aiguillette. Cela détournerait plus sûrement Fardinand le Roan de ses conquêtes et le ferait revenir, la queue entre les jambes, au foyer conjugal. Il lui fallait se procurer la verge d'un loup fraîchement tué, se rendre devant la porte de la victime, l'appeler par son nom, et quand le Fardinand répondrait, nouer prestement la verge du loup avec un lacet de fil blanc.

— Ben, ça va pas être simple, cette affaire, maugréa-t-elle dans les poils de son menton en galoche.

Elle demanderait à un des chasseurs ou des braconniers de lui trouver un loup. En attendant, elle prépara le philtre demandé, tout en sachant qu'il aurait moins d'effet.

— Est-ce qu'il a une nouvelle bonne amie, en ce moment ?

— La Jeannine Perrier. Un coup, j'étais à Grignon et je les ai vus.

Pendant que la Nore préparait sa potion, Antoinette se tordait le cou pour lire les titres des livres poussiéreux entassés sur une étagère. Les premiers, elle les connaissait, car d'autres au village les possédaient : *Les Secrets merveilleux d'Albert le Grand*, le livre des maléfices et de la sorcellerie. *Le Petit Albert. La Poule noire ou la Poule aux œufs d'or.* En voyant *Les*

Véritables Clavicules de Salomon, la Toinon se demanda s'il soignait les fractures, avant de déchiffrer un autre titre : *Le Dragon rouge ou l'art de commander les esprits.* Le curé Guérin racontait que ce livre avait obtenu l'approbation du démon Lucifuge Rocofale en personne.

Eléonore tendit le flacon contenant la potion à sa cliente. Antoinette Reydet reprit ses esprits, se leva de son siège et se saisit de son châle pour prendre la porte. Elle murmura :

— *Gramassi !* Grand merci.

— Tu n'oublies rien, ma fille ? demanda la Nore qui avait également recouvré ses esprits.

— Ah oui ! s'exclama la Toinon, le rouge aux joues. Pardonne-moi ! Je sais plus ce que je fais.

Le tintement des pièces sur la table sonna en même temps que ses pas précipités sur le perron. Le tribut alla rejoindre les quelques piécettes d'argent noirci au fond d'un pot de terre. Peu à peu, la sorcière amassait de quoi ficher le camp.

Antoinette Reydet était déjà loin, comme si elle avait le diable à ses trousses.

— Quand même, tu y vas fort ! constata Angélique Mermoz qui jusque-là était restée discrète derrière son rideau. C'est pas comme ça que tu vas te faire des amies.

— Des amies, j'en ai pas et n'en recherche pas. A présent, je dois aller chez le père de la Tonine Blanc. Il va mal, et le Guste n'y comprend rien. Faut dire qu'avec ses médecines d'attardé ! *Arvi pas*[1] *!*

1. Au revoir, n'est-ce pas ?

Eléonore Bochet frappa à la porte de son patient, et expliqua à Antonine Blanc :

— Je vais ausculter ton père, et en deux temps trois mouvements, il sera sur pied, frais comme un gardon !

Malgré sa crainte de la vieille, ces paroles rassérénèrent la Tonine. Avec la Nore, le père allait retrouver la santé. Camille Déglise, le vieux père d'Antonine qui était pêcheur, avait attrapé au ruisseau du Coisin une vilaine fièvre qui le faisait trembler comme une feuille. Il avait le visage rouge et congestionné, le front couvert de sueur. Sa fille était venue s'installer chez lui pour s'en occuper. Le Guste Mermoz n'ayant rien pu faire avec sa médecine, elle avait envoyé sa fille Lucie chercher la sorcière.

— J'ai rien dormi, gémit Antonine. Le père est complètement flapi.

La Nore fit absorber au patient un bol de lait bouillant au miel et aux épices, préconisé en toute maladie. Puis elle mit de l'eau à bouillir, y jeta du foin et des orties, plaça sur le chaudron une planche où le vieux s'assit et le couvrit d'une couverture pour le faire transpirer. Ensuite elle lui frictionna le dos et la poitrine avec de l'alcool, posa des ventouses, traça des signes de croix, récitant des invocations aux saints et des incantations d'elle seule connues.

— *Te vâ bère sla tizanna, s'in te fara de bin !* Tu vas boire cette tisane, elle te fera du bien !

La Nore revint le surlendemain. Tisanes, décoctions de bouillon blanc, cataplasmes de farine de lin et de moutarde pour soulager les poumons et fumigations ne venaient pas à bout de cette étrange fièvre. Et les prières à saint Sigismond, le roi burgonde qui autrefois guérissait les fièvres paludéennes ravageant le pays, s'avéraient tout aussi impuissantes. Rien n'y faisait. Le malade délirait toujours.

— Son état retourne s'aggraver, expliqua Pélagie, son épouse. Bientôt, la Laide viendra le chercher, conclut-elle en se signant trois fois à l'évocation de la mort.

Après avoir consulté ses livres et invoqué divers saints, la Nore fabriqua un charme plus puissant de son invention pour protéger le vieux.

— Le démon qui te tourmente et cause ta maladie devrait être expulsé sous peu. Je reviendrai te voir. *D'arvindré te !*

Le lendemain, Camille Déglise trépassait.

— La Laide l'a emporté, constata Auguste Mermoz venu à son chevet.

— C'est pas bon pour la vieille, dit Antonine Blanc, en se signant. Elle nous l'a tué. Ses sorcelleries n'ont plus d'effet, et le Diable ne la protège plus.

Le glas de l'église de Notre-Dame sonnait lugubrement. Devant la caisse que soutenaient les porteurs, un crêpe au bras, le curé Guérin entonna *In Paradisum.* Alfred Chevrier, un des chantres qui accompagnaient le cortège, les membres de la famille et de la confrérie, chanta tout le long du parcours des psaumes de sa voix grave et puissante. Pélagie Déglise, la veuve de Camille, marchait derrière le cercueil. Elle avait retiré ses anneaux créoles ciselés et passé des boucles noires aux petites perles sombres. Elle ne portait plus d'or, ni collier ni broche, avait ôté ses bagues, ne conservant que son alliance. Dès la mort de son mari, elle avait ouvert la fenêtre de la chambre afin que son âme puisse s'échapper et ne revienne pas les tourmenter. Sa fille Antonine avait jeté l'eau de la toilette pour que l'âme du défunt ne s'y mire pas, et brûlé sa paillasse. Ses fils avaient tendu une étoffe noire sur la fenêtre principale de la maison Déglise et sur les ruches en paille. L'héritier devrait bientôt rassurer les abeilles, en tapant sur chaque ruche et en leur expliquant : « Je vous soignerai aussi bien que le père Camille », faute de quoi, elles déserteraient ou agoniseraient. La mère avait même tenu à ce qu'ils ôtent les sonnailles aux vaches pour une année. Même les vaches se devaient de porter le deuil. Pour la caisse et l'enterrement, Pélagie avait dû débourser ses derniers francs.

Sa fille Antonine pensa à la Nore et promit de se venger.

20

Les chasseurs

Julien Fabrègue s'était couché sur un tapis d'aiguilles odorantes. Les nuages, délicatement bombés, glissaient sur la toile striée du ciel. Il les regardait défiler, paisible. Le vent soufflait sur la fin du printemps. Il allongeait de grandes ombres violettes sur les pâturages, faisait ployer et craquer les épicéas dans de longs gémissements. Julien songea aux formes généreuses d'Odette, débordant du corset aux dentelles neigeuses, puis lui vinrent celles de la jeune Amélie. Il ne savait plus où il en était. La voix de cette dernière lui parvint depuis le sentier.

— Relevez-vous, monsieur ! Il fait bon chaud ici, mais on reprend la marche.

Leurs regards se croisèrent, et comme à chaque fois il sentit le désir le tenailler. Il la devinait troublée, savait qu'elle n'avait pas le droit de succomber. Il était déjà inconvenant qu'elle l'accompagne seule dans la montagne. Julien récupéra au sol la biasse de son père qui contenait son casse-croûte. Il avait décidé d'orienter en premier chef ses recherches vers la pierre dite « des Autrichiens » que certains dans la région connaissaient pour être une marque des Autrichiens en déroute, le 28 juin 1815. Ces derniers auraient enfoui dans ses parages le fruit trop lourd de leur pillage de L'Hôpital. Peut-être avaient-ils trouvé quelque chose à Conflans. Des pâtres juraient avoir vu sur le rocher une fée en train de peigner ses longs cheveux blonds. « Elle garde l'or, c'est sûr », avait affirmé la Nore.

Mais les gens du pays étaient réticents à montrer le rocher au Provençal. Cyprien Borrel, le garde champêtre, s'étant rendu de bon matin au tribunal de Grésy-sur-Isère pour régler un litige entre propriétaires, c'était Amélie qui avait accepté de conduire le Francé au lieu-dit. En chemin, elle lui avait expliqué que les gens d'ici avaient des choses à se reprocher et que certaines familles s'étaient, comme par hasard, enrichies après 1815, comme le grand-père de l'instituteur maire du chef-lieu surnommé Fardinand le Roan.

« Celui-là, c'est un bon maître d'école, avait-elle expliqué, mais il veut tout régenter au pays. »

Coutaz Pella était en vue. Les paysans avaient défriché ce coin de montagne et l'avaient baptisé la Côte pelée. Ils y cultivaient les tartifles. La terrible famine de 1817 avait vu naître l'usage intensif de la pomme de terre. Les enfants, montés à l'aurore « en champ les vaches », gardaient les bêtes qui pâturaient. Les fillettes restèrent muettes à leur approche. Il est vrai que Fabrègue était un étranger et qu'Amélie Borrel faisait partie de la maisonnée de la Nore, la sorcière avec qui il ne faisait pas bon avoir des démêlés. Amélie fit un signe à une paysanne qui portait une seille remplie de lait mousseux.

— C'est la Marouise, ma tante qui a marié Germain Gachet, le bûcheron.

Son regard se porta sur les tarines aux robes froment, aux extrémités noires et à l'œil de velours, qui paissaient en contrebas. Le vent apportait le tintement des carrons. Elle les connaissait : la Parise, la Rousse, la Belle. Et plus loin le taureau Tonkin.

Tout en sueur après cette heure de marche, Julien se pencha au-dessus du ruisseau, les mains en coupe, pour y recueillir l'eau fraîche. Amélie le tira prestement par la manche :

— Malheureux ! Faut pas y faire ! Jamais on ne doit boire glacé après avoir eu chaud. Mon quinque Alfred, mon oncle, tout suant d'avoir fait les foins, il a bu du lait glacé dans la cruche mise à rafraîchir. Chaud et froid, fièvre, une semaine plus tard il était mort. Je vous raconte pas les cernes noirs et la bave qu'il avait. Venez ! On se remet en marche, c'est pas loin maintenant. Faut dire qu'avec vos chaussures…

Amélie et Julien avaient dépassé la ligne des fayards. A présent, s'ouvrait le territoire des épicéas. Les troncs se resserraient autour d'eux ; ils n'en distinguaient pas la cime à cet endroit. Mais plus loin, entre les trouées, Julien apercevait la clairière en bordure de sentier, baignée de lumière vert pâle et or. Les géants aux troncs moussus se dressaient entre les buissons de ronces et les spirales des fougères. Julien se sentait épié, comme si la forêt avait des yeux. Sensation qui ne le quittait pas depuis le cambriolage de la Bastide. Des froissements de feuilles suivaient ses pas, des animaux dérangés poussaient leurs cris, un geai avait pris son envol à tire-d'aile à grand fracas. Ils entrevirent la silhouette d'un homme aux habits troués, maigre et sale, un baluchon à l'épaule et qui marchait d'un pas vif. La poitrine de Julien se dégonfla. C'était sans doute ce pauvre misérable, le fautif. Dans les bois erraient des gens bizarres. Hormis les colporteurs et les braconniers ayant passé la montagne avec leur stock de tabac et d'allumettes, on trouvait des mendiants dépenaillés, des rôdeurs armés, des soldats devenus voleurs et avec eux des Sardes qui vivaient dans les villages. Autrefois, on croisait de nombreux charbonniers. Amélie expliqua :

— Toutes ces guerres, ça n'a amené que la racaille et la misère. Les colporteurs, ils ne passent qu'au chef-lieu. Nous, au Pommaray, on est trop pauvres, on ne voit que le patier qui nous échange de la mauvaise vaisselle contre des peaux de lapins et qui réclame aux cuisinières vieux chiffons, os et verres cassés. Ils passent aussi à Montcoutin et Montermont. Et puis, ils ont peur de se faire agresser et dévaliser, comme le raccommodeur de faïence piémontais qui s'était aventuré un jour dans les parages et a dû se réfugier chez mes parents. Il avait un œil au beurre noir à cause d'une mauvaise rencontre. Il n'arrêtait pas de répéter : « *E trop duro !* »

Amélie se mit à rire en imitant son accent italien, et la contagion gagna Julien. Avec elle, tout était si simple. Elle avait ouvert une porte dans son cœur et son esprit. Les mots écrits sur le message de son grand-père lui revinrent soudain en mémoire. Montermont, le village qu'Amélie venait de citer, se lisait dans les deux sens, syllabe par syllabe. Et la phrase énigmatique de Marcel Fabrègue prenait un sens nouveau.

Monter mont de Savoyarde là, avec or, l'oublieras-tu parfois ? devenait : *Parfois, tu oublieras l'or avec la Savoyarde de Montermont.*

Julien pensa à son grand-père. Il était impossible qu'il ait pu prévoir une telle situation. Et pourtant, c'était comme s'il avait su...

Une autre hypothèse le taraudait, qu'il n'était pas pressé de vérifier, car tout aurait été remis en question. Il existait une montagne au versant des Bauges, à Montmélian. Vue sous un certain angle, elle dessinait un corps de femme de profil avec une coiffe, incliné et adossé au rocher. Les gens d'ici la nommaient la Savoyarde. Dans ce cas, la phrase aurait pu signifier qu'il fallait monter au mont de la Savoyarde...

Se pouvait-il que son grand-père ait réussi à déchiffrer suffisamment le parchemin des *missi dominici* pour explorer des pistes qu'il avait, sentant sa fin prochaine, laissées sous forme codée à son petit-fils, illisibles pour les yeux indiscrets ?

Des pas rapides sur le sentier devant eux le tirèrent de ses réflexions et leur firent tourner la tête. C'étaient ceux des chasseurs montés dès la pointe du jour à l'affût, ceux qu'Amélie reconnaissait comme son fiancé Hippolyte et ses compères. Félicien Viard, dit le Croué en raison de sa petite taille, Alfred Corboz, dit Polenta parce qu'il aimait fréquenter les bûcherons piémontais, et son beau-frère Victorin Brunet, dont les yeux vairons la faisaient frissonner. On l'avait surnommé le Blanchot, comme le lièvre variable, à cause de ses cheveux prématurément blanchis et de sa peau claire. Les hommes saluèrent brièvement le Provençal et sa guide, leurs pieds tapant d'impatience sur le chemin. Le regard d'Hippolyte Mercier, le forgeron-taillandier du chef-lieu, fut sans équivoque quand il croisa celui de Julien Fabrègue. On y lisait la jalousie et le mépris.

Les chasseurs descendaient le grand chamois mâle tiré par Mercier, et un éterlou[1] lié aux pattes et la tête

1. Jeune chamois.

pendante, avec au poitrail un trou sanglant et poisseux qui fit se détourner Amélie.

— Elle est trop sensible, la p'tite dame, ricana Brunet, après avoir craché sa chique.

— Si ça intéresse Pinpin Borrel, je lui vendrai la peau, sinon je la tannerai en descente de lit, annonça Félicien Viard. Et je vais faire empailler le trophée.

A ses heures perdues, le père d'Amélie qui était maquignon de mulets faisait dans le commerce des peaux. Mathurin Besson, dit Viardasse, agile et roux comme l'écureuil portant ce nom patois, était le dernier arrivé sur le sentier. Il avait tué un renard qu'il portait en travers de ses épaules souillées de sang.

— Qu'est-ce que c'est que cette affaire ? s'exclama Hippolyte, en regardant la dépouille de la bête qu'exhibait fièrement Viardasse. Ce renard, il est tout pelé. Tu n'en tireras rien du tout. Fallait y laisser sur place ! Et puis faudrait arrêter de tirailler à tout bout de champ. Le Tchantchourne et surtout les Autrichiens pourraient venir faire un viron ici et nous emmerder.

Amélie observa le chasseur aux yeux vairons et au visage blême, celui qui lui donnait des frissons, puis elle regarda son fiancé, ses épaules comme taillées dans un chêne et son nez proéminent barré de la queue de furet transversale de ses moustaches.

— A bientôt, ma petite caille ! clama Hippolyte Mercier en direction de sa promise, détachant bien chaque mot pour faire savoir au riche Provençal qu'elle était sa propriété.

Les chasseurs des villages de l'envers étaient tous plus ou moins braconniers ; une tradition qui courait de père en fils. Cela ne nuisait guère au gibier qui était abondant. Hippolyte Mercier et ses compères allaient surtout du côté du Planay où ils connaissaient tous les recoins, les sentiers détournés où se réfugier si le vieux Molliex, le garde-chasse surnommé le Tchantchourne, les apercevait ou entendait leurs coups de feu. Les hommes traquaient tout le gibier à poils et à plumes qui courait dans ces montagnes. Amélie expliqua à Julien qu'il y avait quelques rares loups et que le Grou Djian et son frère Emile disaient avoir aperçu un ours. Mais le premier était simplet, un badjian, et le second avait bu de la gnôle. Comme on disait au pays : « Il avait chargé la mule. » En Savoie, on craignait ces « bêtes ravissantes », loups et ours qui enlevaient les humains et les agneaux. Trois ans plus tôt, on avait encore tué un ours à Monthion, juste à côté.

Le pistage s'avérait la grande affaire du Croué. Quand les traces de sabots ou de pattes n'étaient pas soulignées par les sols détrempés d'une pluie récente ou imprimées sur la neige, il possédait une sorte de prescience de ces choses-là, un instinct quasi animal d'homme simple. Presque autant que celui des chiens, électrisés quand ils relevaient les violents effluves des sangliers qui s'étaient frottés aux troncs.

Bientôt, il tiendrait à sa merci un beau gibier bien plus intéressant, une petite caille dodue du nom d'Amélie Borrel.

21

Le rocher des Autrichiens

— La Pierre est là-haut, annonça Amélie. On monte !

— On va grimper là ?

Julien désignait d'un air incrédule le sommet du ravin derrière le rideau des troncs.

— Si vous avez peur ou si vous êtes fatigué, je vous oblige pas.

Le Provençal avait-il moins de jambes ou de souffle qu'elle ne l'avait supposé ? Mais elle fut vite rassurée. D'un même élan, ils gravirent la pente, contournant ou enjambant les arbres abattus. Amélie avait enfourné son bonnet dans une des grandes poches de son tablier coloré, et ses cheveux roux, attachés par un lien bleu, flottaient comme une queue de renard. Sa robe était couverte de feuilles sèches et d'aiguilles de sapin. Julien mourait d'envie de la prendre dans ses bras. Mais à chaque fois, son regard et ses lèvres pincées lui dictaient sa conduite. Il apaiserait son désir ce soir, dans le ventre de la trop accueillante Odette Merlaud.

Amélie qui l'avait devancé lui désigna la pierre des Autrichiens, ancrée sur la pente avant la gure au fond de laquelle coulait la Combe. Le rocher des Autrichiens était une haute pierre dévalée des sommets et échouée là comme le rostre d'un navire naufragé, son sommet recouvert de mousse et d'herbes sèches. Une pierre en miraculeux équilibre, avec une trouée à la base qui ménageait un étroit passage. Elle ne demandait qu'à dégringoler la pente, un jour où l'autre, si l'humidité s'infiltrait par en dessous.

— C'est tout ? fit Julien, désappointé.

Il s'attendait à un rocher couvert de marques, bien en vue dans une clairière, désignant l'endroit où était enterré le butin, visible comme le nez au milieu de la figure. Sur la pente en contrebas, se trouvait un autre petit rocher sur lequel il grimpa, debout sur la pierre grise.

In summum saxum evaserunt. « Ils sont montés sur le rocher. »

Il se souvint d'autres paroles, celles de son ami Gérard Encausse, rosicrucien et fondateur de la société secrète de l'ordre martiniste. Pour trouver et garder un trésor, on pouvait faire appel à la magie sacrée. Les mains sur un arbre qui touchait la pierre, il prononça les mots « *alphis, alphaus* », comme l'avait recommandé l'enchanteur Merlin pour avoir la vision des trésors cachés par les korrigans, les nains celtes. Il n'eut aucune vision mais une intuition : « Et s'il fallait comprendre le rocher des Autrichiens comme le roc de Conflans où ils s'étaient retranchés lors de la bataille de L'Hôpital ? Mais y a-t-il un lien avec le rocher de Dromon ? »

Descendu de son promontoire, Fabrègue sortit son pendule, en dévissa la tête et y bourra une pincée de terre du sentier. La chaîne se mit à vibrer, et la pointe, mue par une énergie qui lui courait dans le bras, commença à osciller. Sous le regard amusé d'Amélie, il demanda, une fois encore, à son pendule si le butin des Autrichiens était bien une réalité. La réponse était toujours positive. Puis il demanda s'il se trouvait aux alentours du grand rocher. Le pendule oscilla vers la gauche, signifiant que non. Il fallait chercher plus loin. Ayant rebroussé chemin, Julien fit plusieurs arrêts et d'un coup, la pointe en cuivre se mit à tourner rapidement sur la droite. Le butin n'était pas là où se dressait le gros rocher. Fabrègue fit face au nord et opéra une triangulation. D'après le pendule, l'or enterré se trouvait à plus de trois cents mètres vers l'ouest, en direction de la piste et près de la source. Juste en contrebas de là où ils étaient passés.

« Logique, pensa-t-il, les Autrichiens ont dû s'arrêter là pour faire provision d'eau. Et pourquoi s'enfoncer dans les bois alors qu'ils étaient en bord de piste ? Sans compter qu'il devait faire nuit quand ils sont arrivés ici, après la bataille. Le gros rocher leur donnait un repère supplémentaire. »

— J'croyais que vous cherchiez une mine, remarqua négligemment Amélie. Et voilà que maintenant vous me parlez des Autrichiens ! Vous êtes bien comme tous les autres. Dès qu'ils entendent le mot « or », ils se précipitent dans nos bois !

Au moment où ils s'apprêtaient à faire demi-tour, apparut Marius Combaz, le garde forestier, qui leur jeta un drôle de regard. Le gardien de la forêt communale vérifiait si les particuliers n'abattaient pas des arbres. Il prenait minutieusement les mesures des souches sciées et suivait sans faillir les traces des billes pour les reconnaître aux scieries. Malgré le droit d'affouage accordé par la commune en échange de corvées, comme l'entretien des chemins, certains se servaient librement. Amélie soupira.

— Ouf ! C'était le Patchan. C'est inconvenant qu'une fille comme moi, prête à se marier, soit seule avec un homme, qui plus est un étranger. Mon galant est estimé au pays. De toute façon, quoi que je fasse, je me ferai critiquer. Moi et ma famille, on n'est pas en odeur de sainteté ici.

— J'avais cru le comprendre. Et quelle en est la raison ?

— Ma grand-mère qui fait de la physique, et puis nos origines. Une histoire compliquée dont je veux garder le secret car elle a fait trop de mal.

Julien se rappela que les gens d'ici appelaient physique tout ce qu'ils ne pouvaient expliquer, comme la magie et la sorcellerie.

22

Le Gouître

La respiration sifflante, ils découvraient la coupe de bois, et c'était comme un souffle d'avalanche, un cataclysme d'ouragan qui s'était abattu sur ces lieux. Partout les troncs éclatés, déchiquetés, les branches enchevêtrées, la chair blanche à vif sous l'écorce tombée. Les bûcherons piémontais commençaient à nettoyer. Les billots de bois ébranchés, écorcés et luisants, retournés avec un pic et rangés, attendaient de glisser dans les couloirs pentus sillonnant la montagne, jusqu'aux mulets qui les traîneraient aux scieries, cabrés sous la charge. Le Provençal soupira, jeta sa biasse au sol et déclara :

— Je suis escagassé. On s'arrête un moment.

Amélie eut un rire frais.

— Escagassé ?

— Fatigué, quoi, expliqua Julien.

— Drôle de patois, constata Amélie en secouant la tête. Chez nous, fatigué, c'est mafi.

— Nous avons beaucoup de points communs, vous savez. Regardez nos patois respectifs ! Les tartifles, un toupin, une biasse, barjaquer. Et jusqu'à notre dahu, cet animal imaginaire qui a les pattes plus courtes d'un côté parce qu'il marche sur les pentes. Nos sorcelleries dérivent des mêmes livres, je les ai vus à Brignoles comme ici. Et savez-vous que des arbres savoyards ont fini comme mâts de nos bateaux ?

Fabrègue pensa aux arbres de Savoie qui contribuaient aux vaisseaux de guerre à Toulon, dans la seconde partie du XVIIe siècle. Les radeaux de bois de marine descendaient l'Arly et l'Isère jusqu'au Rhône, et ensuite au pont d'Arles, et finissaient remorqués en mer par des tartanes jusqu'à Toulon. Depuis 1833, la décize en Savoie était réglementée, afin que les grumes n'aillent plus se mettre en travers des piles des ponts. Tout dépôt de bois était interdit sur les berges, en raison des crues de l'Arly capricieuse et encore mal endiguée. Jusque vers 1889, on voyait flotter des radeaux chargés de billes et de planches mais aussi de fer, de fonte et d'ardoises de Cevins.

Un sapin oscilla, s'abattit dans un immense craquement, puis rebondit deux fois avant de s'immobiliser. Prudemment, Amélie et Julien s'engagèrent sur le parcours de la coupe parmi les ronces, les pieds glissant dans la boue noire. Léon Thomasset, surnommé Polaton en raison de son cou de poulet, et Germain Gachet, dit le Gouître, relâchèrent leur respiration puis reposèrent le reissard à deux manchons, une longue lame de fer dentée. Une trentaine de troncs gisaient parmi les fougères, dans un cocon de lumière oblique. Le Gouître connaissait chaque variété d'arbres. Les plus durs serviraient au chauffage. Les scieries des Millières ou de Bonvillard récupéraient le noyer et le châtaignier pour les travailler. « Les péssé, ça me connaît », disait fièrement le Gouître en évoquant les sapins.

Ils firent une pause et s'assirent sur un tronc moussu envahi de lichen bleu. Gachet déboucha une bouteille de gnôle qu'il offrit à la ronde. Les deux bûcherons piémontais ne se firent pas prier.

— On a bien avancé, dit Gachet satisfait. Alors, le Provençal, est-ce que chez vous on travaille aussi bien que ça ?

Julien regarda cet homme au poil gris, aux petits yeux myosotis, qui le jaugeait d'un air goguenard. Le front haut sous la calotte de cheveux poivre et sel, la moustache fournie et bien taillée, et les mains carrées, crevassées et cirées de crasse. Un énorme goitre le déparait, malheureusement.

— Je peux vous faire voir, proposa Fabrègue. Au moins pour débrancher, rajouta-t-il.

Il n'avait pas réfléchi, un réflexe, peut-être pour épater Amélie. S'ensuivit un ricanement des bûcherons. Se rendant compte que ses vêtements n'étaient pas adaptés à la besogne, Julien ôta sa veste et retroussa ses manches. Gachet cracha le jus de sa chique, envoya un jet de salive dans ses mains et empoigna sa détrâ, la grosse hache, à deux mains. Fabrègue observait la trouée dans les épicéas dont les troncs abattus apparaissaient entre les touffes de ronces et les vrilles des fougères. Avec une énergie proche de la rage, le vieux bûcheron s'attaquait déjà aux lianes noueuses qui avaient enlacé un arbre. « C'est le meilleur de nous autres », disaient les yeux de ses collègues. Cela amusait Julien de confronter sa force à celle encore pleine de sève du vieux. Un enchevêtrement de branches festonnées de lichen les séparait, et chacun pouvait voir l'autre en train de s'activer. Un puissant remugle d'aiguilles, de résine et d'humus retourné assaillait leurs narines ; leurs pieds s'ancraient dans une couche épaisse de terreau noir et glissant formé par des années de détritus de fayards et de plânes, comme les gens d'ici appelaient les érables. Choc mat de l'acier sur l'écorce, choc des regards qui parfois se croisaient, se jaugeaient, s'affrontaient.

Amélie les regardait s'activer, troublée par la puissance animale de Julien. Elle aimait venir aux coupes de bois. En fin d'automne, dans les vêtements et les cheveux, flottait la tenace fragrance de la fumée d'épicéa. Le Gouître ou Polaton mettait le feu aux tas de branches dans la nouvelle trouée de la coupe, et Amélie regardait danser les flammes, accroupie comme un lutin. Même à l'autre bout du monde, là où la trace de l'homme s'estompait, elle se serait rappelé cette senteur de résineux. Elle marchait au cœur des trouées incendiaires dans la forêt automnale, sous l'écarlate des merisiers et l'or des noisetiers, sous une pluie de feuilles vibrantes comme les flammèches de ses cheveux.

Quand il décida d'une pause, Germain rafla de nouveau la bouteille de gnôle, s'assit sur le tronc où sa nièce Amélie jouait avec une colonne de fourmis, et s'épongea le front, aussitôt rejoint par le Provençal qui lui lança de son accent chantant :

— Oh ! Fan des pieds ! Il est midi plus qu'à peine. Ça fait pas d'mal de s'arrêter, hein ? Vous m'auriez eu à l'usure...

Le Gouître lui tendit une large paume collante de résine, et ils se serrèrent la main avec respect. Julien Fabrègue venait de s'en faire un allié.

— *Côtche !* La polenta est cuite ! cria un des Piémontais qui faisait office de cuistot.

Les troncs manipulés au pic empruntaient les raides couloirs, bondissant dans un vacarme ponctué de cris et de jurons qui se répercutaient jusqu'aux villages. L'hiver, ils descendaient plus vite encore sur la pente gelée. Les bûcherons faisaient flotter les billons dont certains déviaient de leur trajectoire et se mettaient en travers des couloirs. Frédéric Laurent, le chef d'équipe, supervisait l'opération à grands cris. Les sentinelles postées tout le long du trajet gueulaient pour signaler l'arrêt ou la reprise. Comme l'avait expliqué Amélie à Julien, d'ordinaire, les bûcherons abattaient les arbres en mai, avant les foins, et ils les descendaient en septembre. Mais ceux-là se hâtaient de finir les coupes avant le 28 juin, car ensuite, seul Dieu savait ce qui pouvait arriver. On craignait cette échéance annuelle.

— Qu'est-ce que vous me dites là ! s'exclama le Provençal. Je savais certains Savoyards superstitieux, mais là j'en reste pantois. Expliquez-moi en quoi consiste ce 28 juin !

— On descend chez mon frère, annonça Amélie, gênée de ces questions et plus encore de cette promiscuité masculine à laquelle la sueur ajoutait sa note virile.

23

Chez les Borrel

Ils longeaient des châtaigneraies. Un tombereau à fumier les dépassa, abandonnant dans son sillage un âcre fumet qui prenait à la gorge. Le hameau du Pommaray était en vue, avec ses pommiers dans les vergers, ses pruniers dans les jardins et ses champs séparés par des treilles. On y voyait aussi quelques noyers.

— On gremaille les noix à la veillée entre voisins, avant février, dit Amélie. On les casse pour en faire de l'huile et on garde les beaux cerneaux pour les pâtisseries.

Elle lui raconta encore comment, sur le versant à l'ombre, les céréales et la vigne souffraient de l'humidité. Alors on exploitait les châtaigniers, les pommiers, poiriers et noyers, le seigle et l'avoine et, surtout, les forêts. En hiver, sur leur versant, le soleil ne se montrait jamais avant dix ou onze heures et la neige tenait au moins quatre mois d'affilée, de fin novembre à fin mars. Il pouvait geler en octobre et en mai. Ceux de l'ubac jalousaient les paysans d'en face dont les terres bien exposées, le long de la rive droite de l'Isère, étaient plus fertiles.

Cyprien Borrel, de retour de Grésy, faisait sa tournée d'inspection, muni de son fusil pour abattre les volatiles prédateurs des récoltes. Il les salua d'un bref signe de tête, mais dans son regard se lisait la désapprobation de les voir ensemble. Dans le coin d'un jardin, tout en noir, Marie-Eugénie Besson s'occupait de ses pois et de ses haricots ; elle sarclait avec entrain, balançant sa croupe de haridelle. Au jardin, elle s'occupait de la salade, des raves et des oignons, chassait les blaireaux attirés par ses carottes et s'époumonait contre ses groseilliers. « Ça pousse rien », râlait-elle.

Amélie regarda les maisons de pierres grises accrochées à la pente, les toitures à auvent soutenues par des poteaux de bois, avec leurs jardinets accolés. Tout en haut se dressait l'habitation de ses parents. Cinq familles vivaient au Pommaray. Sa première impression passée, Julien se dit qu'il aimait ces petites fermes coiffées de paille de seigle. La hantise du feu pousserait un jour les villageois à remplacer cette couverture par des ardoises. Sur les galeries de bois, émouvantes dans leur simplicité, séchait du linge. Parfois, quand la maison n'était pas bâtie dans la pente donc accessible par l'arrière, on avait érigé des granges-fenières. Elles se trouvaient à l'écart, par crainte du feu, avec leurs planches verticales disjointes. A l'écart également, les petits greniers cubiques en bois posés sur quatre pierres, aux épais plateaux de sapin emboîtés dans les angles, munis d'une porte avec une solide serrure. Ils contenaient les casiers à grain, les étagères à costumes et documents précieux de la famille, avec parfois un plancher plus haut pour sécher les noix. Des silos conservaient les betteraves pour les cochons.

Chez les Borrel, la porte basse, ornée d'un simple linteau de pierre, donnait sur le chemin. La pièce sombre sentait la cire d'abeille et la pomme surette. La jeune Célestine, le ventre arrondi sous le tablier par une grossesse proche du terme, regarda d'un air interrogateur l'homme au canotier, aux pantalons salis et aux bras griffés.

— Adieu, la Célestine ! fit Amélie. Je t'amène un Francé qui aime le pays.

Cette dernière sourit enfin, tandis qu'un soupir dégonflait son opulente poitrine où pendait le coulant avec le cœur et la croix, et qu'elle annonçait :

— Je vais vous faire du café avec la goutte. Le Francé, il aimera ça, pas !

Elle sortit la cafetière, le brûloir, le moulin, le sucrier et trois tasses de faïence qu'elle déposa sur la table-pétrin. Le café, elle l'avait acheté au chef-lieu au marchand sur son tricycle qui s'annonçait en cornant. Célestine servit un verre de marc de raisin du pays que son époux distillait dans l'alambic installé sur la place du chef-lieu. De la nostalgie passa dans le regard de Julien. Ces femmes lui rappelaient un peu Magali. Il lui sembla qu'elle était là, invisible, bienveillante. Il n'avait pas oublié qu'il devait la venger.

— On a croisé un romanichel dans les bois, là-haut, fit Amélie.

Dans le pays, on craignait les nomades autrichiens venus par Moûtiers, tignasses de charbon, yeux de braise, joues hâlées et crasseuses. Romanichels et bohémiens, avec leurs roulottes et leurs canassons, s'installaient près des bois pour que les hommes fabriquent des objets, cuillers, écuelles et chaises que leurs femmes iraient vendre.

— Ce sont des voleurs de poules ! s'écria Célestine.

— On dit la même chose chez nous ! s'exclama Julien.

Amélie se rappela les propos de sa grand-mère. « Une bohémienne pythonisse a voulu me lire mon avenir dans la main. Tu te rends compte ! La pareille à celle-là ! avait clamé la Nore. A moi. Je lui ai flanqué la frousse de sa vie. »

Elle râlait, Célestine, mais les mendiants dépenaillés aux galoches usées mangeaient la soupe chez elle avant de reprendre la route.

Autour de la table-pétrin, se pressaient trois visages d'enfants aux joues bien rouges. La mère avait placé au centre la marmite de polenta au fromage qui cuisait sur le fourneau. Blanche, Maxime et Joseph y plongeaient leurs cuillers en bois et dévoraient la bouillie de maïs comme une meute de chiens affamés, avec de pénibles bruits de déglutition. A côté, la plus petite des fillettes s'impatientait. La mère se mit à mastiquer les aliments pour les lui donner. Devant le regard interrogateur de Julien, Célestine expliqua :

— C'est pour la sevrer. Ma Céline, il faut qu'elle mange comme nous, maintenant.

Julien sourit. Il ne put s'empêcher de la comparer aux grands oiseaux de mer qui donnent la becquée à leurs oisillons.

Chez les Borrel, on se nourrissait à sa faim, on pouvait s'offrir de temps à autre de la viande de chèvre ou de vache salée. Sérac et œufs faisaient leur régal. Les enfants étaient enfin couchés dans un vaste lit derrière le rideau crasseux lorsque entra Cyprien

Borrel. Il déposa sur la table son chapeau noir et se débarrassa de sa veste en velours à grosses côtes.

— *Bonsor !* fit le Rossé à l'assemblée.

Les deux hommes se saluèrent d'une cordiale poignée de main, et le garde champêtre s'installa au bout de la table.

— Hum ! Celui-là, il descend bien dans la corniôle[1], remarqua Cyprien, satisfait, claquant de la langue et reposant son verre d'eau-de-vie. Vous resterez bien souper, pas ?

— On n'a pas grand-chose, on va devoir vous traiter en soupe maigre, glissa Célestine, confuse.

— Allons ! Allons ! Ta soupe est la meilleure du Pommaray. Pas question de redescendre ce soir ! Je vous installerai un lit ici et je vous descendrai demain avec le traîneau.

— Eh bien, j'accepte avec plaisir, remercia le Provençal avec simplicité.

— Moi, je dois rentrer, dit Amélie, que cette idée n'enchantait visiblement pas. Les parents m'attendent.

Depuis le Pommaray, des chemins et des barotières sillonnaient la montagne, impraticables aux chariots et plus encore aux voitures à cheval. Une piste avait été tracée pour descendre en traîneau-luge attelé à un mulet ou plus souvent à un homme. Au mieux, on y croisait le biarot, char à deux roues avec une grande caisse, et des traîneaux à quatre roues, dont les plus hautes à l'avant maintenaient l'équilibre dans la descente.

Cyprien Borrel et son père Narcisse avaient leur garage en bas, au hameau du Moutonnet. Ils y entreposaient la carriole à bras et le chariot pour aller

---

1. Gorge, trachée artère.

au marché d'Albertville, le jeudi, vendre leurs œufs et leurs fromages. En hiver, les grosses luges en frêne descendaient la famille au chef-lieu pour la messe du dimanche ou les achats à l'épicerie. On ne croisait d'attelages de bœufs qu'en plaine, et ils appartenaient aux agriculteurs ou aux plus aisés, comme Louis-Ferdinand Reydet, le maire, Honorin Mercier, l'ancien taillandier du chef-lieu, et Honoré Pernet, le cabaretier.

— Ça, c'est de la soupe capable de faire revenir un mort ! clama Cyprien Borrel, s'essuyant la moustache d'un revers de serviette.

Ils trempèrent du pain grillé dans l'épaisse soupe de pommes de terre et d'oignons, et firent chabrot avec du vin tiré des plants de clinton rouge, de noah blanc et de baco, chargé en éther.

— C'est un vin peu apprécié des étrangers, constata Cyprien, mais vous vous y ferez. J'ai du meilleur vin de ma vigne d'Aiton. Nous, on boit surtout le cidre, le vin est réservé aux travaux d'été. On le coupe avec de l'eau.

Il rapprocha de Julien le tepun, le pot à vin portant son patronyme. Le Provençal pensa que chez lui, à la Bastide, on disait : « *L'aïguo gasto lou vin.* » « L'eau gâte le vin. » Son regard se reporta sur la table pétrière au couvercle mobile, sur laquelle on pouvait manger et monder les noix. Il reprit une grosse tranche de pain.

— Donne-moi un bocon de tomme ! ordonna le Rossé à sa femme.

Célestine tendit à son mari un bout de tomme trop faite d'où fuyaient les sérons en légions minuscules que seul un œil averti pouvait voir. En l'honneur du Francé, elle servit des coqué, tranches de pain blanc trempées dans une pâte à frire et passées à la poêle. Puis elle fit circuler un panier d'empoins, les framboises sauvages cueillies dans la forêt. Cyprien reprit son éternelle chique. Les vitres bleuissaient, la lueur de la lampe à pétrole posait sa touche de chaleur.

— Il faut que je vous mette en garde, dit enfin Cyprien qui avait ça sur le cœur depuis l'arrivée de sa sœur et du Provençal. Je vous ai en estime, mais je doute que ce soit le cas d'Hippolyte Mercier. Un étranger au pays qui vient s'intéresser à nos femmes, c'est très mal vu, comme chez vous, je suppose.

Un peu décontenancé, Fabrègue le regarda droit dans les yeux et déclara :

— J'apprécie beaucoup votre sœur, monsieur Borrel, je ne vous mentirai pas là-dessus, mais je ne ferai rien qui la compromettrait. Vous avez ma parole.

— Alors, tout est bien, conclut le Rossé.

Julien aurait aimé parler de la pierre des Autrichiens, là-haut, vers la coupe, poser des questions franches à Borrel qui semblait honnête. Mais il devait d'abord se faire accepter. Il lui fallait dompter son impatience et attendre le moment propice, même si cela lui paraissait interminable.

Le vent s'était levé, qui faisait bruire les feuilles à la frondaison des arbres et glissait sur les toits de chaume. Le ciel virait au violet au-dessus des sapins, tapissant les pentes de la montagne d'une obscurité inquiétante. Sortis prendre l'air, Julien et Cyprien aperçurent Germain Gachet qui se retourna pour allumer sa pipe à l'abri du vent.

— Mon oncle, le Gouître, en v'là un bon gars du pays, et qui sait travailler, déclara-t-il, satisfait.

24

Une vie de souillon

Amélie Borrel avançait à grandes enjambées silencieuses et efficaces en direction de la maison de ses parents, à quelques centaines de mètres de celle de son frère. La fraîcheur du soir tombait déjà, et elle serra plus étroitement son châle de laine. Près du bacha, elle aperçut sa tante Marie-Louise, mariée au Gouître, trapue dans sa robe de rude tissu noir au tablier luisant d'ombres, ses cheveux bruns noués en chignon dans lequel elle plaçait un galet pour le faire paraître plus fourni. Elle l'entendit crier à sa fille Marion :

— Mayon, sers la bronnée aux caïons [1] et ferme la polaille !

On avait quitté le domaine de l'hiver pour celui de l'été situé sur le devant de la chaumière et desservi par une grande galerie et un escalier en bois. Passé le seuil, les odeurs familières de la maison l'assaillirent, arômes de gelée de framboises cuites la veille par sa mère Léonie, senteurs de verveine séchée auxquelles se mêlaient des traces de fumée. Des pommes de terre

1. Cochons.

cuisaient dans un bronzin. La mère repassait, manches noires retroussées sur ses avant-bras hâlés, une mèche d'or roussi au coin des lèvres. Narcisse, le père, s'était glissé près d'elle, avec son odeur d'homme vieillissant, de drap aux fragrances de tabac, ses bretelles distendues sur une panse qui s'arrondissait. La mère, qui avait cinquante-deux ans, le regarda avec un sourire tout de complicité qui sait se passer des mots. Amélie leur trouva un visage serein où se lisait la certitude des jours paisibles. Dans ces villages de noirceur, il y avait des gens qui s'aimaient, et cela la réconforta.

Chez les Borrel, on s'embrassait, et les enfants tutoyaient les parents, au grand scandale des autres familles. Au jour de l'An, chez ces dernières, en souhaitant la bonne année aux parents, on se contentait de se serrer la main.

La pensée d'Amélie revint à Julien Fabrègue qui soupait chez son frère, trois maisons plus haut. Elle se demanda comment c'était, chez lui, à la Bastide, et si ses parents s'étaient aimés.

Le grand-père paternel Arsène, surnommé Doyen, et la grand-mère Octavie étaient venus de Montermont pour le dîner. L'obscurité les réunit autour de la table, la lumière de la lampe à pétrole à flamme blanche tombant sur leurs visages. Ils l'avaient approchée juste pour pouvoir manger la soupe. Dans la soupière de lait bouilli et crémeux, la mère avait fait tremper de larges tranches de pain qui gonflaient et dont la vue les faisait saliver. Surtout le grand-père qui ne pouvait plus mâcher, faute de dents. Les dents, les gens d'ici n'allaient jamais se les faire soigner, ils se les rinçaient à la gnôle et finissaient un jour par se rendre à Albertville se les faire arracher une fois pour toutes.

— Je me suis brûlé la corniôle, gémit la grand-mère qui avait avalé trop vite.

Avant de couper la miche de pain de seigle, selon un rituel immuable, Octavie traça la croix dessus avec la pointe de son couteau. Elle n'aimait pas que le pain soit mis sur la table à l'envers, ce que justement Amélie venait de faire.

— Ah ! Mes aïeux ! Tu as mis le pain sens dessus dessous !

— J'ai pas fait attention. Et puis ça ferait quoi ?

— C'est comme une offense à Dieu, ça porte malheur, il faut pas mettre le pain à l'envers. Déjà qu'on en a si peu !

Amélie s'étonna.

— Et pourquoi donc ? Qu'est-ce que ça peut lui faire, à Dieu ?

— C'est comme ça, c'est ce qu'on nous a dit. Et puis on a toujours mis le pain à l'endroit, du bon côté. Croyants ou pas croyants, à notre versant ou à celui d'en face.

— Et pourquoi que le bon côté, ce serait pas l'autre ? C'est pas parce que tout le monde l'a toujours fait qu'il ne faut pas chercher à comprendre pourquoi.

La grand-mère Octavie redressa la tête, les joues hâves, la toisa de ses yeux rétrécis, chargés de menace.

— Tu commences à me manquer de respect, ma p'tite. J'en connais plus loin que toi.

— Avec toi, on peut jamais discuter. Si c'est comme ça, j'ai plus qu'à foutre le camp, s'emporta Amélie en jetant sa tranche de pain noir sur la table.

Puis, voyant l'index tendu de sa grand-mère, sèche comme un pruneau, qui lui désignait la porte, Amélie la fière haussa les épaules et se leva. Il faudrait encore du temps avant que les esprits s'éveillent. Mais le grand-père posa calmement sa cuiller en bois et intervint :

— Discute pas, va ! Tu sais bien que l'Octavie, elle en démordra jamais. Et puis, elle prend la mouche pour un rien.

La grand-mère enseignait Amélie sur l'art de la vie et des bonnes manières avec un peu trop d'autorité et de passéisme à son goût. Quand la coupe était pleine, la jeune fille lançait à la vieille : « Puisque c'est comme ça, je fous le camp. Bonjour et bonsoir ! » Ce qui ne l'empêchait pas de revenir quelques jours plus tard, comme si de rien n'était, et de s'en aller avec elle, bras dessus dessous, sur les sentiers de montagne.

Pour les détourner de leur début de querelle, Léonie plaça sur la table une pailla [1] remplie de rissoles et un pichet de cidre. Doyen avait apporté son écuelle qu'il tenait fermement par l'oreille et sa grande cuiller en bois. Il raconta que chez le Croué, les assiettes étaient directement creusées dans le plateau de la table.

— C'est pratique, vous pensez ! Pas besoin de les laver après. On ne lave que la table. La Phine, elle en a des idées !

Tout en se rassasiant, ils échangèrent des nouvelles de la journée.

— Il paraît qu'on t'a vue à la pierre des Autrichiens, reprocha Narcisse à sa fille. Et tu n'étais pas seule.

— Qui t'a dit ça ? demanda Amélie, le sourcil en accent circonflexe, essayant de rester naturelle.

— C'est le Patchan. Va falloir que le Francé se trouve quelqu'un d'autre, ça va se savoir au pays, et l'Hippolyte sera pas content.

— Je m'en moque qu'il soit pas content.

1. Corbeille plate en paille de seigle.

— Et puis, ça énerve les gens de savoir qu'il rôde dans le coin. Son histoire de mines, on y croit de moins en moins.

— Pourtant, tu avais bien dit qu'il y avait de l'argent dans la pierre qu'on a trouvée, Margot et moi, dans la gure de la mémé.

Voyant son époux contrarié et sentant monter la tension, Léonie demanda à sa fille :

— Et la Célestine, comment ça va ?

— La lune vient de changer, elle va pas tarder à accoucher.

— Il y aura bientôt encore un petit de notre lignée, fit Pinpin, cette fois souriant.

— J'espère qu'elle n'accouchera pas au 28 juin, siffla la grand-mère, sapant la bonne humeur. Ça lui porterait malheur, au gosse.

Ils donnèrent aussi des nouvelles du frère cadet, journalier agricole chez les Français depuis le printemps précédent, dans la région de Chambéry. Un gros propriétaire cherchait un commis pour sa belle ferme dans la plaine. Le fils s'en était allé, son baluchon ficelé sur un bâton à l'épaule.

— Le Louis, il est parti à maître chez les Francé ! dit une nouvelle fois Léonie, fièrement. Chez les Francé, il va devenir un Monchu[1] !

— Et il apprendra à blasphémer et jurer contre Dieu, rouspéta Octavie.

Pour finir la soirée, Amélie leur lut le journal. Comme dans toutes les montagnes savoyardes, il y avait beaucoup d'illettrés. Elle, elle avait toujours un livre caché sous une pile de linge, un roman où des hommes et des femmes tombaient éperdument

1. Monsieur.

amoureux, vivaient de folles passions qui la faisaient s'abstraire de cette vie étriquée. A cette époque, Amélie Borrel était amoureuse d'une image de papier, d'un beau rêve. Elle ne savait pas encore que Julien Fabrègue l'incarnerait.

25

Premiers émois

Bercés par la voix d'Amélie qui énonçait les nouvelles et faits divers, les Borrel commençaient à piquer du nez. L'horloge de fabrication locale à caisse en noyer égrena ses dix coups. Comme chaque soir après la veillée, les parents s'agenouillèrent sur leur chaise et les enfants par terre. Narcisse récita le Pater et l'Ave Maria. Amélie ne put empêcher que monte en elle un sentiment de rébellion, à cause du mariage que le père avait arrangé avec Hippolyte. Puis elle regarda Léonie de ses yeux verts très vifs, et la mère les reconnut pour siens. Ensuite, elle se leva et leur dit :

— *Bona nié !* Bonne nuit.

Avant de monter se coucher, Amélie sortit respirer l'air de la nuit, comme souvent. L'hiver, sa pureté de cristal lui déchirait la poitrine. Une impression de quiétude et de plénitude se répandait sur les cimes. Alors qu'elle regardait poindre les étoiles à la voûte du ciel, elle se sentit empoignée jusqu'au plus profond du ventre par cette vie austère mais parfois si envoûtante. Vénus, l'étoile du berger qui la première apparaissait, lui délivra son message scintillant, faisant naître de nouveaux désirs amoureux.

Un croéjus à la main, elle emprunta le petit escalier en bois qui menait aux deux chambres. Un luxe au pays. Son père, qui avait des talents de menuisier, n'était pas venu les mains vides en emménageant chez son épouse. Elle y vit les deux lits en bois fermés par des rideaux, avec leurs paillasses remplies de feuilles de maïs qu'il fallait brasser tous les jours. A côté, se trouvait une rare et robuste armoire garde-robe, à portes juxtaposées ornées de rinceaux. Dans la chambre conjugale, un coffre à rosace contenait draps et couvertures. Dans le haut lit de bois à côté du sien, veillé par le traditionnel crucifix, ses deux petites sœurs, Joséphine et Félicie, dormaient. Son frère Jean se trouvait dans le berceau. Cette nuit, Amélie laisserait sa couche aux grands-parents et se contenterait de celle de ses sœurs.

Allongée sur la paillasse, avec un oreiller de plumes de volaille, les pieds nus de ses sœurs sous son cou, elle frémit. C'était comme si deux mains invisibles passaient sur elle, comme si une forme sensuelle s'imprimait dans son corps, prenant possession de tout son être, la reconnaissant pour sienne. Amélie était amoureuse de Julien Fabrègue. Elle rejeta les draps, le cœur fou et la tête en feu, ruisselante de sueur. Dérangées, ses sœurs grognèrent et firent crisser la paillasse.

Les grands-parents ronflaient. Des bourrasques de vent faisaient grincer une planche de la grange des voisins. Par la minuscule fenêtre, Amélie observa les nuages au liséré argenté qui couraient sur la lune. La lune qui déversait ses flots laiteux, sa semence de rêves, éclairait déjà le monde des milliers d'années auparavant. Des centaines de femmes comme elle l'avaient contemplée, avaient eu les mêmes désirs et espoirs secrets.

Au petit matin, Narcisse, la moustache en bataille, s'exclama :

— Encore à rêvasser ! Qu'est-ce qui va pas avec toi ? Tu crois pas que je vais me taper encore le travail des bêtes, des fois ! Comme si j'en avais pas assez ! Occupe-t'en, et après tu donneras le boire aux cochons !

Pinpin retrouvait son autorité de patriarche, ses doigts trituraient nerveusement son sapé. Amélie sentit qu'il ne fallait pas le défier.

Aux Millières comme dans toutes les montagnes, on se levait à quatre heures, et le premier travail était la traite. Une tâche qu'Amélie appréhendait. Quand il faisait trop froid, avec l'onglée, les mains crevassées avaient du mal à tenir les trayons ; et quand venait la chaleur, c'était la torture incessante des mouches et des taons. Les bêtes, énervées, fouettaient l'air de leur queue et décochaient parfois de terribles coups de sabot. Le bottacul, le tabouret de traite, devenait pénible. Les vaches, parfois couvertes de fumier, montraient des tétines peu ragoûtantes. Le père avait la manière avec les bêtes récalcitrantes comme la Grinche. Il la contournait sans hâte, s'arrêtait au niveau de sa tête qu'il caressait légèrement, flattait son échine comme pour lui demander son assentiment. La bête et l'homme échangeaient un vrai regard de complicité, Narcisse était autorisé à poser ses doigts sur les grosses tétines.

— Cette vache, elle est rien mauvaise, mais faut y aller doux avec elle, et puis au moment que tu l'attaches, tu lui donnes une poignée de sel. Après, tu peux l'apprivoiser, elle te reconnaît.

Au pays, le plus souvent, c'étaient les hommes qui montaient aux prés pour la traite et qui redescendaient le lait sur leur dos, dans les bouilles en fer-blanc, afin que les femmes restées au village le transforment en fromage.

Amélie entendit dans la cuisine, la voix de sa mère crier à sa sœur cadette : « Amène la vache et son boïon ! C'est l'heure d'aller en champ. » Félicie passa devant la fenêtre en chantonnant, tenant la Rojon et son rejeton, veau destiné à la foire.

Sous l'œil vigilant de son père, Amélie reprit sa tâche. Comme tous les jours, elle alla préparer la ration du mulet, de petites brassées de foin enroulées de paille de seigle dans des toiles repliées aux angles, qu'elle porta à l'écurie dans la crèche. En hiver, aux trois chèvres et aux deux brebis, Amélie donnait les fascines taillées à l'automne et un complément en feuilles de chêne, de merisier et de frêne ramassées en octobre, encore bien vertes et tendres. Les bêtes affamées dévoraient avec de bruyantes torsions de langue, ne laissant que le bois qui serait brûlé, une fois bien sec, dans le four à pain.

Malgré ses nombreuses occupations, le travail des bêtes et de la maison qui incombait aux femmes, les journées éternisaient les heures, faisaient poindre une sourde mélancolie, la fièvre d'exister autrement. Amélie Borrel craignait de devoir faire face bientôt au mortel ennui d'une vie dont elle ne voulait pas. Un vacarme devant la porte de l'écurie la fit se retourner. Elle vit passer le traîneau monté sur deux spatules, attelé à l'âne Papillon, qui glissait sur la piste. Julien Fabrègue y était assis, vêtu de son costume sali, son chapeau de paille à ruban bleu sur la tête. Il la salua au passage.

Elle ne put que comparer son élégance et sa blondeur à la rusticité de son noiraud de promis.

26

A l'hôtel Million

Au restaurant et au salon de l'hôtel Million, la réception donnée par le maire François Gravin battait son plein. Julien Fabrègue y avait été convié par le biais de l'architecte Fivel que son père avait connu. Von Schober parut. Comme à son ordinaire, il surpassait les autres, avec un étonnant frac rouge sur des culottes noires et un gilet blanc. Il ressemblait à un oiseau étrange, mais ce qui aurait pu être sympathique ne l'était pas, car son regard éloignait tout élan, de même que sa moustache lustrée en forme de crocs sur un menton glabre et blême.

« Que du beau linge ! » constata Julien, passant en revue l'assemblée. La gent ecclésiastique était représentée par le chanoine Ducis et monseigneur Albert Leuillieux, archevêque de Chambéry.

Comparés aux femmes, avec leurs robes colorées et leurs froufrous, les hommes vêtus de sombre semblaient des modèles de vertu. Odette Merlaud portait une capote mauve ornée de deux oiseaux noirs, de rubans, de cerises et de bouquets de violettes, et un long manteau croisé à double rangée de boutons. Une employée le lui ôta, et elle apparut en corsage-veste en satin broché noir et en jaquette demi-saison à manches gigot. Sa taille fine et son opulente poitrine attiraient tous les regards masculins. Elle était accompagnée d'un couple d'amis et salua Julien d'un signe de tête et d'un sourire incendiaire. Elle éclipsait toutes les femmes et même la petite paysanne du Pommaray qui lui avait chaviré le cœur.

Du côté des ecclésiastiques et du maire, les discussions enflammées opposaient religion et franc-maçonnerie, calotins et républicains. Pour finir, tous se retrouveraient autour d'un verre et d'un bon cigare. Une fois le dîner, somptueux, terminé et les liqueurs servies, le discours du maire, tant attendu, imposa le silence. François Gravin, le regard incisif derrière ses lunettes, ne manqua pas de rappeler comment, il y avait vingt ans tout juste, Gambetta avait prononcé ici même un fameux discours républicain.

Von Schober, qui s'était approché du Provençal, lui désigna le cardinal François de Sales, Albert Leuillieux, archevêque de Chambéry, un septuagénaire qui prisait la bonne chère, vêtu d'une chasuble pourpre dont la large ceinture peinait à cacher l'embonpoint. D'un ton affecté, le baron lui souffla :

— Entre mai 1873 et janvier 1881, son éminence était évêque de Carcassonne... et devinez qui lui a succédé ! Monseigneur Billard, le protecteur de votre ami Bérenger Saunière, fort intéressé par l'énigme de Rennes-le-Château, à ce que j'en sais.

— Vous supputez beaucoup de choses, *mein Herr*, et vous prêtez aux gens des intentions qu'ils n'ont sans doute pas, rétorqua Julien d'un ton acide. Vous devriez être plus prudent. Vos informateurs vous ont peut-être mal renseigné. Il est possible que l'archevêque ne sache rien du tout et que ce soit pure coïncidence.

— Difficile à croire. Ses armoiries se trouvent sur la porte de l'église Sainte-Madeleine de Rennes !

— Et alors ? Ça ne prouve rien. Il était évêque de Carcassonne, paroisse dont Rennes fait partie.

— Je sais tout de cet homme, fit le baron. Grand Séminaire parisien de Saint-Sulpice, dont vous connaissez l'aspect ésotérique et la fréquentation de sociétés secrètes, théologien au concile du Vatican, nommé évêque de Carcassonne en décembre 72. Un homme doux, calme, mais ferme, exact, dont le formalisme confine à l'obsession. On dit qu'il distribue son argent en aumônes. Oui, je sais tout sur lui, comme je sais des choses sur son successeur, monseigneur Billard, qui me semble un gros poisson pour « certains ». Félix-Arsène Billard, manipulé par le Prieuré de Sion et qui, lui, montre un attrait des biens matériels et veille sur Saunière arrivé à Rennes en 85.

— Je suppose que vous savez également tout de moi, conclut Julien Fabrègue, des lueurs de meurtre dans les yeux. Tout et sans doute rien. Bien le bonsoir, monsieur le baron !

Dans un angle du salon, Julien entra en grande discussion avec l'architecte Théodore Fivel, un admirateur du néogothique, qui œuvrait à l'édification de la basilique Saint-François-de-Sales à Thonon, et le chanoine Ducis, éminent historien, savant et archéologue, membre de l'Académie de Savoie. Ce dernier avait dirigé l'Enseignement dans le duché savoyard. Sa spécialité était la Savoie antique. Julien avait lu certains de ses nombreux livres.

Le Provençal s'était présenté en qualité de géologue mais aussi en tant qu'écrivain travaillant à un ouvrage sur les Burgondes en Savoie. Quoique intimement convaincu, il désirait se faire confirmer par ses interlocuteurs que ce peuple barbare avait transité par Conflans, lieu de passage incontournable, avec la voie romaine Milan-Vienne en Isère. Les Romains, qui avaient conquis la région après la défaite des Allobroges, avaient chargé les Burgondes de la surveillance des frontières et de la sécurité des routes alpines. Ces derniers avaient opéré des descentes en Italie ostrogothe, et lors d'un raid en 494 avaient réduit en esclavage six mille paysans de la plaine du Pô. Ils tenaient le Grand et le Petit-Saint-Bernard, et devaient aussi contenir la poussée des Alamans. L'aristocratie romaine, installée en Sapaudia dans d'immenses domaines, avait besoin de protection. Une nouvelle aristocratie était née de la fusion des chefs burgondes et des latifundiaires romains.

Fabrègue constata :

— Les Burgondes qui se sont installés dans les villas romaines l'ont sans doute fait aussi dans les villages environnant Conflans.

Le chanoine Ducis lui fit remarquer :

— La Savoie reste cependant éloignée de leurs bases de départ, ils sont moins nombreux ici que dans le Valais ou Aoste. Ils se sont établis surtout au nord de la Haute-Savoie, en Chablais et Faucigny. Par ici, on les trouve sur la rive droite de l'Isère, à Marthod, près d'Albertville, l'ancien Marthodi. Ils ont habité la montagne de Seythenex, juste derrière, et surtout Cléry. En descendant sur le versant Haute-Savoie, on trouve Viuz-Faverges, du burgonde Willeringos. On y a découvert des crânes coupés à la hauteur des orbites.

Fabrègue dégustait son cognac tout en se faisant la réflexion qu'il était entouré des meilleurs spécialistes et qu'une pareille occasion ne se représenterait pas. Il lui fallait aborder le sujet du trésor burgonde. Quant à Von Schober et ses acolytes, ils étaient trop loin pour entendre la conversation. Le baron était d'ailleurs en train de baiser la main d'une femme en pacha gris-bleu. « Tiens, se dit Julien, notre vieux baron aurait des manières galantes et d'autres appétits que celui de l'or ? »

— J'ai encore besoin de vos lumières, messieurs, reprit Julien. Si la *Chanson des Nibelungen* et de leur trésor peut passer pour une légende au regard de certains, l'histoire des Burgondes est, elle, tout ce qu'il y a de plus concrète. Vous êtes d'accord là-dessus ? Ma théorie est qu'ils ont eu besoin de leur trésor pour s'établir en Sapaudia, et qu'il pourrait être toujours enfoui dans la région.

L'architecte eut une expression étonnée et déclara avec un brin d'ironie :

— A supposer que l'or ne soit pas dans le Rhin, comme la légende le dit, pourquoi auraient-ils caché leur trésor ici plutôt que dans une autre région ou même à Seythenex où se trouve une fort belle grotte avec une cascade, comme dans la *Chanson* ?

— C'est là que le bât blesse. J'y ai souvent pensé, opina Julien. Et puis j'ai une autre piste : ils ont pu déplacer le trésor en direction de Sisteron, Theopolis ou Nibles. Peut-être pour financer la construction de leur cité.

— Rien ne prouve en tout cas que les Burgondes se soient vraiment implantés ici, constata le chanoine Ducis. Certes, l'importance stratégique de la route du col du Petit-Saint-Bernard, la route vers Rome, n'est pas à nier. Mais on n'a aucune trace écrite, parce qu'il n'y avait pas de centres urbains ou ecclésiastiques importants. Moûtiers et Saint-Jean-de-Maurienne n'étaient alors que de petits bourgs.

Le front plissé, Théodore Fivel prit le parti du Provençal et rétorqua :

— Rien ne prouve non plus que les Burgondes n'étaient pas ici. Il me semble qu'il est difficile aux experts de distinguer les productions burgondes de celles des autres peuples, comme les Alamans. Ils ont certainement vécu dans la Combe de Savoie.

Julien pensa au parchemin des *missi dominici*. Charlemagne avait remanié les pagi burgondes dans lesquels il avait envoyé en mission ses clercs et seigneurs les plus érudits. Avant de quitter le passionnant duo, le Provençal leur posa une dernière question :

— *Vulnerant omnes, ultima necat.* « Les heures blessent toutes, mais la dernière tue. » Cette phrase vous dit-elle quelque chose ?

— On peut la lire sur un cadran solaire dans la vallée d'Avérole, près de Bessans, répondit le chanoine. Sinon, à Chambéry-le-Vieux, il est inscrit : « Redoute la dernière » ! Un bien sage rappel de notre modeste condition humaine.

Dans son lit, Julien ne pouvait trouver le sommeil. Son esprit errait dans des temps immémoriaux. Il imaginait ces Barbares décrits en 469 par Sidoine Apollinaire, un noble arverne : « *Je vis au milieu des hordes chevelues, assourdi par les sons de la langue germaine... Le Burgonde aux cheveux graissés d'un beurre rance, aux rauques accents, à l'odeur empestée de l'ail ou de l'oignon.* »

La pensée des journalistes parisiens qui, après l'Annexion de la Savoie, avaient brossé un portrait peu flatteur des Savoyards, les décrivant comme un peuple à demi barbare, l'amusa. Il savait qu'en 1877, le chanoine Ducis avait eu des mots assez durs pour ces représentants de la France.

Le Provençal était à court d'hypothèses. Il manquait d'éléments. Qui pouvait l'aider ? Un nom s'imposa à son esprit ; Gérard Encausse, le grand occultiste. Et il solliciterait un rendez-vous à Lyon chez le maître Philippe.

27

Le maître des ténèbres

Le baron von Schober traînait la jambe dans la descente de Conflans. La soirée avait été bien arrosée. Il avait exprimé le souhait d'aller prendre le frais avant de se coucher.

« Je t'accompagne, avait déclaré Moser en prenant son manteau. Ne suis-je pas ton garde du corps ? Et puis, j'ai besoin de me dégourdir les jambes moi aussi. »

Ils s'étaient engagés dans la rue Bugeaud, en direction du quai des Allobroges, avaient traversé le pont puis s'étaient risqués sur le territoire des plus démunis. Le quartier était un cul-de-sac où dans des taudis s'entassaient les émigrés et les Sardes en mal de travail. Ayant fait demi-tour devant la porte de la cité médiévale, ils cheminaient à présent dans la descente escarpée, au risque de se rompre les os. L'heure était avancée, il régnait un silence profond, troublé par les jurons que le baron proférait par intermittence, comme pour conjurer une malédiction. Pareille à une grande hostie blanche, la pleine lune apparaissait de temps à autre derrière les lourds nuages qui roulaient sur les montagnes. Puis l'obscurité retombait, plombant le ciel de sa grisaille. Bien que la nuit fût douce, le baron rajusta son chapeau et frissonna dans son manteau. Il se sentait observé. Pourtant, il n'y avait pas âme qui vive.

Revenu à l'hôtel, débarrassé de son habit de soirée, Von Schober se cala dans un fauteuil avec son gros cigare et déclara à ses cinq acolytes :

— Une grande mission nous attend, mes frères. Car nous sommes les héritiers des Frères de saint Jean l'Evangéliste.

— Nous aurions dû rester chez les maçons, osa proférer Hainisch, le moins intelligent des six. En plus, on aurait pu entrer plus facilement en relation avec ceux d'Albertville pour nous aider dans nos recherches.

— Les grades supérieurs de la franc-maçonnerie n'ont aucune importance, rétorqua le baron avec mépris. Et les sociétés rosicruciennes, telles que nous les voyons fleurir aujourd'hui, ne sont faites que de charlatans s'amusant à refaire le monde dans leurs réunions. En France, des farceurs ont créé le Prieuré de Sion. Nous sommes hautement plus estimables et qualifiés que tous ces gens qui se déguisent et gueuletonnent une fois par mois.

Les six Autrichiens, dont le baron qui était déjà un sage maître, appartenaient à la société secrète des Frères asiatiques ou Chevaliers et frères de saint Jean l'Evangéliste venus d'Asie en Europe. L'un des plus célèbres était l'archiduc Otto de Habsbourg, ami de Bérenger Saunière et violent opposant à l'empereur François-Joseph. Cet ordre qui avait sa loge mère au Proche-Orient avait été fondé vers 1750, avant de disparaître, du moins officiellement. Les Frères asiatiques avaient tenu un rôle important en Allemagne aux XVIIe et XVIIIe siècles, et fait connaître la mystique juive et la kabbale dans les milieux autrichiens ouverts. L'Ordre avait pour vocation d'enseigner à ses membres les secrets des alchimistes et des rose-croix. Pour accéder au rang de sage maître, Schober avait dû passer par plusieurs étapes.

Von Schober se rappela son initiation secrète chez les *Asiatische Brüder* à Vienne dans un hôtel particulier où se trouvaient une bibliothèque aux livres précieux et un laboratoire souterrain. Au premier échelon probatoire de son enseignement, ce n'étaient que travaux théoriques, mais au deuxième, ses supérieurs au regard sévère l'avaient fait procéder à des expérimentations ardues sur des minerais ou des métaux.

Au troisième échelon, Von Schober avait abordé la pratique de la Pierre au Rouge, l'étape finale de la Pierre philosophale. Il avait aussi appris à fabriquer des médicaments, un enseignement ultrasecret. A ce niveau d'initiation, les manipulations en laboratoire ne suffisaient plus, il fallait s'ouvrir à la conscience des mondes subtils. Von Schober avait vécu des expansions de conscience proches du voyage astral et des phénomènes de télépathie.

Par ailleurs, l'ordre ne dédaignait pas l'apprentissage de méthodes plus terre à terre, comme apprendre à manipuler les esprits, se défendre et surtout porter des coups.

En y pensant, Von Schober émit un ricanement puis il déclara :

— Notre mission à nous, mes frères, vous vous y êtes préparés. Et avec l'argent que cela nous apportera, nous ferons de grandes choses. Nos pouvoirs n'auront aucune limite. Et nos père et grands-pères pourront enfin reposer en paix.

Le baron se tut. Avec une émotion qu'il ne put réprimer, il songea à son père et ses hommes qui avaient eu, eux aussi, une mission à accomplir, soixante-dix-sept ans auparavant. Le mois de juin 1815 s'inscrivait en lettres de feu dans son esprit. 1815, l'année de gloire de leurs ancêtres, l'année du désastre et du malheur.

28

Sur la piste du trésor

Juin 1815.

« Les Autrichiens ! Ils arrivent ! »

Les « Habits blancs » descendaient en longues files des montagnes. N'en croyant pas leurs yeux, les bergers des plus hauts alpages de l'Ebaudiaz et de la Thuile les avaient vus se profiler sur les crêtes comme une ligne neigeuse et avaient couru prévenir les villageois. Ceux des masures en pierre du Planay, de Coutaz Pella, puis les hameaux du Pommaray et du Crêt et les villages des communes de Notre-Dame et Sainte-Hélène-des-Millières. Ce 27 juin, la rumeur avait enflé que les soldats autrichiens envahissaient la région.

Sur le pas de sa masure à l'orée du bois de Coutaz Pella, Albertine Gonthier regarda la scène d'un œil ébahi. Elle vit l'*Infanterieregiment* qui se profilait sous son nez, dévalant à grand vacarme les prés. Les hommes de l'infanterie de ligne en culottes de drap blanc, courtes guêtres noires fermées par une rangée de boutons, cravate rouge et cocarde blanche. Bouche bée, elle contempla les buffleteries, les havresacs en peau de vache et les shakos noirs à plumets en forme de pot de fleurs. Les Hongrois en culottes bleues, les Jägers en gris avec leurs chapeaux tyroliens, les Grenzer en vestes brunes. Les officiers étaient reconnaissables à leurs broderies or et argent, leur manteau sombre, leur ceinture d'étoffe claire et leur épée au côté.

Eux détaillaient avec insolence les femmes en longue robe noire boutonnée au col, et observaient les hommes avec leurs amples chemises de lin à col pointu, leurs pantalons à pont, en gros drap écru, rétrécis à la cheville, comportant une trappe boutonnée sur le devant et de grandes poches. Ils étaient ceinturés d'une large flanelle grise ou beige et portaient des chapeaux de feutre ronds et noirs. La plupart des paysans de cette zone marécageuse propice aux fièvres étaient petits, maigres et chétifs, avec des goitres et des déformations physiques.

Albertine, qui venait d'avoir quinze ans, n'avait jamais vu autant de beaux uniformes et de couleurs mêlées. Elle vit passer un capitaine puis l'Oberstleutnant von Schober, droit sur son cheval visiblement fourbu, cravache à la main et épée sortie, le regard à l'affût. Les Autrichiens restaient sur leurs gardes, dans l'éventualité d'un guet-apens. Ces villageois, en apparence simples et non armés, pouvaient se montrer dangereux. L'Oberstleutnant en avait fait l'expérience l'année précédente, lors de l'occupation.

En avril 1814, le général autrichien Bubna, en violation de la neutralité suisse, avait occupé toute la Savoie, malgré la résistance des généraux Marchand et Desaix. Avec le retour des Bourbons et de Louis XVIII sur le trône, les préfets et sous-préfets avaient été remplacés par des commissions centrales, lesquelles veillaient à l'intendance des troupes autrichiennes, en adressant de sévères réquisitions aux maires. Les Savoyards avaient dû fournir pain de seigle et d'orge, viande, pommes de terre, vin, foin, avoine, fourrage pour les animaux et jusqu'à des chemises. Pourtant, en Savoie sarde, la première occupation autrichienne avait été bien tolérée. A Chambéry, le général Bubna avait fait un beau discours aux Savoyards : « Rappelez-vous la législation sage et paternelle de l'ancienne Maison de Savoie ! Comparez-la avec les vingt-deux années de malheur qui viennent de s'écouler et jugez ! »

Les Savoyards avaient jugé : « Les dindons de la farce, c'est toujours nous, qui que ce soit qui règne. » Ils ne feraient pas de cadeaux aux Autrichiens s'ils pouvaient se venger.

L'année précédente, au traité de Paris, les frontières de la France avaient été fixées. On s'était « partagé le gâteau », coupant en deux l'ancien duché. L'Ouest, dont Chambéry et Annecy, avait été rendu à la France, et la Sardaigne avait récupéré la partie orientale : Tarentaise, Maurienne, Chablais et Faucigny. La situation devenait ingérable en Savoie sarde mais surtout en Savoie française. L'Hôpital-sous-Conflans, capitale du duché où se trouvait le siège du Sénat restauré, Sainte-Hélène-des-Millières, Moûtiers et Saint-Jean-de-Belleville étaient devenus sardes, tandis que Chambéry était française.

« Allez vous y retrouver avec tout ça ! » râlaient les Savoyards.

— Qu'est-ce que vous fichez, sacredieu ! Avancez !

L'injonction de l'Oberstleutnant von Schober lui corna aux oreilles, le tirant de sa rêverie. Le chasseur à pied Wladimir Rainer leva la tête et vit devant lui la cohorte de ses camarades qui s'étirait dans les montagnes tel un long mille-pattes bleu et blanc. Une petite armée hérissée d'une forêt de fusils à baïonnettes faisait vibrer le sol du martèlement de ses pas et cliqueter les armes. Un aide de camp passa au trot sur le sentier ; Albertine Gonthier sentit l'air lui frapper la joue et soulever les bords de son bonnet blanc. Les fourgons à munitions cahotaient dangereusement sur la mauvaise piste. Longeant les officiers à cheval, le petit groupe des artilleurs et les chasseurs à pied, les deux estafettes s'activaient pour transmettre les communiqués. Un tambour de seize ans avançait fièrement en tête de son escadron, parmi les drapeaux qui flottaient au vent. On transportait des pièces d'artillerie légère, on traînait un canon et une douzaine de caissons de munitions attelés à des mulets. Les hommes poussaient le canon sur ses grandes roues dans un bruit d'enfer.

— Un de ces quatre matins, ça va nous tomber dessus, maugréa l'artilleur Heinrich Dolfuss. Comme si on n'avait pas pu rester sur la route comme les autres...

Pour faire franchir la montagne au canon, il avait fallu tout démonter. Un tronc de sapin de sept pieds de long, arrondi aux deux bouts et évidé, servait à loger le fût fixé à un piquet de fer par des cordages. On y avait attelé un mulet et une trentaine d'hommes. Il en fallait encore dix autres pour porter à bras une roue. Chaque pente un peu trop raide ou caillouteuse faisait se cabrer le mulet et transpirer les hommes qui se signaient. L'opération avait été pénible lors de la montée dans la forêt au-dessus de Saint-Paul-sur-Cevins.

Hommes et chevaux en avaient plein les jambes. Depuis l'Italie et le Petit-Saint-Bernard, le général-major baron von Trenk leur avait imposé une marche infernale. Sa première colonne détachée avait été retardée par son artillerie bloquée, en raison des arbres abattus sur la route de Tarentaise par des chasseurs français. Ils seraient en retard au rendez-vous de L'Hôpital. Mais l'Oberstleutnant von Schober avait son idée. Von Trenk avait placé sous ses ordres une compagnie d'infanterie d'une centaine d'hommes avec leur capitaine et leur sergent-major, et une division de cavalerie, soit une centaine de cavaliers. Von Schober avait regardé, non sans une légère appréhension, la Grande-Lanche qui culminait à deux mille cent quinze mètres. De l'autre côté, ils étaient péniblement redescendus sur l'Ebaudiaz, et ils se dirigeaient à présent sur les Millières. Pour un bon marcheur, la montée demandait cinq heures et la descente trois. Pour eux, avec le matériel, le barda et surtout le canon, cela avait pris beaucoup plus de temps.

Le baron von Schober s'arrêta et, à la suite de ses hommes, descendit de cheval. Il se pencha pour remplir sa gourde de cuir à la source qui glougloutait dans la mousse et les fougères. Quand il se releva, son regard bleu azur croisa celui de la fille rousse qui ne détourna pas les yeux. Elle avait un visage clair parsemé de taches de son, un nez droit et un joli corps moulé par le corsage. Elle tenait encore à deux mains son tablier rempli de framboises sauvages. A ses côtés, son père posa sa cognée. Sébastien Gonthier tapa ses galoches à semelles de bois cloutées contre une bûche, souleva les bords de son chapeau et maugréa en patois :

— Les v'là qui reviennent. On n'a rien de bon à attendre de ces gars-là. Que des souffrances et des rapines. Comme ces saletés de rates[1] qui envahissent nos champs de parchenailles[2] et de navets.

Haussant les épaules, son épouse Philomène rentra dans l'unique pièce sombre brasser la bronnée des cochons dans un chaudron suspendu à la potence de la cheminée. Puis elle ouvrit son grimoire et entreprit une conjuration contre l'envahisseur.

Le regard de l'Oberstleutnant s'était rivé au collier que portait l'adolescente, un lacet de cuir avec trois pièces de monnaie trouées, sommairement nettoyées.

— Où as-tu trouvé ça ? fit-il en autrichien, avançant vers la gamine une main en forme de crochet.

La vue du collier ravivait en lui des sentiments qu'il croyait enfuis, un espoir renaissait. Il venait de reconnaître des frappes de bon titre.

Gondebaud – 473-516 –, Sigismond – 516-524 –, Gondemar – 524-532. Les trois rois.

La fille secoua la tête, n'ayant manifestement rien compris. La voyant inquiète, le baron se radoucit, chercha ses mots, puis se ravisa et alla trouver le major Erich Moser qui parlait un peu français. Ce dernier n'eut guère plus de succès, car le patois était solidement ancré dans ces montagnes. Le regard de Von Schober engloba chaque pièce. Le collier des trois rois burgondes.

— Combien ? Combien tu en veux ?

1. Campagnols.
2. Carottes.

La gamine qui avait compris se mit à se dandiner puis esquissa un sourire et écarta les doigts.

— Donne-lui tout ce qu'elle désire ! Je veux ce collier, ordonna l'Oberstleutnant, les yeux brillants.

29

Le mage et l'occultiste

Lyon, 1892.

Nizier Anthelme Philippe le scruta de son regard oblique, mais il savait déjà qui venait lui rendre visite. Julien Fabrègue regarda ce Savoyard tant vanté. La quarantaine, des yeux pénétrants, d'épaisses moustaches aux pointes retroussées, les cheveux bruns avec une raie au milieu, un complet-veston. Il s'avoua un peu déçu : il l'imaginait en longue robe brodée de signes kabbalistiques, de lunes et d'étoiles.

— Maître Philippe, je viens solliciter une entrevue très particulière. J'ai l'honneur de me faire recommander par monsieur Gérard Encausse qui est une de mes relations. Il vous connaît bien, je crois.

Son ami lui avait parlé de ce thaumaturge, voyant incomparable, magnétiseur, guérisseur qui faisait des miracles depuis l'âge de treize ans. Le curé d'Ars avait prédit à sa mère enceinte qu'elle donnerait la vie à un être d'une grande élévation spirituelle.

— Allons au fait, monsieur Fabrègue ! Cela nous évitera à tous deux de perdre du temps qui peut être précieux à d'autres.

Son regard étrange se posa sur le jeune homme en costume de ville à double rangée de boutons. Sous ce costume, le mage en vit un autre, celui d'un guerrier viking en armes.

— Je cherche le trésor des Nibelungen.

Le mage ne parut guère surpris.

— Et je suppose que vous avez du mal à le trouver par des voies, disons, scientifiques.

Julien avait pris ses renseignements, il savait que le maître Philippe condamnait toute pratique occulte, secte et société secrète. Ce que ce dernier ne manqua pas de lui rappeler.

— Tout pouvoir doit venir de la Lumière, rien ne doit demeurer caché.

Avec lui, Von Schober n'aurait aucune chance, car Philippe savait lire dans les cerveaux et les âmes, et il sondait les cœurs.

— L'occultisme est une plaie s'il est exercé dans un but intéressé et vilement matériel. C'est significatif d'un manque de confiance en Dieu.

Le thaumaturge regarda Julien avec tant d'intensité que ce dernier cligna des yeux.

— Tu ne le trouveras qu'avec le cœur pur. Si tu demandes à Dieu avec foi, humilité et confiance, tu l'obtiendras de lui. Méfie-toi cependant du 28 juin !

— Vous ne pouvez rien me dire de plus ? fit Julien, déçu.

L'homme bienveillant le prit par l'épaule, se pencha et lui parla à l'oreille.

Quand Julien Fabrègue sortit du cabinet du mage, il n'était plus le même.

Le soir, Fabrègue retrouva Gérard Encausse dans un bouchon de la Croix-Rousse. Ce dernier l'attendait, déjà attablé devant une bouteille de mâcon. Julien se réjouissait de voir son ami, avec lequel il avait des discussions enflammées lorsqu'il se rendait à Paris pour fouiner chez les bouquinistes ou faire des recherches aux archives de la Bibliothèque nationale. Lors de son dernier séjour, Julien avait consulté un Frédégaire, une chronique relatant les événements depuis l'origine du monde jusqu'en 768.

— Tiens, j'ai une surprise pour toi ! Je t'ai fait faire un double, dit Encausse, lui tendant par-dessus la matelote un paquet enveloppé dans du papier journal.

— Alors, auteur unique d'origine burgonde ou plusieurs auteurs ? Et quelles étaient leurs sources ? interrogea Julien.

— Ce qui est sûr, c'est que le comte austrasien Childebrand, frère de Charles Martel, puis son fils Nibelung ont bien rédigé les dernières parties pour la période 736 à 768, affirma Encausse.

Nibelung. Cela ramena Julien aux Nibelungen, « les fils du brouillard », « ceux de l'obscurité », du monde d'en bas. Il évoqua cette légende avec Gérard qui, entre deux bouchées de poularde de Bresse truffée, lui expliqua sa façon de voir.

— Les nains aux richesses souterraines et sous-marines, assoiffés d'or et de pouvoir, incarnent l'ambition démesurée des hommes, leur inextinguible convoitise.

« Comme celle que j'ai en cherchant l'or ? » s'interrogea Julien.

— Les Burgondes et Siegfried, après leur avoir volé leur trésor, prendront leur nom, Nibelungen. De ce fait, ils seront exposés à être trahis et dépouillés, selon une même destinée. Mon cher Julien, je te vois comme Siegfried, le héros wagnérien, assoiffé d'exploits et de jouissance, avec toute l'insouciance de la jeunesse qui ne croit qu'en les armes. Et le dragon que tu vaincras est le symbole de ta victoire sur toi-même.

Le regard de Julien fut détourné un instant par la vision de la jolie blonde qui dînait à la table voisine.

— Il semble que ta chasse au trésor ne t'a pas complètement obnubilé, observa Encausse, amusé.

Parvenus au dessert, une cervelle de canut, ils parlaient toujours de la légende des Nibelungen. Encausse fourragea dans sa barbe, allongea ses jambes pour soulager sa panse repue et constata :

— Pour moi, c'est une tragédie romantique avec tous les ingrédients nécessaires, trésor enfoui, dragon, chevalier héroïque, sur fond d'amour, de haine, de trahison et de complots à la cour. Siegfried était destiné à périr par la perfidie des siens. Sait-on seulement s'il a existé ?

Julien affirma :

— En tout cas, je suis certain que les rois protagonistes de la *Chanson* ont réellement existé. Dans la loi Gombette, le code civil burgonde, se trouve la liste des anciens rois, à peu près les mêmes que ceux mentionnés dans la *Chanson des Nibelungen* et les textes scandinaves. Trois frères de Brunehilde sont cités dans un manuscrit : Gunther, Gondebar, Giselher, avec pour capitale Worms sur la rive gauche du Rhin. L'orthographe diffère de celle de la *Chanson*, mais ça concorde. Le traité de 443 les confine dans l'actuelle Savoie. De là, ils vont jusqu'à Lyon, ancienne capitale des Gaules. Il leur faut de l'or pour s'établir. Et moi, c'est cet or que je cherche.

Sur le chemin de son hôtel de la Croix-Rousse, Julien, la tête lourde, se rappelait leur dernière rencontre à Paris et jusqu'aux paroles de son ami.

« Il y a une possibilité d'échapper au destin, avait affirmé Encausse. Les talismans sont recommandés par les kabbalistes. Celui de Mars préserve notamment des atteintes de tout ennemi dangereux. Si tu l'enfouis dans ta bastide, en un lieu que je t'indiquerai, elle sera préservée de tout problème. »

Julien Fabrègue portait sur sa poitrine d'autres talismans que Magali Caillol découvrait quand elle l'aidait à passer sa chemise. « De bien étranges médailles et pas chrétiennes », se plaignait-elle, cependant ravie de pouvoir effleurer la peau soyeuse de son maître.

Cela n'avait pas empêché les cambrioleurs de s'introduire à la Bastide des Oliviers et d'assassiner la pauvre Magali.

30

Première exploration

Fabrègue, précédé de Félicien Viard, était entré dans la mine de la Molière sur la commune de Bonvillard. Il capta ses puissantes odeurs d'humidité, frissonna et progressa à petits pas sur la pente glissante. Les lampes-tempête projetaient leurs halos sur les parois suintantes. A certains endroits, le boyau se rétrécissant dangereusement, il leur fallait progresser à demi courbés, les reins cassés, et surtout regarder où ils posaient les pieds. Julien buta sur une vieille lampe abandonnée au ventre de la terre depuis des années et jura en provençal. A la Molière, la galerie descendait sur une profondeur de vingt mètres sur une couche de schiste plongeant au sud, vers l'intérieur de la montagne. Il avait fallu traverser de grosses épaisseurs de rochers et de pierres, percer la roche, sans céder au découragement, avant de trouver le filon. En effectuant le boisage des mines exploitées de la commune, plus d'un aurait pu se faire casser les reins par un rocher écroulé sans crier gare ou emmurer vif par une coulée de terre.

— Sans compter qu'on peut tomber sur un nid de vipères qui vous dégringole sur les épaules, dit le Croué pour compléter le tableau, avec un regard d'assassin.

Julien se dit qu'il pouvait très bien être missionné par Hippolyte Mercier pour lui faire son affaire dans la mine et prétexter un accident. Son rival sortirait de sa vie. Quel rival ? réfléchit Julien, Amélie et moi n'avons même pas flirté. Elle est trop droite pour trahir ses vœux envers son fiancé. Et moi, j'ai fait une promesse à son frère...

Sa couverture de géologue était sa meilleure carte de visite. Louis-Ferdinand Reydet s'était même fait fort de le recommander auprès de son confrère Victorin Laurent, le maire de Bonvillard, et de lui allouer un guide pour l'accompagner et lui montrer les lieux. Et son choix s'était porté sur Félicien Viard.

— Moi, j'aime pas aller vers les mines, répéta le Croué, secouant son goitre, ni dans la forêt, car le coin est maudit. La foudre y tombe souvent et les sapins sont brûlés. Les mineurs meurent les uns après les autres. Mon père y a reçu le jus, précisa-t-il, pointant vers le ciel un index vengeur.

En regardant le Croué dans le boyau de la Molière, Julien eut l'image des nains gardiens du trésor des Nibelungen qui avaient forgé le marteau de Thor, les gardiens des mondes souterrains, du minerai extrait pour les armes.

Cent mètres plus loin s'ouvrait une autre galerie, mais l'affleurement des eaux avait arrêté les travaux. En descendant à l'est, Julien se retrouva sur les bords d'un torrent avec des cascades et de nombreuses excavations. Il rentrait bredouille. La mine n'avait pas livré de secrets, ni même un indice. Il lui faudrait questionner d'anciens ouvriers employés ici, avant que la mine soit abandonnée pour cause de rendement trop faible.

Il en existait d'autres à explorer sur le flanc nord-ouest du Grand-Arc, à une heure et demie de Bonvillard, entre neuf cent vingt-cinq et mille six cents mètres d'altitude. Dans le jargon des Savoyards, des filons de galène, blende, sidérose et malachite, dans celui des géologues français : plomb argentifère, zinc, fer et cuivre.

Pour Julien Fabrègue, suivre la trace d'un trésor qui n'existait peut-être pas était un travail de fourmi qui amenuisait de jour en jour ses finances. Il commençait à céder au découragement. La tâche était immense, il ne savait plus où se diriger. Il avait espéré trouver dans la mine de plomb argentifère de Bonvillard au moins quelques débris de poterie, un fer de lance, une hache, lui indiquant que des Burgondes étaient venus jusqu'ici. En vain.

Il lui fallait à présent explorer un autre filon, celui dont Amélie Borrel lui avait parlé. Il n'avait rien à perdre.

31

Le baron et les désirs du Croué

Au hameau du Crêt, le baron von Schober était de mauvaise humeur. Il descendit pesamment de cheval et se dirigea vers la masure qu'on lui avait indiquée. Au passage, il prodigua un coup de pied au chien attaché devant la porte. Ce geste raviva la douleur dans sa jambe.

— Qu'as-tu donc à la jambe ? s'étonna Alfons Moser. Depuis que nous sommes arrivés à Albertville, tu traînes de plus en plus la patte.

— Mais rien ! répondit-il, agacé.

En 1815, son père avait hurlé sous la scie qui lui découpait la jambe. Karl-Edmund en avait encore mal dans sa chair. Par mimétisme ou par un fait surnaturel, il boitait. Il ignorait qu'aux Millières on le surnommait le Ranche, le Boiteux.

Le baron demanda à Moser d'entrer chez Félicien Viard et de régler leur affaire. Une bourse le convaincrait de les guider par tous les chemins de la montagne, jusqu'en enfer s'il le fallait. On lui avait dit que c'était le meilleur pisteur de la région.

— Et surtout, tu lui redis bien qu'il y aura une récompense pour lui si je trouve ce que je cherche. Pas la peine de lui raconter que je suis un historien écrivant sur la bataille de L'Hôpital. Par ici, on ne nous aime pas trop. D'ailleurs, il ne sait sûrement pas lire.

Alfons Moser enjamba une bouse de vache. A son passage, le chien grogna, retroussa les babines et essaya de lui mordre les mollets. Un être maigre, au visage dément, s'accrocha aux barreaux d'une fenêtre et se mit à hurler à sa vue. Séraphine Bonjean, qui triait des lentilles, accourut, essuyant ses mains à son tablier à rayures, le goitre tremblotant. Elle donna un coup de pied au chien, s'excusant d'abondance.

— Je comprends pas. D'habitude, il est rien méchant, le Noiraud. Mais entrez seulement ! Le Croué, euh ! j'veux dire mon gendre, est à vous teuteure, dans un instant, quoi. Il est en train de nettoyer le boédet des caïons.

Elle se tourna vers la soue des cochons, l'appela de sa voix aigrelette une fois, puis deux, en vain, et se répandit en invectives.

— Ah ! Le mauvais apôtre ! La tête de caïon ! Tu vas l'avoir, ta torgnole...

Le baron soupira. Ces gens avaient un parler si compliqué et un accent si marqué qu'il ne saisissait qu'un mot sur trois. Il se rappela comment, à sa première venue dans les villages, le maire du chef-lieu lui avait expliqué :

« Les Savoyards sont ballottés entre deux appartenances, France et Piémont, patois ou français. Vous aurez du mal à les comprendre, baron. »

Mais il ne devait pas faire le difficile. La réussite passait aussi par là. Et quand il en aurait fini avec ce

Félicien Viard, il irait rendre une petite visite à Narcisse Borrel et à sa fille Amélie.

Dans son misérable enclos, le cochon pataugeait dans la boue. Il avait été acheté à trois mois à la foire de printemps et engraissé de petit-lait, de châtaignes et de betteraves crues. A Noël, il subirait le sort qui lui était réservé. Le Croué se réjouissait d'avance à l'idée d'entendre les hurlements de ceux qu'on saignait, pattes liées, étendus sur un tréteau, tenus par trois ou quatre hommes corpulents. Ces derniers faisaient appel à toutes leurs forces pour attacher le caïon qui se débattait sur la maie, l'arche en bois. Un égorgeur en sarrau le saignait à la gorge avec un couteau. L'animal était égorgé lentement et son sang recueilli dans une bassine servirait à faire les boudins. Parfois, il ne réussissait pas du premier coup, comme Félicien. Un jour, il avait planté le couteau sans que le sang s'écoule ; une autre fois, il avait coupé l'œsophage du cochon. Il avait alors essuyé les moqueries des autres : « Tu n'as pas pu le saigner. » Ils étaient terriblement vexés, les hommes, quand ils saignaient un cochon et que le sang ne venait pas, qu'ils devaient repiquer. Sans compter que le cochon hurlait effroyablement.

Enfin, le Croué se régalerait du repas de ce jour, appelé « la fête du cochon », que lui ferait la Phine, avec le bon rôti, le lard fondant, les bognettes, les rissoles et le verre de piquette de pays.

Sa pensée alla ensuite à Amélie Borrel. Depuis qu'il était veuf, il en avait un désir fou, au point de faire des maléfices sur elle. Pour attirer son amour, il écrasait de la verveine dans ses mains avec l'espoir de serrer celles de l'objet de ses pensées. Mais la Mélie refusait de lui serrer la main. Il l'avait coincée une fois dans la grange où elle allait chercher du foin pour les lapins. Amélie avait sauté sur le solan, le plancher au-dessus de la grange où on battait le blé au fléau. Il lui avait semblé qu'elle avait des ailes. Un moment étourdie, elle avait repris ses esprits et s'était enfuie à toutes jambes.

Bientôt, il mangerait de la langouste à l'hôtel Million et il boirait du champagne. Et la belle Amélie Borrel, vêtue d'une robe neuve, lui tiendrait compagnie.

32

Le Provençal et la sorcière

Au Pommaray, un chemin descendait au ruisseau de la Combe. En été, quand l'eau de la source arrivant au bassin était tarie, les fillettes partaient avec des seaux en direction du ruisseau, passaient devant la masure de la Nore qui les invectivait et marchaient une demi-heure sur un chemin assez plat. En contrebas, se trouvaient une gure rapide et la « coulée d'argent », comme elles l'appelaient. Une longue roche d'un gris métallisé veiné, avec des anfractuosités où se cacher. Amélie se souvenait qu'enfant, avec sa sœur Marguerite, elle en avait prélevé un morceau. Leur père avait dit que c'était bien de la galène, du plomb argentifère, mais personne ne s'en souciait car ce n'était sans doute pas rentable à exploiter. Un sentier trop raide y menait.

« Je voudrais voir cet endroit, avait demandé Julien à Amélie.

— Il faudra d'abord que vous rencontriez ma grand-mère », avait-elle répondu, amusée.

Il avait hâte de voir la longue coulée contre la montagne, et pour ce faire était prêt à user ses pantalons. L'expérience lui avait appris à s'habiller de vêtements plus rustiques et mieux adaptés. Seul le canotier avait été conservé, ce qui faisait son charme, comme lui disait Odette.

Amélie lui avait expliqué que pour s'attirer les faveurs des gnomes qui gardaient la roche d'argent, la Nore apportait régulièrement une assiette de lait près du rocher. « Elle disparaît. C'est que les gnomes et les gnomesses le boivent ! » clamait-elle à qui voulait l'entendre. Mais Amélie avait vu Pyrame, le chien, laper l'écuelle.

— Je viens souvent lui donner la main, à la grand-mère, dit-elle, quand il faut faire les fascines en automne pour les bêtes ou rapporter du bois pour le four à pain.

Elle revit la vieille femme portant sur son dos les fagots récupérés dans la gure, arc-boutée sous la charge, griffée de partout par les ronces et les branchages. La Nore allait aussi chercher des petites branches de bouleau pour fabriquer ses fameux balais. Ils lui donnaient l'air d'une sorcière, avec ses longs cheveux roux qui croulaient de son chignon défait et sa robe noire entortillée autour des cuisses.

Les esprits crédules racontaient que la Nore, pour nuire à ses ennemis, façonnait des figurines en cire comme celle d'un sanglier. Elle récitait une formule et allait la jeter dans la forêt à la suite du chasseur. Devenu de grande taille et redoutable, l'animal acculait sa victime contre un arbre et la perçait de ses défenses.

« Méfiez-vous de cette femme, la Nore ! avait conseillé Louis-Ferdinand Reydet au Provençal. Je suis pourtant un homme cartésien et qui a les pieds sur terre. Elle fait de la physique et elle est capable de tous les maléfices. »

La masure de la Nore se trouvait à l'écart sur le chemin qui menait au rau de la Combe. Un fracas de pie dérangée, dans le fayard proche, annonça leur arrivée. Amélie appela sa grand-mère.

— Alors, on arrive ! cria une voix aigre sortant de l'ombre de la pièce.

Eléonore Bochet apparut, longue silhouette toute de noir vêtue. Julien crut voir une corneille tant son nez busqué, ses yeux luisants et ses pommettes étroites faisaient penser à l'oiseau de malheur. Ses amples vêtements semblaient des ailes repliées. A cet instant, elle portait bien son surnom de Grande Noire. Examinant l'étranger avec son canotier, la vieille marmonna :

— Eh ben ! D'où vous sortez, vous ? Allez, rentrez, mon beau monsieur !

A sa suite, il traversa une pièce pleine de sacs de seigle et d'outils destinés aux travaux des champs et des bois. Puis il passa dans l'autre pièce, la cuisine-chambre encombrée de bonbonnes et de pots à herbes. Sur un poêle cuisait une préparation aux odeurs de plantes à côté de la soupe qui mijotait. Il vit le plafond bas aux poutres noircies où pendaient des saucisses qui séchaient, djiots et pormons aux choux, une table épaisse, des tabourets tripodes paillés de seigle et un banc. Dans un coin, le grand parapluie bleu attendait les jours de pluie. Deux croéjus réservaient leur lumière pour la nuit venue, et la lanterne servait pour aller voir les bêtes. Julien distingua dans le fond deux lits étroits recouverts d'un tissu passé et le chat noir qui dormait. La vieille ne vivait pas seule. On lui avait dit qu'une jeune fille un peu simplette s'était mise à son service.

Un léger bruit mit son sixième sens en alerte. Le Provençal crut apercevoir un petit être vêtu de rouge, à l'œil unique au milieu du front, qui détala en ricanant. Le chat sursauta et ouvrit un œil jaune. La vieille s'approcha et fit en français :

— C'est rien, c'est un sarvan, il est pas méchant. Dites voir ! Comment vous vous appelez ?

— Julien Fabrègue, madame.

— Drôle de nom. Moi, c'est madame Eléonore, la Nore qu'on dit dans le village. Alors, qu'est-ce qui t'amène par chez nous, mon gars ? Si la Mélie t'accompagne, c'est que c'est important.

Les petits yeux verts fixaient Julien de façon à lui faire baisser les siens, à le plier à sa volonté. Mais lui ne se laissa pas faire et ne lâcha pas son regard. Un frisson lui passa dans le dos quand elle proféra une imprécation en patois. La Nore continuait à le regarder. Selon l'*Albert*, les cheveux fort blonds désignaient un homme propre à tout, aimant l'honneur et la vaine gloire. Ce Monchu avait le mérite de voir l'invisible, et les sarvans daignaient se montrer à lui. Ensuite, elle lui confia en français :

— Tu m'es agréable, aussi je vais t'aider pour que tu perdes pas ton temps. L'or que tu cherches, il est pas là, en bas de chez moi. Je peux pas te révéler où il est enterré, à toi de le trouver. Mais tu auras beaucoup de forces contre toi. Des réelles et des surnaturelles. Prends garde au 28 juin !

— Qu'est-ce que vous avez tous, avec ce 28 juin ! clama Julien, exaspéré.

— Tu le sauras bien le moment venu. Les étrangers et surtout les Francé, ils ont pas besoin d'y savoir.

Puis elle le toisa et ajouta :

— Tu t'intéresses à ma petite-fille. Normal, c'est la *plo brévé*, la plus belle ! Mais tu devras te battre pour l'avoir. Et vite ! Sapristi ! Elle est déjà ferrée.

L'Hippolyte, il lui a acheté à Albertville la croix en or avec le ruban, le cœur, la chaîne en or, les boucles d'oreilles, les bagues et tout le tralala. Moi, ma mère, elle a même pas eu droit à la chaîne des pauvres en fins anneaux d'osier pour ne pas perdre la face. Maintenant, si tu en as là où je pense, il te reste quinze jours avant qu'elle se marie, la Mélie. Si le 28 juin nous laisse tranquilles, cette année. Ce dont je doute.

La Nore se signa trois fois et retourna à sa potion. Quand Julien regarda Amélie, elle était écarlate. De colère, elle agitait sa tête rousse au menton triangulaire, ses longues tresses comme des cordes de cuivre sur lesquelles se détachaient les anneaux créoles. En même temps que son tempérament jugé acariâtre, elle avait hérité de la Nore sa couleur de cheveux. La Nore occultait l'adage de l'*Albert* disant que les cheveux roux marquaient un homme envieux, malin, trompeur, superbe et médisant.

33

Les recettes de la Nore

Comme sa grand-mère, Philomène Gonthier, que l'on vantait comme la plus grande des sorcières, la Nore possédait le pouvoir magique qui lui permettait de former des sorts efficaces contre les ennemis, les maladies ou les morsures de vipères. Elle connaissait les vertus du Verbe qui régit les puissances, savait conjurer les fantômes et les démons, fabriquer médailles et talismans, et rédigeait des formules efficientes.

« C'est une sorcière qui n'a pas sa pareille dans le pays », disait d'elle la Dandine. Clémentine Molliex, la fille du garde-chasse, qui avait été expulsée par son père car elle lui avait coupé les moustaches pendant son sommeil, était la disciple de la Nore. Elle était en adoration devant cette dernière, ce qui nourrissait sa soif de pouvoir et son contentement. La Nore avait déjà transmis le don de coupe-feu à sa petite-fille Amélie, un vendredi saint, mais elle pressentait chez la Dandine une grande envie d'apprendre et voyait en elle une aide toute dévouée pour ses vieux jours. La

Dandine, orpheline de mère, la suivait comme son ombre, quêtant la moindre parcelle d'enseignement.

La Nore expliquait à Clémentine :

— Pour faire une bonne magicienne, tu dois être en affinité avec le monde animal et tout particulièrement les chats. Est-ce que tu aimes les chats, la Dandine ?

Elle se souvenait d'avoir été griffée par le chat de la Marouise, mais il valait mieux répondre par l'affirmative à sa maîtresse.

— Bien sûr, *maîtra* !

— Il faut que tu reconnaisses la force de vie qu'est en toute chose. Rien n'existe sans raison et tout mérite le respect. Et pis tu dois connaître la loi des semblables. Verser de l'eau fait pleuvoir. Les pierres rouges purifient le sang. Le cerneau de noix qui ressemble au cerveau calme les fous. Selon la loi des semblables, un événement funeste ou bienveillant peut se reproduire à la même date, d'où les jours fastes ou néfastes.

— Comme le 28 juin, dit la Dandine qui n'était pas bête.

Croéjus, sa corneille apprivoisée, qu'elle avait baptisée Petits Yeux, vint s'agripper à l'épaule de la vieille. La Nore huma avec tendresse son plumage bleuté à l'odeur soufrée, puis expliqua à Clémentine :

— Si on fait cuire ses coquets et qu'on les remet dans leur nid d'origine, le corbeau s'en va dans une île merveilleuse et apporte une pierre qu'on trouve dans les Indes. En touchant les œufs, elle les fait revenir comme ils étaient avant.

La Nore possédait une de ces pierres montée en bague. Elle croyait dur comme fer que si elle touchait avec un prisonnier, elle le libérerait des chaînes, et que si on mettait la pierre dans la bouche, on imitait tous les chants d'oiseaux. Elle reprit, à l'intention de sa disciple bouche bée :

— Il te faut connaître le langage des oiseaux et aussi leur gestuelle. Et toutes les vertus des animaux du *Grand Albert*. La pie perchée sur le toit présage la mort. Si tu places le cœur du chat-huant avec sa patte droite sur une personne endormie, elle dira aussitôt ce qu'elle a fait et répondra aux questions. Si tu pends les plumes de l'aile droite du merle avec un fil rouge au centre d'une maison où on n'habite pas encore, personne ne peut y dormir.

— Et les sarvans, maîtra, ils me font peur. A quoi ils ressemblent ?

— Ils sont petits, vêtus de vert, de rouge ou de noir, avec un œil unique au milieu du front. Ils peuvent prendre l'apparence d'une poule noire ou d'une chèvre rousse. Ils aiment rire sarcastiquement, faire des blagues, comme tresser la queue et la crinière des chevaux, emmêler les cheveux des filles, martyriser les vieilles filles, percher pendant la nuit des objets sur les toits ou les arbres. Ils viennent encore bien aider, aussi, ils lustrent le poil des vaches et étrillent les miaules [1]. Il ne faut jamais oublier de les remercier par un morceau de tomme sur la fenêtre ou un bol de lait chaud. Le mien, il aime ça.

La Nore parlait aussi des wuivres, ces gigantesques vipères ailées qui volaient d'une montagne à l'autre, rasaient la terre et brûlaient l'herbe à leur passage.

— Elles ont un œil unique en diamant placé sur la tête. Si tu peux t'en emparer, tu connaîtras richesse et bonheur.

1. Mulets.

— Et comment on fait pour y prendre ? demanda la Dandine.

— Quand la wuivre boit au ruisseau, parce que tout ce feu et ces allées et venues, forcément, ça lui donne soif, elle dépose son œil par terre. Alors, du coup, elle voit pas qu'on le lui vole.

— Vous en avez vu, vous, des wuivres ?

— Et comment ! Il y en a une périodique qui circule sous le Grand-Arc et une autre entre le rocher de Montmélian et le Granier, au-dessus des Abymes. Celle de Maurienne, je l'ai jamais vue, car elle vit sous terre.

La sorcière frémit en évoquant la wuivre qui hantait les abords du lac Noir. Les humains qui avaient le malheur de s'y baigner et les bêtes qui y tombaient ne réapparaissaient jamais.

La Nore, grâce à sa magie et surtout à quelques indiscrétions, avait compris qui elle était et d'où elle venait. Elle gardait son nom scellé au fond de sa poitrine, de peur qu'une autre sorcière ou qu'un mage comme l'Hippolyte Mercier, radiesthésiste et désenvoûteur à ses heures, ne s'en empare et ne s'en serve contre elle. Car on ne peut faire de mal à un être vivant si on ne connaît pas son nom véritable.

Eléonore avait été abandonnée à sa naissance devant une chapelle de Saint-Michel. Un colporteur l'avait trouvée et amenée à la cure où le vieux curé Etienne l'avait accueillie avec compassion avant de la confier aux sœurs de l'orphelinat. La petite avait été laissée au pied du dragon. Quand elle l'avait appris, cela lui avait causé un choc terrible en même temps qu'une joie féroce. Comme l'archange, elle combattrait, personne ne pourrait la dompter, elle le jurait. Ensuite, sa grand-mère Philomène s'était manifestée et l'avait recueillie pour l'élever.

La Nore gardait en permanence un couteau dans sa poche, parce qu'il y avait toujours quelque arbuste à couper et quelque bête venimeuse ou vipère à affronter. Elle n'avait jamais peur d'expédier une bête, quelle que soit sa grosseur. Elle allait râper du cierge pascal dans les greniers à céréales pour faire fuir les rats, vendait des mixtures pour éloigner les hannetons et surtout les mousquillons, ces moustiques des bords d'Isère, source de fièvres.

La sorcière avait eu une de ces idées de génie qui la laissaient souvent pantoise. Elle avait trouvé un antidote au poison de serpent. Elle tendit à son apprentie la vipère qu'elle avait sortie d'un panier à couvercle, la tenant fermement derrière la tête, la gueule béante dardant furieusement sa langue fourchue encadrée de deux crocs. La Nore désigna de l'autre main la potion encore fumante qui sentait mauvais. L'antidote.

— Il faut te faire mordre, dit-elle. Pour les bénéfices de la science !

— Vous êtes sûre que je risque rien ? fit la Dandine, peu rassurée. Je peux y passer, moi !

— Fille de peu de foi ! Mécréante ! Mauvaise graine d'apprentie ! Ingrate ! Tatoure[1] ! Avec tout ce que je t'ai appris, ça devrait pas te poser de problèmes. Ceci est ta première grande initiation. Si tu réussis, tu seras mon assistante pour de bon. Si tu rates ton coup, tu seras morte et y aura plus d'initiation du tout.

Elle se tut et rajouta d'une voix doucereuse :

— Et puis tu seras comme saint Michel et saint Georges qui ont affronté le dragon. Et tu pourras

1. Bécasse.

peut-être approcher la wuivre quand elle se baigne au lac Noir. Et mieux encore, le serpent gigantesque qu'on dit caché dans une grotte vers Aiguebelle.

La Dandine consentit à se faire mordre puis à boire l'infâme mixture de la Nore.

— La Connaissance est en moi, dit-elle, satisfaite.

Cela valait bien quelques maux de ventre.

34

La tentation

Amélie Borrel marchait sur le sentier, aspirant l'air à grandes goulées. Une joie nouvelle lui faisait parcourir les prés et les bois à vastes enjambées. Après une marche d'approche dans la forêt, elle en sortit, gravit la pente pelée, retrouva la forêt et, à bout de souffle, arriva en vue de la pierre des Autrichiens. Elle était comme désignée par les rayons de soleil obliques, jouant avec les fûts élancés. Julien Fabrègue se trouvait là ; assis au sommet d'un petit rocher, il l'attendait. Il avait dû la voir venir.

Amélie ne savait plus quoi faire, elle se sentait rougir comme une petite fille prise en faute. Ils échangèrent un bonjour puis, sans rien dire, il prit sa main qu'il baisa avec une sorte de ferveur. Ensuite, il l'éloigna de lui, la regarda avec des yeux de passion, d'affamé, de grands yeux brûlants.

— Tu es venue. Je me languissais en pensant à toi. Je t'attendais comme un collégien. Il y a des années que je n'ai pas eu le cœur battant comme ça.

Elle le regarda avec des yeux éperdus, le cœur à l'envers, le ventre et l'âme embrasés. Elle sentait cet homme au plus profond d'elle comme des racines vivantes. Et pourtant, elle ne connaissait rien de lui.

— Tu es belle, continua-t-il.

— J'en sais rien, chez nous, il n'y a pas de miroir. Je me suis jamais trop vue.

Au moment où Julien voulut la prendre dans ses bras, elle se refusa à lui et lui retira sèchement sa main.

— Il faut monter, dit-elle simplement. La marche vous changera les idées. Vous savez très bien ce que je pense de tout ça.

— Dites-moi au moins que vous ressentez quelque chose pour moi ! supplia-t-il, la prenant par le bras.

— Même si je vous le disais, à quoi ça servirait ? fit-elle, en se dégageant doucement. Notre histoire est condamnée d'avance. Je vous ai rencontré trop tard.

Ils étaient montés par le sentier qui menait à l'Ebaudiaz. « De la plaine des Millières, il faut presque quatre heures pour les chalets de l'Ebaudiaz », avait-elle expliqué à Julien. Les forêts de châtaigniers et de hêtres étaient entrecoupées de cultures de replat et de vergers. A huit cents mètres d'altitude, se trouvaient Coutaz Pella, ses prés et ses masures. Les hommes s'y rendaient l'été avec leurs deux ou trois vaches, leurs moutons et cochons, et dormaient dans le foin des granges au-dessus des bêtes. Un peu plus haut, sur la droite, recommençait la forêt d'épicéas mêlés aux hêtres où pointait la pierre des Autrichiens. En continuant le chemin sur la gauche, on montait aux trois chalets du Planay, des maisons en pierre rudimentaires autour desquelles quelques cerisiers sauvages se disputaient la place avec les plânes. Amélie, qui avait délibérément évincé son frère Cyprien, avait montré à Julien tous les sentiers utiles pour ses recherches ou, comme il le pensait sans le lui dire, pour la fuite. Car dans cette lenteur des préparatifs pour parvenir au trésor, se tramait un danger qu'il percevait mortel.

Ils étaient parvenus à l'altitude de mille six cents mètres à l'Ebaudiaz et ses immenses alpages. Le vent amenait la rumeur des carrons, les grosses sonnailles en cuivre carrées. Des vaches brunes broutaient paisiblement dans la prairie alpine à côté des moutons blancs, plus rarement noirs, à laine courte. Les plus riches éleveurs, comme les Reydet ou les Mercier, préféraient envoyer leurs bêtes dans les Bauges, sur le versant opposé, ou dans le Beaufortain où l'herbe était plus grasse et plus propice à faire du bon fromage. Amélie dit à Julien qu'en été, ces montagnes, et surtout celles de Montsapey à l'herbe plus maigre, accueillaient des centaines de moutons transhumants venus de Provence. Julien les imagina, encadrés par des chiens efflanqués et conduits par des bergers pauvrement vêtus, maigres et endurcis, coiffés d'un grand chapeau. On les entendait venir de loin, le bouc à clochette marchant en tête du troupeau.

Après le 28 juin, si tout se passait bien, les paysans regrouperaient leurs vaches aux alpages sous la garde des bergers, et recevraient en échange un ou deux gruyères qui leur tiendraient toute l'année. Un large chemin menait aux chalets du Séchon où l'on plaçait les génisses. Ses alentours, engraissés par le fumier abondamment répandu, débordaient d'orties, de pissenlits et surtout de rumex avec ses feuilles au goût de rhubarbe bon pour les cochons Le chemin, bordé de myrtilliers et d'arnicas jaune d'or, grimpait le long des sapinières aux odeurs de chanterelles et de bolets, puis se dédoublait, avant d'en rejoindre un autre plus haut. Face au massif des Bauges calcaires, s'étirait la chaîne du Grand-Arc dans le massif de la Lauzière. Amélie en désigna les sommets à Julien, du nord au sud : la Grande-Lanche, la Dent-du-Corbeau, la Thuile, le Grand-Arc, le Petit-Arc et le Char-de-la-Turche. Tous ces pics culminaient entre deux mille et deux mille cinq cents mètres. Julien ne l'écoutait plus, perdu dans ses pensées.

— La Dent-du-Corbeau, c'est vraiment le nom de cette montagne ?

Il se frappa le front du poing. Le parchemin des *missi dominici* prenait toute sa signification. *Magnus corvus.* Le corbeau des légendes celtes au rôle prophétique le mettait sur la piste. Des cris perçants dans le ciel lui firent lever la tête.

— Regardez, un mouchet ! fit Amélie, tendant le bras.

L'épervier décrivait des cercles au-dessus d'eux. A leur stupéfaction, deux grands corbeaux fondirent sur lui. Julien en resta tétanisé.

— Il y a un couple qui vit sur les sommets, lui expliqua Amélie, on les reconnaît à leur cri rauque. Il paraît qu'ils peuvent vivre cent ans.

N'ayant pas tout saisi de l'étrangeté de la scène, elle continua à lui décrire la topographie des lieux, lui montra le sentier des contrebandiers. Au crépuscule ou à l'aube, si on était courageux, on y croisait la silhouette leste d'un immigrant italien ou d'un de ces contrebandiers qui commerçaient entre France et Italie, passaient les cols en douce, avec dans leurs sacs du tabac, des cigares et des centaines d'allumettes.

Ils s'étaient arrêtés pour souffler et s'imprégner de la magie du paysage. Assise à côté d'une touffe de violettes, Amélie respirait à pleins poumons la pureté du vent, laissant errer son regard sur la ligne dentelée des sommets et sur le sillon alpin où coulait l'Isère. Un vent puissant courait sur les alpages, couchant les herbes en vagues luisantes, jetant sur elles les ombres rapides des nuages empoignés. Images sensuelles qui l'invitaient à rêver à de violentes caresses sur son corps renversé dans l'herbe. Penché au-dessus d'elle, Julien la chatouillait avec une herbe, la chemise entrouverte et le cœur dévasté. Il ne savait pas s'il pourrait rester l'homme d'honneur que le garde champêtre avait cru voir en lui. Le monde d'en bas avait cessé d'exister, aucun bruit ne parvenait jusqu'à eux que le lointain tintement des sonnailles. Ils auraient pu se croire seuls au monde, avec une histoire à réinventer où ils pourraient s'aimer librement.

— Je me suis pensé qu'on pourrait se fréquenter, murmura Julien.

— Vous arrivez trop tard, fit-elle d'une voix étranglée, sans détourner la tête.

Les Millières et le clocher de l'église avaient disparu au bas du versant à l'ombre. La Combe de Savoie faisait chatoyer ses étendues de prés verts et de champs striés de cultures en camaïeu. Paysage tout de quiétude en apparence, mais où Amélie savait sommeiller des noirceurs, se tapir de sourdes angoisses et s'ourdir des complots entre villages. Un petit apollon se posa sur sa jupe. Elle contempla le grand papillon blanc à taches noires, avec ses deux ocelles rouges sur les ailes postérieures. Puis son regard se reporta sur les vaches qui allaient et venaient, avec leurs grappes de mouches au coin de l'œil et des naseaux, et les hochequeues [1]

1. Bergeronnettes.

qui les suivaient en sautillant. Amélie songea à sa cousine Marion et à sa sœur Félicie qui, à Coutaz Pella, attendaient que le jour en ait assez d'éclairer de sa force leurs petits troupeaux. D'un coup, cette vision lui donna la nausée et l'emplit d'angoisse. La même que celle qui lui serrait le cœur à l'idée que sa vie serait à cette image.

— Vé, les cabres ! fit Julien, la tirant de ses sombres pensées.

Quelques dizaines de mètres plus bas, un troupeau de chèvres était apparu dans les aulnes verts dont elles broutaient les feuilles. Elles se déplaçaient avec vigueur entre les rochers pour dénicher les arbustes qui s'y étaient maigrement implantés, faisant tinter leurs petites sonnailles. Deux garçons en bas de laine dans des galoches cloutées les talonnaient, un bâton à la main, débordants d'excitation. Amélie lui désigna ses cousins.

— Le père leur a refusé le chien parce qu'ils l'envoient courir après les chèvres, ce qui risque de faire dérocher les bêtes, alors ce sont eux les rabatteurs.

Assis sur une pierre plate, Julien contemplait l'échancrure du col de Tamié, le versant des Bauges, avec en dessous le village de Tournon. Son cerveau travaillait à toute allure. Il résuma l'énigme du parchemin :

« Près de ces trois lieux tu trouveras le trésor. *Ad Publicanos, ad Confluentem, ad Turnonem.* Albertville, Conflans, Tournon. *In regione altus locatus*, situé en altitude, *Magnus Corvus*, Le Grand Corbeau, *fodire*, creuser. *Saxum*, le rocher. »

Il avait renoncé à chercher d'abord du côté de Tournon, car il voulait suivre la piste des Millières.

— Il faut que vous alliez à la mairie consulter la mappe sarde, conseilla Amélie, comme si elle avait lu dans ses pensées. Vous y trouverez peut-être quelque chose.

Au loin, en contrebas, l'aboiement assourdi d'un chien de ferme montait avec le vent. Il serait bientôt temps de redescendre. Amélie resserra son châle. De longues mèches rousses échappées de ses tresses frémissaient sur son front. En cet instant, ses yeux étaient pareils aux nuages. Elle se sentait comme un arbre enraciné. La terre, la rivière, le vent, la montagne étaient à jamais en elle. Comme son père et le père de son père avaient pu le ressentir. Dans la lumière du couchant, elle ressemblait à une déesse antique, une Walkyrie, et une boule se forma dans l'estomac de Julien. Pour se changer les idées, il alluma sa pipe et en tira deux bouffées qu'il souffla en direction d'Amélie. Un arôme de tabac blond lui chatouilla les narines.

— C'est beau ici, dit Julien. Je suis heureux d'être là.

Son canotier gisait sur l'herbe, et ses cheveux aux mèches folles dansaient sur son front hâlé. Amélie eut envie d'y poser ses lèvres.

C'était sur celui d'Hippolyte qu'elle en aurait le droit.

35

La meilleure des guides

Dans la raide montée en plein soleil qu'avaient autrefois empruntée les légionnaires de la voie Darantasia, Odette Merlaud tenait fermement son ombrelle, un éventail dans l'autre main. Son corset lui faisait une taille ultrafine et une poitrine débordante. Le volant de sa jupe en piqué blanc balayait ses souliers fins. Une broche en or sertie de citrines décorait son corsage, et une toque de roses ornée de deux ailes était posée coquettement sur son épais chignon. Bien qu'il fût épris de la jeune Savoyarde, Julien, qui appréciait l'élégance, tirait de la fierté à marcher aux côtés d'Odette. Il lui coulait des regards en biais, admirant ses cheveux retenus par un peigne d'écaille, leur masse chatoyante captant les reflets du soleil. Une carriole attelée à une mule, lancée dans la montée, souffla son ombrelle.

Au niveau du couvent des Capucins, une bande de mendiants tendit la main à leur passage. Un estropié montra ses moignons à Odette en clamant :

— J'pourrais encore tâter ce qu'il y a dessous tes jupons, ma belle, si tu me donnes une piécette !

Elle fit mine de ne rien entendre. Julien et Odette passèrent la porte de Savoie découpée en ogive dans les remparts qui montaient jusque sur les coteaux de la montagne où s'adossait le bourg taillé dans la roche.

La rue principale débouchait sur la place et donnait sur des ruelles aux maisons de pierres grises décrépites dans lesquelles les Conflarains s'entassaient sans air et sans lumière.

Julien se sentit observé. Des commères silencieuses accoudées aux rebords des fenêtres les regardèrent passer avec mépris. Tous les coins et recoins étaient peuplés de gagne-misère, de tire-laine et de pouilleux.

— Tu ne peux pas imaginer combien c'était animé autrefois, encombré de gens et de bêtes. Une foule de caravanes s'y pressait les jours de foire et même du marché du samedi ; il y avait parfois mille cinq cents visiteurs !

Mais l'esprit de Julien remontait bien plus loin dans les siècles : il vit se croiser des chars de préfets, des litières de nobles dames, des convois d'esclaves barbares destinés aux marchés de Rome. « Et des Burgondes ont marché où je marche aujourd'hui », pensa Julien, un peu ému. La voix d'Odette le tira du passé.

— Mais quand on a commencé à passer par le Mont-Cenis, dès le XVIIIe siècle, parce que c'était moins dur que le défilé du Val d'Aoste, cette route a perdu son affluence.

A présent, des chiens galeux et faméliques se vautraient dans le caniveau, fouillant d'improbables ordures que leur disputaient les petits mendiants. Voyant l'homme et la femme bien vêtus, ils leur fondirent dessus en tendant la main. Odette se cramponna à son aumônière. Julien n'eut pas le cœur à les repousser et leur donna à chacun un sou.

— Tu as tort, remarqua Odette. Tu en donnes à un, et dix reviendront à la charge, crois-moi, je les connais bien.

Ils passèrent devant un café dont l'enseigne faussement médiévale portait le nom « O 20 100 O ». « Au vin sans eau », lut machinalement Julien, avant de s'écrier :

— L'alphabet qui parle ! Comment n'y ai-je pas pensé plus tôt !

Et d'un coup, une idée en appelant une autre, il songea à la carte de l'ancien curé de Saint-Geniez et à l'étrange mot qui y figurait : *Conflens.* Se pouvait-il qu'il y ait un lien entre le rocher de Dromon et le rocher de Conflans ? Une piste passant par un couvent de bernardines ?

Là où se dressait autrefois le château de Conflans, se trouvait une bâtisse accolée. La Maison-Rouge, un petit palais en brique sur le mode siennois, tout à fait incongru, construit au XIVe siècle. Cet ensemble était devenu le couvent des sœurs bernardines réformées qui y avaient élu domicile en 1645.

Aujourd'hui, les arcades en étaient vilainement murées, et deux compagnies de chasseurs alpins y séjournaient. Les quelques troufions en tenue bleue, moustaches conquérantes, large tarte vissée sur la tête, emblème de chamois et cor de chasse cousu au collet de leur vareuse, leur firent un signe de la main et sifflèrent sur le passage d'Odette.

— J'te connais, toi, t'es une sacrée affaire au lit, fit l'un d'entre eux qui s'était approché d'elle et tournait autour.

— Vous devez faire erreur, monsieur, fit Odette, courroucée.

— Mais bien sûr ! Tu manges pas de ce pain-là quand t'es avec des gars de la haute ! ricana l'homme avant de rejoindre ses collègues.

— Qu'est-ce qu'il a voulu dire ? demanda Julien, les sourcils en accent circonflexe. Je vais aller lui apprendre ce que je pense de ses manières.

— Laisse tomber ! siffla Odette, un tic agitant sa lèvre supérieure. Je le connais, il en veut à mon cousin Léon et cherche à se venger.

Elle expliqua à son amant comment cette Maison-Rouge si raffinée était devenue méconnaissable à cause des travaux des bernardines, suivis de ceux du génie militaire sarde et du génie militaire français à partir du XVIIe siècle.

— Dire qu'aux XIe et XIIe siècles, il y avait à cet endroit la plus grosse forteresse des Alpes ! Elle comportait neuf ou dix tours, dont la tour Sarrasine et celle où les bernardines ont installé leur église.

— Y a-t-il ici une trace des Burgondes avant l'an mille ?

— Non, mais la première souveraine de Conflans fut la reine Ermengarde, épouse de Rodolphe III, dernier roi de Bourgogne. Un diplôme de 1015 atteste cette donation. Or, Bourgogne vient de Burgonde. Et puis ce lieu est le passage exclusif de la voie romaine Milan-Vienne, avec le péage du quarantième des Gaules. Les Burgondes affectés à la surveillance des frontières ont pu y cacher une partie de leur trésor.

— Parle-moi de ce couvent de bernardines ! fit Julien. Et je ne suis pas là pour une visite guidée.

— J'y viens, mon cher. Dans les débuts de leur installation, les sœurs avaient du mal à payer les intérêts de leurs emprunts pour acheter leur couvent. Il leur fallait refaire le toit, loger sœurs, pensionnaires et domestiques, payer les messes de l'aumônier et bien sûr lui assurer gîte et couvert.

— De quoi vivaient-elles ? Exerçaient-elles une activité ?

— Au début, elles vivaient d'apports d'argent par le biais des dots des filles prenant le voile, des dons de dames nobles ou aisées, des pensions des jeunes filles dont les bernardines faisaient l'éducation. Ce n'était pas fameux. Il y a aussi eu quelques donations. Et surtout, l'archevêque de Tarentaise, leur bienfaiteur, les aidait beaucoup. Avec ça, quelques travaux d'aiguille. Comme par hasard, les années qui suivent, elles se permettent d'acheter des biens jusque dans d'autres paroisses, une montagne à vaches dans le Beaufortain, vivent confortablement de leurs terres, des vignes, des chapelles acquises, des rentes de prêts même à des personnages nantis et connus. Elles entrent dans une période enfin prospère. Et cette période est, je crois, liée à l'endroit que je vais te montrer.

Julien et Odette s'étaient rendus au cortil des sœurs. Prise dans l'ancienne enceinte du castrum, la terrasse sur l'éperon rocheux surplombait la plaine de quatre-vingts mètres. « *In summum saxum evaserunt.* Ils sont montés sur le rocher », pensa le Provençal. Son regard s'attarda sur la vallée, là où en 1815 avaient eu lieu les combats de L'Hôpital au cours desquels tant d'hommes étaient morts. Il essaya de repérer son hôtel, non loin du clocher de l'église Saint-Jean-Baptiste, puis les rues qu'il connaissait à présent.

Odette prit son amant par le bras, cala son ombrelle sous l'autre, souleva sa longue jupe et l'entraîna à l'autre bout de l'esplanade rocheuse, suivie de trois gamins loqueteux qui quémandaient. La grimace qu'elle leur adressa chassa de son visage la délicatesse qu'elle affichait ordinairement.

— Ils ont sali ma robe, râla-t-elle. Je devrai la faire nettoyer en rentrant.

Elle montra à Julien l'entrée du souterrain des bernardines.

— Voilà ! A mon avis, tout s'est joué ici en 1762. En faisant creuser le souterrain reliant leur couvent à leur nouveau jardin, elles ont trouvé le trésor, puis conclu un pacte de silence là-dessus. C'est qu'elles avaient fait vœu de pauvreté, et cet or pouvait devenir objet de toutes les convoitises, l'œuvre du Diable. Mais à la Révolution française et au moment des persécutions, elles ont dû le cacher.

Odette raconta. A la demande des sœurs, les maçons avaient démoli les vestiges éboulés du vieux château, conservant seulement la tour Sarrasine et le portail. Ils avaient remplacé l'enceinte par des murs, creusé, comblé de terre et aplani le carré qu'occupait autrefois la maison forte pour en faire une vaste terrasse. Comme les religieuses cloîtrées ne pouvaient traverser la rue pour aller de leur couvent au jardin, elles devaient passer en dessous. Les maçons de 1762 creusèrent donc un souterrain desservi par une volée de marches à chaque extrémité.

— Et c'est là qu'il se passe quelque chose, clama Odette, le visage enfiévré. Elles se réunissent pour prendre une décision.

Julien imagina le cercle des sœurs, la mère supérieure, face lunaire encadrée par la guimpe, les conseillères, les professes, l'économe. Toutes jurant silence.

— Je comprends mieux, à présent, dit-il en lui pinçant discrètement la croupe.

— Et je n'ai pas fini de t'étonner, mon bel étalon !

— Chut ! Plus bas !

Odette gloussa avant de poursuivre sur un ton professoral :

— En 1760, d'après le livre de la déposition transmis par les révolutionnaires, les bernardines ont un capital placé chez plus de quatre-vingts débiteurs. Trente ans plus tard, en 1791, il est presque doublé. La sœur dépositaire tient scrupuleusement les comptes. Malgré cela, les religieuses vivent modestement, toujours ce vœu de pauvreté, tu penses ! Quand arrive 1792, les bernardines sont tranquilles financièrement, tout va pour le mieux dans le meilleur des mondes. Elles accueillent beaucoup de filles des meilleures familles du pays, pas toujours pucelles, je te le concède, ont de bons revenus des fermages et rentes, des vignes dans l'enclos de leur jardin. Vingt-trois personnes logent au monastère.

— Et comment tu sais tout ça, toi ? Tu es bien savante, dit soudain Julien à Odette, troublé et fasciné par cette intelligence.

— Je suis passionnée d'histoire, et puis ma famille à Lyon a conservé une bibliothèque pleine d'archives. Ils exerçaient tous plus ou moins des fonctions importantes. Mon arrière-grand-père était notaire sous la Révolution.

— Et que devient notre trésor ? fit Julien qui s'impatientait.

— En septembre 1792, les Français sont à Chambéry, conquièrent la Savoie et veulent faire appliquer les lois de la Révolution. Tu connais la suite…

Odette expliqua comment l'Assemblée des Allobroges avait supprimé la propriété ecclésiastique et le recrutement des maisons religieuses. Le conventionnel

Albitte, castrateur de la Sainte Eglise, avait fait raser les clochers de Conflans et des villages environnants ainsi que les trois tours du château féodal de Sainte-Hélène-des-Millières. Il avait fait fondre les cloches pour fabriquer des canons, instauré un vol en règle des biens déclarés nationaux, semé la terreur en Savoie. Odette s'épongea le front avec un mouchoir en batiste brodé et poursuivit :

— Pour éviter la fuite des capitaux et leur dilapidation, ils prennent des mesures. Pour les bernardines qui nous intéressent, ce sont trois citoyens qui vont s'en charger. Parmi eux, mon aïeul, le notaire Exertier. J'ai un tableau de lui chez nous, à Lyon.

Julien l'imagina, la cadenette dans le dos et un tricorne. La voix d'Odette lui parvenait, comme assourdie.

— Il vient faire l'inventaire du couvent de Conflans. Au bout de sept jours, tout est confisqué et devient bien d'Etat. Mais entre-temps, il se passe quelque chose de capital. La fuite du trésor. Plein d'indices concordent.

Pour parachever sa théorie, Odette lui avait réservé une surprise. Ouvrant son sac, elle montra à Julien la copie d'une lettre de la jeune novice Carline Portier, native de Bonvillard, village proche des Millières, datée de mai 1792, qu'on avait trouvée à sa mort sous son matelas. Elle semblait authentique. Julien en fut ému et reconnaissant. D'un style où couvait la peur, Carline y expliquait que sentant venir les problèmes, les sœurs sous la houlette de la mère supérieure s'étaient réunies et avaient décidé de transférer l'or découvert sous l'ancien château de Conflans dans leur propriété sise aux Millières.

Odette était fière d'elle, fière d'en remontrer à son bel amant savant et, dévoilant les secrets de la ville, l'existence des souterrains, elle parla à en perdre le souffle...

Odette s'arrêta pour s'éponger de nouveau le front et passa une langue gourmande sur ses lèvres. Elle n'était pas faite pour Albertville. Elle en prenait chaque jour conscience. Sa place était à Paris, au sein des cercles lettrés de la capitale, au centre du pouvoir. Julien n'était pas seulement un amant magnifique, mais aussi un instrument à la mesure de son ambition dévorante. Sentant l'impatience de son compagnon, Odette reprit sa brillante démonstration.

Julien imagina tout ce qui pouvait être entassé sous leurs pieds, les trésors des générations successives, des économies d'une vie, des rapines. Il se vit avec Odette sur un lit à colonnes d'or, versant sur son corps laiteux des poignées de pierres précieuses. Mais sa maîtresse, imperturbable, poursuivait sans perdre haleine son raisonnement. Quand elle eut fini son récit, Julien avait la conclusion de l'énigme de son parchemin.

— Selon le proverbe qui dit de ne pas mettre tous ses œufs dans le même panier, je suppose que le trésor des Burgondes a pu être sagement divisé et caché en plusieurs endroits. Il a d'abord sans doute servi à fonder leur capitale Genève, puis a pu se retrouver à Conflans d'où une branche serait partie en direction de Sisteron, la montagne de Nibles ou le rocher de Dromon. Si Von Schober et ses sbires le cherchent aussi, c'est peut-être que les Autrichiens l'ont trouvé en juin 1815, à Conflans où ils avaient installé une batterie. Ils l'ont embarqué avec les produits du pillage de L'Hôpital. En route, pour se délester, ils ont caché le tout dans la forêt de Coutaz Pella. L'or y est, c'est une certitude.

La mappe sarde de 1732 que Julien s'était procurée à la mairie du chef-lieu des Millières, sur les conseils d'Amélie, était plus détaillée que les plans dont il avait bénéficié jusqu'alors. Julien avait fait osciller son pendule au-dessus de la carte qui montrait les parcelles numérotées, en vert pour les prés et les arbres, en rouge pour les bâtiments, les champs de céréales étant figurés par des rayures marron. Il avait choisi un second pendule à longue pointe plus précise et tracé les distances avec une règle. Il était satisfait. Le plan confirmait ce qu'il avait trouvé sur le terrain.

De tout cela, il n'avait parlé à personne, car il craignait les fuites. Il était sûr, depuis sa rencontre avec le baron, que les cambrioleurs de la Bastide, les assassins de Magali, avaient un lien avec lui et ces Autrichiens. Fabrègue attendait son heure pour les démasquer et en finir avec Von Schober. Sa vengeance serait impitoyable.

Avant de repasser le pont des Adoubes, assoiffés, ils s'arrêtèrent au café Nabeul sur la place Charles-Albert. Sa façade était ornée de feuilles et de grappes de raisin, et sa terrasse peuplée d'hommes aux casquettes vissées sur le crâne qui lorgnèrent en direction d'Odette. « Une population malfamée, des trafics en tout genre », avait-elle dit à Julien. La carriole à bras du livreur de boissons accapara un instant leur attention. Une fille au chignon haut et en long tablier blanc jusqu'aux bottines vint les servir. Elle était rousse comme Amélie. Julien but une absinthe aussi verte et troublée que les yeux de la paysanne des Millières dont la pensée l'assaillit brutalement. Puis il pensa au cabaret de Conflans dont l'enseigne « O 20 100 O » lui avait donné la clé de l'énigme.

« Au vin sans eau ». C'était d'une facilité enfantine. Julien Fabrègue reprit mentalement la formule du parchemin et décoda :

LAB 20 100 D 1000 HIER C OU L 13 OR. DCD 1881. 1 DU PI LA TUÉ

L'abbé Vincent des Millières sait où est le trésor. Décédé en 1881. Un du pays l'a tué.

On le vit déjà au XIXe siècle l'année où sévit le Diable.

Le Diable du tarot, l'arcane XV. 1815.

Restait à savoir qui était l'abbé Vincent et ce qu'il avait trouvé.

36

Le tableau alchimique

Von Schober songeait à l'objet qui se trouvait dans le trésor burgonde. Il valait à lui seul plus que tout le reste. Un objet dont il n'avait parlé à personne, pas même aux grands maîtres de son ordre. S'il le trouvait, sa puissance serait sans limites. Et la clé alchimique du tableau qu'il possédait pourrait l'y mener.

Le baron Karl-Edmund von Schober avait appris les images opératoires de l'Alchimie, la Langue des Oiseaux. Il se rappelait les paroles de son enseignant : « L'image alchimique est un relais à la méditation. Elle est toujours brouillée, codée. Vous trouverez souvent la représentation du loup dévorant un autre loup, un roi ou un homme. Il ne s'agit pas de l'animal mais de la représentation du mercure, le vif-argent. »

Dans la maison de Séraphine Bonjean, aux relents de saindoux froid, Alfons Moser demanda au baron :

— Ton tableau qui est une carte au trésor, tu pourrais bien me le montrer. Je suis ton associé le plus loyal. Ne t'ai-je pas bien servi toutes ces années ? Et puis Félicien Viard est digne de confiance. Il pourrait reconnaître des choses du pays. Parfois, ce sont les esprits les plus simples qui trouvent les réponses.

— Bas les pattes ! protesta le baron. En plus, elles sont sales. D'accord, la voilà !

Lors de l'occupation de la région en 1814 par ses troupes, l'Oberstleutnant von Schober avait découvert dans la grande salle du château de Sainte-Hélène-des-Millières un tableau qu'il avait réquisitionné et dont il avait fait faire une copie en couleurs. Son fils Karl-Edmund la déroulait à présent sur la table mangée par les vers. Le bruit courait qu'il y avait un autre tableau presque à l'identique dans l'église du chef-lieu et un autre dans un presbytère de la région, caché juste avant l'inventaire révolutionnaire de 1793. Il leur faudrait vérifier.

C'était un tableau ordinaire, avec scènes pastorales et montagnardes. On y voyait un berger debout sous un chêne, gardant quatre moutons, devant lequel se pavanaient un cochon et un coq perché sur un tas de fumier. Le berger aux quatre moutons, comme sur la couverture du livre enluminé.

En retrait, le peintre avait représenté une mare avec un cygne et un rocher à deux cornes. A l'arrière-plan, un laboureur était au travail, et plus loin encore, sous la montagne peinte en bleu, un homme piochait à côté d'une brouette et d'une échelle mal proportionnée. Dans un recoin, devant l'église identifiée comme pouvant être celle de Notre-Dame-des-Millières avant sa reconstruction, se tenait un couple enlacé, la mère au visage lunaire donnant le sein à un enfant. Une Vierge à l'Enfant, avec saint Joseph, aurait dit l'ignorant. Quatre oiseaux survolaient la scène. Von Schober expliqua à Moser :

— Regarde ! Ce tableau exécuté d'une manière peu élégante et banale pour le profane est en réalité d'une stupéfiante révélation pour l'initié. Ainsi, le berger est Hermès, toujours représenté comme pasteur, gardien des moutons d'Apollon. C'est la signature de l'Hermétisme. Les moutons blancs correspondent à l'Œuvre au blanc. Les agneaux sont les matériaux utilisés pour la Pierre. Le berger est assis au pied d'un chêne, représentation de l'athanor. Et observe sa jambe qu'il tient négligemment appuyée contre l'autre ! Les deux forment un quatre, comme l'arcane XII du tarot de Marseille, le Pendu, signe de l'initié. Le Pendu qui rend aussi hommage à Wotan dans la mythologie nordique. Lors de sacrifices rituels, les pendus pouvaient accéder au Walhalla, de même que les guerriers pendus.

Son doigt fébrile désigna les animaux.

— Le cochon symbolise la première matière ou *materia prima* qui doit être sublimée et aussi l'emblème de l'alchimiste. Le coq, c'est le soufre, le but à atteindre. Il triomphe sur le tas de fumier, feu idéal de l'Œuvre dans l'athanor en fermentation.

— Et le cygne sur la gouille ? bégaya le Croué qui n'avait pas compris un traître mot du monologue du baron autrichien.

— Quant au cygne blanc sur le petit lac, c'est le passage à l'Œuvre au blanc après la putréfaction.

— Je ne vois qu'un vilain canard sur une gouille, plaisanta Moser. Comme dit le Croué dans son patois.

Von Schober lui mit sa canne sous le nez et le menaça :

— Tu la veux, celle-là, espèce d'abruti ! Mes leçons ne t'ont donc servi à rien. Pourquoi crois-tu que j'ai choisi pour ma canne un pommeau en forme de cygne ?

Il rajusta ses lorgnons et poursuivit, enfiévré :

— Le laboureur, c'est la tâche noble par excellence, c'est-à-dire travailler au fourneau. Ce tableau qui a un air bucolique possède un sens ésotérique inouï. Les jardiniers ou laboureurs, en iconographie alchimique, sont les plus grands adeptes ayant réussi la Pierre.

— Le piocheur devant la montagne est plus étrange, à mon sens, fit Moser qui avait compris que le baron n'avait aucun humour.

— C'est la montagne minière où on extrait la *materia prima*. Ici, elle ressemble à la montagne dominant la forêt des Millières que les paysans appellent Grand-Arc ou Dent-du-Corbeau.

Pour les alchimistes, la « Tête du Corbeau » correspondait à la phase de putréfaction de la matière, le noir volatile. Les cris perçants du pauvre hère enfermé à l'étage, que Félicien leur avait dit être son beau-frère Octave, le tirèrent de ses déductions. Moser fit mine de se boucher les oreilles et intervint :

— A moins qu'il ne s'agisse tout bonnement des mines de plomb argentifère de Bonvillard exploitées au siècle dernier. Et le gars, il porte un bonnet phrygien rouge. Alors, toi qui as réponse à tout…

— C'est le bonnet des initiés, il indique le maître d'œuvre. Les brouettes amènent à la forge la *materia prima* pour la préparation alchimique.

— Ben, moi, la seule chose qui m'intrigue vraiment dans ce tableau, c'est le couple qui se fait des mamours et elle qui sort son nichon, intervint Félicien Viard. Vous trouvez pas que ça cloche devant une église ? Si je puis dire sans jeu de mots.

Imperturbable, le baron expliqua, non sans avoir donné une claque sur la tête du Croué :

— Eh bien, ce sont le roi et la reine du Grand Œuvre, le couple alchimique. Le lait que boit leur enfant est breuvage initiatique par excellence. Le lait virginal nourrit la Pierre, le petit Regulus, pour le faire grandir.

— Quant à l'échelle, elle donne une idée d'ascension, de retour à l'état divin, fit Moser.

— Bien, mon frère. Je vois que tu as retrouvé tes esprits et ta langue, celle des Oiseaux. L'échelle est synonyme de voie. C'est La Voie, le Chemin qu'on emprunte pour œuvrer. Pour finir, le vol d'oiseaux désigne les semences d'or, d'argent, des métaux. Ceux qui s'élèvent sont symboles de sublimation de la matière au-dessus du vase. Ceux qui descendent désignent fixation et précipitation. Tu n'as pas remarqué quelque chose ?

Alfons Moser se gratta la barbiche, tandis que le baron poursuivait :

— Tout fonctionne par quatre dans ce tableau, le chiffre par excellence qui nous est cher, à nous, les Frères de la Lumière. Les nombres dérivent du monde réel et du subconscient de l'homme, ils se retrouvent aussi dans le récit hermétique de la Création. Le 4 ou quaternaire est représenté par les quatre points cardinaux, les quatre nains tenant les coins du monde dans la mythologie celtique, les quatre saisons, les quatre bras de la croix. Ce sont les quatre éléments de Platon et des alchimistes. Le 4 est le premier nombre ayant la nature du solide, une structure corporelle, c'est le premier carré, le premier nombre produit d'un nombre multiplié par lui-même, 2 fois 2. 4 fut le commencement de la Création du Ciel et du Monde, c'est le daleth hébreu, le delta grec, le D romain. C'est aussi le soleil et le feu, la terre, la nature et la bonne structure qui assure la santé.

Les cris du fou qui avait recommencé à s'agiter coupèrent sa brillante démonstration. Profondément agacé, le baron s'adressa au Croué.

— Vous ne pouvez pas le faire taire ? Ça nuit à ma concentration.

Il vit le gnome filer prestement, leva la tête vers le plafond, entendit des cris hystériques et des éclats de voix. Le silence retombé lui apprit que sa requête avait été exaucée.

— J'lui ai flanqué une torgnole, expliqua Félicien, souriant, réapparu dans la pièce.

Le baron constata qu'il avait la joue égratignée, et devant son regard interrogateur, le Croué expliqua piteusement :

— C'est qu'il est plus costaud que moi, le beau-frère.

— Bon, assez de temps perdu ! Reprenons ! lança Von Schober, toujours agacé.

Alfons Moser se tordit le cou pour essayer de déchiffrer la signature en bas de la reproduction. Von Schober vint à son secours et, tout en lisant, écrivit sur une feuille de papier vierge qu'il portait toujours sur lui.

— Et là, en bas, la signature illisible et la phrase sibylline en vieux français : *Sur la teste de la poule, sous le corbeau, ouïs l'homme chantant, écoute la langue des oyseaux.* S'ensuit *In Sapaudia ego*, je suis en Savoie. VIDI qui signifie « J'ai vu » en latin, anagramme de DVII, soit, en chiffres arabes, 507, année supposée du trésor caché.

— Que doit-on en conclure ?

— Que le trésor des Burgondes est bien dans les parages, mon frère. Et que d'autres avant nous l'ont cherché. D'autres qui connaissaient la Langue des Oiseaux. Quant à tous ces pouilleux, ils ignorent qu'ils sont assis sur un tas d'or !

Même s'ils causaient en autrichien, cela n'était pas tombé dans l'oreille d'un sourd, surtout pas celle du Croué qui, en prime, savait lire un minimum.

— La tête de la poule, fit-il, je sais ce que c'est, moi. Si vous avez une carte d'état-major de la région, vous verrez que les rivières Isère et Arc dessinent une poule et qu'Albertville est logée précisément sur la tête. Les Millières, ça fait l'œil. C'est ce que tout gamin d'ici apprend à l'école.

Le baron, vivement intéressé, se tourna vers lui et dit en français :

— Bien, fort bien. Et peut-être avez-vous une idée pour les noms d'oiseaux ?

— Ça se pourrait. La tour de Chantemerle à côté de La Bâthie, près de Conflans, un ancien château possible comme lieu pour votre trésor. Quant à l'homme chantant, vous avez le choix entre Jules Lecoq qu'est mon beau-frère et Emile Jay du village de Montermont.

— Jay, je ne comprends pas, dit le baron auquel les finesses de la langue française échappaient quand même.

— Jay, comme le geai, expliqua le Croué, satisfait d'avoir cloué le bec d'un savant baron autrichien.

37

La haine

Le chef-lieu des Millières se trouvait en bas de la montagne, au bord de la route. Passé la masse sombre de la scierie au-dessus du Moutonnet, près du petit pont sur le ruisseau Fontaine-Claire, on découvrait sur la droite le village aux maisons éparses avec des jardins, la mairie-école, la flèche en ardoise de l'église reconstruite après la Révolution, l'épicerie, le café. On y trouvait aussi un mercier-drapier, un charpentier, un charron, un maréchal-ferrant. Tout autour, s'étiraient des champs d'avoine et de seigle parsemés de coquelicots et des cultures de betteraves. La Nore était descendue à pied du Pommaray, distant d'environ un kilomètre et demi, sa corneille sur l'épaule. A leur vue, des gamins qui tiraient à la fronde les nids de pie qu'ils convoitaient décampèrent en hurlant : « *Sova no ! E la Nore ! La Granda Néra !* » La corneille se mit à crier « Pan ! Pan ! » dans leur direction, imitant le bruit du fusil, ce qui les fit détaler encore plus vite.

Les gens qu'elle croisa eurent des regards mauvais, des rictus sarcastiques ; certaines vieilles se signèrent comme si c'était l'oiseau du Diable, et Séraphine Bonjean, la belle-mère du Croué, répandit son venin.

— Cette affaire, c'est dangereux, ça picore les yeux comme les poules, ça te crèverait un œil comme de rien avec un bec pareil. Ces bêtes-là, c'est des nuisibles, ça nous boufferait tout dans les champs, et pis ça énerve les bêtes. Je comprends pas qu'elle ait ça chez elle. Faudrait lui foutre un coup de fusil et pis c'est tout !

— De toute manière, elle a jamais rien fait comme tout le monde, elle est pas normale, cette vieille, renchérit une des commères.

— C'est qu'elle a des accointances avec l'Enfer, comme sa grand-mère, reprit la Phine. Notre ancien maire a bien fait de la chasser du pays, cette intrigante. Elle a failli nous amener les Autrichiens dessus.

— Certes, mais on ne peut pas dire que depuis tout aille bien, se permit de lui faire remarquer Sébastienne Chevrot, la couturière. Il ne faut quand même pas tout lui mettre sur le dos, à la Philomène !

Personne à part la Phine, surnommée l'Ancêtre, ne se rappelait vraiment les événements qui avaient secoué le village plus de soixante-dix ans auparavant. Tout était si mystérieux. On avait enterré l'affaire. Quant à Albertine Gonthier, la mère d'Eléonore, elle avait disparu de la circulation. On n'avait plus jamais eu de ses nouvelles.

La place devant l'école-mairie était animée. Un rétameur préparait sa minuscule forge pour étamer cuillers, fourchettes et louches, et réparer les fonds de casseroles et les ustensiles de cuisine. Le rémouleur s'installait en général près du bassin, faisant tourner sa meule à pédale pour aiguiser couteaux et outils. Au printemps, se pointait le négociant en graines et bulbes. Une fois, ils avaient vu une lunetterie ambulante et un Italien fabricant de chaises. Les colporteurs faisaient crédit, ils repassaient plus tard se faire payer, ayant noté des détails ou les noms des témoins.

Pour ses achats mensuels, Eléonore Bochet se rendit à l'épicerie qui faisait aussi office de droguerie et mercerie, et qui affichait pompeusement sur sa devanture : « *Rabais extraordinaire, concurrence impossible* ». Antonine Blanc, l'épicière, trônait derrière la banque, tandis que son époux Charles-Joseph s'activait dans la remise. Eléonore regarda les rayons de bois qui couraient sur les murs, chargés de boîtes, sacs, paquets et bidons. Elle farfouilla dans son porte-monnaie et y brassa les pièces.

— Qu'est-ce qu'il te faut ? demanda la Tonine, désireuse d'en finir vite.

— T'as peur de croiser mon regard, pas vrai ? fit la Nore avec un ricanement. Pourtant, tu fais pas tant la fière quand tu viens chez moi en douce chercher ta potion de stérilité. C'est ton mari qui serait content d'apprendre ça, et pis surtout le curé !

Prestement, l'épicière la fit taire.

— Chut ! Le Jozon est à côté. Alors, qu'est-ce qu'il te faut ?

— Un kilo de riz, et je te prie d'avoir la main lourde.

Antonine roula prestement une feuille de papier marron en cornet, saisit un pochon en bois qu'elle plongea dans un sac de jute, remplit le cornet et le déposa sur la balance. Elle retira un peu de riz pour rétablir l'équilibre des balanciers.

— Je voudrais aussi deux centimes de berlingots pour mes petits-enfants.

— Ça, c'est la maison qui offre, fit la Tonine.

La Nore regarda le grand tablier de l'épicière. On racontait qu'afin de ne pas être reconnue par le prêtre à confesse ou ne pas afficher sa honte de ses péchés, elle relevait les pans de son tablier pour se cacher le visage, comme elle le faisait pour la communion. Et on la rencontrait souvent à Notre-Dame-des-Sept-Douleurs, la chapelle rénovée de Prachevrier.

Dehors, une gamine criait d'une voix excitée : « Pauline ! Olympe ! C'est le marchand à la balle ! » Le porte-balle apparut, ployant le dos sous son énorme caisse d'un mètre de hauteur, maintenue par des courroies. Devant les regards extasiés des gamines, le colporteur en sueur, dont le bandage avait cassé les reins, déballa mouchoirs, dentelles, lacets, chapelets, almanachs, clous, pierres à aiguiser et amadou. Les femmes, d'abord hésitantes, s'approchèrent. Dans sa balle, leurs yeux écarquillés découvraient des trésors : peignes, couteaux, boucles d'oreilles, fil, aiguilles, dés à coudre, boutons, coupons de tissu.

— Ils propagent la mode, fit la Tonine Blanc que cette concurrence ne gênait pas.

— Quelle mode ? demanda la Nore.

A cet instant, parut le Jozon, grimaçant.

— J'ai l'estomac décroché. Tu peux y faire quelque chose, la Nore ?

La vieille s'approcha, lui toucha mollement le ventre sanglé d'une étoffe et récita d'une voix monocorde une prière savoyarde. Puis elle termina par des signes de croix sur l'estomac.

Pendant ce temps, le Gouître se rendait chez le forgeron-taillandier Hippolyte Mercier, dans son atelier près du ruisseau. Dans la famille Mercier, on était taillandier de père en fils. Le jeune homme de vingt-cinq ans était expert dans la fabrication et la réparation des outils. Il avait appris le métier à Marthod, à la réputée forge Busillet, une ferme-atelier où il était resté un an apprenti. L'art des clous, il le tenait des clouteries des Bauges. Germain regarda l'antre du forgeron, les étaux à pied, les limes, marteaux et burins, le marteau-pilon, le soufflet, la scie et la perceuse actionnés par la chute d'eau. Hippolyte fabriquait outils, socs de charrues et parties métalliques du charronnage. Il savait ferrer les luges, réparer les crapaudines des moulins, usiner des pièces difficiles sur son tour parallèle à métaux. Virtuose de la trempe, il savait chauffer à température précise et opérer de brusques refroidissements dans des bains spécifiques. La pièce de fer portée au rouge prenait forme, sous le regard ébahi des visiteurs.

Hippolyte connaissait les secrets de l'*Albert* pour rendre l'acier dur et bien tranchant, amollir le fer, le souder et le dorer. Il était aussi désenvoûteur à ses heures. Il savait charmer les brûlures, barrer le feu et maîtriser les incendies. Germain le trouva en tablier de cuir, ceinture de flanelle enserrant ses reins et chemise aux manches retroussées sur des avant-bras poilus.

Le guérisseur promena sa baguette de coudrier sur le Gouître et eut une moue significative. Pour savoir qui avait jeté le sort, Hippolyte plaça dans un chaudron un bout du vêtement de Germain avec une demi-livre de sel bénit, puis il battit le cul du chaudron avec des verges pour appeler l'auteur du mal.

— A présent, on va lui saler le cul !

Il demanda au bûcheron de faire sauter du sel bénit dans une poêle chauffée au rouge. Pour plus de sécurité, il fit bouillir des clous et jeta un couteau de sa fabrication chauffé à blanc dans un seau de lait. Puis il déclara avec assurance :

— Le sort qui t'a noué les couilles va disparaître à coup sûr.

Des coups frappés à la porte l'interrompirent. Une paire de chaussures cirées et un bas de pantalon de bon faiseur s'encadrèrent dans son champ de vision. Le baron von Schober rendait visite au forgeron du chef-lieu, sous prétexte de lui faire arranger sa canne-épée mais surtout désireux de l'« acheter » à sa cause. Il était déjà informé par ses espions de la rivalité entre le forgeron et le Provençal, dont l'enjeu était une paysanne qu'on lui avait décrite comme étant assez belle. Se tenant devant Hippolyte Mercier, le baron autrichien pensa à la légende de Siegfried et à son épée exceptionnelle qui lui avait permis de terrasser le dragon à la cuirasse invulnérable.

L'entretien fini, en montant dans la voiture où les attendait Hainisch, Von Schober expliqua à Moser :

— Des épées de toutes époques ont été exhumées le long du Rhin, mais aucune pareille à celle de la légende.

— Et en ce qui concerne Mercier ? demanda Moser, redoutant les digressions de Von Schober et triturant sa barbiche en pointe.

Le baron sourit.

— Le forgeron des Millières nous est acquis.

38

Les rivales

Le marché potager et fruitier battait son plein sur les trottoirs près de la place Grenette. Cette dernière, consacrée au commerce du grain, était couverte d'une voûte à croisée d'ogives ouvrant sur la rue de la République par cinq arcades placardées d'affiches. Les femmes des villages proches et du Beaufortain s'y rendaient chaque jeudi matin, poussant de petites carrioles. Certaines avaient les cheveux tirés en chignon serré sur lequel elles posaient un coussinet rond qui supportait le panier.

Amélie y était venue vendre des mottes de beurre décorées et enveloppées dans des feuilles de vigne, deux douzaines d'œufs, un poulet et des tommes. L'automne, elle y adjoignait des pommes, des châtaignes et des champignons. Elle rapporterait du marché un coupon d'étoffe bleu franc venant d'Autriche pour se confectionner une robe, un bloc de sucre, du sel, du café, du riz et des allumettes. D'ordinaire, elle descendait avec son père mais aujourd'hui elle avait fait à pied les sept kilomètres la séparant d'Albertville, tenant sa boriche, son grand panier noir à couvercle à deux anses, et son cavin plus petit à une anse, frôlée par les tombereaux, les charrois, les charrettes et les chars à bancs à deux roues où s'entassaient gens et paniers.

Sur le marché adjacent du quai des Allobroges, les hommes vendaient les seilles en bois, les sabots et paniers qu'ils avaient confectionnés en hiver. On trouvait des étals de vêtements, de lingerie et mercerie, des ustensiles de cuisine et des outils. Les jours de foires des Rameaux et du 27 septembre, s'ouvrait le marché aux grains et aux châtaignes. On croisait des maquignons qui se rendaient au pré de foire, un peu plus loin, en blouse ou sarrau en toile bleue ou noire tombant au-dessous de la ceinture. La veille de la foire d'automne, des dizaines d'hommes descendaient à pied les bêtes des alpages du Beaufortain, talonnant les vaches et les génisses qui se bousculaient sur les kilomètres de mauvaise route dans un vacarme de clarines et de campanes. Des épouses les accompagnaient aussi, dans la certitude de trouver en bas forains et vendeurs d'articles de ménage et de colifichets.

Julien Fabrègue observa, juste en face, le cul-de-sac des Adoubes ; l'ancien quartier des tanneurs qui faisaient macérer leurs peaux dans l'Arly avec de l'écorce de châtaignier, et où s'entassaient mansardes et taudis piémontais. La population albertvilloise comportait un quart d'étrangers, des Transalpins pour la plupart. Son regard se promena sur les berges de la rivière où pâturaient des moutons, puis il revint sur les bancs protégés par des toiles, le vin en fûts et bonbonnes. Au moment où il s'en retournait, Julien aperçut Amélie Borrel qui dégustait une poignée de cerises bien rouges. L'accompagnait une de ses tantes vêtue de noir, qu'elle présenta comme étant Félicie

Anxionnaz, une veuve qui vivait à Albertville dans un appartement de la place de la Liberté. Cette dernière eut la délicatesse de ne pas jouer les chaperons et de laisser sa nièce s'éloigner avec le jeune homme.

— La tatan, elle est moderne, se réjouit Amélie.

Julien acheta une limonade à la jeune fille et lui proposa :

— Ça vous dirait que je vous emmène à la vogue du 20 juin ? Elle a lieu ici. On m'a raconté qu'on se divertit beaucoup. Tir de boîtes, retraite aux flambeaux, courses pédestre et cycliste le dimanche matin, attractions foraines avec un manège sur le quai, concert de la fanfare du 22e chasseurs, bal jusqu'à l'aube.

Elle leva vers lui un regard navré.

— Je voudrais bien, mais vous oubliez que je suis fiancée et que je me marie dans deux semaines.

— Alors, acceptez au moins que je vous ramène au village !

— Vous n'y pensez pas, les gens vont jaser !

— Qu'ils jasent ! Je ne peux laisser une jeune femme faire tout ce chemin à pied avec ce chargement.

— J'ai l'habitude, vous savez. Je préfère qu'on ne nous voie pas ensemble. Ma future belle-mère est d'une méfiance ! Elle me mènerait une vie infernale.

Julien songea à Odette. Un trajet pareil, en plein soleil, la tuerait, sans compter son amour-propre et ses fines bottines qui ne résisteraient pas au traitement. Puis une idée lui vint :

— Dites-moi, Amélie, avez-vous entendu parler d'un certain abbé Vincent qui serait de votre village ou de Sainte-Hélène ?

Elle se gratta la tête, eut un grand sourire.

— Bien sûr, c'était l'oncle de notre curé. Il était originaire de Sainte-Hélène, il voulait entrer dans les ordres à l'abbaye de Tamié. Il est mort en 1881, je crois. Enfin, on n'en est pas sûrs, car il a disparu dans la montagne. On n'a jamais retrouvé son corps. Sans doute qu'il a déroché ou qu'il a fait une mauvaise rencontre, un contrebandier, par exemple.

Soufflé par cette révélation, Julien pensa : « L'abbé Vincent des Millières. Décédé en 1881. » La date qui figurait sur l'énigme de son grand-père Marcel.

Entre deux étals, ils virent passer Just Bozon qui mangeait une gaufrette en sautillant. Amélie constata :

— On l'appelle le grand benêt, le Grou Djian, mais ce n'en est pas un, alors ça non ! Il entend et comprend bien des choses et il pourrait nous en raconter. Comme les Autrichiens qui sont montés à la Pierre avec de la poudre dans un sac en cuir pour faire sauter le rocher et retrouver l'or.

— Que dites-vous ? Ils ont prévu de faire ça ? s'exclama Julien.

— Ne vous inquiétez pas ! Le Croué est parti avec eux. Il leur fait croire que c'est le bon chemin. Il s'arrangera bien pour les perdre dans les bois ou les faire dérocher. C'est son intérêt, car je lui ai dit que vous lui donneriez plus que le baron et que vos recherches étaient bien plus avancées que les siennes. Il m'a crue. Je lui ferais croire n'importe quoi à celui-là...

Julien pinça joyeusement la joue d'Amélie.

— Vous êtes une sacrée rusée, ma petite, plus dangereuse que Von Schober et ses compères.

— Celui-là, il a eu tort d'essayer de m'acheter contre vous. Il est venu chez mon père et lui a proposé beaucoup d'argent. Mais mon père qui est honnête a refusé, bien sûr. La gnâ au Ranche, la bande au Boiteux si vous préférez, elle est perdue.

A cet instant, parut Odette, très élégante comme à son habitude. L'ombrelle au bout de la main gantée et parfumée tamisait la lumière, répandant une douce lumière sur le visage au teint clair. Amélie se sentit honteuse et vulgaire à côté de cette fille en beaux atours. En plus, elle savait qu'elle sentait la vache. Elle se promit que la prochaine fois qu'elle verrait Julien, elle porterait sa tenue du dimanche et des jours de fête.

— Tu ne nous présentes pas, Julien ? fit Odette Merlaud d'un ton acide avant de hausser les épaules et de tourner les talons, tout en ajoutant : N'oublie pas notre rendez-vous.

Amélie comprit. Elle partit à son tour et il ne fit rien pour la retenir.

39

Chair et jalousie

Il la trouva dans sa chambre, volets fermés et rideaux de velours rouge tirés pour éviter un soleil qui aurait pu gâter son teint. « Avoir bonne mine, mais c'est inconcevable, vous n'y pensez pas, mon cher ! » s'était exclamée Odette la première fois qu'il lui avait proposé une excursion en montagne. Ses sourcils noirs accentuaient la pâleur de sa carnation. Ses cheveux avaient été ondulés avec le flou-flou, des rubans à œillets, et frisés sur le front par des rondelles. Au sommet de la tête, elle arborait un savant nœud en cheveux formé de deux coques. Julien vit son tour de cou et ses bracelets en velours assortis à sa robe d'intérieur en cachemire gris ardoise. Troublé, il aperçut le corset rose à lacets séchant derrière le paravent. Elle ferma lentement son livre, y plaça le ruban marque-page, sans cesser de le regarder.

Il y eut ce galop dans sa poitrine, ce galop dans son ventre. Il voyait Odette mais aussi Amélie. Son désir était double, irrépressible. Il la plaqua contre lui, la dépouilla de ses barrettes et de ses épingles pour l'empoigner par les cheveux. Elle eut un gémissement qu'il étouffa d'un baiser. Odette aimait se sentir dominée ; il l'avait compris dès leur première rencontre et il usa de sa force.

Leurs ébats durèrent, mais pendant tout ce temps, il avait eu ce regard absent qui ne trompait guère les femmes et surtout pas Odette. Elle grinça :

— Tu penses à la gamine.

— Mais non ! fit-il, exaspéré.

— Je ne te crois pas.

— Je pense au trésor.

— Menteur ! Je vous ai vus tout à l'heure, au marché, quand tu lui as acheté cette limonade pisseuse. Comment peux-tu aller avec cette... cette...

Elle ne termina pas sa phrase, fit la moue et laissa tomber, méprisante :

— Paysanne, fille de culs-terreux.

Furieuse, Odette Merlaud se leva du lit et ramassa ses affaires. Il y eut les éclairs de ses chairs roses et nacrées, puis le satin de sa robe de chambre qu'elle drapa sur elle en même temps que sur sa dignité.

40

Le langage des runes

Devant la masure de Mathurin Besson au toit couvert de mousse, poussaient de maigres fayards que l'aube naissante auréolait d'une lumière surnaturelle. Un porc se vautrait dans le purin. Viardasse vint au-devant d'eux les saluer, chemise blanche et pantalon en drap tenu par des bretelles, les cheveux roux hérissés.

— C'est tout arrangé, on va chez le Tchantchourne, fit-il.

Désireux d'avoir du renfort face aux Autrichiens, Julien Fabrègue avait télégraphié à deux amis de Valence qui étaient venus le rejoindre. Anastase Bayle et Jules Berthomieux, dit Nez-de-Fouine, étaient des hommes de confiance, passionnés d'archéologie et habitués aux coups durs. Ils savaient tenir leur langue. Tous les quatre gagnèrent Coutaz Pella.

Ils se tenaient maintenant face au vieux garde-chasse barbu et velu comme un ours. Pour l'heure, il ne semblait pas avoir la férocité de son emblème car Félix Molliex, surnommé le Tchantchourne, s'acharnait à attraper les mouches qui tournoyaient. On le disait en franc désaccord avec le maire qui cherchait à le remplacer ; on disait aussi que c'était un brave homme.

— Attendez voir ! leur conseilla-t-il en patois. Je suis après tuer une mouche.

Sa périlleuse besogne achevée, il les regarda d'un œil de furet :

— Je m'demande pourquoi vous tenez tant à aller dans la montagne voir cet endroit où personne va jamais. Bien sûr, il y a eu des Francé et même des Autrichiens qui sont allés voir les sites et même faire des dessins très moches. Tous les gens des Millières sont intrigués par votre curiosité.

Julien, satisfait de voir que son enquête auprès des Milliérains portait enfin ses fruits, répondit par l'entremise de Mathurin Besson, l'interprète à l'accent tout aussi traînant :

— Vous pouvez être rassurés sur nos intentions. Ce qui nous intéresse, ce sont les choses de l'ancien temps. Nous avons de l'attachement et de l'admiration pour votre pays. Les gravures et le rocher que nous recherchons me permettront de mieux connaître son histoire. Et puis, il y aura un dédommagement pour vous.

— Oui, mais ce côté de la montagne est dangereux, maudit, rétorqua le vieux. Il se passe là-haut des choses que j'ai préféré oublier. Y a de la physique là-haut. Je sais même pas si je pourrais retrouver cet endroit. Pourtant, j'avais mis des repères. Mais combien vous donnez ?

— Je pense que vingt francs or pourraient calmer ses appréhensions, fit Julien à Besson.

Pour entériner leur accord, ils descendirent à la cave enterrée où se trouvaient un tonnelet de clinton, une bonbonne d'eau-de-vie, une bouteille entamée et deux petits verres. La casserole de cuivre verdi accrochée à la porte tinta quand le Tchantchourne, satisfait, la claqua derrière eux.

Le Provençal en avait assez des formes régulières et monotones des vallonnements sur les crêtes, et des dépressions herbeuses abritant parfois de petits lacs. Après les sept cents mètres de dénivelé depuis l'Ebaudiaz, ils avaient entrepris une marche raide sur l'arête nord de la Dent-du-Corbeau et devaient parfois se servir des mains pour avancer. Ils s'arrêtèrent pour boire aux gourdes remplies à la source. Julien fit venir Besson, l'interprète, qui s'adressa à Molliex.

— Le Tchantchourne, où sont les inscriptions dont tu nous as parlé ? Où est le cairn ?

— Haut, tout en haut ! Je me souviens que j'y ai fait au sommet de la Dent-du-Corbeau, sur le versant nord. Faut encore grimper !

— Le fada, j'espère qu'il dit vrai, fit Nez-de-Fouine, parce que je commence à bouillir de la calebasse et à me sentir poisseux. On est tout empégués.

Julien se mit à rire puis leva les yeux sur la montagne pyramidale qui se dressait devant eux. Du haut de la crête de la Dent-du-Corbeau, le regard plongeait sur l'Isère dans la Combe de Savoie, fermée par le Granier ébréché au fond. Il avait fait plus de mille morts en s'écroulant, en 1248. Face au versant nord, se dressait le Grand-Arc, et la vue plongeait sur la Tarentaise et Saint-Paul-sur-Isère. Ils avaient également une vue magnifique sur la Vanoise, le Beaufortain, le Mont-Blanc à l'est, et à l'ouest sur les Bauges, Annecy et la Chartreuse. Mais ils n'étaient pas là pour admirer le panorama. Sous la Dent-du-Corbeau, les cinq hommes avaient déjà effectué des recherches, fouillé jusqu'à l'épuisement, explorant la moindre cavité, dévalant des éboulis.

Rien. Le vieux ne se souvenait plus de l'endroit où se trouvait le rocher aux inscriptions. Julien Fabrègue s'essuya le front avec son mouchoir. Il bouillait autant de rage que de chaleur. Tout ce périple pour rien. Il était hors de question qu'il reparte d'ici sans avoir trouvé ne serait-ce qu'un indice. Le vieux Molliex, traînant la patte, cherchait toujours ses repères de pierres au sommet de la montagne, les murgiers qu'il avait érigés.

— Faut aller vers la Thuile ! clama-t-il. Maintenant, je me souviens.

Prenant leur courage à deux mains, ils poursuivirent le fil des crêtes étroites en direction du col du Charvan qui dominait le lac du même nom, puis se trouvèrent sur la cime de la Thuile. En contrebas, brillait le lac de Fontaine-Claire, et encore plus loin, on percevait les points du chalet d'alpages et les taches minuscules des troupeaux qui pâturaient.

Le vieux ne se rappelait toujours pas.

De fil en aiguille, ils étaient montés au sommet du Grand-Arc par les pâturages et pierriers, dans les micaschistes argentés, sur les vires très inclinées et sous les ressauts en bec. Ils étaient parvenus à l'altitude de deux mille trois cent soixante-six mètres. Sur le versant sud-est, où s'ouvrait la descente sur le col de Basmont et la Maurienne, le lac Noir miroitait dans son vallon comme une émeraude enchâssée.

— C'est par là, monsieur Fabrègue ! J'ai construit ce repère il y a bien quinze ans. Arrêtez-vous ici !

Julien regarda la face ravinée et barbue au nez busqué. Tout excité, le Tchantchourne faisait de grands gestes, en arrêt devant un bloc de pierres qu'il désignait fièrement au géologue. Ce dernier accourut prestement, gratta de l'index la mousse jaune et découvrit des runes gravées sur les roches, d'étranges écritures comme les appelait le vieux.

— Ces inscriptions, personne peut les comprendre, glapit le Tchantchourne, peu rassuré.

— Le géologue peut le faire, expliqua Viardasse, accroissant de ce fait le prestige de Julien.

Leur guide ouvrit des yeux ronds et vifs dans sa face de vieux cuir.

— Monsieur Molliex, je suis très content de vous, dit Fabrègue, ce qui amena une lueur supplémentaire de contentement dans le regard du vieil homme.

Ils contemplaient les runes et les dessins gravés dans la pierre, des traces du passage d'hommes de l'Antiquité. Yggdrasil, l'arbre du monde, le frêne sacré dédié à Odin. Les runes Fehu et Ehwaz, symboles de richesse, indiquant peut-être que le trésor n'était pas loin. Tiwaz, la flèche, symbole du dieu Ase de la guerre, rune de la réussite et de la persévérance, du chef et du meneur, ici pointe en bas et qui avertissait peut-être d'un danger. Hagalaz, le grésil, la précipitation des cristaux de glace. Qu'on la regarde dans n'importe quel sens, elle avait la même forme, deux barres reliées par une double oblique. Elle était en relation avec les éléments déchaînés, la grêle tombant subitement du ciel, faisant des ravages.

Plus loin, gravé sur la face lisse d'un bloc, on voyait un curieux animal à la longue queue hérissée de triangles, des flammes lui sortant de la gueule grande ouverte. Chacun y alla de son explication.

— On dirait un serpent, proposa Besson, désignant la pierre de sa main d'écureuil.

— Mais non, c'est un dinosaure, fit Nez-de-Fouine, se tordant le cou pour mieux voir le dessin.

— Ce ne serait pas plutôt un dragon ? proposa Anastase Bayle.

Les hommes hochèrent la tête, peu convaincus. Le Tchantchourne eut un mouvement de recul. Tremblant, il déclara :

— C'est une wuivre.

— Qu'est-ce que c'est que ces sornettes ! s'exclama Viardasse. Tu vas pas recommencer avec ça !

Molliex disait avoir rencontré une wuivre dans les bois, celle qui allait se baigner au lac Noir. Et que les bois avaient pris feu quand elle avait craché. Et que lui n'avait pourtant bu qu'une demi-bouteille de gnôle.

— Tu avais raison sur toute la ligne, Fabrègue, déclara Anastase Bayle, l'archéologue, admiratif. Ça valait la peine de venir jusqu'ici. Je ne regrette pas mes cinq heures de marche.

Julien prit la parole avec solennité :

— Un dessinateur a gravé tout cela à une époque reculée. Peut-être un des Burgondes de Sapaudia. En tout cas, c'est un exemplaire unique à ma connaissance.

Ils s'arrêtèrent devant un autre rocher pour examiner une gravure.

— Long museau, poil hérissé et paire d'oreilles dressées. Ça, c'est le loup nordique Fenrir, dit Julien, ou je ne m'y connais pas. Qu'est-ce qu'il fiche ici ?

A proximité des rochers couverts d'inscriptions, le Tchantchourne, d'un pouce crevassé, caressa sa pièce.

Seigneur, qu'elle était belle ! Elle brillait comme un soleil. Un génie et un coq se partageaient sa face, et on pouvait lire sur sa tranche : « *Dieu protège la France* ». Le Tchantchourne en fut tout ému, et bien qu'il n'aille jamais à la messe, il se signa.

Pendant que Nez-de-Fouine allait explorer les parages, les autres décidèrent d'une pause et s'assirent sur des rochers plats. Fabrègue demanda à Besson s'il y avait des légendes de trésors dans les environs. D'après ce dernier, les plus proches trésors semblaient se trouver au versant des Bauges sous le château de Miolans ou dans ses souterrains, au fond des lacs de Sainte-Hélène et des Abîmes ou encore dans le roc sous une cascade près de Tignes. On ne pouvait s'en emparer que pendant la messe de minuit. Au douzième coup, la porte encastrée dans le roc s'ouvrait puis se refermait. Il en allait de même pour le chaudron d'or, caché dans les montagnes au-dessus de Bonvillard, qui brillait chaque année, le soir de Noël.

Pendant cet échange, Jules Berthomieux intriguait les autres par son manège. Il semblait renifler des traces, virevoltait aux alentours, se baissait brusquement puis changeait de direction, aux aguets.

— Eh bien, au moins, il ne perd pas de temps, constata Bayle.

Fabrègue fit remarquer :

— Ça m'étonnerait qu'il trouve quelque chose ici. On aurait aperçu des indices, une faille dans le roc. Non, à mon avis, c'est juste en dessous du rocher qu'il faut chercher.

Comme pour démentir ses paroles, Nez-de-Fouine, qui avait disparu de leur vue, rappliqua en courant d'une curieuse démarche zigzagante, leur désignant un rocher et criant d'une voix surexcitée et jubilatoire :

— Venez vite ! Ça y est ! Je l'ai trouvé.

Hors d'haleine, il se laissa tomber à genoux devant le groupe, les invita à le suivre et parvenu au rocher, clama triomphalement :

— Et ça, qu'est-ce que c'est ?

— Ça ressemble à une rune, remarqua Julien.

— Futé, le Provençal. Et alors, ça ne t'étonne pas de trouver encore une rune ici ?

— C'est en effet surprenant, dit Fabrègue en passant ses doigts dans sa moustache blonde. On va chercher aux alentours d'autres indices.

Il avait reconnu immédiatement la figuration de l'or burgonde, suivie du nom en runes. « Le Feu du Lit du Serpent ». Il pensa : « Le type qui a gravé ça nous montre le chemin aussi sûrement que le Petit Poucet qui semait des cailloux. »

— Comment savez-vous qu'il y a une grotte à cet endroit ? demanda Viardasse.

— Tout à l'instinct. Il faut bien regarder la configuration des rochers. Et puis ça se sent. Vous pouvez tomber tout de suite sur ce que vous cherchez, et dix mètres après il n'y a plus rien sur des kilomètres. Il faut connaître son affaire.

Quand il trouva le rocher cornu, celui cité par son grand-père, le regard de Fabrègue était comme inhumain dans son visage brûlé de soleil. Les hommes durent se baisser pour entrer dans la minuscule grotte et accommoder leurs yeux à l'obscurité.

Julien se dit avec satisfaction qu'il serait sans doute rentré chez lui pour le 19 août, quand on fêterait saint Louis, comte de Provence et patron de la ville.

Et lui serait riche.

Julien Fabrègue n'en croyait pas ses yeux. Gravé sur une des parois de l'anfractuosité naturelle, le dessin que révélait sa lampe était d'un lyrisme saisissant. Il s'émerveilla des Walkyries aux rythmes endiablés qui rendaient vivante la roche. La Chasse sauvage, bien que rudimentaire, avait été exécutée d'une main très sûre. Tout en lui criait la puissance de ce qu'il contemplait. Cela le troubla profondément. « C'est incohérent. Cette manière de figuration... » Il lui était difficile de le dater, comme si les âges et les civilisations se croisaient, mêlés d'influences étrangères. Quelques graffiti maladroits, sans doute dus à un autochtone inspiré, complétaient le tableau. Les runes qui indiquaient la présence aux alentours d'une seconde grotte, Julien n'aurait pas besoin de les recopier, il savait déjà que c'étaient les mêmes que celles figurant sur son parchemin. La voix de Mathurin Besson, qui l'avait suivi, se répercuta au-dehors :

— Venez voir ! Fabrègue a trouvé des femmes.

Les autres s'étaient regroupés à leurs côtés, le dos courbé, commentant la découverte de Julien. Ce dernier annonça :

— On cherchera l'autre grotte demain.

Nez-de-Fouine poussa un profond soupir, la main sur la poitrine.

— C'est dur d'attendre demain.

— Oui, mais le temps de faire quelques relevés, on n'aura plus assez d'heures de jour, et puis nous devons discuter de la manière d'orienter les recherches. Par ailleurs, il me faut obtenir l'autorisation du maire des Millières de faire des sondages. Si ça donne quelque chose, on demandera une concession.

— De toute façon, ça le regarde pas, beugla le Tchantchourne qui avait retrouvé sa voix. Je suis chez moi ici, c'est mon terrain, je fais ce que je veux, et ce que je trouverai, je le partagerai pas avec le maire ou la France. Ah, ça non !

— Et c'est bientôt l'heure de l'apéro, clama Berthomieux. Une bonne bouteille de champagne nous attend à l'hôtel.

— Et puis ça sent l'orage, constata Viardasse, en chassant un taon. Les tavans sont énervés.

Julien Fabrègue dit à Bayle et Berthomieux :

— Du coup, l'hypothèse sur les bernardines s'effondre, car si c'était elles qui avaient découvert et caché le trésor burgonde, elles n'auraient pas pris la peine de le planquer aussi haut, et encore moins de faire ces inscriptions. La lettre de la novice que m'a montrée Odette Merlaud est un faux de mauvais plaisantin ou alors la petite, terrifiée par la Révolution, affabulait.

— Ces inscriptions, elles, ne semblent pas un faux, constata Berthomieux. Qui pourrait être assez érudit dans ces parages pour écrire ces messages en runes et monter un coup pareil ?

— En tout cas, conclut Julien, on ne sait toujours pas où est le trésor. S'il y avait des objets ou des pièces ici, ils ont été récupérés.

Les recherches n'ayant rien donné, ce dernier alla se poster à l'écart du groupe et sortit son précieux auxiliaire, celui qui opérait quand la science échouait : son pendule. Mais on aurait dit que des forces contraires s'acharnaient contre le pendule. Il oscillait très vite, faisant de grandes obliques et ne se résolvant pas à tourner. Puis il se mettait à tournoyer comme s'il voulait rompre sa chaînette. Au bout d'un moment, Bayle s'approcha de son ami avec un air ironique.

— Je sais, fit Julien précédant sa remarque. Tu vas me dire que c'est de l'obscurantisme. Eh bien ! tu n'es pas sans savoir que ça marche avec les sourciers et leurs baguettes. Et depuis deux ans, la radiesthésie est en vogue. Si ça fonctionne pour l'eau et les métaux, pourquoi ça ne le ferait pas avec n'importe quel objet et surtout le trésor ?

— Et tu as un résultat ?

— Le magnétisme semble complètement déglingué, répondit Julien désappointé.

— Ne restons pas là à bader ! les pressa Berthomieux. On ferait mieux de redescendre, l'orage n'est pas loin.

Bayle le poussa du coude et lui montra deux points en contrebas.

— Té ! Regarde qui nous a suivis !

Un coup de pied dans les côtes lui fit lever le nez, une double rangée de boutons se cadra dans son champ de vision. Le berger se releva d'un bond, et comme s'il avait le diable aux trousses, s'enfuit.

— Pousse-toi de là ! ordonna le baron von Schober.

Puis il vissa à son œil la longue-vue et observa le groupe de Français qui s'activait autour du rocher. Dès qu'ils seraient hors de vue, ce serait à son tour d'aller fouiner là-haut.

41

Le serment d'amour

En descendant de l'Ebaudiaz, les trois hommes, animés par une joyeuse conversation, tombèrent sur Amélie Borrel qui revenait de la forêt, un grand panier plein de framboises et de mûres de roncier au bras. Elle les vit en compagnie de sa cousine Marion Gachet qui, visiblement, avait fait un bout de chemin avec eux. Besson et le garde-chasse étaient déjà redescendus à Coutaz Pella. Berthomieux et Bayle sifflèrent à la vue d'Amélie. Cette dernière regarda sa jeune cousine délurée qui partait de son côté, dansant sur le chemin, et laissa tomber :

— Elle a pas froid aux yeux, celle-là. Se promener ainsi dans les bois avec tous ces brigands et mendiants des forêts qui ne demandent qu'à lui faire son affaire !

— Et toi, tu n'as pas peur ? rétorqua Julien, goguenard. Sais-tu que tu plais à beaucoup d'hommes ?

— Et à toi, je te plais ? demanda-t-elle avec effronterie, plus par défi que par manœuvre de séduction.

— Tu le sauras bien assez vite !

Il partit d'un formidable éclat de rire qui le secoua tout entier. Puis il ôta son canotier et s'épongea le front, dévoilant un crâne aux cheveux blonds et des joues allumées par le soleil.

Des nuages sombres et massifs s'étaient amoncelés en troupeaux grondant de tonnerre, traversés par des fourches d'éclairs gigantesques illuminant les crêtes des arbres. Dans les prés plus bas, les hommes rassemblaient à grands cris les troupeaux, poussaient les moutons affolés dans les abris. Sous son bonnet rond à larges rubans, Amélie sentait ses cheveux se hérisser, sa tête fourmiller, et narines ouvertes, elle humait de nouvelles senteurs charriées par le vent qui s'était levé. Quelque chose en elle revivait enfin.

— Faut pas rester là ! cria Berthomieux. La foudre va tomber.

L'orage déversa sur eux ses trombes d'eau. Puis il laissa place à des traits serrés qui détrempaient la terre, faisaient courir des rigoles scintillantes et ramifiées à travers les prairies, transperçaient les vêtements. Amélie n'eut que le temps de leur désigner une masure de Coutaz Pella et de courir s'abriter avec les trois hommes dans l'étable. Mouillés jusqu'aux os ils se réfugièrent auprès des chèvres sur la paille, saisis par l'odeur et la chaleur des bêtes qui faisait monter un léger brouillard fumant. La fille ôta son fichu et son caraco trempés. La promiscuité des humains et des bêtes nourrissait la sensualité animale qui émanait de leurs épidermes suants. Elle sentait le regard de Julien sur elle, inconsciente que sa chemise était devenue transparente, laissant apparaître les pointes de ses seins comme deux framboises.

— L'orage est fini. On y va ! dit Anastase Bayle.

— Reste avec moi ! réclama Julien, retenant Amélie par le bras et indiquant aux autres qu'il était temps pour eux de prendre le large.

Les deux hommes s'en allèrent, non sans lui avoir jeté un regard qui en disait long. Lentement, Julien alla refermer la porte. Amélie sentit qu'une énorme boule obstruait sa gorge, tandis que des tambours roulaient dans ses oreilles et qu'une barre de feu liquide incendiait son ventre. Tout contre lui, elle respira sa peau à la puissante odeur de musc. Il ne chercha pas même à la déshabiller, mais il enfouit son visage entre ses seins, en soupirant terriblement.

Elle ne sut pas ce qui arriva ensuite. La mêlée des corps sur la paille, ses muscles durs qui la meurtrissaient sur le sol. Une empoignade de membres suants, les souffles haletants, des soupirs, des cris rauques d'animaux en rut. Le cri du vainqueur qui retombe, vidé, sur le côté, le visage en feu, les cuisses ruisselantes. Et elle, la femme comblée, reconnue dans sa beauté par le désir d'un homme qui était venu la chercher si loin.

Julien la fit rouler sur le dos, bras en croix, encercla ses poignets de ses mains solides, pesa de toute sa chair sur son ventre, la regarda droit dans les yeux.

— Je te veux corps et âme, Amélie.

Elle frémit, elle ne se sentait pas prête. Une partie d'elle se refusait, par peur de cette violence, de cette zone d'ombre qu'elle sentait en lui.

— Pas mon âme, non, tu ne l'auras pas.

— Petite fée naïve, je pourrais faire de toi tout ce que je veux. Tu n'as pas peur ? souffla-t-il.

Elle feignit d'avoir peur de sa violence. Peut-être trouverait-il la sienne un jour et croiseraient-ils le fer de l'amour ? Elle ne savait pas encore combien les événements étaient près de les faire basculer sur cette pente. Elle vit son expression bouleversée, ses yeux devenus fous, sa bouche entrouverte.

— Dis-moi encore que tu m'aimes, supplia-t-il dans un appel déchirant, un tendre gémissement de bête blessée.

Elle comprit son immense et inextinguible soif d'amour, tandis qu'il l'étreignait en la suppliant :

— Ne me quitte pas ! Ne te marie pas !

Déchirée, elle se plaignit.

— Pourquoi la vie nous fait ça, de nous faire connaître, alors que je suis promise à un autre que je n'aime pas ?

— Sans doute pour nous éprouver.

— Ça veut peut-être dire qu'on doit pas continuer, plus se revoir, que c'est mal.

— Ah ! J'entends bien là les discours du curé ! Moi, je suis entêté, je ne te lâcherai pas. Mais il te faut rompre, et vite, Amélie.

— Si je parle à Hippolyte, si j'abandonne tout, ça sera dur de laisser ma famille, mes parents, avec la honte que ça va leur faire. Il faut que tu sois là quand ça se passera.

— Je serai là. N'aie pas peur, ma douce ! Je sécherai tes larmes. Et tu oublieras tout.

Le soleil commençait à baisser à l'horizon ; on le devinait par les interstices des planches et la lucarne. Amélie reprit un peu ses esprits, un brin de cette raison qu'elle détestait. Elle se dressa d'un coup, ramenant sur elle sa chemise jetée au sol.

— Il est temps qu'on redescende, chacun de notre côté, précisa-t-elle.

Elle se rhabilla du mieux qu'elle put, enfila maladroitement les pans de sa longue chemise dans la jupe, remit ses chaussettes de laine et ses galoches. De son côté, Julien en fit autant. Elle épousseta en riant les brins de paille accrochés au gilet en velours.

Lui, avec tendresse, passa une main sur son visage.

— Je t'ai fait de beaux cernes. Comment tu vas expliquer ça ?

Elle ne pensait pas encore à son retour mais à l'enlacer une dernière fois, à couvrir son visage de baisers. Des larmes chaudes roulaient sur ses joues, avec déjà la douleur de le quitter, d'être séparée de lui. Il lui promit qu'ils se reverraient, qu'il resterait à Albertville le temps qu'il faudrait. Et qu'il songeait même à se rapprocher d'elle et de ses recherches en louant une maison au chef-lieu.

— Je t'attendrai ici tous les débuts d'après-midi de cette semaine, promit-il. Je sais que tu es une bonne marcheuse et que tu trouveras une occasion.

Il connaissait déjà son pouvoir sur elle. Il avait ensemencé en elle la force de vivre et de se libérer. Quand il l'embrassa pour lui dire au revoir, sa moustache lui chatouilla la peau agréablement.

— *Arvi pas !* Au revoir, n'est-ce pas ? fit-elle en patois.

Dans la descente, Amélie avait des ailes, elle se hâtait, au risque de se rompre le cou, le cœur battant d'allégresse, les cheveux emmêlés et les yeux brillants d'un feu nouveau. Pour la première fois, elle mit ses pas dans ceux de cet homme. Elle savait que c'étaient les premiers, qu'ils iraient très loin ensemble, côte à côte. La pensée d'Hippolyte et des vœux de fiançailles échangés ne vint pas un instant la troubler. Ce n'était déjà plus à côté de cet homme qu'elle souhaitait marcher sur le sentier de la vie.

Sur la butte, là-haut, Julien Fabrègue, son désir assouvi, avait pris une autre direction. Un tronçon d'arc-en-ciel commençait à poindre, se diluant dans le ciel brumeux comme un lavis d'aquarelle. Il le guiderait si, comme le disait la sagesse populaire, un trésor se trouvait à ses pieds.

Peut-être oublierait-il l'or avec la Savoyarde de Montermont.

42

Le complot des Autrichiens

— Il va falloir recruter dans la racaille, annonça le baron von Schober. Ça ne manque pas dans le quartier, à ce que j'ai entendu. Il nous faut des hommes de main. Moser et N'a qu'un Œil, je vous charge d'aller trouver des types qui nous seront tout dévoués. Payez-les le minimum ! Je vous fais confiance.

Il pensa à la Grenette, la halle aux grains près de l'hôtel Million. « Les pickpockets s'en donnent à cœur joie », lui avait-on rapporté. Mais ces gars-là avaient ça dans le sang et pourraient le voler lui aussi. Il renonça à cette idée et envoya ses hommes de main au café de la Pomme-d'Or, rendez-vous de truands et de filles publiques, d'où on les redirigea complaisamment rue Bugeaud, juste à côté de l'hôtel Million. Une rue aux boutiques étroites et profondes et où les cafetiers servaient du vin de pays. Dans ce quartier réputé chaud, vols et affaires de mœurs étaient le lot quotidien. Une fête devait être en préparation, car des guirlandes pendaient et une estrade commençait à se monter.

Le baron, qui ne dédaignait pas s'encanailler, s'était risqué un jour dans les taudis, empruntant des couloirs obscurs et des escaliers sordides. Jetant un œil par les portes entrouvertes à cause de la chaleur, il avait vu des familles entassées dans une seule pièce crasseuse : table bancale, chaises branlantes, fourneau noirci, malades et vieillards grabataires. Dans des lits à barreaux, des gamins dormaient tête-bêche, pieds sales sous les mentons. Les pères sans travail dans les fabriques ou ateliers passaient leur temps au bistrot, et les enfants morveux poussaient tout seuls dans les cours humides et insalubres. Ici, la tuberculose faisait des ravages, des incendies parfois asphyxiaient ou brûlaient vifs les pauvres gens. On disait que la pauvreté était pire encore sur les hauteurs d'où venaient les jeunes mendiants quêtant aux portes.

Impasse des Ecuries, une ruelle perpendiculaire à la rue Bugeaud, se trouvait la maison de tolérance dont la porte de service donnait sur les écuries de l'hôtel Million. L'entrée officielle s'ouvrait quai des Allobroges, pour ménager les voisins et François Million, l'hôtelier, fort chagrinés de cet entourage peu reluisant mais indispensable à toute ville de garnison. Depuis quatre ans, Louis Delorme, le tenancier, faisait venir ses filles de Valence et aux descentes de police déclarait qu'elles avaient été reconnues saines par le contrôle médical de Lyon. On pouvait aussi trouver de quoi satisfaire ses appétits à Conflans, mais avec le risque de revenir avec quelque maladie vénérienne. N'a qu'un Œil prisait davantage le café Caillon, rue de la République, refuge de prostituées non déclarées où il avait les faveurs d'Honorine Rouge. Le baron tolérait ces manières et la fréquentation des filles publiques parce qu'ils avaient conclu un pacte ensemble, quelles que fussent leurs différences de rang et leurs préférences sexuelles.

Les hommes avaient descendu des chaises dans la rue, des gamines faisaient la ronde. La chaleur d'orage couvait au-dessus des toits et les remugles des ordures ménagères s'élevaient par vagues. Même averti, Kurt Wittek se crut arrivé au bout du monde. Il tomba sur des façades lépreuses et décrépies, sur des devantures d'échoppes miteuses qu'éclairaient des becs de gaz falots. Pas besoin de sentir les odeurs et d'entendre les accents pour se rendre compte qu'ici on était salement étranger. Les mendiants tripatouillaient dans les caniveaux engorgés de pourriture, espérant y dénicher des trésors. Ici, tout ce qui pouvait être récupérable était ramassé. Ici, la misère mordait le trottoir à pleins chicots. Le borgne émissaire du baron gravit trois étages puant la pisse de chat, les relents de poubelle et la soupe avariée. De chaque porte émanaient des effluves différents, explosions de puanteur de la constante misère des habitants. Il avait beau être habitué, N'a qu'un Œil, chaque fois, était surpris. Dans la cour, se trouvait une fontaine où on jetait les baquets d'eaux usées. Et les cafards bien gras s'en donnaient à cœur joie dans la moisissure des planchers.

— Alors, mon beau monsieur, qu'est-ce qui nous vaut l'honneur de ta visite ?

Le Sarde ricana en découvrant des gencives plantées de trois chicots. Une pièce d'argent au fond de sa patte crasseuse fit taire ses questions et appréhensions. Elle disparut prestement au fond de sa poche tout aussi crasseuse.

— Par ici, monseigneur, fit-il, en faisant une courte révérence. Je t'écoute.

43

La garce

Odette Merlaud, quant à elle, avait décidé par tous les moyens d'évincer la paysanne Amélie Borrel et de multiplier les coups bas envers sa rivale. Elle sortit ses corsets sans busc de coutil écru, réséda, noir, vieil or et lilas, et choisit le plus luxueux, au cas où elle aurait à dévoiler ses charmes pour être plus convaincante. Elle passa en revue ses produits de beauté : le lait antéphélique et le lait d'iris pour la blancheur et la pureté de son teint, la pâte épilatoire Dusser, le baume dépilatoire visage, le savon à la violette. Elle avait utilisé la moitié de son flacon d'eau de Carrare pour dégonfler ses yeux qui trahissaient par trop son âge.

Prenant sur sa dignité, elle loua un fiacre et se fit conduire au chef-lieu des Millières et à la mairie. Elle y demanda l'adresse d'Amélie Borrel, prétextant qu'elle venait lui rendre un châle oublié au marché d'Albertville. Par chance, elle n'eut pas à se faire emmener au Pommaray sur un traîneau qui sentait le mulet et le purin, car Louis-Ferdinand Reydet lui indiqua que la jeune fille se trouvait à l'épicerie d'où revenait justement sa femme. Ravalant sa colère et sa jalousie, Odette adopta une expression sereine et se porta à la rencontre de la jeune Savoyarde, laissant derrière elle un sillage de parfum qui laissa le roi Fardinand rêveur. « Des histoires de femmes », pensa-t-il.

— Ce sont là de tristes modes venues de France, remarqua son épouse d'un ton acide. J'ai point jamais vu ça.

— *A oua !* Les temps ont puis évolué et pas en bien, à mon avis. *Mon djiu !* se lamenta la vieille Séraphine Bonjean, qu'on surnommait aussi l'Ancêtre.

Sébastienne Chevrot, la couturière, qui se rendait à l'épicerie, leur lança :

— Vous êtes jalouses comme pas possible ! Le progrès, il viendra, de toute façon.

Amélie, son panier au bras, faillit heurter la femme blonde à la grande capeline ornée de roses en tissu. Cette dernière parla d'une voix sirupeuse :

— Vous vous souvenez de moi, je suppose ? Julien nous a présentées au marché d'Albertville.

Amélie grimaça, elle n'aimait pas cette Odette, et puis elle n'avait pas le temps. Sans compter que les femmes sur la place s'étaient arrêtées pour les regarder, jasant déjà sur leur compte.

— Que voulez-vous ? demanda-t-elle, plantant ses yeux verts dans ceux de la blonde un peu trop parfumée à son goût.

— Je suis venue vous parler de Julien et vous prévenir. Julien est marié. Il se moque de vous. Il repartira dès ses recherches finies.

— Qui êtes-vous pour me dire ça ?

— Je suis sa belle-sœur. Il est marié avec ma sœur Manon.

Amélie eut l'air ébranlée, mais elle se reprit et ne laissa rien paraître de son trouble, de cette horreur qui lui déchirait le cœur.

— Et pourquoi vous me prévenez ?

— Solidarité entre femmes... Et puis, il fait déjà trop souffrir ma sœur par ses infidélités. Je voudrais qu'il lui revienne. De toute façon, dès qu'il sera rentré à Brignoles, il sera très heureux d'apprendre qu'il est père.

Odette avait abandonné la paysanne sur la place, le visage défait. Elle venait de marquer un point, peu soucieuse à l'idée que la fille pourrait rapporter leur conversation à Julien. Et puis ce dernier avait eu tort de lui raconter qu'Amélie Borrel allait se marier bientôt avec le forgeron du chef-lieu. Son projet était à présent de rendre visite à Hippolyte Mercier, pour lui expliquer que sa fiancée le trompait. Prenant le temps de se repoudrer le nez, Odette aperçut dans le petit miroir rond le visage décomposé de sa rivale.

Quand il vit arriver cette belle dame, le taillandier se leva, essuya la sueur sur son front et ses mains au tablier de cuir, et s'excusa d'être en si mauvaise tenue pour la recevoir. Odette caressa du regard les larges épaules, savourant à l'avance l'étonnement puis la fureur qui ne manqueraient pas de se lire sur le visage du beau forgeron.

Hippolyte Mercier deviendrait son plus sûr allié.

44

Le piège

Le baron von Schober sollicita une entrevue avec Julien Fabrègue dans sa chambre d'hôtel. Après les civilités d'usage, il en vint au fait.

— Mon cher Fabrègue, plutôt que nous combattre, pourquoi ne pas nous allier puisque nous poursuivons le même but ? Si ce que nous pensons tous les deux est bien là-haut, il y aura de quoi partager. Jadis, nos aïeux se sont fait la guerre, mais nous sommes entre gens de bonne intelligence, ne croyez-vous pas ? Alors, mettons ensemble nos éléments et reconstituons le puzzle ! Sinon, nous perdrons du temps à piétiner, et je subodore que vous n'en avez pas tant que ça. J'étais à Conflans, l'autre jour, et je vous ai vu avec madame Merlaud. Vous vous entendez fort bien, je crois. Cette femme délicieuse est aussi très érudite, et sa famille a des archives fort intéressantes.

— Ma relation avec madame Merlaud ne vous regarde en rien ! s'énerva Julien.

— En tout cas, vous avez bon goût. Si j'avais été plus jeune, j'aurais sans doute tenté ma chance. Mais revenons à nos moutons ! J'ai presque terminé de déchiffrer ceci, dit-il avec un sourire faux, et il me manque juste un petit détail. Si vous l'avez, nous serons bientôt très riches, vous et moi.

Le vieil homme agitait sous son nez la copie du parchemin des *missi dominici* de Charlemagne. Julien explosa, saisit le baron par les revers de son col et les traits déformés par la fureur, clama :

— Je me doutais que le cambriolage de la Bastide était votre œuvre et que votre installation à Albertville n'était pas une coïncidence. Et je sais aussi que vous avez quelque chose à voir avec la mort de ma servante. Je ne vous lâcherai pas un instant. La prison pour vous sera plus douce que le sort que je vous réserve. Vous n'en saurez ni le jour ni l'heure. Dégagez, Von Schober ! Ou je ne réponds de rien.

— Vous avez tort, Fabrègue. Si vous étiez moins idéaliste, vous auriez fait la même chose à mon endroit, et bientôt vos caisses seraient pleines, au lieu de mener ce train de vie minable qui ne trompe personne.

— Dégagez, vous dis-je ! ou vous allez en prendre une, malgré le respect que je porte aux vieillards.

— Vous m'en rendrez tantôt merci, grinça entre ses dents jaunies le baron aux yeux rétrécis par la colère, défroissant son col d'une main parcheminée.

— Et bonjour chez vous ! ironisa Julien.

En peignoir et culotte de chambre, il s'assit dans le fauteuil devant la cheminée. Il tremblait encore de rage, avait des sueurs froides, en pensant que le baron était sans doute l'auteur du meurtre de Magali. Sa patience n'était pas infinie. Il lui fallait très vite savoir ce que Von Schober avait découvert, puis le livrer à la police locale qui contacterait celle de Brignoles. Si elles ne l'arrêtaient pas, Julien ferait appel à ses connaissances, voire à des hommes de basses œuvres. A moins qu'il ne tue ce vieillard de ses propres mains, méthode qui lui répugnait. Il lui fallait aussi trouver un logement plus modeste, une pension de famille aux Millières pour continuer ses recherches, amorcer des fouilles et être au plus près d'Amélie. Et ainsi, il éviterait ce gredin de Von Schober qui n'attendait que de lui jouer un sale tour.

En attendant, il décida d'aller boire un verre au café Bernardi, un beuglant où les chasseurs alpins menaient joyeux tapage et où les danseuses étaient pleines d'entrain. Cela lui changerait les idées. Après s'être changé, il glissa un ruban de velours noir autour de son cou et prit au portemanteau son chapeau de feutre. Dehors, il dépassa l'allumeur de réverbères qui faisait son office chaque soir, pour revenir le matin, suivi d'une cohorte de gamins. Après avoir tourné à l'angle d'une rue, il eut un mauvais pressentiment.

« Où suis-je ? » se demanda Julien. Ses yeux fébriles découvrirent une chambre sombre qui sentait l'urine et le poireau froid. Il ne se rappelait qu'avoir pris un coup sur la tête, après avoir entendu un fracas de verre brisé. « Voyous ! » avait glapi une vieille, regardant un gamin en train de descendre au lance-pierre la lanterne à bec de gaz du coin de la rue. Puis on avait crié : « Tention ! V'là les perdreaux ! » A présent, il se tenait prostré sur un lit étroit à barreaux, aux draps souillés, le cerveau enfiévré, la gorge comme broyée. La colère lui fit s'écorcher les poings sur le mur.

« Cette ordure de baron ! » Il avait levé ses troupes dans la racaille du quartier Bugeaud, dans les taudis albertvillois où la misère rendait truands les plus braves, où l'alcool transformait en méchants les plus doux. Julien se rappelait le café-concert face au palais de justice, ouvert sur la rue Pargoud, l'arcade, l'estrade, le rideau. Danseuses et militaires y faisaient toujours bon ménage. Il avait bu plusieurs verres, entamé la conversation avec une jolie blonde, et retournant à l'hôtel par des rues mal éclairées, il s'était fait proprement assommer. Julien frémit devant l'imposant Sarde barbu au crâne rasé, profil d'oiseau de proie et yeux perçants. Celui-ci le secoua sans ménagement et finit par le frapper entre les côtes.

— Debout ! T'as de la visite.

De son tourmenteur, Julien ne voyait plus que ses pantalons de drap maculés de taches de graisse et de sueur. Il se jura que s'il s'en sortait, il le retrouverait et l'étranglerait. S'il s'en sortait.

— Pietro, laisse-le tranquille ! ordonna le baron qui se tenait au seuil de la pièce. Ne l'abîme pas !

Se tournant vers Julien, il poursuivit :

— Et puis tout cela va le faire réfléchir, n'est-ce pas ?

Le baron von Schober, vêtu d'une tenue de ville avec revers de col aux bords galonnés, s'assit dans un fauteuil branlant tout près du prisonnier. Il releva son long menton osseux et glabre, et le regarda au fond des yeux. Aussi glacial que l'Isère en hiver. Une sueur froide inonda Julien, la peur le fit trembler, lui qui ne connaissait pas ce sentiment, mais il se maîtrisa.

— Soyez certain, mon cher baron, qu'une fois sorti d'ici, je vous dénoncerai aux autorités pour vous faire incarcérer.

— Je pense, mon cher Fabrègue, que vous ne savez pas qui je suis ici et de quelles relations je dispose. Il me sera très facile d'avoir des témoignages en ma faveur et d'autres qui vous taxeront de malade mental, du moins d'un garçon ayant quelques problèmes psychologiques, perdu dans son monde et cherchant un trésor imaginaire. Je pense que vous avez dû paraître ainsi aux yeux de nos éminents archéologues et architectes.

Von Schober, lui désignant la copie du parchemin qu'il tenait, l'adjura :

— Fabrègue, il est temps maintenant de devenir raisonnable et de conclure cette alliance avec moi.

Le prisonnier se redressa sur sa paillasse, les yeux pleins de violence, les cheveux hérissés comme un diable, et d'une voix pâteuse lui jeta à la face :

— Crève, ordure ! Je ne conclurai aucune alliance avec toi. Ce parchemin m'appartient. Tu es un sale voleur, une fripouille que je vais anéantir.

Le baron le foudroya d'un regard hautain, puis se radoucit.

— Dis-moi ce que je veux savoir et je te fiche la paix. Ce sera chacun pour soi, là-haut, dans la montagne.

Sa voix qui était si souvent menaçante, coupante et implacable savait aussi se faire onctueuse et envoûtante. Von Schober s'était levé de son fauteuil et se tenait au-dessus de Julien dont les mains tremblaient.

— Tu n'as qu'à te débrouiller seul, fit ce dernier. Et dans cent ans, tes descendants erreront encore dans la montagne, comme toi.

Le baron tendit vers le prisonnier son menton proéminent, ses moustaches en crocs couleur ferraille, son visage blafard où se profilait un bec d'oiseau. Sous les sourcils minces, ses yeux étaient redevenus perçants et froids.

— Comment venir à bout d'un homme si obstiné ? Je pense que si je te livre aux Sardes et aux truands de la Grenette, les choses iront plus vite, mais c'est bien dommage. Je doute qu'après ça, la belle Odette puisse te reconnaître.

Fabrègue se réveilla dans une cave humide et froide. Il était pâle, hagard. Son cœur n'en finissait pas de battre, dans une ronde mortelle. Un rasoir lui découpait les chairs, ses oreilles lui grinçaient à vriller les nerfs. Venues d'un angle de la pièce, les lamentations lancinantes s'achevèrent en gémissements. Ses yeux s'accoutumant à l'obscurité, il distingua la présence d'un autre homme couché à terre, le corps recroquevillé. En se penchant sur lui, il découvrit le visage couvert d'ecchymoses de Jules Berthomieux, sentit son souffle de moribond, vision d'horreur qui lui fit brutalement reprendre conscience du lieu où il se trouvait. Sa propre face le faisait souffrir atrocement. La porte s'ouvrit d'un coup, et un type aux muscles impressionnants vint le tirer de là sans ménagement pour le mener dans une cave voisine, pièce d'interrogatoire. Il dut s'y tenir debout, chancelant, les membres rompus, face au baron assis sur une chaise paillée derrière une simple table où une lampe à pétrole lui faisait un masque démoniaque. Hormis le garde, il vit que quatre hommes étaient présents, Alfons Moser, Kurt Wittek, Pietro, le Sarde acheté par Von Schober. Et surtout Hippolyte Mercier, le fiancé d'Amélie. Ce qui le déconcerta plus que tout.

— A présent, notre jeune ami va se montrer raisonnable. Où se trouve le trésor ? questionna le baron, sans relever le nez et d'un ton qu'il voulait neutre.

— Il se trouve dans un souterrain sous la Maison-Rouge. Demande à Odette Merlaud ! C'est elle qui me l'a montré.

— Un souterrain. Comme c'est original ! Et prendre madame Merlaud comme alibi ! Car tu es en train de te servir d'elle pour m'attendrir, pas vrai ?

Von Schober avait relevé son visage aux lèvres absentes et le regarda au fond des yeux.

— Tu vas parler, sale engeance ! cria-t-il, se soulevant brusquement de son siège et lui assénant un coup de canne à lui dévisser la tête.

Julien chancela, en se tenant une joue brûlante à deux mains, fou de rage et d'humiliation. Le suppôt de l'Inquisition désigna le mur derrière lequel Nez-de-Fouine gémissait, et il reprit :

— Quant à tes relations, comme celui que tu as pu voir, elles ne te seront plus d'aucune aide. Et si tu persistes à ne rien vouloir dire, je crains d'avoir à m'en prendre à la belle Odette Merlaud que tu as mise dans ton lit, et aussi à cette petite paysanne que tu aimerais bien y mettre, la fiancée de notre ami Mercier qui n'apprécie pas du tout tes manœuvres de séduction sur sa propriété.

— J'ai soif. Il faut que je boive, fit Julien, pour gagner du temps et faire diversion.

— Chien ! Tu vas boire par terre, là où est ta place.

Sur ordre du baron, N'a qu'un Œil et le Sarde se saisirent de lui et le firent s'agenouiller sur le sol de terre battue à l'odeur de pomme moisie, à lui briser les rotules. Il en eut un haut-le-cœur, mort de honte à l'idée que son rival assistait à la scène. Il écopa d'une nouvelle gifle, ce qui fit rire les hommes. Quant à Hippolyte Mercier, appuyé contre un mur, il jouissait visiblement du spectacle. Le borgne lui attrapa la tête à lui arracher les cheveux ; Julien se promit de le saigner comme un poulet.

— N'a qu'un Œil, fous-lui un peu la paix ! dit enfin Hippolyte d'une voix tranquille. Si tu veux en tirer des renseignements, ne l'esquinte pas ! Qu'il sache plutôt quel sort je réserverai à la petite caille Amélie qui sera bientôt dans mon lit et à ma merci. Cela lui déliera la langue mieux que les coups, crois-moi ! Ramène-le dans sa chambre et attache-le sur le lit.

Le Savoyard restait plaqué au mur à regarder le Provençal qui chancelait, épuisé par les coups. Ce dernier eut la force de lui dire :

— Tu tiens ta revanche, pas vrai, Mercier ? Mais elle est minable. Tu ne mérites pas Amélie. Tu t'es rangé aux côtés des serviteurs de l'Enfer.

45

Les illusions perdues

« Arrêtez-le ! » criaient les hommes derrière lui.

Des bruits de cavalcade et des halètements retentissaient. Malgré sa cheville douloureuse, Julien poursuivit sa course de plus belle, les hommes de Von Schober aux trousses. Il n'alla pas vers l'hôtel Million où il était sûr de tomber sur le baron. Après avoir couru vers le haut de la rue Gambetta en direction de l'église néogothique, il coupa sur sa gauche et rejoignit la rue de la République éclairée de becs de gaz. A travers le martèlement de ses chaussures, lui parvint le soufflet de forge de l'homme qui le talonnait. Ce dernier hurlait parfois à pleins poumons pour signaler la direction qu'empruntait l'évadé. Julien prit ses jambes à son cou et détala comme un lapin, malgré ses membres tuméfiés par les coups et sa cheville foulée dans l'évasion. Il avait sauté par la fenêtre du second étage, au moment où un type le ramenait dans sa chambre, le croyant à moitié évanoui. Le sang martelait ses tempes. Pour décontenancer ses poursuivants, il empruntait les rues dans un ordre chaotique, revenant parfois sur ses pas, mais il avait un but, se réfugier chez Odette. Puis il comprit l'erreur qu'il s'apprêtait à commettre, il allait jeter sa maîtresse dans la gueule du loup et lui aussi ; Von Schober l'y attendait sûrement déjà. Il se retrouva dans le quartier de l'hôtel de ville.

« Arrêtez-le ! » Malgré la nuit, des villageois étaient sortis dans la rue, une lampe à la main. Avec un peu de chance, des empêcheurs de tourner en rond allaient se faire coffrer, ce qui n'était pas pour leur déplaire. Plusieurs essayèrent de lui couper la route, fiers de pouvoir aider le baron. Ils lui barrèrent le passage, bras et jambes écartés. Julien fit un écart, partit en zigzag, déséquilibré. Il se heurta au bloc d'une épaule, manqua s'écrouler, reprit son équilibre, s'élança de nouveau. Il n'en pouvait plus. Une barre chauffée à blanc lui labourait la poitrine. Il entendait cogner son cœur jusqu'au bord des lèvres, ses yeux le brûlaient. Le gouffre noir d'une ruelle vint à sa rencontre et l'aspira entre ses murs salvateurs. Le garde du corps de Von Schober disparut dans la rue, il avait continué tout droit. On entendit alors des cris, de véritables glapissements. Une vieille penchée à sa fenêtre le désignait d'une serre de corbeau.

Sans demander son reste, Julien reprit sa course. Les pas claquaient derrière lui, rythmant sa fuite éperdue. Au coin de la ruelle, il se retourna pour voir s'il avait distancé ses poursuivants. Derrière lui, couraient trois hommes et N'a qu'un Œil, les cheveux en bataille.

Julien bouscula sur la place de la Liberté une vagabonde qui perdit l'équilibre puis il s'engouffra à angle droit dans la rue Bugeaud, non loin du lieu de sa captivité. Ils ne viendraient pas l'y chercher. Il s'y précipita les poumons en feu, un hurlement prêt à jaillir. Plaqué dans l'obscurité complice d'une porte cochère, il se courba, se fit petit, tétanisé par un point de côté. Il se tint les côtes à deux mains, essayant de calmer un cœur battant à le faire mourir. Il entendit les pas des hommes puis l'exclamation du bras droit de Von Schober, ses aboiements furieux. Ensuite, il les vit courir tout droit. Quand il comprit qu'il était sauvé, les battements anarchiques de son cœur commencèrent à s'apaiser. La peur rétrospective amena l'eau amère de la nausée à ses lèvres. Il se plia en deux pour vomir de la bile, faisant détaler une troupe de rats. Ce fut alors qu'il sentit une main ferme lui relever la tête et qu'il sursauta.

— Reste pas là ! Fous le camp !

La voix de Theodor Wagner le tétanisa comme s'il avait reçu un coup de masse. Il voulut avoir des réponses.

— Non, non ! s'écria l'Autrichien, les yeux durs comme des pierres. Si on nous voit ensemble, je ne pourrai plus rien pour toi. Dégage de là, et vite ! Je les ai lancés sur une fausse piste.

— Je ne bougerai pas tant que tu ne m'auras pas donné d'explications.

— J'avais l'intuition que tu irais te réfugier chez la tante de la paysanne. Je vous ai vus, toi et la fille des Millières, le jour du marché. Celui qui t'a laissé filer, je l'ai payé.

— Et pour Berthomieux ?

— J'peux rien faire pour lui. Fous le camp, maintenant !

— Pourquoi fais-tu ça pour moi ?

— Pour que tu aies une dette envers moi. Je veux ma part du trésor. Avec toi, c'est plus sûr. Et puis, je ne supporte plus Von Schober, ses grands airs et ses ordres. A présent, tire-toi d'ici !

Il tourna la tête et eut un regard inquiet, apercevant Pietro, le Sarde au crâne rasé qui était sur les traces de Fabrègue. S'il les avait vus, son propre compte était bon. Le baron ne lui ferait pas de cadeau.

Julien déboucha enfin sur la maison de Félicie Anxionnaz. Il envoya trois cailloux qui sonnèrent au volet du premier étage. Félicie lui ouvrit, les seins débordant par l'échancrure de la chemise, le visage ahuri sous le bonnet de nuit.

— Qu'est-ce que c'est ? clama-t-elle. C'est pas des heures pour déranger les gens. Passe ton chemin, voyou !

Puis elle le reconnut, et ses yeux ronds s'écarquillèrent.

— C'est vous, monsieur Fabrègue. Sapristi ! Dans quel état vous vous êtes mis !

— Ce n'est pas le moment de discuter, madame Anxionnaz. Ouvrez-moi !

Julien tenta de se calmer dans la cuisine obscure aux relents de soupe froide. Il se trouvait à l'abri. Après coup, la peur déferla. Sur l'instant, il n'avait pas pensé. Une suite de réflexes. Mais lorsqu'il monta s'allonger, les marches se dérobaient sous ses pieds. Quand il se plongea sous la couverture dans le lit que lui avait préparé Félicie, la brûlure dans sa poitrine ne s'était pas apaisée. Mais il s'en était sorti. Maternellement, elle passa une main sur son visage tuméfié, sur ses épaules zébrées de coups, lui arrachant parfois des gémissements. La tante d'Amélie se montrait pleine de questions, il le voyait à son faciès inquisiteur.

Au-dessus de la table, l'éclairage faiblissait. Félicie alluma une lampe à pétrole qui répandit sa maigre lueur jaune pisseux sur la toile rude des rideaux. Elle tira à elle la lampe à cheminée de verre. Des ombres tapissaient son visage bouffi aux petits yeux de souris. Elle se recroquevilla sur elle-même et, face à son assiette, ne bougea plus. Julien avait les mêmes yeux absents, le même manque d'appétit, une fois les premières bouchées avalées. Ils mangèrent en silence, un silence vide et pesant à la fois. Julien ne cessait de penser : « Nez-de-Fouine est mort, assassiné par ce monstre de Von Schober ! Et maintenant, il va s'en prendre à Odette, par ma faute. » Comme si elle l'avait entendu réfléchir, une voix le tira de ses pensées :

— Monsieur Fabrègue, il faut que je vous dise... La dame que vous fréquentez, l'Odette Merlaud, avec ses grands airs, ce n'est qu'une pute de chez Delorme. Elle vient de Valence comme les autres, elle a pas du tout de famille à Lyon. Sa seule famille, elle est dans la maison de tolérance dans la rue voisine. Alors, c'est pas la peine de vous faire du souci pour elle.

Odette, une espionne que Von Schober lui avait glissée dans les bras pour obtenir des informations sur l'emplacement du trésor. Elle avait tout fait pour le séduire. Et avait failli réussir. Julien Fabrègue aurait dû se rappeler le dicton provençal : « *De la remo naisse lou mau.* » « De la femme naît le mal. » Fou furieux, il avait foncé chez elle, ne se souciant pas de la possible présence du baron et de ses hommes de main. A présent, il la secouait comme un prunier.

— Et Brignoles ? Manon Fabre ?

Odette le regarda d'un air froid, ramenant sur elle les pans de sa robe d'intérieur en crépon mauve qu'il avait froissée.

— Tout inventé, naturellement. Des espions du baron sont allés en Provence glaner des renseignements sur ta manière de vivre et tes fréquentations. Ta Manon, elle a parlé sur l'oreiller. La fille, qui a la cuisse légère, a vite été séduite par un homme à la solde des Autrichiens.

— Mais comment sais-tu autant de choses sur les Burgondes ?

— J'étais institutrice avant de faire ce métier. Pour le reste, le baron m'a mise au parfum, j'ai eu tous les renseignements à apprendre par cœur, comme l'histoire des archives des sœurs de Conflans. Il m'a installée dans ce bel appartement, m'a acheté les toilettes à la mode de Paris et m'a appris les bonnes manières. Mais une chose est vraie, Julien, je suis réellement tombée amoureuse de toi, et ça, le baron ne l'avait pas prévu. Comme si une pute ne pouvait pas avoir de cœur.

Julien enrageait. Le baron avait soigneusement choisi la fille après enquête, connaissant l'apparence physique de feu sa fiancée.

C'était la raison du vol de la photo d'Anaïs à la Bastide des Oliviers.

— Ça, je ne le savais pas, Julien, je te le jure, sinon je n'aurais jamais accepté de te faire du mal. M'as-tu au moins aimée un peu ?

Il se détourna d'elle, dégoûté. Puis il proféra d'un ton sinistre :

— J'espère qu'en prime tu ne m'as rien refilé. Dire que je te faisais confiance !

— Je suis une femme cartée, une prostituée officielle, siffla-t-elle, et tu n'as rien à craindre pour ta santé, mon cher.

— Tu ne perds rien pour attendre, Odette. Je reviendrai t'apprendre les bonnes manières, et ce n'est pas du plaisir que tu auras, crois-moi !

Le regard qu'il lui jeta la glaça. Sur le mur où se dessinait Odette, le soleil derrière les persiennes projetait une ombre chinoise. Julien perçut les contours d'un cygne et prit ses jambes à son cou.

Cette fille était son plus grand atout. En même temps que le baron l'avait poussée dans les bras du Provençal, il avait infiltré le ver dans le fruit, ouvert de fausses pistes qui le retarderaient ou l'obligeraient à dévoiler ses plans. Tout ce qu'il avait donné comme faux renseignements à Odette, elle l'avait répété à Fabrègue.

— Heureuse d'avoir pu vous rendre service, monsieur le baron, fit-elle, le visage défiguré et vieilli par les larmes.

Von Schober jubila.

46

Le duel

Assis à la terrasse de la brasserie Saint-Jean, le baron von Schober déclara fielleusement :

— Le trésor des Nibelungen, cent quarante-quatre chariots remplis d'or, d'argent et de pierres précieuses... Il continue à faire des envieux, et jusque dans nos rangs. Et à porter malheur.

— A nous, il ne nous arrivera rien, dit Moser avec assurance.

— Kriemhild était ivre de vengeance contre Hagen, continua le baron, sentencieux. Elle dépense l'or de Siegfried dans ce but, elle achète les puissants barons pour les dresser contre l'assassin de son époux. A la cour burgonde de Worms, Hagen a peur de cette vengeance, il dérobe le trésor et le fait jeter dans le Rhin par une nuit noire, du moins, c'est ce qu'il fait croire. Hagen paraît enchaîné devant Kriemhild, il ne veut pas révéler la cachette du trésor. Il est décapité.

— Comme quoi, avec les trésors, on perd toujours la tête, conclut Wittek.

— Il en est un, parmi nous, qui l'a perdue, constata sévèrement le baron.

Autour des chopes de bière, cinq visages étaient tendus vers celui du sixième, Theodor Wagner. Il avait aidé Fabrègue à s'enfuir et, trahi par le Sarde, attendait le sort qui lui serait réservé. Le châtiment était près de tomber. Sa parabole achevée, le baron pointa sur le prévenu un index vengeur.

— Quant à toi, Wagner, voici notre sentence : Tu es déclaré coupable d'avoir aidé à libérer Fabrègue. Par ta faute, le Français a progressé. En outre, tu es soupçonné d'avoir cherché seul le trésor, malgré notre pacte, avec un complice dont tu refuses de livrer l'identité. En conséquence de quoi, tu mérites la mort. Mais eu égard aux liens qui nous unissent et à ton rang, nous t'excluons du groupe. Pour ma part, j'oublierai jusqu'à ton nom et ton grade qui seront effacés des registres car ils ne sont plus dignes d'appartenir à notre confrérie des Frères de la Lumière. C'est pitié de voir la confrérie déshonorée ainsi. A cause de toi, notre réputation aurait pu être mise à mal et notre honneur entaché à jamais. Cela dit, t'exclure est une manière de parler qui ne concerne que la personne morale. Car pour ce qui est de ta personne physique, nous réglerons ça à l'ancienne. Quelqu'un a-t-il quelque chose à dire avant que le procès soit clos définitivement ?

De la table voisine, Odette Merlaud prit la parole d'une voix sirupeuse mais assez audible pour que tous l'entendent.

— Je sais qui est son complice, sa complice, devrais-je dire.

Le silence tomba. Les regards convergèrent vers le toquet en paille garni d'une touffe de roses et de deux ailes noires, puis des murmures montèrent.

— Elle se nomme Amélie Borrel.

— Es-tu bien consciente de ce que tu avances ? fit Alfons Moser. C'est une grave accusation que tu profères là.

— Qui oserait mettre ma parole en doute, moi, Odette Merlaud, meilleure espionne de votre chef, le très respecté baron von Schober, et plus pure Autrichienne que vous ? Oui, je vous l'affirme, cette femme a aidé Wagner à chercher le butin. Ne les avez-vous jamais vus en train de courir la montagne ensemble ? Sans compter que la fille fréquente le Provençal. Non seulement elle a essayé de me le prendre, alors que tous mes efforts pour le mettre en confiance commençaient à porter leurs fruits, mais elle est aussi une traîtresse à sa famille, en guidant un des vôtres dans ses recherches.

Un murmure parcourut le rang des Autrichiens. Wagner s'insurgea, proclamant que tout n'était que mensonges. Odette se réjouissait. Elle avait trouvé le moyen de se venger d'Amélie et de l'évincer du cœur de son amant. Elle abaissa sa dernière carte qui serait décisive et déclara trivialement :

— Faut lui faire son affaire, qu'elle ne puisse plus guider qui que ce soit dans la montagne !

— Tes accusations sont sérieuses, Odette, dit le baron. Si tu te trompes, tu sais ce qu'il t'en coûtera. Cette femme est une Française et nous sommes des étrangers. Ici, on n'a pas oublié qu'autrefois nous les avons vaincus et occupés. Pour en revenir à toi, Wagner, on va donc régler ça à l'ancienne. Tu as compris que fuir ne te servirait à rien, car je te retrouverai partout. Emmenez-le, vous autres ! On se retrouve dans le champ de Saint-Sigismond où nous réglerons notre affaire en toute discrétion.

Odette Merlaud jubila. Il lui avait fallu beaucoup d'eau de Carrare pour dégonfler ses yeux rougis par les pleurs. Et Julien allait s'en mordre les doigts.

Von Schober posa méticuleusement sa veste sur une branche de poirier et fit signe à Moser. Ce dernier apparut, tenant deux épées. Le baron était un fameux bretteur et bien que sachant honorablement se défendre, Theodor Wagner sentit son sang se glacer. Il comptait sur l'âge avancé du baron pour remporter la victoire.

— Si tu gagnes, tu as la vie sauve, siffla ce dernier. Mais je doute que cela arrive.

Les deux adversaires se jaugèrent longuement, tandis que leurs quatre compères retenaient leur souffle, puis ils se lancèrent l'un contre l'autre, la petite taille de Wagner compensée par son agilité et sa force quasi surnaturelle. Leurs épées se croisèrent et se heurtèrent à grand bruit. Attaques, fausses attaques, feintes, ripostes, coups de pointe. Theodor para un coup à la gorge, esquiva, feinta à la poitrine puis toucha le ventre de son adversaire. Von Schober beugla, le ventre barré d'une entaille sanglante. Essoufflé, Wagner parla :

— Baron, reconnais ta défaite, et nous sommes quittes !

— Je n'y songerai même pas, je serais un traître si s'y consentais.

Ils recommencèrent à croiser les épées, des étincelles jaillirent, le feu courut dans l'herbe sèche. Konrad Olbrich, qui faisait d'un œil le guet pour éviter la maréchaussée, eut un haut-le-cœur quand il vit son ami Theodor, désarçonné par son adversaire, mordre la poussière. Mais Wagner parvint laborieusement à se relever, puisa les dernières forces qui lui restaient et se jeta sur le baron. Il visa différents endroits du corps à une vitesse stupéfiante, comme une attaque de frelons. Les spectateurs se taisaient, retenant leur souffle. Le baron émit un ricanement de mauvais augure et se dressa devant son rival, trop confiant en sa puissance. L'épée de Theodor Wagner s'éleva vers le ciel, comme nimbée de lumière divine. D'un coup fulgurant, elle retomba sur le baron. Et s'arrêta juste au point de lui ouvrir le plastron qui se couvrit de sang.

— Misérable ! Tu ne mérites pas de vivre. Mais je te fais grâce. Reste avec ta honte et ta promesse, car je suis libre.

Wagner, vainqueur du duel, n'avait plus qu'à faire ses bagages et à déguerpir de l'hôtel. Mais il n'en resterait pas là. L'appât de l'or était plus important que de faire partie des Frères de la Lumière. Avant de partir, il fixa tour à tour dans les yeux ses anciens acolytes et clama :

— Adieu, frères ! A bientôt en Enfer !

Wagner disparu, Alfons Moser constata :

— Fabrègue a gagné. Il a une sacrée longueur d'avance. Il trouvera le trésor avant nous.

Von Schober esquissa une grimace de douleur puis un sourire et tapota sur la manche de Moser.

— Je n'ai pas dit mon dernier mot. J'ai encore un atout dans mon jeu qui va faire tourner la partie en ma faveur…

47

Les espoirs d'une paysanne

Julien Fabrègue avait trouvé une maison au Crêt, en dessous du Pommaray, non loin de celle où criait le pauvre fou squelettique. Il n'y avait rien d'autre à louer dans les villages, au plus près de ses recherches. A son arrivée, il avait entendu la propriétaire qui désertait son logis pour aller habiter chez sa sœur à Montcoutin dire : « J'ai passé la panosse pour le monchu, c'est beau propre. » Le coup de serpillière avait, en effet, eu à ses yeux un effet magique. La vieille Virginie Pommet avait rangé prestement ses chiffons et ses balais en biolle, des branches de bouleau. Elle fit visiter au riche Provençal son nouveau domaine : une écurie qui ouvrait de plain-pied par une large double porte, puis une pièce servant de cuisine et de chambre, avec deux minuscules fenêtres. Sous l'écurie, un tas de fumier avec les poules perchées, et en face de la maison, dans la petite cour, la chappe, la meule de paille. Un escalier extérieur montait à la galerie, une échelle au-dessus de l'étable joignait la large porte de la grange.

— Et pour se laver, où se trouve l'évier ? demanda Julien.

La vieille femme s'esclaffa, ce qui fit trembler son goitre.

— Y a pas d'évier par ici, mon beau monsieur. On va chercher l'eau au bacha, on la fait chauffer puis on la verse dans un cuveau ou une grande seille pour se laver. Et pour les cacatis, les cabinets quoi, c'est dehors. Pour votre lessive, si vous rajoutez un peu, je m'occuperai de ça. Et puis, je pourrai aussi faire votre manger, sans vous déranger, naturellement. Je serai discrète comme pas possible.

Pensant au pauvre hère dont le vent portait les clameurs, Julien demanda à sa logeuse :

— Dites-moi, madame Pommet, qui est ce pauvre homme toujours enfermé et qu'on entend crier ?

— C'est l'Octave, le dernier fils de la Phine Bonjean, un tarabé, un torlou. Il a encore de la chance d'être resté dans la maison de ses parents, parce que d'ordinaire, on les enferme dans un baraton au coin du jardin et on leur apporte à manger.

— Autre chose, fit Julien, il est possible qu'un de mes amis vienne dormir ici quelques jours.

La vieille le regarda d'un œil de fouine, comme si elle cherchait sous ces vêtements élégants et ces bleus au visage une trace de vice, d'amours contre nature. Puis elle se dit qu'il n'y avait qu'un lit et que de toute façon, dans le coin, on dormait souvent par deux ou trois dans la même couche pour se tenir chaud. Alors, au diable les préjugés !

— Faites seulement, ça dérangera que les souris, vu le monde qui vit ici.

Julien se félicita à l'idée que Berthomieux allait le rejoindre, dès qu'il serait sorti de l'hôpital, le temps de se refaire une santé. Le baron l'avait laissé salement amoché mais n'avait pas osé l'achever, de peur que les autorités locales ne fassent des recherches sur la disparition de l'archéologue valentinois. Pour cela aussi, il faudrait qu'il paye, et les deux amis ne l'épargneraient pas, le temps de la confrontation finale venu. Von Schober avait fait comprendre à Nez-de-Fouine que s'il croisait de nouveau son chemin, il ne le raterait pas, lui et son ami Fabrègue, et qu'il y aurait des représailles sur les gens des Millières et en premier lieu sur Amélie Borrel. Julien fut heureux à la pensée qu'il se rapprochait d'elle, ce qui faciliterait leur relation. Ils devraient cependant faire très attention, à présent, pour éviter de la compromettre.

Depuis sa rencontre avec Odette Merlaud, le doute s'était emparé d'Amélie, d'abord indicible, puis devenu lancinant. Et si Julien ne l'aimait pas vraiment ? S'il cherchait seulement à la séduire, à prendre son plaisir ? S'il allait repartir pour Brignoles retrouver une de ces Provençales élégantes et bien nées ? Pire, s'il était marié malgré ses dires ? Ce doute la torturait, lui faisait entrevoir des scènes bien noires où, invariablement, elle se retrouvait abandonnée. Amélie se mit à prier pour que le désir de Julien à son encontre ne faiblisse jamais.

En ce début d'après-midi, elle ne disposait que d'un court moment pour le rejoindre à la Pierre, ses absences étant de plus en plus difficiles à justifier. Il était accouru au-devant d'elle sur le sentier, et Amélie, essoufflée par la montée, se jeta dans ses bras. Il la cueillit contre sa veste noire, l'ensevelit dans son odeur rassurante, la serra sur sa large poitrine. Elle entendit son cœur battre d'une manière effrénée, autant que le sien qui était devenu fou dès qu'elle l'avait aperçu. Leurs bouches se cherchèrent éperdument. Elle était presque aussi grande que lui, il s'inscrivait dans son corps à elle, avec tout son désir d'homme. Il répétait avec une violence mêlée de tendresse : « Je te veux, je te veux. » Il la regardait encore et toujours, il la pressait contre lui, en riant. La vie les comblait, du bonheur à l'état pur coulait dans leurs veines. Des siècles s'écoulèrent avant qu'Amélie ne reprenne pied sur terre.

— Tu avais disparu, mon amour, et dans quel état je te retrouve ! Ces traces sur ton visage... Je croyais que tu ne reviendrais plus. Et cette horrible Odette Merlaud qui m'a dit que tu étais marié !

— Je t'aime, je veux que tu partages ma vie. Alors, tu es rassurée, là ?

Julien la serra contre son cœur, sa main chaude caressant sa nuque fragile où frisaient quelques doux cheveux dorés.

— Mon inquiète, tu croyais que j'allais t'abandonner ? Tu sais que j'ai loué la maison de madame Pommet, juste pour être plus près de toi. Mais laisse-moi le temps de trouver le trésor. Je fais ça pour nous, pour t'assurer une existence confortable à la Bastide, pour te sortir de là, pour que tu vives.

— Je n'aurai rien si je quitte les Millières.

— C'est bien pour ça que je dois mettre la main sur ce foutu trésor. Viens, ma douce !

Il cherchait à entraîner Amélie vers le talus tapissé de mousse.

— Pas ici, pas comme ça, murmura-t-elle, désolée.

— Alors, on a quand même le temps de parler un peu, dit Julien, contenant à grand-peine son désir. Tes parents préparent le mariage ?

— Tu veux vraiment me faire du mal, Julien ? J'ai pas envie de parler de ça.

— Pourtant, ça arrive, et il faut qu'on se dépêche. Tu ne m'as jamais dit comment il t'a demandée en mariage, Hippolyte.

— On peut pas dire que ce soit de façon romantique. Il est venu à la maison, il m'a demandée à mon père, et moi j'étais à peine au courant. Encore heureux qu'il n'ait pas fait ça comme d'autres, en envoyant un émissaire faire la demande à sa place !

— Je ne comprends pas pourquoi tu as accepté. Il devait quand même te plaire un peu.

— C'est vrai qu'il est plutôt beau gosse, Hippolyte, et puis ça avait tellement l'air de soulager mon père. J'étais une belle naïve.

Assise sur l'herbe, Amélie se mit à penser aux villages d'ici où on unissait les enfants mais surtout les terres. Les biens avaient été si morcelés par les partages que les mariages devenaient le plus sûr remembrement. Aux Millières, comme dans toutes les montagnes de Savoie, en mariant les cousins germains, munis bien sûr d'une dispense religieuse, on alliait les hectares, et Amélie en était une des victimes. En même temps que sa fille, le père allait marier les terres qui se jouxtaient. « Il m'a vendue comme on cède un mouton. » A cette pensée, Amélie était encore envahie par le chagrin et l'humiliation. La voix de Julien la tira de ses amères constatations.

— Tu veux m'épouser ?

— Je n'ai jamais rien voulu aussi fort, déclara Amélie, pleurant de joie dans ses bras.

Au bout d'un moment de silence pendant lequel Julien, absorbé dans ses pensées, jouait avec son couteau, le plantant avec adresse dans la terre, il releva la tête et lui dit d'une voix changée :

— Ecoute, Amélie ! Il y a quelque chose que je dois te dire.

Elle se rétracta d'un coup. Il comprit à son attitude ce qu'elle imaginait.

— Non, non, ne te méprends pas ! Il ne s'agit pas d'une femme. C'est à cause du trésor que je cherche dans ces montagnes.

Elle resta devant lui, saisie d'étonnement, la bouche légèrement entrouverte sur ses dents pointues.

— Mais je ne comprends pas. Qu'est-ce que ça a à voir avec nous ? Avec notre mariage ?

— J'y viens, mon amour. Surtout, fais attention quand tu vois rôder des gens et plus encore les Autrichiens ! Et ne parle à personne de l'avancement de mes recherches, pas même à ceux auxquels tu fais confiance ! Je sais que tu es maligne, mais ça ne suffira pas.

— Tu devrais en parler avec mon frère Cyprien. Il est droit et honnête.

— Pour l'instant, tu te tais, Amélie. Ça pourrait être dangereux pour toi aussi. En dehors des Autrichiens, il y a ici des types qui seraient prêts à tout s'ils savaient que j'ai découvert quelque chose. Tu m'as bien compris ?

— C'est qui les types dont tu parles ? Tu peux pas m'en dire plus ?

— Non, ça te mettrait en danger, et ta famille avec toi. Tu as ta petite vie bien tranquille.

Elle se cabra.

— Qu'est-ce que tu en sais ? Ne te fie pas aux apparences ! J'ai envie d'autre chose, je pourrais même vivre dangereusement.

— Laisse-moi le danger !

Puis elle se radoucit, posa sa joue contre sa veste et soupira :

— J'ai peur pour toi.

— Ne t'en fais pas pour moi, mon amour ! Pense plutôt à nous quand on vivra ensemble à la Bastide des Oliviers. Tu la décoreras comme tu le souhaites et tu verras, tu t'entendras à merveille avec Magali. Elle râle tout le temps, mais elle a bon cœur.

Julien avait dit cela comme une évidence, puis il se rappela avec horreur que sa servante avait été assassinée et qu'elle n'accueillerait jamais la nouvelle maîtresse de la Bastide des Oliviers.

En redescendant au Pommaray, Amélie parvint à chasser peu à peu la crainte qui lui nouait le ventre. Avec l'impérieux besoin de se rassurer elle se mit à réfléchir à son futur mariage avec Julien. « Tout ce que je veux, c'est lui dire oui, être dans ses bras pour toute la vie à venir, finir mes jours auprès de lui. Ses amis me trouveront peut-être paysanne, mais c'est moi qu'il a choisie, pas une de ces Provençales mijaurées. » Elle s'imagina en belle tenue citadine. Il admirerait son élégance, sa robe. Une comme celle que portait cette cruelle Odette. Mais la réalité vint chasser le rêve. C'était avec Hippolyte qu'elle allait se marier.

Elle ne connaissait qu'à peine son prétendant pour l'avoir croisé une fois au chef-lieu et lui avoir accordé une danse à une vogue, sous l'œil vigilant de ses parents. C'étaient ses parents à lui qui lui avaient demandé : « Ta cousine, la Mélie, est-ce que tu la veux ? » Il avait dit oui, comme d'autres auraient dit non. Certaines mauvaises langues colportaient : « Les parents, ils ont bien tout réfléchi, ils sont cousins et en plus voisins de terres. Alors, c'est idéal, vous pensez !

Pourtant, elle est pas tant riche, la Mélie. Avec son père qui fait pas de bonnes affaires dans les miaules. »

Les garçons et les filles de la nouvelle génération devaient encore déployer des trésors d'inventivité pour parvenir à se rencontrer, en se cachant des parents ou de voisins trop curieux, évitant les remontrances d'un curé rigide. Ils se retrouvaient le dimanche à la messe, aux vogues, aux bals de villages et aux repas de conscrits. Et quand les garçons faisaient carnaval, ils se rendaient là où ils étaient sûrs de trouver des filles. Amélie soupira : « Ce sont les parents qui font le mariage, qui disent qu'il faut trouver celui-là. Les riches marient les riches et les pauvres les pauvres. Ça serait tellement mieux si c'était les filles qui s'aimaient avec les garçons. »

Pour épouser un officier ou un homme de statut social élevé, il fallait une grosse dot pour tenir sa maison et son rang, et c'était impossible pour une femme comme Amélie. « Je marierai un monchu, *on Parijun* », insistait-elle pourtant, imaginant un Parisien. Elle voulait aussi devenir *maîtra d'écoula*, institutrice, comme Philippine Métraux. Mais par fierté, Hippolyte ne le souhaitait pas. Il disait gagner suffisamment sa vie.

En principe, les fiancés appartenaient à la même commune et plus encore au même village, et les unions étaient souvent sans surprise. Les villages de l'adret et de l'ubac ne s'accordant guère, ceux du versant du soleil regardaient de travers celui qui allait chercher une épouse au versant de l'ombre. Si un de chez eux réussissait à embarquer une fille du versant des Bauges ou vice versa, on tendait une barricade ou une barrière symbolique devant la future mariée que son promis devait franchir.

« Et puis, ils ont la crainte que leur progéniture soit tarabée », expliquait la grand-mère Octavie, pensant à ceux du versant d'en face.

Amélie Borrel s'était toujours sentie étrangère aux Millières, elle n'avait jamais pu s'y faire accepter. Ce n'était pas faute d'avoir essayé. Mais elle était la petite-fille d'Eléonore Bochet. Ici, la terre se montrait dure. Ici, la femme était souvent moins considérée qu'une génisse. Elle n'osait imaginer ce qu'une femme adultère, au su de tous, subirait dans ce coin de montagne aux mentalités enracinées dans un terroir moraliste. Sans compter qu'aucun secours ne pourrait être cherché auprès des femmes, trop soumises au curé et à la religion, terrifiées par l'enfer et des siècles de joug masculin. S'aimer ne dépendait encore que de la chance.

Un mois avant le mariage, on avait emmené Amélie à Albertville acheter les traditionnels bijoux en or, la croix aux extrémités trilobées et ciselées ainsi que la chaîne avec le cœur, l'alliance et la bague de fiançailles. Elle était la fille aînée, aussi sa mère lui avait-elle transmis le costume du pays, mais on lui avait acheté un châle rouge en soie brodé de fleurs noires, et comme sa belle-famille voulait montrer sa générosité, Amélie avait eu en prime le sac à main, le chapelet et le livre de messe.

Amélie Borrel allait passer le restant de ses jours avec un homme qu'elle n'aimait pas. Une éternité pour les femmes comme elle qui n'étaient pas de la terre, qui rêvaient d'une tout autre existence et sur lesquelles la vieillesse fondrait un jour sans que rien ne fût jamais venu changer l'ordinaire des jours.

48

La faiseuse d'anges

— Passe-moi les langes ! dit Célestine, les désignant à Amélie.

Cette dernière regarda sa belle-sœur qui changeait son nouveau-né avec les gestes séculaires des femmes savoyardes. Jusque vers trois mois, les enfants étaient emmaillotés dans des langes taillés dans de vieux draps de chanvre, puis ficelés avec une bande comme de pauvres petites momies, les mains, les bras, les épaules, parfois même la tête. Parce qu'en hiver, on ne chauffait pas les chambres et qu'en plus, il fallait qu'ils fussent bien tenus serrés pour ne pas avoir plus tard les membres arqués et les pieds en dedans, hantise des mères. Parce qu'il n'était pas profond, ils étaient attachés par une courroie dans le berceau sculpté de motifs religieux et de dates. Quand ils arrivaient à tenir la tête, on la leur débandait, puis on leur laissait les mains libres, on leur lâchait les jambes progressivement. Cela durait bien une année, ensuite les mères les habillaient d'une robe et d'un bonnet en coton.

— Il arrête pas de piouler, je sais pas ce qu'il a, soupira Célestine.

— Il doit avoir faim.

La jeune mère sortit un sein rebondi auquel le petit François s'agrippa. Elle l'allaiterait comme ses quatre autres enfants jusqu'à deux ans, et quand elle n'aurait plus de lait, elle lui donnerait à boire du lait de vache coupé d'eau. Elle confia le minuscule poupon à Amélie, le temps de lui faire faire son rot. Cette dernière pensant à sa progéniture à venir se sentit tout émue de tenir son filleul contre elle un instant, de respirer sa fade odeur de lait. La peur la saisit, à l'idée que Julien Fabrègue avait pu lui faire un enfant. Leur amour était si fort.

Amélie déposa le bébé emmailloté dans le bri, le berceau à côté du lit. Le tout petit garçon était bien au chaud sous une couverture, allongé sur une minuscule paillasse de toile que sa mère remuait chaque jour pour l'assouplir. De chaque côté de la bercelonnette d'osier, des boutons retenaient un cordon de laine tressée tricolore. Au-dessus, un voile blanc tenu par deux arceaux filtrait la lumière du jour et éloignait les mouches, avec une médaille épinglée pour protéger le bébé et la cocarde bleue qui montrait que c'était un garçon.

Son filleul avait été baptisé dès sa naissance, de peur qu'il ne soit damné s'il venait à mourir avant. Si une semaine s'était écoulée, le curé ne voulait plus sonner. Cyprien avait mené leur mulet au chef-lieu avec le parrain et la marraine sur le traîneau. Tout en cheminant, il encourageait la vieille bête :

« Ardi, viu bétchan ! On doit confier cette âme à Dieu et faire plus vite que le Diable... »

Après le baptême ils étaient remontés au Pommaray chez les Borrel. Célestine avait posé sur la table couverte de la nappe blanche de fête des pognes, une bouteille de vin de noix et des verres, pour les parents, le parrain et la marraine. Cyprien leur avait offert la soupe au fromage, le bouillon du pot-au-feu, puis la viande de bœuf dans sa marmite et le riz cuit dans le bouillon. Au dessert, Célestine avait sorti beignets cordés et rissoles, servi du café infusé et de la gnôle de pays.

Célestine Avrillier, l'épouse de Cyprien, était native du village d'Esserts-Blay. Elle n'oublierait jamais son arrivée dans ce hameau inconnu, elle qui n'était jamais sortie du sien. Pas rassurée du tout, son baluchon contenant ses maigres affaires à l'épaule, la jeune mariée avait découvert son nouvel univers. Devenue Borrel, Célestine n'était pas allée accoucher à la ville, la rage au cœur, pour ne pas braver l'opinion. Cela aurait été très mal pris par ses commères : « Elle se croit pas rien, cette effrontée. Même son gosse, il serait pas mieux que les nôtres si elle le faisait à Albertville. »

Certains hivers, des femmes des villages les plus hauts mouraient encore d'hémorragie, faute de soins, parce que le docteur ne pouvait monter par ces chemins enneigés aux congères infranchissables. Elles se vidaient sur leurs paillasses, s'essuyaient le ventre avec un morceau de drap déchiré, et si elles ne mouraient pas d'hémorragie, c'était de septicémie à cause du purin à proximité. Augustine Humbert, la matrone, en avait vu de ces femmes hurlant de douleur, de ces pauvrettes dont le souvenir la hantait. Après avoir mis un enfant au monde, Augustine coupait le cordon ombilical avec son couteau, puis elle enterrait profondément le placenta dans un coin du jardin, loin du flair des chiens. Elle trempait une serviette roulée dans un bassin rempli de vin chaud à la cannelle et en frottait le bébé. « S'il crie fort, c'est qu'il est bien vivant ! » Puis elle l'emmaillotait jusqu'au cou et le posait dans le lit au côté de sa mère.

« *Quinta brévé ptuita vos avé !* Quelle belle petite vous avez ! Voilà, je m'en retourne ! disait-elle, sa mission accomplie. Et surtout, tu ne touches pas à l'eau froide ! »

La femme promettait. Mais quand on n'avait pas d'eau à la maison et qu'il fallait aller au bassin, faire la lessive des couches, même en plein hiver...

Célestine, qui avait à peine trente ans, pensa qu'elle avait déjà donné la vie à cinq enfants. Le curé Guérin lui avait seriné : « Remercie le Seigneur de t'avoir donné tous ces enfants et tant d'occupations, ainsi tu ne succomberas pas à la tentation ! » Elle se rappela aussi les débuts de sa grossesse.

« Tu es enceinte », lui avait dit Eléonore, quand elle l'avait examinée.

A cette annonce, stupéfaite et affolée, elle avait posé une main sur son ventre. Son ventre qui commençait à porter le fruit des assauts du Rossé. La guérisseuse s'était tournée vers l'épouse de son petit-fils et avait déclaré :

« Si tu veux pas de ce gosse et que t'as besoin de moi, tu sais où me trouver. »

Célestine hésitait à lui poser la question qui lui brûlait les lèvres, celle qui pourrait valoir le châtiment de Dieu et celui de l'Eglise.

« Est-ce que vous l'avez vraiment fait pour d'autres femmes ?

— Bien sûr ! Qu'est-ce que tu crois ? Si j'étais pas là, ainsi que d'autres femmes de mon espèce, vous toutes auriez des ribambelles de gosses et vous mourriez en couches plus souvent qu'à votre tour. »

Eléonore, la vieille guérisseuse du Pommaray, aidait les femmes à ne pas tomber enceintes, et il lui arrivait d'être faiseuse d'anges, sous le sceau du secret, lorsque la fille n'était pas mariée ou avait déjà trop d'enfants. Au début des grossesses, elle leur faisait boire une décoction d'armoise, de persil, de mélisse ou de colchique.

« Si ça vient aux oreilles du curé ou des perdreaux, mon compte est bon, disait-elle à Célestine.

— Je vous promets de garder votre secret, grand-mère. J'y ai tout autant intérêt que vous. »

« Ceux et celles qui ont aidé la faiseuse d'anges vont comprendre leur douleur et dans pas longtemps ! Le Ciel ne peut pas permettre ça plus longtemps. Y aura une justice ! » clamaient à qui voulait l'entendre des hommes et des femmes du chef-lieu et du Pommaray, ceux-là mêmes qui condamnaient tout écart à la morale, à la religion et aux mœurs immuables du pays. Ce que soutenait fermement l'hypocrite Antonine Blanc.

Célestine frémissait à la pensée de ce qu'ils pourraient faire à la vieille Eléonore.

49

Les peurs ancestrales

Marie-Eugénie Besson pilait des framboises pour en faire des confitures. D'un coup, la vision du jus écarlate lui évoqua celle du sang. Elle laissa tomber sa toupine en terre et porta les mains à son ventre. C'était un funeste présage. Elle tripota nerveusement à son cou la croix et la médaille du pèlerinage de Myans. Relevant la tête, elle aperçut le cortège qui se rendait chez elle. Le Croué et le Sira portaient Mathurin. Les genoux vacillants et la tête lourde d'avoir trop gâché de plâtre pour le crépi de l'écurie des Mercier, et surtout d'avoir trop fouillé la montagne, le maçon était tombé du sentier entre les rochers. Il était pâle et tremblait de tous ses membres. A leurs côtés, Just Bozon se dandinait d'un pied sur l'autre, cherchant une contenance.

— Arrête de bouger comme ça, Grou Djian, tu me files le tournis, ordonna Félicien Viard.

— *Ekuta*, la Génie ! Ton homme a une blessure béante à la tête, autrement dit le crâne fendu, annonça Séraphin Nantet.

— Malédiction ! soupira la Génie, en s'arrachant les cheveux. Je le savais. C'est la malédiction du 28 juin.

— Notre père a le crâne fendu ! crièrent les enfants.

— Faites venir le Guste sur-le-champ ! dit Séraphin.

Le Ghistin, fils aîné des Besson, partit ventre à terre en direction du chef-lieu et de la maison du docteur. Auguste Mermoz, après avoir attaché son mulet à brouter devant la maison et sorti sa sacoche, ôta son grand chapeau. Il palpa la blessure du Viardasse, trouva quelque chose d'inquiétant sous les doigts, quelque chose qui ne semblait pas à sa place et dans l'équilibre des choses. Le blessé tremblait beaucoup, il saignait du nez et des oreilles, son cou était raide. Le Guste se rappela le traité de médecine. Il ordonna à l'épouse :

— Demande à ton homme de regarder ses épaules et sa poitrine !

Mathurin, le visage aussi blanc que la poussière du plâtre et du chemin qui le recouvrait, ouvrit un œil cerné de mauve où le sang avait séché en croûtes.

— Naturellement, il ne peut pas, constata le médecin avant d'énoncer l'évidence. C'est très mauvais signe.

Il lui banda la tête et expliqua aux amis de Mathurin et à sa femme anxieuse :

— Il faut l'envoyer à l'hôpital d'Albertville. Mais pour l'instant, il n'est pas transportable, la descente le tuerait. Il faut attendre de voir s'il est arrivé à un point décisif.

La Génie n'osa pas demander ce qu'il considérait être le point décisif. Puis le Guste ajouta :

— Maintenant, c'est à la grâce de Dieu. Comme dirait le curé, s'il ne s'en sort pas et qu'il a le cœur du juste, Jésus le prendra avec lui dans l'éternité.

En attendant de pouvoir l'envoyer à l'hôpital, le médecin prescrivit de la salicyline, à base d'écorce de saule, et le repos absolu, et demanda une poule en guise d'honoraires. La Génie se confondit en remerciements, sachant cependant qu'elle n'allait pas tarder à être veuve et donc débarrassée de cette engeance de Mathurin. Le pire serait de rattraper le linge et la chemise souillés.

— Ça ne va pas être facile, marmonna-t-elle. Avec tout ce sang...

Il lui faudrait frotter à la lessive le linge de Mathurin, une chemise sale et rougie, et un pantalon plein de bouse qu'elle devrait d'abord mettre à tremper un jour dans de l'eau bouillante mélangée à du sérum de sérac, la recette des montagnards. « *I la via !* C'est la vie », murmura-t-elle.

« La recluse donne des signes d'agitation, on n'est pas loin du 28 juin », constatèrent les gens des Millières.

On approchait de la date fatidique où se produisaient chaque année de mystérieux événements, et la tension montait dans l'attente de leur apparition. Octavie Borrel dit à Amélie :

— Les phénomènes mystérieux ont lieu tous les 28 juin, date anniversaire du passage des Autrichiens. Allons au Crêt voir la Phine Bonjean ! Elle a mieux de mémoire que moi.

Des choses terribles étaient advenues le mois suivant le passage des Autrichiens, après la bataille de L'Hôpital. L'eau des ruisseaux était devenue trouble, l'air s'était chargé de miasmes putrides. Les mouches avaient proliféré et les araignées s'étaient multipliées, le feu avait pris dans la sacristie de l'église du chef-lieu, l'eau du bénitier s'était évaporée, et chacun y avait lu un funeste présage. Des messes avaient été données par le curé de l'époque qui avait recommandé trois jours de prières et d'offrandes, mais le Diable était resté dans le village. On l'entendait encore, les soirs de nouvelle lune, mugir et ourler de lueurs phosphorescentes les toits de l'église et du presbytère. La rumeur courait le pays, on avait vu Satan et les créatures blondes en cuirasses qu'il avait asservies courir les sentiers et les forêts de sapins, y allumer de mauvaises vapeurs rougeâtres et empoisonner les sources. Un dieu ancestral et borgne était apparu, et son char maudit avait emporté, en grinçant, les nombreuses âmes d'innocents morts de maladie tout au long de ce mois. On racontait qu'au bord des lacs de montagne, on avait vu des wuivres.

Au bout du chemin herbeux, Séraphine Bonjean et l'odeur des bêtes les accueillirent.

— Entrez seulement ! dit l'Ancêtre avec un grand sourire édenté qui se voulait amical.

Elle était la plus vieille avec l'Octavie Borrel et le Joseph Blanc, et savait bien des choses de l'ancien temps.

— *Commint què tout què va, la Phina ?* demanda hypocritement la grand-mère Octavie.

— *Bin, yé va !*

— Raconte, toi, t'as mieux de mémoire que moi !

— Chaque année, y a quelque chose, fit l'Ancêtre, en se signant. La malédiction a commencé juste après la venue des Autrichiens par nos montagnes et ce qui s'est ensuivi.

Elle se mit à énumérer tous les malheurs qui s'étaient abattus :

— L'hiver de 1815, horriblement long, d'octobre à mars, il a neigé presque tous les jours, on pouvait plus sortir des maisons. Après, ça a été la pluie, on devait mettre les récoltes de blé sur des fagots de bois à la grange, mais le blé a germé et le pain était fichu. Ma mère m'a dit qu'on mangeait des herbes et la résine des sapins. C'était encore pire. Le 31 juillet 1816, l'Isère en crue a submergé totalement une partie de la Combe de Savoie jusqu'à Grenoble. Après, il y a eu le tremblement de terre, le 11 mars 1817, que c'était. Vent violent, avalanches, et ça a fait fendre la voûte des églises. Il paraît que les glaciers craquaient à Chamonix. J'vous passe les inondations et les ponts emportés. Et comme si ça suffisait pas, voilà qu'on a eu le typhus, la même année et que ça a continué jusqu'en 20. C'est pas Dieu possible ! *Y'ê pâ djiu possible !*

Amélie se retint de lui dire que toute la Savoie avait subi la même chose et que les autres n'étaient pas responsables du massacre des Autrichiens. Sans compter que ces événements n'avaient pas tous lieu autour du 28 juin, mais se répartissaient dans l'année. La Phine, puisant dans son inaltérable mémoire et comptant sur ses doigts, continua sa litanie.

— Alors, 1825, noyade dans l'Isère de la Claudine du Moutonnet. Le Gaspard de Montermont, écrasé par une charrette qui s'était renversée. Le Ghistin du Crêt, retrouvé pendu dans la grange et qui semblait s'être vilainement débattu. Le Glaude du Pommaray, brûlé vif dans l'incendie de sa grange, en 45. Le sacristain Jean-Marie, écrasé par une cloche à Paris où il avait émigré, mais natif du pays, donc ça compte. La Çoise, étouffée par un noyau de cerise, l'an passé. Et pis hier, ça a été au tour du Viardasse qui s'est fendu le crâne. J'en ai encore froid dans le dos. *E m'a fé frê djin le fi dé rin.*

Elle en rajoutait, et même les morts avant 1815 y passaient. Comme si le malheur pouvait être rétroactif. L'épidémie annonciatrice de catastrophe, l'épizootie de 1814.

— On a eu la fièvre aphteuse qu'a détruit du bétail, les pis ulcérés et tout. Mais on a fait le fromage quand même.

La vieille saisit Amélie par les pointes de son châle et la secoua, en clamant d'une bouche édentée et plissée en étoile au pourtour, exhalant une haleine redoutable :

— Ne comprends-tu pas que ces phénomènes viennent chaque année à même date ? Nous sommes maudits pour ce que nos parents ont fait.

Toutes ces horreurs intervenaient autour du 28 juin, fête anniversaire de la bataille de L'Hôpital, jour où des aïeuls de certains villageois au visage placide avaient massacré les Autrichiens pour les dépouiller de leur or après les avoir attirés dans un piège. Et pour la Phine, cette année 1892 semblait être un « bon cru ». Elle parlait à qui voulait l'entendre de prodiges qui se racontaient, enflant de village en hameau. Elle avait entendu des voix inconnues et menaçantes traverser l'espace comme le tonnerre et des tapages pires qu'un renard dans la polaille. Des croix étaient tombées des murs des églises et des chapelles. Dans les champs des Millières, de la plaine de Monthion et jusqu'à Sainte-Hélène et Grignon, des bornes s'étaient retrouvées à grande distance de leur emplacement d'origine.

Et voilà qu'apparaissaient sur les portes des mairies des chefs-lieux des signes inconnus que les savants appelaient des runes. Des tas de crapauds s'amoncelaient devant les églises et les chapelles, et se putréfiaient. Certains, encore vivants, s'enfuyaient, comme possédés du Diable. Des taureaux pris de folie s'échappaient des enclos qui ne pouvaient plus les contenir. Et pour finir, les chiens se battaient entre bandes. Ils descendaient des pâturages où ils avaient gardé les troupeaux. A heure fixe, chaque jour vers quatre heures, ils sortaient des fermes et se rassemblaient, puis allaient affronter en batailles rangées ceux du village d'en haut. Ces batailles avaient lieu à mi-chemin entre les Millières et le Pommaray. Certains revenaient avec une oreille déchirée, le museau entaillé, voire une patte cassée, mais dès le lendemain, ils remettaient ça. Ces combats sanglants les laissaient parfois estropiés, au point que leurs propriétaires devaient les attacher. Hippolyte avait dû trouver une chaîne plus épaisse pour Clairon. On accusait la sorcière d'avoir envoûté des villageois dont les âmes désincarnées revenaient prendre possession des chiens afin de régler d'ultimes comptes.

Fardinand le Roan, qui se trouvait dans son jardin, fit remarquer au Guste :

— Tu vois l'aigle qui passe au-dessus de la maison ?

— Oui, il me semble que ça n'a rien d'extraordinaire.

— Eh ben, je le vois tous les jours à la même heure, comme s'il me cherchait.

La rumeur se répandit qu'un aigle tournoyait au-dessus du corti du maire à heure fixe. Sans compter que lorsqu'il était au jardin, le Roan entendait des plaintes émanant des murgiers comme s'ils étaient vivants.

« *Qué pou ben s'passa* ? » se demandaient les gens du pays des Millières.

« C'est la faute de la Nore », dirent-ils d'abord. Mais on ne pouvait pas l'accuser de tous les maux et étrangetés, et on connaissait ses pouvoirs. Ceux-là la surpassaient. Pour se protéger, les gens priaient la Vierge et saint Michel qui avaient des chapelles consacrées sur les hauteurs des montagnes. Et ils se réunissaient les uns chez les autres, comme si resserrer les rangs pouvait les sécuriser.

Quant à Amélie Borrel, elle priait pour que rien ne retarde Julien et qu'il vienne la chercher au plus vite. Il y aurait sous peu, aux Millières, un scandale dont on parlerait longtemps et qui éclipserait, un temps, la malédiction du 28 juin.

50

Les deux promis

En ce dimanche de la Fête-Dieu, la foule se pressait dans l'église de Notre-Dame-des-Millières jusque dans le chœur, certains agenouillés devant la statue de la Vierge, comme si elle pouvait les protéger ou leur accorder son pardon. Les plus nantis avaient leurs chaises avec plaques à leur nom, payées avec le denier du culte. Seules les femmes s'y asseyaient, les hommes restaient debout avec les chantres. Les femmes en grandes robes noires, châles de soie qui couvraient le corsage blanc, coiffes savoyardes blanches ou noires, roulaient frénétiquement les grains de leurs chapelets. Toutes les confréries s'étaient réunies pour l'occasion, tant l'heure était grave. Celle du Rosaire pour les jeunes filles en blanc, confrérie du Tertiaire pour les femmes et du Saint-Sacrement pour les hommes en bure blanche et bannière rouge, sans oublier les sonnettes.

Si les villageois avaient des griefs les uns contre les autres, la religion les tenait tous ensemble pour un temps, surtout en cette période maudite.

Amélie attirait les regards, ceux malfaisants de certaines vieilles femmes, jaloux chez les plus jeunes. Dans les rangs des hommes, Victorin Brunet la dévorait des yeux ; elle le sentait comme une brûlure sur elle. La jeune fille leva la tête et regarda son père en costume noir, fine cravate, col droit et raide, cheveux et moustaches lustrés, puis ses yeux se portèrent sur la lampe rouge suspendue sous la voûte. Il lui sembla qu'elle se balançait, projetait des feux rubis sur les quatre arcades gothiques latérales et lui désignait un endroit de l'église. Le tableau du berger aux quatre moutons et au cygne, comme elle l'appelait. Satisfait de voir autant d'ouailles rassemblées, le curé Guérin y alla de son sermon en commençant par les tancer vertement :

— Vous travaillez le dimanche à vos champs, au lieu de venir à la messe. Mais quand la menace rôde, vous voilà comme les moutons rentrant à la bergerie sous l'aile protectrice du bon pasteur !

Son entrée en matière ayant fait son effet et tous les paroissiens ayant piqué du nez sur leurs missels, l'abbé continua, emporté par une inspiration qu'il jugea quasi surnaturelle.

— Des signes sont apparus, mes frères, et je les ai déchiffrés d'évidence, grâce à la mansuétude du Ciel. Cette messe avant la fatale et incontournable échéance du 28 juin réunit les fidèles et nous rend solidaires pour lutter contre les émissaires de Satan qui nous menacent.

A ces mots, toutes les chandelles de l'église furent soufflées et toutes les lumières s'éteignirent. Après un instant de stupeur, Gervais Guérin reprit sa diatribe dans le noir :

— Repentez-vous ! Le péché est au pied de l'arbre à cause d'Eve. Contemplez la faute de votre grand-mère impure ! Faites repentance ! Les quatre cavaliers de l'Apocalypse se sont manifestés sous des formes invisibles aux profanes, mais nous avons su les reconnaître. Le premier, le Christ sur son cheval blanc qui représente l'Eglise, le deuxième qui symbolise la guerre, le troisième la famine, le quatrième la peste. Nous avons subi ces trois fléaux successivement au cours des siècles, mais ce n'était rien en comparaison de la Révolution française. Et puis un cinquième fléau pèse sur nos têtes. Cela ne vous dit rien, mes frères ?

— Ben non ! clama la foule des fidèles abasourdis.

— Regardez mieux, si Dieu et ses clercs vous ont accordé l'intelligence de savoir reconnaître les incarnations du Mal ! Le Mal qui est déjà là, sous la forme d'Eléonore Bochet.

Entendant ces belles et savantes paroles, les mécréants se repentaient, regrettant de ne pas avoir lu et appris d'abondance auparavant. Ceux qui ne savaient pas lire se les faisaient expliquer. Le prêtre regarda ses ouailles avec satisfaction, tout en pensant à la visite prochaine de monseigneur Leuillieux et au bon chapon que leur ferait rôtir sa servante Marie. Sans oublier le vin. Originaire de Chambéry, il se rappelait trop bien comment il était arrivé dans cette paroisse, tout jeune prêtre, dans ces villages oubliés de tous, même de Dieu.

Dans son annexe de l'église des Millières, le curé Guérin s'adonnait sournoisement au trafic de messes et de vin. Il avait déjà réussi à vendre à prix d'or à des monastères des barriques de piquette de Farette, sous l'appellation Chignin et Apremont. Le samedi saint, il était venu bénir les maisons, hiératique en aube et surplis, le goupillon en main. Chez les villageois, il avait saisi le rameau de buis qui trempait dans un verre d'eau bénite et avait signé avec les quatre coins de la maison, en priant. Ses ouailles mettaient alors dans son cabas, qu'il n'avait pas oublié d'apporter, deux œufs frais du matin, et les plus riches une tomme. Cet été, il prendrait son courage et sa soutane à deux mains, monterait aux alpages avec le sacristain et un mulet bénir les bêtes, et là il ramasserait encore du fromage. Avec l'argent que cela lui rapportait, il espérait remplir ses coffres et son garde-manger, les deniers de l'Eglise se faisant rares, plus encore les dons des populations locales davantage désireuses d'aller au café que de remplir les corbeilles de la quête du dimanche. L'abbé reprit ses admonestations :

— Et je vous rappelle qu'il faut impérativement être à jeun pour communier.

Amélie pensa à sa sœur Thérèse qu'elle avait vue goûter le lait de son bébé, pour savoir s'il était trop chaud. Elle-même, une fois, en descendant du Pommaray à la messe, avait aperçu de belles framboises dodues et veloutées. Elle les avait ramassées et mangées avec délices, sans se douter qu'elle ne pourrait plus communier. Et comment annoncer au curé Guérin : « Je n'y ai plus pensé » ? Elle eut des scrupules à participer à cette communion, car sa relation avec Julien la mettait en état de péché.

La sortie de la messe vit curé, chantres et enfants de chœur au milieu des bannières et falots, ces vessies de porc séchées contenant une bougie, le grand encensoir d'or agité frénétiquement et répandant des nuages odorants. Les chants sortirent de toutes les gorges, et le roi Fardinand, pourtant fervent républicain, ne fut pas en reste. « De Marie, qu'on publie et la gloire et les grandeurs ! Qu'on l'honore, qu'on l'implore, qu'elle règne sur nos cœurs ! »

La Dandine se baladait dans ses sabots vernis, avec sa longue robe usée, son châle blanc à la laine ébouriffée, ses grands yeux noirs au milieu d'une frimousse rose encadrée par deux tresses bringuebalant sur ses épaules. Elle reprit le refrain à contretemps, mais pour une fois, personne ne lui en tint rigueur. Les gens firent le tour du village en procession, chantant des litanies, et quand tout le troupeau des ouailles fut purifié sous le regard du bon pasteur, les femmes portèrent leurs enfants pour la distribution des médailles bénites que le curé dispensa comme la manne céleste. Amélie se détourna de ce spectacle, pleine de pitié pour ses consœurs.

Après la cérémonie, les hommes ne se firent pas prier pour aller trinquer au café, la rapidité de leur retour à la maison étant fonction du nombre de verres de vin ingurgités. Si, le dimanche, les femmes allaient à la messe, beaucoup d'hommes se rendaient au bistrot Pernet. Certains venaient quand même faire un rapide acte de présence à l'église, hypocrisie oblige, mais en sortaient très vite pour se rendre dans leur chapelle à eux, et ce n'était pas de l'eau bénite qu'on y servait. Les hommes descendaient verres et chopines de vin autour des tables où ils jouaient des parties acharnées de dames ou de cartes. Il y avait de la soûlerie dans l'air, forcément. Les femmes attendaient devant la porte, avec une patience angélique, que leurs époux en aient assez et veuillent bien les suivre à la maison pour le repas. Les grenouilles de bénitier et les plus âgées ne manquaient pas de s'offusquer de l'irrespect de ces hommes.

Au café Pernet, les hommes se bousculaient, avaient des voix fortes, des rires tonitruants, des odeurs de fumier camouflées au savon noir et à l'eau de Cologne. Hippolyte tenait fermement sa fiancée par le bras comme s'il avait peur de la perdre dans la cohue. Amélie portait une robe ample jusqu'aux chevilles. Un châle rouge à fleurs couvrait ses épaules, un tablier assorti au châle recouvrait une partie des hanches, une coiffe brodée avec de la dentelle contenait ses beaux cheveux. Elle sentait un malaise croissant ; l'épaisse chaleur, les regards trop appuyés de Félicien Viard et de Victorin Brunet. Elle regrettait déjà d'être venue au café avec son fiancé quand soudain, son ventre fut traversé d'une barre de feu liquide ; elle venait de croiser les yeux de son amant.

Julien regarda Hippolyte, le promis de la femme qu'il aimait, celle qu'il allait lui prendre. Amélie compara leurs statures, la noirceur des cheveux d'Hippolyte, l'étincelante blondeur de son amant, la largeur de leurs épaules, les mains courtes et carrées d'Hippolyte, celles très longues de son amant et son élégance sobre face à la rusticité des Mercier. Un frisson lui parcourut longuement le dos, une rougeur s'inscrivit sur ses pommettes. Son amant lui sourit, elle lui répondit de toute son âme, et ce long sourire ne put échapper au forgeron.

Julien était venu du Crêt avec Berthomieux boire un verre au café ; à présent, il regrettait presque d'être là. De les voir ensemble, Amélie et Hippolyte, la rage lui nouait le ventre et la jalousie le consumait tout entier. Profitant d'un mouvement de foule qui les avait rapprochés, Julien se tint un instant tout contre Amélie. Elle pouvait sentir sa chaleur qui l'incendiait. Elle chuchota :

— Je peux te rejoindre chez toi, après-demain soir. Je trouverai un prétexte.

Elle n'avait d'yeux que pour Julien. Sa magnifique tête, que mettait en valeur le canotier, captait toute son attention. Elle se retenait de se jeter dans ses bras, de montrer à tous l'homme qu'elle aimait, qu'elle avait choisi. Le désir, la colère et la souffrance ouvraient des précipices en elle, faisaient des ravages qu'elle craignait par trop visibles. Quand oserait-elle devenir la femme qu'il avait cru découvrir ? Lui la regardait avec une sorte d'insolence chaque fois que possible, mais il ne la mettrait pas en danger, il se méfiait des réactions d'Hippolyte et d'une belle-famille trop prête à nuire. Il ne put que murmurer en s'écartant :

— Tu es belle. Je t'attends, donc, chez moi !

Une fois dehors, Berthomieux retint son ami par la manche et le mit en garde.

— Ça commence à sentir mauvais. Tu as tort de fréquenter la petite Borrel si près de son mariage. Ces gars-là nous cherchent.

— Eh bien ! Ils vont nous trouver, fit calmement Julien.

Il n'eut pas le temps de se retourner que Mercier l'attrapait par le col et le secouait, lui crachant à la face son haleine avinée et son lourd accent savoyard.

— Maintenant, tu commences à nous faire chier, Fabrègue, avec tes grands airs. Tu te pointes par chez nous, tu fouines partout, tu te prends pour un caïd, un monchu, alors que t'es même pas du pays. Sans compter que tu veux nous voler notre bien. Et je te parle pas de ma fiancée. Alors, faut faire équipe avec nous ! Nous, on veut notre part. Sinon, tu dégages !

Mercier dut lâcher prise, deux mains d'acier encerclaient ses poignets. Le Provençal le clouait du regard. Ce dernier relâcha son étreinte. Tout en reculant, le forgeron le fixa droit dans les yeux et lui dit :

— Tu auras de mes nouvelles, Fabrègue. Sois sûr qu'on n'en restera pas là toi et moi ! Tu regretteras la délicatesse du baron...

51

La recluse

Dans la pièce cuisine des Borrel éclairée de lampes et de bougies, la famille était assemblée. Léonie finissait de coudre les pièces du trousseau d'Amélie qui rejoindraient la malle, signe que le moment de la séparation approchait. Octavie filait au fuseau une laine cardée. Narcisse fabriquait un panier, le vieil Arsène rafistolait une paire de galoches, Cyprien et son frère Louis, venu en visite, jouaient aux dames. On avait même invité Séraphine Bonjean.

On se serait cru à une de ces veillées d'hiver. Mais il était loin le temps où on échangeait des blagues, où s'élevaient des éclats de rire. Le temps où les hommes évoquaient leurs préoccupations. Celui où les villageois racontaient des légendes, des histoires de la vieille époque. Où les femmes lisaient les recettes magiques des *Evangiles des quenouilles*. Amélie se rappela quand une femme âgée entonnait d'une voix chaude et un peu chevrotante un chant du temps jadis que les plus jeunes reprenaient en chœur. Elle se sentait alors chez elle, en sécurité, dans sa famille, nourrie de toute cette chaleur humaine et cette convivialité. Et Amélie était bien obligée de reconnaître que c'était aussi cela, la vie des gens des Millières.

Entre habitants du même versant, malgré les querelles et les rancœurs, on s'entraidait, on échangeait des journées de travail. Quand une vache dérochait et se tuait, son propriétaire allait chercher les meilleurs morceaux, les débitait, faisait le tour du village pour les vendre, en concédant un prix. Tout le monde participait à l'achat de la viande, par solidarité.

Lors de ces veillées, Amélie tricotait parfois ou raccommodait. Elle défaisait des vieilles chemises de son père, prélevait les morceaux les moins usés pour les coudre maladroitement sur d'autres qui devenaient comme les champs en camaïeu qu'on voyait accrochés aux flancs des montagnes, du haut des alpages. Amélie devait reconnaître qu'elle n'avait aucun talent pour ces choses-là. Elle, elle était faite pour voyager, pour rencontrer du monde et pour étudier. Un instant, elle imagina la présence de Julien aux veillées, comment il découvrirait sa vie simple de Savoyarde. Mais cela ne pourrait jamais se faire. C'est elle qui deviendrait une Provençale.

Elle regarda sa grand-mère prendre un paquet de laine moelleuse en écheveau et l'étirer tout doucement de ses doigts déformés, à la peau de parchemin. Le croéjus diffusait une maigre lumière.

— On y voit comme dans le fond d'un four... En plus, à cause de ces mauvaises lampes, on a tous les trous de nez noirs.

— Ça te sert à quoi de filer, l'Octavie ? ne put s'empêcher de constater Doyen. Si ça se trouve, bientôt, on n'aura plus besoin de vêtements.

La vieille haussa un sourcil et répondit à son époux, d'une voix aigre :

— Tant qu'il y a de la vie, il y a de l'espoir, et puis c'est pas le 28 juin qui va m'arrêter de confectionner des lainages. J'ai toujours fait comme ça, dans le bonheur ou le malheur, et rien n'y changera.

— Et puis d'abord, qu'est-ce qui nous prouve que c'est bien le 28 juin ? dit la Phine. C'est les maires, les maîtres, les curés et les évêques qui annoncent ça, mais nous on n'y sait rien. D'abord, je sais même pas en quelle année on est, ni en quelle année je suis née. Et vous, vous savez votre âge ?

Cette constatation pleine de bon sens fit le tour de la pièce. Les plus vieux hochèrent la tête, et la question fut reprise de bouche à oreille. Amélie regardait ses yeux délavés, sa peau diaphane et flottante, son corps déjà éthéré et le goitre qui pendait comme un vieux sac, lui donnant l'air d'un pélican. Dans sa bouche, une seule incisive se cramponnait. On avait oublié qu'elle avait pu être jeune un jour, la Phine Bonjean. Elle reprit :

— Et moi, à part mon Octave qu'est un torlou, mes enfants, ils sont tous morts. Et je suis encore là, je sais pas quand c'est qu'il viendra me chercher, le bon Dieu. C'est que j'ai quatre-vingts ans !

Les années, par ici, on ne les voyait que par les saisons qui défilaient, les nouvelles rides qui marquaient les faces ravinées, les grossesses qui déformaient les ventres des femmes, les enfants qui grandissaient et ceux qui trépassaient. Chaque année apportait son lot de malheurs, parfois de bonheurs, mais rarement de pièces sonnantes dans l'escarcelle et l'espoir de changer de vie.

De temps à autre, Octavie servait un verre de limonade qu'elle avait élaborée, en faisant fermenter du houblon, de l'eau sucrée et du citron. Tandis qu'elles sirotaient leur breuvage avec des succions de bouches limaces, les vieilles remirent sur le tapis l'éternel refrain de la religion.

— C'est qu'on a confiance au bon Dieu, expliqua la vieille Séraphine, les yeux humides. Mais une chose est sûre, le 28, on va tous y passer. Et c'est pas la messe qui va nous sauver...

Elle se mit ensuite à rappeler tout ce qui advenait au pays. Feux follets dans les marécages et les cimetières, démons et fantômes qui sautaient sur des villageois au détour des chemins des Millières et qu'il fallait conjurer en faisant les cornes. Et que même le curé Guérin ne pouvait leur extirper cette certitude du crâne.

« Celle-là, faut pas tout croire ! Elle se fait peur de tout. »

« C'est tout vrai », répétaient les gens. Parce qu'ils vivaient au versant de l'ombre, et que les revenants et les magies, ça n'aimait ni le soleil ni se montrer au grand jour.

« Allons voir la recluse ! avait proposé la Phine, en désespoir de cause. Elle pourra nous en dire plus sur tout ce qui arrive. »

Amélie et la vieille femme branlante, qu'elle tenait par le bras, se rendirent à l'ermitage dans la gure. Une masure construite dans le rocher, une cavité au devant maçonné de pierres disjointes et dont la porte avait été obturée par des planches. Une seule ouverture, avec un volet de bois, dispensait une lumière chiche dans la pièce, un peu d'air, et permettait aux villageois et au curé de lui passer quelque maigre nourriture. Parfois, la Nore qui était la plus proche lui apportait un bol de lait bourru ou de soupe au lard et des châtaignes grillées. Elles frappèrent au volet qu'une main décharnée et fripée comme du parchemin poussa. La créature s'en écarta vivement pour rejoindre un lit de planches et de paille. Plissant les yeux, dans la pénombre aux relents de crasse, elles aperçurent une maigre forme enroulée dans une couverture de laine. Un visage couleur de rave, des joues creuses, les ombres des yeux. Une voix incertaine filtra entre les lèvres décolorées.

— Qu'est-ce que vous voulez ? Quel jour on est ? Je crois avoir entendu la cloche du dimanche. *Mé qui donc que té ?*

— *Te mâ pa reconnieu ?* La Phine Bonjean, *tô te rappele* ?

— *Bin bon gu ! Depouè le timps ! Què don que t'a fà ?*

— *Y fà déjà trinte ins.*

— *Nom de gu !* jura de nouveau la recluse, constatant qu'elles ne s'étaient pas vues depuis trente années. Les temps ont puis évolué.

— La recluse, nous venons te demander conseil, dit Amélie, pleine de pitié.

— Si je peux, je répondrai. Si je peux pas, je me tairai.

— Il y a eu beaucoup de physique, récemment. Des choses indescriptibles et inexpliquées, telles qu'on n'en a jamais connu. Les pierres se déplacent dans les champs, des inscriptions géométriques apparaissent sur les portes et les murs, les gens du pays ont des accidents, des bêtes et des fées rôdent. Les sarvans se déchaînent dans les maisons. On a vu passer une wuivre au lac de la Thuile. Est-ce la fin des temps ?

— La fin des temps, c'est votre propre ignorance, votre folie et votre désespérance. C'est votre goût pour l'or et le pouvoir. Ne te laisse pas abuser par les apparences !

La recluse se tut, épuisée par ce flot de belles paroles. Amélie savait qu'elle ne dirait plus un mot. Elle prit son panier et vit dans la pénombre la pauvre vieille en haillons sur son lit, égrenant entre ses doigts osseux un chapelet noir.

— Voici du pain pour toi, des fraises et quelques rissoles, dit Amélie, laissant sur le bord de la fenêtre ses victuailles.

Quand elles se furent éloignées, Amélie constata :

— Les phrases que m'a dites la recluse sont bien énigmatiques. Je ne suis guère plus avancée. Et puis je plains cette pauvre créature. Qui est-ce ?

— J'sais pas, répondit l'Ancêtre, et pis même si je savais, j'veux pas y savoir. C'est de l'ancien temps tout ça, et c'est pas beau.

Par des indiscrétions dans le village, Amélie avait appris qu'il y avait si longtemps que la recluse s'était cloîtrée en ce lieu qu'on avait oublié jusqu'à son âge, son nom et ses origines. Personne ne cherchait vraiment à savoir. Certains racontaient qu'elle avait eu les yeux crevés par des bandits dans la forêt de Coutaz Pella. Depuis, elle avait les yeux tournés en dedans. Elle en était restée simplette, la malheureuse, et dans son malheur, elle avait préféré s'emmurer vive et finir ses jours ainsi, en vivant de pain et d'eau et surtout de la charité chrétienne. Jamais la recluse n'avait dévoilé son identité, pas même au curé et à l'évêque de Maurienne qui était venu voir un jour, au nom de la miséricorde, cette drôle de paroissienne. Mais la Nore, sa grand-mère, avait dit à Amélie :

« Moi je sais qui c'est, et il est temps que tu sois au courant. D'ailleurs, on va avoir besoin d'elle bientôt.

— Que dis-tu, grand-mère ? »

Amélie en était restée immobile, la bouche grande ouverte.

52

Les hommes de Dieu

Au presbytère, Gervais Guérin et deux de ses confrères des villages voisins attendaient cérémonieusement le cardinal François de Sales, Albert Leuillieux, archevêque de Chambéry. La servante s'était surpassée. Un chapon rôtissait, la soupe aux haricots et lentilles mijotait dans le bronzin, et les matefaims attendaient de frire dans la poêle. L'archevêque qui venait pour une visite discrète, avait choisi un mardi, afin de ne pas avoir à célébrer la messe du chef-lieu qui, par ailleurs, ne faisait pas partie de son diocèse.

En longeant le versant à l'ombre dans sa berline, accompagné de son vicaire et de deux chanoines, le cardinal pensait aux événements locaux et à ces drôles de paroissiens qui piquaient sa curiosité, objet de sa visite. Comme l'avait fait avant lui Alexis Billiet, archevêque de Chambéry. En 1845, une commission diligentée par le roi Charles-Albert, menée par des savants et médecins, sous la houlette de monseigneur Billiet et de ses curés, avait enquêté sur « le crétinisme en Savoie dans les Etats sardes ». Ils avaient décrit les semi-crétins comme incapables de course rectiligne, souvent épuisés musculairement, se limitant aux petits travaux. Leur stature ne dépassait pas un mètre cinquante, ils étaient maigres et chétifs. D'autres présentaient un état œdémateux, un goitre, peut-être parce qu'ils manquaient d'iode. Mais il ne fallait pas les confondre avec les vrais crétins dans les habitations écartées des chefs-lieux, mal exposées, près des marais. Les enquêteurs signalaient des différences notoires entre la plaine de L'Hôpital et la colline de Conflans où logeaient des crétins et gens de frêle complexion. L'étude était sans appel. Si les villages au pied de la chaîne des Bauges au doux climat ne posaient pas de problèmes, la rive gauche de la Combe de Savoie, près de Monthion, Grignon et Notre-Dame-des-Millières « renfermait une zone marécageuse où les habitants s'ensevelissaient sous une frondaison propice au crétinisme, à la scrofule, au rachitisme et à la fièvre ». Le recensement avait indiqué deux cents goitreux à Sainte-Hélène. Vers le sud, les villages restaient infectés. On accusait chemins boueux, insalubrité, eaux séléniteuses, cloaques devant les portes où se vautraient les porcs, air souillé. Et une possible influence géologique. Monseigneur Billiet avait fait remarquer que « sur cent cinquante paroisses en terrain calcaire, sept seulement étaient touchées par le crétinisme ».

Après s'être fait baiser l'anneau par Gervais Guérin, le cardinal constata :

— C'est une visite confidentielle mais dont j'ai référé à votre évêque, monseigneur Rosset. On me rapporte que dans la région des Millières et de Bonvillard il y a des phénomènes inexpliqués, des incendies sans cause. On dit que votre cure, abbé Guérin, a failli être réduite en cendres, que dans les montagnes, des troupeaux deviennent fous et que des bergers ont eu d'étranges visions. Ils parlent de dragons de feu, sans doute de simples étoiles filantes, bien que nous ne soyons pas au cœur de l'été. Quant à leurs feux follets, ils peuvent les confondre avec des lanternes de contrebandiers. Une sorte de nouveau mal des ardents se répandrait dans les populations, sans doute un nouvel ergot de seigle ou l'eau séléniteuse des ruisseaux. Vous nous avez envoyé un télégramme indiquant que le règne du Diable est là.

— C'est peut-être la prochaine fin du siècle, monseigneur, que certains de nos paroissiens appréhendent comme la fin du monde, exprima le curé des Millières.

L'archevêque Leuillieux eut un sourire indulgent. On lui avait raconté que le curé Guérin et certains de ses acolytes, des prêtres dans la Combe de Savoie, annonçaient déjà la fin du monde avec l'avènement du XXe siècle. Il allait remettre de l'ordre dans tout ça. Manipulant sa croix pectorale, il ajouta :

— Ce sont des fous ceux qui annoncent chose pareille. Il n'y a qu'à ouvrir la Bible pour voir qu'on ne saura jamais ni le jour ni l'heure. Seuls les hommes simples ont peur, les savants disent que c'est improbable. Et puis, même si c'était la vérité, ce ne serait pas la fin du monde mais la fin d'un monde, ce devrait être bénéfique. Le mot grec « apocalypse » signifie dévoilement, révélation et non pas anéantissement.

— C'est la faute des flamassons ! fit le curé Guérin qui avait monté les Milliérains contre eux, bouc émissaire commode.

On accusait les francs-maçons d'être, sinon des magiciens, du moins des malfaisants.

— C'est vrai qu'on m'a parlé d'étranges réunions dans nos montagnes sous le Grand-Arc et le Petit-Arc, confirma le curé de Montsapey. J'en ai touché un mot à monseigneur Rosset qui lutte contre les francs-maçons.

— Allons ! Allons ! Gardez un peu de bon sens, ce ne sont que superstitions ! s'indigna le curé de Bonvillard. Et pourtant, chacun sait ici que je n'aime guère les francs-maçons.

— C'est la synagogue des flamassons, reprit le curé Guérin, véhément. Leurs réunions sont des sabbats. Ils en ont contre notre Sainte Mère l'Eglise. L'Apocalypse est proche qui va remettre de l'ordre dans tout ça.

Puis il resta songeur. L'Apocalypse lui apporterait-elle les richesses dont son existence terrestre l'avait privé ? Il y avait un moyen bien plus rapide : mettre la main sur le trésor des Burgondes avant tous les autres.

« *Auri sacra fames*, se dit-il pour repousser le démon qui le tourmentait. Exécrable faim de l'or. »

Observant le curé des Millières dans sa longue soutane noire à col blanc et son grand chapeau, monseigneur Leuillieux ne put s'empêcher de penser à Bérenger Saunière, l'abbé qui lui avait rendu visite, l'année précédente. Mince, haut front, un beau gars fort et plein d'ambition. Il savait par son réseau d'informateurs que Saunière avait sans doute été « mis en place » par les fantoches du Prieuré de Sion pour chercher un trésor wisigoth. Guérin se contentait d'un burgonde. Mais après tout, ces deux peuples et leurs rois s'étaient heurtés, le trésor pouvait être celui de l'un ou de l'autre, et il était peut-être à Rennes ou à Conflans ou sous le rocher de Dromon. L'Eglise avait fait mener une discrète enquête en relation avec l'abbaye de Saint-Gall en Suisse.

La version enluminée de la *Chanson des Nibelungen* était un peu trop consultée depuis ces dernières années. Un Provençal du nom de Fabrègue en était un admirateur assidu.

Le baron et sa clique débarquèrent de La Rapide. Von Schober, Hainisch, Moser, suivis d'Olbrich et Wittek entrèrent au pas de charge dans l'église.

— Qui sont ces gens ? demanda l'archevêque qui sortait de la cure, accompagné de Guérin qui lui faisait des courbettes.

— C'est un baron autrichien, monseigneur. Il dit être là pour écrire un ouvrage sur les combats de L'Hôpital, en 1815, et les monuments historiques de la région.

— Je l'ai effectivement croisé à l'hôtel Million, dit le cardinal, plissant les yeux. S'il s'intéresse à votre église, abbé Guérin, c'est qu'elle doit avoir quelque chose d'original. Présentez-moi donc ce baron et ensuite allons examiner l'église voir ce qu'elle a de si spécial et qui m'aurait échappé !

Si Von Schober avait pu assister à la scène, juste après les présentations avec « Son Eminence » et son propre départ, il s'en serait réjoui.

« Le tableau, il a... il a... avait bégayé le curé Guérin.

— Eh bien, quoi, le tableau ? Exprimez-vous correctement, abbé Guérin ! avait ordonné l'archevêque.

— Il a été volé, monseigneur. Je suis sûr que ce sont ces Autrichiens qui passent leur temps à fouiner dans les parages.

— Vous ne pouvez accuser les gens sans preuves, mon fils.

— Je suis persuadé que ce tableau intéresse le baron. Mais pourquoi ? Au fond, il est assez moche, ce tableau. Je n'ai jamais rien compris à ce qu'il représente. »

Le curé Guérin se garda de révéler que son oncle était l'auteur de cette mauvaise peinture, une copie maladroite du tableau escamoté à la Révolution, une vieille peinture enfumée, comme peinte une nuit sans lune. Sans doute y avait-il caché des éléments que son neveu n'avait pas su décrypter.

Le cardinal, son vicaire et ses deux chanoines repartis pour Chambéry, ses collègues retournés dans leurs paroisses, Gervais Guérin s'était remis au travail. Il tirait soigneusement ses traits sur la feuille de papier, de gauche à droite. Tandis qu'il s'appliquait, les chiffres entraient en lui, et la soif de l'or et le péché qu'il transgressait venaient tourmenter son esprit enfiévré. Son travail se terminait. Il avait recensé toutes les pièces burgondes en argent et en bronze qu'avait trouvées et collectionnées son oncle et dont il était l'unique héritier. S'il n'avait pas malencontreusement disparu en 1881, ce dernier aurait pu lui montrer la cachette, la corne d'abondance qui se trouvait dans la montagne. Guérin se réjouit d'avoir hérité, sinon du talent artistique, du moins de la perspicacité de son parent.

Plus de dix ans auparavant, le grand-père du Provençal Fabrègue, celui qui mettait son nez partout, était venu rendre visite à l'oncle. Avaient-ils évoqué des détails qu'il ignorait ? Etait-ce pour cela que le petit-fils était lui aussi sur les traces laissées dans la montagne ?

L'abbé Paul-Louis Vincent avait emporté son secret dans la tombe.

53

Un bonheur fragile

Léonie Borrel étendait sa pâte brisée bien fine et la découpait en lanières puis en rectangles, à l'aide d'une roulette dentelée. Ensuite, elle plaçait au milieu de chacun une cuiller de flan, les repliait, en soudait les bords avec sa roulette dentée et passait les coussins fourrés à la poêle dans l'huile. D'autres longs rubans de pâte furent prestement tressés et enroulés pour en faire des beignets cordés. Plongés dans l'huile grésillante, ils gonflaient et doraient. Pour finir, la mère égoutta les rissoles avec une écumoire et les déposa dans les paillas. Elles feraient le régal des invités au mariage d'Amélie. Dans les montagnes, certains affamés se seraient damnés rien que pour en respirer l'odeur.

— Goûte-moi cette resoula ! dit-elle, désignant fièrement sa production et tendant une pâtisserie à sa gourmande de fille.

Mais l'envoûtant arôme des épices et de la cannelle ne put dérider Amélie ni l'inciter à goûter. Elle n'avait pas le cœur à la gastronomie. Elle tremblait de peur. Elle n'avait toujours rien dit à Hippolyte.

Elle regarda son père qui préparait la pâte à pain pour le mariage. Narcisse avait pris une toupine en grès à deux anses et bec verseur, vernissée à l'intérieur. Il y avait placé le levain qu'on se prêtait d'une famille à l'autre, boule grosse comme le poing, jaune et fissurée. Il versa dessus un peu d'eau tiédie, souleva le couvercle de la grande farinière contre le mur et y plongea un pochon pour ajouter à la préparation trois poignées de farine de seigle. La préparation gonflerait dans le pétrin en noyer, répandant sa puissante odeur aigrelette. Les narines frémissantes, le père la couvrirait d'un sac pour qu'elle reste un peu chaude. Amélie, qui avait hâte de s'en aller rejoindre Julien, traînait cependant.

— Je pars chez la Trèse, annonça-t-elle enfin, détournant son visage de crainte que la honte de son mensonge ne l'empourpre.

Sous l'œil interrogateur de sa mère, qui voyait là de la coquetterie, Amélie s'était lavée dans une gerle à lessive, à l'aide de deux grandes cruches d'eau chaude et d'un morceau de savon. Puis elle s'était occupée de ses cheveux, comme elle le faisait tous les trois mois. Dans la cuvette, s'étaient déversés des insectes prisonniers, des brins de paille, en même temps qu'un effluve de vache et de fumier. Les longues mèches avaient repris leur couleur de cuivre étincelant, leur souplesse, et se déroulaient à présent sur ses épaules nues et son dos comme des serpents d'or. Demain, sa mère l'aiderait à les natter de nouveau. Amélie songea avec nostalgie à cette berceuse que Léonie lui chantait autrefois : « Endormez-moi cet enfant, jusqu'à l'âge de vingt ans, dans une chambre pleine d'amandes. Un marteau pour les casser, l'Amélie pour les manger... » Sa fille était devenue une femme. Cette dernière savait qu'elle serait libre jusqu'au lendemain soir, que la nuit lui appartenait, une nuit avec Julien. Un miracle. Amélie avait dû mentir à ses parents, prétexté qu'elle allait rendre visite à sa sœur Thérèse, mariée à Séraphin Nantet, dit Sira, un scieur du chef-lieu, et qu'elle y dormirait. Si sa sœur vendait la mèche, il y aurait des reproches sans fin, mais Amélie en aurait tout de même bien profité. Et puis cela n'aurait plus d'importance, car elle serait mariée à Julien.

En se glissant comme un chat dans la maison de Virginie Pommet où demeurait son amant, elle se dit qu'un siècle la séparait de sa jeunesse soumise.

En quête du « petit fricot » qu'elle avait promis à Julien, Amélie chercha ce que la vieille Virginie avait laissé comme victuailles. Elle réchauffa la soupe, fit tremper du pain de seigle adouci de froment dans du petit-lait et plaça une écumoire de sérac au-dessus. Puis elle lui avança un pichet de vin rouge du pays, une piquette de Clinton titrant neuf degrés. Julien se régala de ces choses simples. Amélie était heureuse avec son homme. Elle avait un toit contre la nuit, un repas en tête à tête, leurs mains qui se cherchaient sur la table, qui se serraient et s'entrelaçaient très fort, l'assurance du lit qui les attendait pour quelques heures ensemble. « C'est cela le bonheur », pensait-elle, craignant déjà de le voir disparaître. Tout en mangeant, les amants parlaient de leur vie, se racontaient l'un à l'autre. Amélie trouvait Julien parfois bien sûr de lui, ayant tellement plus vécu qu'elle, et par défi, elle lui lança :

— Tu ne me connais pas, tu ne sais rien de moi.

— Oh ! Mais si, je te connais. Tu es une petite fille, pas encore une femme accomplie, mais tu as envie de voir le monde, tu as de la force en toi, et je te ferai découvrir des choses insensées que tu ne peux imaginer.

Il lui parla de radiesthésie, de choses surnaturelles, de rituels auxquels elle ne saisit pas tout, d'esprits de la forêt et de drogues à base de plantes inconnues, même de la Nore. « Ça sent le soufre. Cet homme, c'est le Diable en personne », aurait dit le curé. Julien approcha des yeux d'Amélie sa chevalière carrée, celle qu'il avait imprimée dans ses chairs en la possédant, et dont la marque la brûlait encore.

— C'est un très ancien talisman, il me protège de ceux qui me veulent du mal. J'ai des ennemis, ils ne doivent pas savoir où je suis.

Amélie demanda :

— Qui t'a appris tout ça, les cartes, la magie, les protections ?

— Un de mes amis, Gérard Encausse. Tu le rencontreras sans doute un jour.

La lune, se glissant par la fenêtre, coulait leurs contours dans un moule d'airain, une clarté de semence. Julien se tenait debout derrière Amélie. Obsédante présence de chair, il avait apposé ses mains, marqué son territoire, il s'était approprié chaque espace de son corps, en prenant possession parcelle après parcelle. Les derniers bastions de cette femme étaient depuis longtemps déjà tombés.

« Tu es à moi, lui répétait-il sans cesse, comme pour conjurer un sort.

— Je n'appartiens qu'à toi », lui répondait-elle à chaque fois.

Julien et Amélie sentaient qu'ils s'étaient aimés éperdument en d'autres temps et retrouvés, attirés l'un vers l'autre à travers la multitude, comme deux mains qui se joignent par-delà l'abîme. A présent, ils se reconnaissaient avec une sorte de frayeur, vaincus par tant d'exils passés, perdus et cherchant leurs pas, avec le savoir et l'oubli de leurs années.

« Ceux qui s'aiment se retrouvent toujours », avait dit Julien, pensant à Siegfried et Kriemhild.

Julien ne pouvait dormir. Il se tournait et se retournait dans son lit en bois de prunier. Il avait envie de jaillir de la maison en direction des forêts. En bas de la montagne, la brume violette dévorait la route et les villes des hommes. Aucun bruit n'en provenait. A sa gauche, la silhouette longiligne d'Amélie se dessinait sous le tissu blanc.

— Tu sais quoi ? demanda Julien.

— Non.

— J'ai envie de t'emporter avec moi dans la forêt et de te cacher.

Julien se leva. Le plancher était frais sous ses pieds nus. Une écharde s'enfonça dans l'un de ses orteils et il jura sourdement avant d'enfiler ses chaussures. Il régnait un territoire d'ombres dans la chambre striée d'argent, là où la lune filtrait entre les volets disjoints. Un rayon tombait sur le coffre à rosette. Il ouvrit la petite fenêtre et respira la nuit. Le flanc de la montagne épousait la noirceur du ciel. Tout parlait à son odorat. Avant cette nuit, Julien avait tâté de tout, de la terre provençale, des arbres, des ruisseaux, des pays exotiques, et à cet instant, il pensait : « C'est ici que j'aimerais continuer à vivre, et avec Amélie. » Il aurait aimé lui dire : « C'est ici qu'on vivra un jour. » Il espérait que le temps s'arrêterait aux murs.

Il ne savait pas s'il pourrait tenir sa promesse. Son âme était trop tourmentée, depuis des années. Il avait vécu seul, dans le souvenir d'un amour défunt idéalisé, s'était perdu dans des voyages en solitaire. Saurait-il s'accommoder d'une compagne ?

Plus tard dans la nuit, Amélie s'éveilla avec la conscience d'un vide à ses côtés, le ventre noué par la peur de leur avenir incertain. Elle s'enveloppa frileusement dans son châle, tira le rideau crasseux et passa dans le coin réservé à la cuisine. Julien était là, dans la semi-obscurité, à boire un café. Son regard était de la même nuance trouble que le breuvage alors qu'il ressassait sa colère noire et son désir de vengeance contre le baron. Les vitres étaient devenues pareilles à de l'étain. Elle aperçut sa veste en drap clair, posée à côté de lui sur une chaise, comme un double conservant l'empreinte de son corps.

— Viens, dit-elle, le prenant dans ses bras. On va se recoucher.

Ils retrouvèrent les draps encore tièdes, et Amélie se blottit dans les bras de son amant, sans rien lui demander. Ils écoutèrent le vent et la porte de la grange qui battait, dans cette nuit hors du temps.

Julien était allongé auprès d'elle comme depuis des siècles, une éternité. Proche de l'endormissement, il avait l'impression qu'il survolait leurs corps enlacés, auxquels se superposaient ceux d'un guerrier burgonde et d'une princesse germaine. Il se fondait dans une chair trop étroite, épousait une âme à la fois étrangère et familière, renouait avec des gestes ancestraux. Il contemplait cet homme abandonné, cet autre lui-même, et cette vision parlait à son âme. Profondément troublé, il se dit qu'il menait une double vie au monde des apparences, ne sachant plus quelle était la réalité.

Les premiers feux du soleil incendiaient leur champ de bataille, le lit dévasté aux odeurs de fauve. Il était temps de partir. Lentement, elle s'habilla, faisant s'éterniser les minutes. Le cœur battant, épuisé de lui avoir tant fait l'amour, Julien la regardait passer sa chemise en toile. Il s'était approché d'elle, se tenait derrière, torse nu. Il la força à relever la tête, à se regarder dans le petit miroir au-dessus de la cuvette. Elle y vit une Amélie inconnue, un visage émacié de louve aux pommettes brûlantes, aux yeux d'émeraudes étincelantes cernés de mauve, aux cheveux rouges comme des flammes. L'image d'une femme consumée de passion et prête à tout. Il la contemplait, avec ses longs cheveux répandus sur ses épaules, à présent gaufrés, ondulés comme autant de petites couleuvres. Julien ne se lassait pas de les toucher, comme s'il palpait de la soie.

— Tu seras toujours la plus belle pour moi, la plus désirable. C'est cette image de toi que je veux garder pour toujours. Tu es à moi, ne l'oublie jamais !

— Je ne veux pas partir. J'ai un mauvais pressentiment.

Il la serra contre lui. Elle mouilla son gilet de larmes chaudes comme une pluie d'été, dans un réel chagrin de petite fille abandonnée.

— Voyons, tu ne pars pas pour toujours ! dit-il en baisant ses yeux, lui relevant le menton d'une main calme.

— Mais comment je vais vivre sans toi ? Et puis j'ai peur de cette Odette Merlaud, des autres femmes. Je suis jalouse.

— Moi aussi, je suis jaloux d'Hippolyte, du droit qu'il voudrait avoir de dormir dans ton lit et se réveiller chaque jour à tes côtés. Je dois continuer mes recherches dans la montagne et régler mon problème avec le baron. Mais avant le 19 juin, jour de ton mariage, je viendrai te chercher comme un chevalier qui enlève sa dame.

— Alors ne tarde pas !

Quand vint le moment de se quitter, la peur de nouveau s'empara d'elle qui s'accrocha à Julien comme une naufragée. Elle renifla, ravala ses sanglots, le cœur brisé. Sur le seuil, elle cueillit sur ses lèvres son baiser appuyé et prit son châle pour s'en retourner au Pommaray. Julien s'était durci, peut-être pour masquer son émoi, et lui dit :

— Je ne t'accompagne pas sur le sentier, j'ai horreur des adieux. Sois forte ! Il n'y en a plus pour longtemps maintenant.

Un raclement de pas sur le chemin en contrebas les fit, d'un coup, se retourner. Félicien Viard, son fusil en bandoulière, apparut au détour de la butte ; sa maigre silhouette au dos cassé s'immobilisa en les voyant. Il esquissa un sourire semblable à un rictus, tandis qu'Amélie se détachait prestement des bras de son amant.

— Quelle poisse ! C'est le Croué qui cherche toujours après moi. Il va sûrement le répéter à Marie-Olympe Mercier, il est ses yeux et ses oreilles. Sans compter qu'il va à la chasse avec Hippolyte.

— Attends ! Je vais lui faire peur, lui dire deux mots.

Terrorisée, Amélie le retint par la manche.

— Surtout pas, ça serait encore pire. J'inventerai quelque chose pour la belle-mère. Que je t'ai rencontré par hasard au Crêt, que je me suis tordu le pied, que tu m'as secourue. Je sais bien que c'est pas des heures pour circuler sur les chemins.

— Tu n'en as pas marre de ne vivre qu'en fonction d'elle ?

— Si elle me jette dehors avant le mariage, je n'aurai plus rien. Tout le village me rejettera aussi, ce sera la honte pour mes parents.

— Tu m'auras, moi. Je suis là, je te protégerai. Ne l'oublie jamais ! Allez, fais-moi un sourire, mon amour ! Tu n'auras pas à épouser Hippolyte, je t'enlèverai avant. Dans deux jours, je viens te chercher. Et tu n'auras plus jamais à te justifier auprès des Mercier.

Tandis que le Croué disparaissait de leur vue, elle se blottit dans les bras de son homme, et la peur une fois de plus fondit sur elle. Le soleil sur les crêtes commençait à enflammer le ventre noir des sapins.

Narcisse Borrel poussa la porte du pied et laissa tomber un grand sac sur le plancher. Il était accompagné de Léonie et d'Hippolyte, son futur gendre. Amélie était en train de faire du riz au lait et elle se retourna à peine vers eux. Son visage amenuisé, exposé à la flamme de son âme, était celui d'une étrangère, son regard se dérobait.

— T'as pas l'air contente de me voir, fit Hippolyte d'une voix aigre. T'es toute drôle.

— Mais non.

— Ben, alors, tu pourrais me dire bonjour.

— Et puis nous servir un gorgeon de bidoyon, poursuivit le père. La montée nous a séché la corniôle.

Elle tendit distraitement la joue aux lèvres d'Hippolyte, ouvrit un placard et en sortit une bouteille de cidre et deux verres.

— Comment va la Trèse ? demanda la mère.

— Elle va.

— Ben, dis donc ! T'es guère loquace, fit Hippolyte. Pinpin, quand il m'a accordé ta main, il m'avait dit que t'étais une brave fille.

— L'embête pas, va ! dit Narcisse. C'est le mariage qui lui tourne la tête. Elle est pas bien à son affaire, ces temps.

— T'aurais dû venir à Albertville, lui reprocha son fiancé. Il y avait un monde, t'aurais vu ça... Et puis, je t'aurais acheté quelque chose.

Amélie le regarda avec honte, elle n'osait toujours pas lui parler. Elle pria le Ciel que Julien vienne l'arracher d'ici. Elle était sûre qu'il tiendrait sa promesse.

La nuit allait tomber sur la vallée à l'horizon barré de nuages flamboyants. Le moment était venu où les rumeurs du jour cessaient, où sous la brise fraîche qui courait, les rapaces nocturnes partaient en chasse, guettant le mulot. Amélie écoutait le grand bruissement de plumes de la chouette qui s'élançait sur sa proie et la tuait, elle frémissait en entendant l'ultime couinement d'une musaraigne. Elle n'avait pas cessé de songer à Julien. Il faisait partie de la grande famille qui habitait désormais son cœur.

Ils étaient chacun sur une montagne, sur un versant, séparés par un précipice. Elle portait l'ombre, il était son soleil. Sauraient-ils se rejoindre en quelque contrée d'eux seuls connue ? Elle était l'heureuse épousée d'une nuit de juin, si lumineuse dans l'obscurité. Tout cela avait décapé le vernis de sa pureté effarouchée, réveillé ce qui était endormi. Son cri avait fait naître la vie.

« Je vais le quitter, ce n'est plus possible autrement. » En y pensant, Amélie se demanda pour la première fois si cela ferait mal à Hippolyte, s'il l'aimait vraiment. Il le lui avait avoué une fois, au début de leurs accordailles, lui faisant comprendre que tout était dit et qu'il ne le lui redirait plus. C'était un fait acquis.

Chez les Mercier, s'était-on jamais parlé ouvertement d'amour ?

De son côté, Julien Fabrègue se retournait sur sa paillasse qui crissait sous son poids. Un mauvais pressentiment le taraudait, l'empêchant de trouver le sommeil. Il chassait et conjurait désespérément les images qui se pressaient sous ses paupières. De nouveau, les démons se disputaient son âme. Il se devait d'être plus fort qu'eux, plus fort que le Destin.

Un jour proche, Amélie, la femme qu'il aimait, porterait le nom des Fabrègue.

54

L'arrestation

— J'ai une plainte du dénommé Louis Delorme qui dirige la maison de tolérance, impasse des Ecuries.

Assisté du maire des Millières, le commissaire Amédée Carraz désigna à Julien Fabrègue un document officiel qui l'autorisait à fouiller la maison du Crêt et à l'arrêter.

— Et de quoi m'accuse-t-on ? Je me plaindrai à monsieur Gravin, maire d'Albertville, qui m'a fait l'honneur de me témoigner son estime.

Alertés par un courrier anonyme, les gendarmes avaient découvert au bord de l'Arly le corps dénudé d'une femme du nom d'Odette Merlaud. En se penchant sur cette femme mutilée à la réputation sulfureuse, Carraz s'était senti nauséeux. Les gendarmes avaient recouvert d'un drap, avec dégoût, le corps sans vie sur lequel s'agglutinaient déjà les mouches. Ce 17 juin, les policiers étaient venus enquêter aux Millières.

— Et ça, c'est quoi ? demanda Carraz, découvrant dans un casier du grenier d'à côté une chemise en fine batiste tachée de sang. C'est à votre amie ? Ça lui ressemble pas mal, au vu de sa description. On raconte qu'Odette Merlaud était, disons, aussi légère que cette chemise. Mais naturellement, nous demanderons à une de ses collègues de l'identifier.

Julien qui s'apprêtait à hurler son innocence se contenta de hausser les épaules en disant :

— Je n'ai pas touché à Odette Merlaud. Quant à cette chemise, on l'a placée là pour me compromettre. D'ailleurs, je n'ai même pas la clé de ce grenier. Demandez à ma logeuse, madame Pommet.

Il bouillait. Nul doute qu'il devait cette macabre mise en scène au baron ou à Mercier. Carraz tritura ses moustaches en forme de guidon et poursuivit :

— Vous n'êtes quand même pas un type très clair, Fabrègue. Vous débarquez à Albertville, vous vous faites passer pour un géologue et vous vous mettez à fouiner partout et à poser des tas de questions. Une histoire de trésor qui a bien du mal à passer.

— Vous n'avez pas de preuves de ce que vous avancez. On n'accuse pas les gens comme ça.

— Et cette chemise ?

— Qui prouve qu'il s'agit de celle d'Odette Merlaud ?

— Comme si c'était courant, dans ce coin, de posséder des chemises de cette qualité et en prime ensanglantées...

— N'importe qui a pu la mettre dans ce grenier en achetant des complicités. Je vous le redemande. Avez-vous questionné ma logeuse ?

— Vous nous prenez pour des bleus ou quoi ? Elle tremblait de peur, la petite vieille, mais elle n'a rien à se reprocher. Et elle n'a vu personne rôder devant sa maison.

— Comme si elle montait la faction devant la porte du grenier vingt-quatre heures sur vingt quatre !

— Justement, elle n'a rien vu de vos allées et venues. Et puis la femme de chambre de l'hôtel Million, Juliette Favre, elle a quand même vu cette Odette dans votre chambre, une fois. Alors, ça peut être vous l'assassin. Imaginez ! Vous vous disputez avec la pute et vous lui faites son affaire près de la rivière ou alors vous la traînez là-bas pour faire croire que c'est un coup d'un Sarde ou d'un Piémontais. Elle se débat, ce qui explique les traces de coups sur votre visage. Le coin étant malfamé, personne n'intervient, au cas où elle aurait crié. Et vous rapportez avec vous sa chemise.

— Et pour quoi faire ?

— Ça, c'est à vous de me le dire, monsieur le fétichiste.

Secouant sa crinière blonde, le visage blême, Julien se mit à ricaner.

— Quelle imagination ! Vous devriez écrire des romans.

Amédée Carraz n'était visiblement pas prêt à lâcher prise. Il tenait sa proie comme un fox-terrier agrippant un os. Il s'entêta.

— Avouez que vous avez tué la fille, Fabrègue ! Ça nous fera gagner du temps. Et peut-être qu'on pourra plaider le crime passionnel. Vous la troussez, d'autres la culbutent et vous, vous la tuez. Et on bouclera l'affaire. Sinon, ça fera des polémiques à n'en plus finir. Si on commence à assassiner les putes dans notre bonne ville d'Albertville, où va-t-on ?

— Il n'y avait pas que moi parmi ses clients, plaida Julien. Vous pourrez interroger toute la compagnie de chasseurs alpins, surtout ceux de Conflans. Et d'abord, le baron von Schober, car c'est lui qui me l'a fait rencontrer et qui l'a établie dans un appartement, lui donnant les moyens de vivre comme une grande dame aux belles manières. Si vous faites votre enquête, vous saurez que je la connaissais sous ses atours de bourgeoise et non comme une vulgaire fille de joie. Jamais elle ne m'a demandé de l'argent. Comme d'autres, je n'y ai vu que du feu. Enfin, je dois avouer qu'elle m'a bien berné.

Il faillit rajouter : La garce…

— Motif valable pour en finir avec elle, reconnaissez-le ! fit Carraz, satisfait. Quant à ses autres fréquentations et au baron von Machin, nos collègues se sont chargés de les questionner, qu'est-ce que vous croyez ! La pute, on a effectivement fouillé son appartement, mais rien de compromettant pour lui ; sans doute était-elle entretenue par un riche client.

Même s'il avait songé, un temps, à dénoncer Von Schober et porter plainte contre lui, Fabrègue se retint de relater son enlèvement par le baron et la querelle qui les opposait. Il voulait lui régler son compte en personne. En outre, il ne tenait pas à avoir les policiers dans les pattes, ce qui nuirait à leur course au trésor.

Carraz s'approcha de la chemise que tenait un policier et huma le tissu sanglant encore imprégné de parfum Guerlain, fronçant le nez de dégoût. Puis il déclara :

— J'ai l'intime conviction que vous avez étranglé votre belle poulette infidèle au bord de l'Arly. Et puis vous l'avez surinée pour faire croire à une agression de truand. A moins que ce ne soit par goût ?

Sa patience épuisée, Julien lança tout son poids sur le policier, les yeux fixes, la face livide. Il lui asséna au cou un plat de la paume qui lui ébranla le bras. Sonné,

Carraz s'affala comme un pantin sur la table, tandis que ses collègues ceinturaient le présumé coupable et le menottaient. Ils lancèrent à l'arrière de leur fourgonnette à cheval un Julien hurlant, écumant et jetant en tous sens bras et jambes. Le véhicule descendit la mauvaise piste en bringuebalant dans les ornières, au risque de se renverser. Devant ce spectacle d'épouvante, les rares villageois accourus se dispersèrent, sans commenter l'événement.

55

Le secret partagé

Narcisse Borrel avait malaxé la pâte à pain, ses avant-bras plongés dans le pétrin, tandis que sa fille versait de l'eau chaude salée puisée dans une grande marmite en fonte. A présent, Pinpin la regardait couper en morceaux la pâte qu'il avait pétrie, fariner ses mains et façonner ses boules, soufflant de temps à autre sur les mèches de cheveux rebelles échappées des tresses.

— T'es de plus en plus belle, ma ptuita Mélie, l'entendit-elle murmurer dans sa moustache. Il a de la chance, l'Hippolyte...

Elle essayait de garder un visage impénétrable. Machinalement, elle traça au couteau une double croix pour reconnaître ses pains après la cuisson, comme le faisait chaque famille qui avait sa marque distinctive. Avec le restant de pâte, on cuirait des petits pains pour les enfants. L'épaule de son père s'affaissa sous la planche, tandis qu'il portait au four, près de chez la Nore, sa demi-douzaine de pains, accompagné de sa fille.

Le four était alimenté en bois à tour de rôle, l'idéal étant de passer quand il était déjà chaud. Aimé Baudin, le minotier et fournier, jeta un peu de farine dans la gueule de fournaise. Elle grilla tout de suite, lui indiquant que la température était suffisamment élevée. En attendant que le pain cuise, Amélie rejoignit son amie Rosalie assise sur un muret à l'écart. Elles regardèrent la demi-douzaine d'hommes qui discutaient des affaires du pays mais aussi du vieux temps, de choses plus anciennes qu'eux. Ils savaient tout ce qui se passait aux Millières, ils étaient les yeux du village, et leurs épouses avaient les langues bien déliées pour propager les rumeurs. Il courait des médisances à tout propos, pour un voisinage peu harmonieux, parfois pour une raie de terre, un pré fauché de trop, pour trente centimètres de terrain ou une rigole d'eau que le voisin détournait à son compte. Sans mentionner les ragots et les commentaires peu flatteurs. Amélie savait bien qu'il ne se passerait pas beaucoup de temps avant que le secret de sa liaison ne fût exposé en pleine lumière et sa réputation déjà fragile définitivement flétrie. Elle n'en pouvait plus d'attendre de rejoindre son amant, mais elle se sentait surveillée.

Amélie Borrel avait grande envie de découvrir le monde, de dévorer la vie à belles dents. Les gens du village la regardaient de travers, ils disaient qu'elle n'était pas peu fière. Pourtant, elle ne faisait pas de manières, seulement elle ne comprenait pas leur façon de vivre et cette manie d'espionner le voisin. Par ici, ouvrir des brèches dans les mentalités était l'œuvre de toute une vie. Tandis qu'Amélie parlait à nouveau de cela à son amie, Rosalie Grange hocha sa tête blonde et frisée, acquiesçant, les joues un peu rouges, mais aucune flamme de révolte ne monta dans sa maigre poitrine.

— Tout ça, faudra bien que ça change un jour !

En y pensant, Amélie fut soudain prise d'une sourde angoisse à l'idée que certains Milliérains, ces gens de la montagne aux croyances et aux préjugés tellement ancrés, pourraient se retourner contre elle. Rosalie Grange se lamenta de nouveau, avec des soupirs d'impuissance.

— C'est que nous, les femmes, on n'a rien, ni argent ni métier. Et aller où ? On est bien obligées de rester, de s'y faire. Faut endurer, élever les gosses, puis c'est tout. On est toutes logées à la même enseigne.

— Et c'est ça qui te console, ma pauvre ? s'insurgea Amélie. Qu'on soit toutes pareilles ? Eh bien, ça risque pas de faire avancer les choses ! Et puis comme ça, ce que tu racontes à ta fille, elle dira la même chose à la sienne. Et dans cent ans, on en sera encore au même point.

— C'est plus facile pour toi, t'as pas encore d'enfants. Toi, t'es pas une femme comme nous. T'as des envies qui ne sont pas de chez nous. J'ai peur qu'il ne t'arrive malheur à cause de ça.

Amélie haussa les épaules, sa rage toute rentrée en dedans, le front barré de deux rides verticales. Elle aurait voulu raconter à son amie comment Julien la faisait vivre dans sa chair et dans son âme, comment il lui faisait partager l'espérance d'une vie résolument libre, faite d'amour, d'inconnu, de folies. Avec tout ce feu que la vie si dure des montagnes cherchait à éteindre depuis des siècles en chaque femme. Mais comment Rosalie aurait-elle pu comprendre cela, elle qui avait encore foi dans les assertions de sa mère et de ses aïeules toujours sous la férule d'une religion implacable ? Amélie songeait avec effroi que si elle ne se décidait pas à partir, elle le regretterait toute sa vie ; elle deviendrait comme toutes ces femmes pleines de résignation qui, un jour, avaient caressé le beau rêve de s'en aller et n'avaient jamais osé le faire. Comme toutes ces vieilles aigries et desséchées qui l'épiaient derrière chaque fenêtre où elle devinait le claquement sec du rideau qui se tirait, dont les regards venimeux la transperçaient et dont les conversations mouraient sur son passage. Tout lui disait sa différence, lui rappelait son devoir, lui dictait sa conduite.

— Ecoute, la Rose ! Je sais que ce n'est pas le moment ni le lieu, mais je peux plus garder ça pour moi.

En veillant à ne pas hausser le ton, Amélie se mit à raconter à son amie d'enfance sa rencontre avec Julien, la passion qu'elle éprouvait pour lui, la douleur d'être séparée de l'homme qu'elle aimait plus que tout et comment elle allait quitter Hippolyte. Tandis qu'elle parlait, des larmes qu'elle ne pouvait plus réprimer mouillaient ses joues. Voyant cela, Rosalie eut un long soupir qui gonfla sa maigre poitrine. Elle se demandait comment l'aider.

— Le Julien, c'est un monchu. Il est beau habillé. Tu es sûre que c'est pas l'argent qui t'attire, sa réussite ? Faut pas prendre pour de l'or tout ce qui brille. Parce qu'ici, tout ce qu'on peut faire, c'est *teuri le djiable pé la coua* !

Ici, on tirait le diable par la queue, et sa raison de montagnarde lui avait soufflé la question à poser en priorité. Amélie savait que ce n'était pas cela qui l'attirait, même si elle restait fascinée par un milieu plus élevé que le sien. Riche ou pauvre, elle l'aimerait de la même façon. Les trésors de son intelligence, de son expérience et de ses récits de voyages étaient autrement plus attrayants à ses yeux. Et bien avant qu'elle voyage dans de lointains pays avec lui, la ligne d'horizon de ses épaules était le premier univers qu'elle rêvait de contempler. Dans deux jours, le mariage serait annulé. Elle pensa : « Julien viendra me chercher demain. » Comme dans un rêve, elle entendit la voix de son amie.

— Amélie ?

— Oui ?

Rosalie ouvrit la bouche pour dire quelque chose. Une lueur passa dans ses yeux comme si elle avait, de tout son être, capté les pensées de son amie, puis elle se ravisa.

— Prends bien garde à toi !

Apaisée de s'être délivrée de son lourd secret, de l'avoir partagé enfin, Amélie essuya ses larmes avec un mouchoir en étamine. La venue de la Génie la fit y plonger le nez et se moucher bruyamment. Quand elle releva la tête, Rosalie avait disparu, terrorisée d'être la complice involontaire de ce beau scandale à venir.

Le feu de sarments de vignes et de fagots ronflait, dorant la centaine de boules sous la grande voûte de briques noircies aux frémissants reflets de rubis. Aimé Baudin somnolait, et Amélie avec lui, qui rêvait de son amant, toute brûlée de l'intérieur. Elle se sentait comme une boule de pâte crue que les mains de Julien avaient pétrie, que le feu, par sa mystérieuse alchimie, rendait comestible et même délicieuse. Elle frémit intensément, léchée par des langues rouges, puis sursauta quand la longue pelle en fer du fournier déposa avec vivacité ses pains sur un muret de pierre. « Et voilà ! » Ils étaient roussis, bien croûtés, gonflés et appétissants, pesant leurs deux à trois kilos. Amélie en offrit un au fournier pour sa peine, comme c'était l'habitude. Si les gens se montraient, en général, honnêtes, il se trouvait toujours des petits malins, telle cette rapiat de Marie-Olympe, qui fabriquaient des pains plus légers.

Après la dernière fournée de pain, on cuisit les biscuits, les épognes, ces galettes à pâte briochée avec beurre et sucre fondu dessus, certaines aux poires ou myrtilles, et les grosses tartes. Tout cela devait faire le régal des invités au mariage. Mais il n'y aurait pas de mariage. Terrorisée à cette pensée, Amélie avait préparé les paillas en osier pour y déposer les fruits de la cuisson, les gros pains de dix livres qui tiendraient une quinzaine de jours, les pains ronds, les petits pains, les épognes et la coëteuse, ce pain plat.

Narcisse rapporta chez eux une douzaine de boules sur son dos. Sur le chemin, il plia un peu sous la hotte en osier fabriquée par son grand-père, tenue par deux lanières de cuir. Il les monta au grenier bien aéré et les enfila sur deux longues barres en bois munies de pointes.

Amélie regarda le pain percé, le *pan percha* en patois, comme si c'était son cœur que Narcisse enfilait au râtelier.

56

Les noces du malheur

Un joyeux équipage s'annonça au Pommaray, décoré de rubans tricolores et de cocardes. Les traîneaux du chef-lieu étaient attelés à des mulets parés de bouquets en papier crépon, trottant au son des grelots et de l'accordéon. Les harnais bien astiqués reluisaient comme jamais. Les hommes, dont le marié, étaient vêtus de simples costumes noirs, cravates et chapeaux de feutre. Les femmes, coiffées de berres, tenaient à deux mains leurs longues jupes cloches froncées à la taille. Elles arboraient des tabliers et châles noirs, verts, grenat, bruns, tabac. Avant de se rendre à la messe de mariage à dix heures, il y eut un copieux petit déjeuner chez les Borrel où Léonie servit du beurre, du fromage, du saucisson, de la fricassée et du vin blanc à volonté. Le grand-père Arsène avait tué des moutons pour le ragoût du repas de noces. La fricassée donnait soif, forcément, et certains avaient déjà la démarche un peu chaloupée avant de remonter sur les traîneaux.

Dans la descente, les mulets, peu habitués à être si nombreux, s'emballèrent parfois, provoquant des éclats de rire intempestifs. Mais la mariée n'avait pas l'air heureuse, elle ne jetait pas de regards à son fiancé sur un autre traîneau et qui était venu la chercher chez ses parents avec les invités. En passant devant la maison que louait Julien Fabrègue, Amélie n'avait pas détourné la tête, de peur d'éclater en sanglots. Elle imaginait qu'il avait vu passer la noce.

Octavie et Léonie avaient mis du temps pour préparer une tenue de mariée digne de ce nom, placer toutes les épingles en bon ordre, faire trois plis au châle, puis agrafer des épingles sur l'épaule. Un grand plastron blanc sur le devant de la robe bleue et la traditionnelle croix en or avec le cœur, une broche au milieu, complétaient le costume. Amélie avait troqué ses galoches contre des chaussures à lacets. Et selon la coutume, pour se prémunir de tout maléfice, elle avait glissé une pièce de monnaie dans son soulier. Sa coiffe de mariage était une vieille berre ayant déjà servi, que sa mère avait défaite, lavée, amidonnée et remontée, recouverte d'un tulle blanc avec de jolis rubans devant. Elle cachait ses cheveux.

— Ton mari, il va pas être content, maugréa la mère. Tu aurais pu attendre un autre moment, quand même ! Pourquoi t'as fait ça ?

Sa fille restait désespérément silencieuse. Elle triturait nerveusement son tablier en satin noir, celui de sa mère qui avait déjà servi, mais seulement pour des cérémonies ; il n'était pas usé. Sur son châle rouge, Amélie avait épinglé un bouquet de fleurs d'oranger en tissu. Après le mariage, elle l'offrirait à la Vierge, comme la tradition le voulait, mais davantage pour faire plaisir à sa mère et à sa grand-mère Octavie que par conviction. Et puis, elle ne méritait pas les fleurs d'oranger.

Julien lui avait pris sa virginité, Julien qui lui avait promis qu'elle n'épouserait pas Hippolyte Mercier.

Amélie hier forte et pleine de vie se sentait glisser à présent dans la mort, les larmes défiguraient son visage. Mais elle devait se taire, et nul ne saurait ce qu'il lui en coûtait. Surtout, Hippolyte ne devait pas savoir, personne ici ne devait jamais savoir qu'elle avait failli partir avec un autre. Elle espérait que le Croué ne parlerait pas, et que personne d'autre ne les avait vus, elle et Julien.

Au chef-lieu, Marie-Olympe Mercier avait étalé dans sa cuisine-salle à manger tout ce qu'elle avait de plus riche, mis en évidence petites cuillers à café en laiton, tasses avec soucoupes, carafe et salière. La belle-mère avait préparé une vraie chambre nuptiale, sorti de riches couvre-lits, disposé des fleurs, sans oublier le majestueux pot de chambre en faïence, fière de son œuvre que les invités avaient contemplé en hochant la tête. Amélie avait commencé par refuser d'y dormir, elle ne voulait pas rester chez ses beaux-parents pour sa nuit de noces. Elle souhaitait aller coucher, une fois encore, chez ses parents, ce qui avait suscité quelques polémiques. Elle avait pourtant depuis longtemps prévenu sa belle-mère.

« C'est pas la peine de vous donner du mal à préparer une chambre, parce que j'y coucherai pas. J'ai pas l'envie. *D'é pâ l'envie.* Je veux coucher chez mes parents, le soir de mon mariage.

— Eh ben, t'en fais des gôgnes, des manières ! Et tes parents, ils t'ont pas dressée pour la politesse ! »

Amélie avait fini par céder, car son futur mari n'imaginait pas remonter à l'aube au Pommaray. Et puis le chef-lieu allait devenir son village de résidence.

Dès qu'il aurait économisé, Hippolyte achèterait la grande maison qu'il convoitait, non loin du ruisseau, où il pourrait garder son atelier et les dépendances.

Selon un ordre bien établi, tous se mirent en marche en direction de la mairie où Louis-Ferdinand Reydet enregistrerait le mariage. En tête, avançait la mariée, au bras de son père Narcisse. Juste derrière, venaient le garçon et la fille d'honneur, arborant un petit bouquet de fleurs des champs, puis les parents. Hippolyte, le mari, arriva en dernier, des fleurs d'oranger artificielles à la boutonnière. Dans le cortège, les châles de couleur en soie à longues franges rivalisaient. Chacun était unique dans son décor floral ou géométrique. La cousine Céline de Bourg-Saint-Maurice portait la coiffe frontière, son visage inscrit dans un cœur, une pointe sur le front et deux sur les tempes. Amélie constata machinalement que Céline ressemblait à Marie de Médicis. La belle-mère Marie-Olympe craquait aux entournures dans sa robe noire aux reflets moirés.

Amélie espérait encore que Julien vienne la sortir de là et l'emporte sur son cheval blanc. Ce serait un beau scandale. Il lui faudrait rendre les cadeaux du fiancé et de la belle-mère, les bijoux et le missel. « Il viendra, il a été retardé, c'est sûr... » pensa-t-elle, voulant y croire.

A la messe, le curé Guérin y alla de son sermon, non seulement sur les recommandations de la religion mais aussi sur celles de la vie courante, ce qu'une jeune fille vertueuse se devait de faire, c'est-à-dire se préparer à être une bonne épouse et une mère digne de ce nom. « Il faut laisser venir tous les cadeaux du Ciel, tous les enfants que le Seigneur vous envoie. » Amélie en avait vu de ces femmes ayant déjà neuf enfants et qui se lamentaient : « Mais c'est qu'il faut les nourrir ! Et puis, nous, on est fatiguées. »

La Nore n'avait pas été invitée. Elle s'annonça par un glissement de pas sur le dallage de l'église. On se retourna, un frémissement d'horreur parcourut l'assemblée. Marie-Olympe Mercier, qui avait exigé qu'on ne la vît pas à la noce, la regarda comme tous les autres : cheveux orange sous la coiffe, longue robe sombre. Elle avait apporté une ficelle noire qu'elle tortillait entre ses doigts noueux. Elle fit discrètement neuf nœuds puis, profitant de la foule qui sortait de l'église, alla déposer la cordelette de mauvais œil sur le passage des mariés. Même s'il s'agissait de celui de sa petite-fille, elle désapprouvait ce mariage. Ce soir, même s'il ne le savait pas encore, Hippolyte Mercier ne remplirait pas ses devoirs d'époux.

Le repas de noces avait été organisé chez les Mercier dans l'écurie aménagée pour la circonstance. Un coup de chaux sur les murs pour les rafraîchir – ce qui avait abrégé la vie de Mathurin Besson –, la pose d'un plancher, trois grandes tables et des bancs, quelques bouquets de fleurs plantaient le décor. Marie-Olympe et Honorin avaient emprunté de la vaisselle à tout le village, déployé des trésors d'imagination pour récupérer de quoi faire un bon repas et embauché un gars du pays sachant cuisiner. Il avait mitonné un odorant bouilli, un pot-au-feu dans le grand chaudron et cuit des tourtes au lapin, des pognes à la courge et des meringues dans le four à pain du village. Le bouillon, servi dans de grosses soupières avec des tranches de pain blanc à tremper, fut accueilli avec satisfaction. Sur les tables se succédèrent les carottes rouges [1], les gratins dauphinois et des chicorées amères du jardin, assaisonnées à l'huile de noix du pays et vinaigre de vin de fabrication locale. Puis vinrent des rissoles à la crème et des beignets fourrés à la compote de fruits, et pour finir les tartes dorées au jaune d'œuf. Le vin d'Aiton et de la cluse de Chignin coula à flots des tonneaux, et avant même la fin du repas, ils commencèrent à chanter des chansons du vieux temps, comme *La Marion sur un pommier*.

Toute la famille avait été conviée à la noce. Seul manquait Emile, le frère cadet d'Hippolyte. La vie étant dure, à la morte-saison, certains hommes devaient s'embaucher comme maçons, au printemps, ou menuisiers, en hiver, ou pire, s'exiler à Grenoble ou à la capitale pour y trouver du travail comme ramoneur, raboteur de plancher ou porteur de pain. Un des oncles avait choisi l'émigration en Argentine. Amélie regrettait l'absence de sa grand-mère. La veille du mariage, elle avait encore demandé à son fiancé :

« Pourquoi on n'a pas invité ma grand-mère Eléonore ? Vous savez bien qu'elle ne laissera pas passer cet affront... »

Hippolyte avait retroussé ses manches, avant de se pencher sur l'enclume, et avait répondu :

« Pour ce que j'en sais, moi ! La maman, elle a ses raisons. »

Le repas, commencé après midi, se poursuivit allègrement jusqu'à deux heures du matin. Quand vint le bal, se déchaînèrent l'accordéon et le violon endiablés. Les couples s'accolaient, les mains brûlantes se cherchaient au rythme des valses, des polkas, de la piquée,

---

1. Betteraves.

des danses du pays. Amélie tournoyait follement sur le plancher savonné, changeant de cavalier comme une toupie lancée trop vite. Sa longue robe bleue s'ouvrait en corolle comme une tulipe, laissant deviner ses mollets gainés de bas blancs. Elle passa des bras d'Hippolyte à ceux de son père qui la fit valser en riant.

— Ce sont des instants bien trop rares, dit-il. On n'a jamais le temps de s'amuser. Alors, petite, tu es heureuse de marier l'Hippolyte ?

— Tu oublies que c'est toi qui l'as choisi, père.

— Alors, tu m'en veux toujours ?

— Un peu.

— C'est vrai que je ne me suis pas rendu compte. Vous n'avez tellement rien en commun. Mais tu vois, ta mère et moi, on n'avait pas grand-chose en commun, au départ. J'ai cru...

— Tu as cru quoi ? Que ça allait arranger les propriétés ?

— Je croyais aussi à ton bonheur.

— La différence, c'est que mère et toi vous vous aimiez quand même.

Amélie se tut, se demandant comment son père réagirait s'il savait qu'elle avait eu un amant. A la fin de la valse, le père rendit sa fille à son mari. Hippolyte regarda son épouse sans aménité, le visage et le cou allumés par le vin. A l'entendre éructer quelques propos malséants à son égard, elle comprit qu'il avait déjà dépassé le seuil de la bienséance, mais elle n'en avait cure. Elle ne pensait qu'à Julien. Elle jubilait à l'idée de son secret, de ces heures torrides avec son amant, à faire tout ce que la religion et la morale vertueuse interdisaient depuis des siècles. Elle aurait, au moins, ces souvenirs pour le reste de son existence.

Dans l'écurie décorée de guirlandes en crépon, les couples dansaient toujours au son de l'accordéon, les mains moites se joignaient, les souliers glissaient. Quand venaient les marches, la pièce retentissait de claquements de mains et du fracas rythmé des chaussures sur le plancher. Le musicien tirait des notes en cascades entraînantes ou nostalgiques de son accordéon qu'il posait de temps en temps pour attraper son violon sur une chaise ou pousser la chanson avec Alfred Chevrier. Lorsque la chaleur et l'effort de la danse leur asséchaient le gosier, les danseurs allaient au seau d'eau prendre une louche et se désaltérer, d'autres se servaient un verre de rouge. Jouant des coudes, Amélie se frayait une place parmi eux, et comme un homme prenait sa part de vin, goûtant la sensation de brûlure râpeuse dans sa gorge, puis dans son estomac, qui lui réchauffait le sang. Elle tournoyait encore plus vite dans les bras de son cavalier. Elle eut droit à une remarque virulente de sa belle-mère, qui comportait au moins le mérite de la franchise.

— Une fille comme il faut danse pas comme une moins que rien, une délurée, une couratière. Mon Hippolyte est bien trop tolérant avec toi.

« Une fille qui va au bal est déshonorée. » C'était ce que disait le curé Guérin aux mères qui le répétaient à l'envi à leurs filles. S'il n'osait pas s'opposer trop ouvertement au bal de la vogue, la fête du village, il faisait de vifs reproches en chaire à la messe suivante, si bien qu'aucune mère de famille digne de ce nom n'aurait laissé sa progéniture s'aventurer au bal. Sans compter que la musique était, par lui, considérée comme l'œuvre du Diable.

L'aube n'était pas encore levée. Si certains somnolaient, d'autres montraient toujours une certaine vigueur, pas encore épuisés d'avoir tant dansé. A quatre heures du matin, on resservit de la viande froide, du ragoût de mouton et du fromage pour caler les estomacs dérouillés par l'effort ; le vin illumina un peu plus les faces rougies. Puis vint le moment de rentrer chez soi. Amélie dut soutenir son mari à l'haleine empuantie par l'alcool et la chique, qui s'agrippait à ses épaules et à sa taille comme un lierre rampant dont elle ne pouvait se défaire. « Il est bon saoul, cuit comme du boudin », furent les avis des invités encore debout.

Les mariés avaient gagné leur chambre chez les parents d'Hippolyte pour leur nuit de noces, du moins ce qu'il en restait, et Amélie savait que des jeunes s'apprêtaient à leur faire une farce, à leur porter le rituel vin chaud dans un pot de chambre. Hippolyte avait trop bu ; tout excité de l'avoir dans ses bras, enfin toute à lui, il était décidé à prendre son plaisir comme un soudard. Mais la nature lui refusait obstinément de remplir son office d'époux. Le sortilège de la Nore avait fonctionné. Le forgeron mit cela sur le compte de l'excès de boisson et le fait d'avoir trop attendu de posséder sa promise. Même s'il n'avait pu consommer vraiment le mariage, il s'était bien rendu compte qu'elle n'était plus vierge. Sans compter qu'elle avait aussi perdu autre chose.

— A présent, enlève ta biaréta ! dit-il, au moment de se déshabiller. Je veux toucher tes beaux cheveux.

Amélie le regarda d'un air goguenard puis défit lentement sa coiffe. Consterné, Hippolyte vit son crâne aux cheveux courts hérissés comme du chaume. Il ne put retenir un juron.

— Qu'est-ce que t'as fait ?

— J'ai coupé mes cheveux pour les vendre.

— Mais pourquoi ?

— Pour avoir de l'argent pour ma dot. Comme ça, vous ne direz pas, toi et ta mère, qu'il faut payer pour me prendre. Mon père n'avait pas assez pour le repas et tous les invités. Les Mercier, vous êtes plus aisés que nous.

Hippolyte rugit :

— Tu aurais pu les faire couper à un autre moment. De quoi j'ai l'air, moi, de ne pas pouvoir subvenir aux besoins de ma femme ? Tu l'as fait exprès pour m'humilier. Combien il t'en a donné, le gars ?

Amélie le toisa et répondit aigrement :

— Il est pas encore passé, le gars. D'habitude, c'est vingt francs, mais là, je sais que j'en aurai vingt-cinq, parce qu'ils sont beaux. Ne t'en fais pas ! Dans quatre ans, ils seront aussi longs qu'avant.

— Dans quatre ans, je serai peut-être plus là, fit-il sourdement, peut-être que plus aucun d'entre nous ne sera là, au sens propre.

Hippolyte, échauffé par les verres de gnôle, se rapprocha de sa femme ; sa main chercha la rondeur d'un sein, descendit sur son ventre, à la recherche du buisson doré. Elle frissonna comme au cœur de l'hiver, en se contractant. « L'idiot, il croit que je réponds à son désir ! » Elle se blottit contre la paroi, loin de son mari, tira sur elle le couvre-lit avec un grognement, faisant semblant de dormir. Hippolyte se retourna en soupirant terriblement. Elle l'entendit grommeler :

— Garce, je suis castré comme un bœuf.

Cette nuit, elle était passée à côté, mais elle ne pourrait lui résister bien longtemps, se refuser à cette ardeur d'homme aux odeurs fortes qui lui soulevaient le cœur. Amélie gardait les yeux grands ouverts dans la nuit, tandis qu'Hippolyte se tournait et se retournait sur la paillasse. Elle ne trouvait pas le sommeil. Comme la plupart des femmes, Amélie était captive de Julien Fabrègue. Elle revoyait la puissance de ses jambes, la beauté mâle émanant de lui, sa virilité insatiable. « La nuit s'avance, et moi je m'avance dans l'ombre de tes cuisses », lui avait-il dit. Il l'avait chevauchée comme un cavalier qui prend son tribut d'amour avant de s'en aller à la guerre ou qui, lassé de trop de batailles, revient boire à sa source vive. Amélie lui avait confié la clé de son corps, de ses rêves et de ses désirs secrets, au cours de ces noces de sang, de feu et d'ombre. Il avait blasphémé sur sa pureté de vierge, lui avait inoculé des splendeurs d'innocence, sans lui révéler les bas-fonds de sa propre noirceur. Il lui avait arraché des cris que plus aucun autre n'entendrait jamais. Il l'avait salie et il l'avait perdue. Julien Fabrègue s'était enfui, obsédé par son trésor. Amélie pensa : « Le curé Guérin a raison sur un point : l'or pervertit tout. »

Les rumeurs de la vie du village s'élevaient, mêlant appels des artisans et bruits lancinants des scies aux bûchers. Seuls manquaient les tintements sur l'enclume du maréchal-ferrant. Dans la cuisine des Mercier, Marie-Olympe, vêtue d'un peignoir rouge, manches flottantes sur ses chairs grasses, fonça toutes voiles dehors pour accueillir son fils. Amélie ne put retenir une grimace de dégoût.

57

L'interrogatoire

Au commissariat de police d'Albertville, on fit asseoir le Provençal dans un bureau sordide plombé d'une lourde chaleur. Il avait la gorge sèche, une soif persistante que rien ne venait étancher. Ses tourmenteurs se montraient imperméables à toute pitié. Amédée Carraz prit le temps de tailler sa plume, ouvrit son encrier, puis avança vers le suspect un long visage de goupil barré d'une moustache rousse et marqué d'un joli bleu sous le menton.

— Allons, Fabrègue, avoue ! Ça nous fera gagner du temps. De toute façon, tu te mettras à table à un moment ou un autre.

— Je vous interdis de me tutoyer ! Donnez-moi du tabac !

— Quand tu auras dit ce que tu as à nous dire. On sait bien que tu étais fou de la belle Odette Merlaud. Tous les gens du coin nous l'ont confirmé. Ils t'ont souvent vu chez elle, et un certain soir, il y a eu du grabuge entre vous deux. Une voisine a dit que vous vous engueuliez comme des patiers.

Julien sauta sur sa chaise comme un diable de sa boîte, furieux. Ses mains menottées tremblaient.

— Et pourquoi vous n'interrogez pas plus à fond Von Schober ? C'est lui qui m'a mis Odette dans les pattes pour qu'elle le renseigne sur moi. Sans compter son homme de main borgne, le dénommé Wittek, un moitié cinglé, un obsédé qui aurait très bien pu lui faire son affaire. Vous avez un parti pris contre moi, c'est ça ?

— On ira l'interroger. D'ailleurs, on enquête sur tous les types susceptibles d'avoir approché la fille. Je dois avouer que ça nous prendra un certain temps, vu sa profession. Mais ce qui m'intrigue dans ton histoire de baron manipulateur, c'est ce que tu as à cacher et qu'il convoite... Encore un autre point à élucider. Chaque chose en son temps.

Julien se tordit de rage sur sa chaise et envoya valser une de ses chaussures sans lacet contre la bibliothèque. Son questionneur l'évita de justesse. Sans se départir de son calme, ce dernier continua.

— Nous avons reçu un télégramme du commissaire Legendre de Brignoles. Tu es le suspect numéro un du meurtre de Magali Caillol, ta domestique.

— Vous êtes fou ! s'écria Julien, épouvanté. Jamais je n'aurais fait le moindre mal à cette femme qui était au service de ma famille depuis deux générations.

— Nos collègues de Brignoles ont fouillé ta maison et en particulier la chambre de ta domestique et la tienne. Tu ne devines pas ce qu'ils ont trouvé ?

— Sa coulano avec la croix, tachée de sang naturellement, fit Julien sarcastique.

— Eh bien, justement !

Julien comprit alors pourquoi Magali ne portait plus la croix autour du cou quand il l'avait sortie du bassin.

L’assassin l’avait ôtée pour l’étrangler plus aisément et surtout compromettre le maître de la Bastide. Le commissaire Carraz reprit :

— Le fait que tu aies foutu le camp, alors que tu avais injonction de rester sur le territoire, le temps de l’enquête, ne plaide pas en ta faveur, avoue-le, Fabrègue ! Et ce n’est pas tout.

Amédée Carraz baissa la voix et, agitant les mains comme des marionnettes, ajouta d’un ton mélodramatique :

— Le problème, c’est qu’en plus une autre fille a disparu dans ta région, à Brignoles. Ce qui n’arrange pas tes affaires.

— Tiens, voilà autre chose ! Comme ça, vous allez tout me coller sur le dos ! Et qui est-ce donc ?

— Manon Fabre. On sait que tu la courtisais, comme par hasard. C’est quand même assez troublant, non ?

Julien, qui tombait des nues, bégaya :

— C’est une conspiration ou quoi ? Je ne sais pas où est cette fille.

Carraz prit une chaise, l’enfourcha à l’envers et se campa devant Julien, le regard foudroyant.

— Et si tu me parlais un peu de tes relations avec Manon Fabre ? Alors, avec ta bonne amie provençale, ça s’est passé comment ?

Julien haussa les épaules avec une expression de profond mépris.

— Vous n’êtes pas mon confesseur. J’ai horreur de ça, et puis je vous interdis de me tutoyer. Je suis innocent, je n’ai rien à dire.

— De toute façon, tu seras obligé d’y passer. Alors, vaut mieux tout déballer maintenant. Et puis, peut-être bien que ça te soulagera.

— Je ne vois pas en quoi ça vous intéresse. Ça ne regarde que moi, rétorqua furieusement Julien, un pli de mauvais augure barrant son front.

— Ben, justement, ça regarde aussi la justice. T'as quand même pas oublié pourquoi t'es là ? Plus vite tu te mettras à table, et plus vite on en finira. Sinon, c'est la maison d'arrêt de Toulon qui t'attend.

Julien pensa au bagne de Cayenne puis s'abandonna à un lourd silence, le regard troublé.

— Manon, je l'ai connue à une conférence archéologique à Saint-Maximin. J'étais venu pour rencontrer son père, un homme qui a du poids dans ce milieu et qu'on m'avait recommandé pour mes travaux. Entre nous deux, le courant est bien passé.

— Alors, tu as sauté sur ta chance en même temps que sur elle.

— Faites gaffe à ce que vous dites, Carraz ! Je ne supporterai pas qu'on soit vulgaire avec elle. Manon, c'était une fille bien.

— Tiens donc ! Tu en parles déjà à l'imparfait. Comme si elle n'avait plus d'avenir…

— Elle n'a pas d'avenir avec moi, ça n'a rien à voir avec sa vie à elle.

— Faut dire que ça doit pas être de la tarte de vivre avec toi.

Le visage de Fabrègue blêmit, signe que la colère bouillait à nouveau. Il lança d'une voix mauvaise :

— Ce n'est peut-être pas la vie rêvée, mais ça a l'avantage d'être excitant. Ce que ne doit pas être la vie avec vous, commissaire. Avec moi, au moins les femmes se passionnent, elles vivent.

— Elles meurent aussi beaucoup. Eh bien ! C'est pas la modestie qui t'étouffe, Fabrègue. Comme si elles t'attendaient pour ça !

— Et toi, pour ce que tu connais aux femmes ! T'en as eu combien, Carraz ? Tu peux bien me l'avouer. On est entre hommes.

— Dis donc, qui c'est qui pose les questions ici ? T'es pas là pour me tirer les vers du nez. Alors, reprenons ! Dans l'ordre : Odette Merlaud, Magali Caillol, Manon Fabre. Deux mortes et une disparue... Et j'oubliais... La petite Anaïs Puget.

Ce fut le coup de massue. Carraz s'était bien renseigné à son sujet en si peu de temps. Il devait tenir ses informations d'une autre source. Nul doute que le baron von Schober s'était chargé de lui faire parvenir ces détails. En évoquant Anaïs, son amour perdu, Julien ne put empêcher que monte du plus profond de son être une immense nostalgie. D'abord, il ressentit avec une terrible acuité son absence. Cela lui causa une douleur atroce, mélange de larmes et de colère, de totale impuissance. Il ne contrôlait plus rien. Et tandis qu'il pensait à ces quatre femmes ayant fait partie de sa vie, Carraz pouvait lire sur son visage toutes les émotions qui passaient comme des nuages. Sourire, jouissance, liesse, peur, colère, violence et amertume. Il entrait dans la ronde des souvenirs de Julien Fabrègue, voyeur d'intimités interdites, comme oppressé d'un secret trop lourd. A ces histoires d'amour, il ne pourrait jamais rien comprendre.

Le commissaire Carraz s'était lassé. Après la garde à vue de Fabrègue, son interrogatoire prolongé, l'arrivée de son avocat qui protestait et surtout l'intervention d'un parent, Roland Fabrègue, haut placé au ministère des Affaires étrangères, la police avait dû le relâcher. Faute de preuves. La chemise trouvée dans le grenier du Crêt pouvait appartenir à n'importe quelle femme aisée se parfumant de Guerlain. Pour Carraz « à qui on ne la faisait pas », comme le disaient ses sous-fifres admiratifs, aucun doute. Julien Fabrègue avait tué Magali Caillol, puis Odette Merlaud, et avant de venir à Albertville, s'était débarrassé du corps de Manon Fabre. Ces longues heures d'interrogatoire l'avaient convaincu de sa culpabilité. Il n'avait eu qu'à voir l'expression du suspect quand il lui avait demandé de raconter sa romance avec Odette Merlaud, ses folles parties de jambes en l'air et sa possessivité. Lui-même avait ressenti le poinçon de la jalousie à l'idée qu'une liaison pareille ne risquait pas de lui arriver. Il était décidé à ne pas lâcher Fabrègue d'une semelle. Ce dernier avait injonction de ne pas quitter la région.

Pas un instant, Amédée Carraz n'avait évoqué Amélie Borrel. Il ne tarderait pas à prendre ses renseignements. Et ils pourraient compter sur le témoignage spontané de Félicien Viard.

Une idée atroce avait traversé l'esprit de Julien. Avant de quitter le commissariat, il avait demandé à Carraz :

« Quel jour sommes-nous ?

— Le 21 juin. »

« Amélie est mariée depuis deux jours », n'avait pu que constater Julien, la gorge étranglée.

Von Schober avait espéré, un temps, que le Provençal sème la pagaille et fasse un beau scandale aux Millières en enlevant la petite Borrel quelques jours avant les noces. Tout le village lui serait tombé dessus et aurait anéanti ses espoirs de recherches. Le baron avait été étonné par l'attitude de Fabrègue. Félicien Viard lui avait pourtant affirmé qu'ils étaient amants et très épris. Sans doute, ce Fabrègue était-il comme les autres hommes, préoccupé de son rang social et ayant seulement satisfait une curiosité. Et surtout, le trésor avait paru plus important à ses yeux qu'une pauvre paysanne. Le baron avait dû improviser autre chose. Il avait envoyé ses sbires s'occuper d'Odette Merlaud et laisser des indices compromettants pour le Provençal. Et puis elle en savait trop. Quant à Manon Fabre, que le fidèle Moser avait séduite, elle lui était toute dévouée et resterait cachée à Marseille, le temps qu'il faudrait.

Le baron pensait qu'avec ça, Julien Fabrègue ne s'en relèverait pas.

58

Le tourment

Le premier soir de sa solitude, Amélie Mercier avait attendu longtemps, jusqu'à n'avoir plus l'air humaine, que le vent de la nuit vienne à la rencontre de son visage et se recueille contre ses paupières closes. Que les papillons, rendus fous par la lampe à pétrole, grésillent avec un bruit écœurant. Que l'obscurité chasse définitivement le jour. Julien n'était pas venu.

Le lendemain du mariage avait été un jour comme un autre, il n'y avait pas eu de voyage de noces. A l'église, la jeune mariée quitterait le rang de ses parents pour rejoindre celui de son époux, elle abandonnerait la place des Borrel pour épouser celle des Mercier. Elle se tiendrait dorénavant à côté de sa belle-mère. Son couple ne serait défait que par la mort de l'un des conjoints. Amélie connaissait des couples où les hommes frappaient sur leur femme avec la même constance qu'Hippolyte sur son enclume, et elles subissaient en silence, serrant les dents sur leurs cris. Elle en voyait d'autres, comme ses beaux-parents, qui se disputaient constamment mais ne se séparaient pas pour autant. Ils se supportaient. Et puis le mariage, c'était pour le meilleur et surtout le pire et pour toute la vie, ainsi que le curé Guérin le leur avait dit.

« On n'a pas le temps de penser à se faire plaisir, râlait Célestine. Tu vois bien la vie qu'on mène, nous autres. On n'a rien le temps. L'été, on est aux moissons et en montagne avec les bêtes, l'automne, il faut s'occuper de tout un tas d'affaires. L'hiver, c'est puis pas possible de sortir de chez soi et de se déplacer, pis au printemps, il faut tout mettre en route pour remonter en montagne au mois de juin. Alors, on n'a puis pas le temps d'écouter le soleil au printemps. Et si le mari, il est brave, comme mon Cyprien, tant mieux, sinon, on l'a en plus sur le dos. »

Amélie ne pouvait que constater : « Pour les femmes, c'est une vie d'esclave. »

Elle pénétra dans la grande pièce avec des renfoncements pour les châlits de bois. Dans la cheminée noircie, son regard engloba les chenets, les poêlons et la crémaillère. Amélie commença à mettre le couvert, en attendant le retour d'Hippolyte de la forge attenante. Comme elle avait besoin de lumière pour vérifier la cuisson des pommes de terre pour les chiens, elle prit une baguette de résineux d'une cinquantaine de centimètres de long, tirée d'une souche de conifère débitée. Dans l'âtre, une pierre s'avançait avec une gouttière. Elle y posa sa baguette allumée. Celle-ci éclaira pendant une dizaine de minutes, en grésillant dans une bonne odeur de résine. Puis des flammes se mirent à courir. Amélie saisit prestement le pochon et puisa de l'eau qu'elle jeta sur le début d'incendie. Elle se dit qu'elle aurait dû le laisser prendre ; avec lui aurait disparu la maison d'Hippolyte, et sans doute elle avec. Vivre sans Julien n'était pas une vie. Ensuite, assise seule à la table, face à la cheminée, elle regarda danser les flammes qui allumaient sur ses pommettes de violentes rougeurs. Une fois de plus, sa pensée alla rejoindre Julien Fabrègue, et c'était comme si elle appuyait sur un bleu.

Pour le souper, Amélie fit rapidement revenir des cubes de polenta dorée avec du beurre, des oignons roussis et des petits lardons, et coupa par-dessus des lamelles de tomme. Elle attrapa les djiots, viande et gras de porc hachés, assaisonnés, bourrés dans des boyaux et conservés dans la cendre ou l'huile. Puis elle sortit les assiettes en faïence, y coupa de fines tranches de pain dur, déversa le sérac dessus et posa un pot de lait mousseux de la dernière traite. Sous la lueur de la lampe à pétrole qui chuintait, elle faisait traîner le repas. Pourtant, son visage creusé de cernes mauves témoignait de sa fatigue, mais elle appréhendait le moment où il allait falloir se coucher, où Hippolyte entrerait dans le lit avec ses grosses mains râpeuses, avec sa hâte d'homme au désir fruste. Ce soir, peut-être pourrait-elle encore jouer la comédie de la femme éreintée et ensommeillée, mais cela ne pourrait pas durer longtemps. Cela ne pourrait être toute la vie.

— Dis donc, t'es guère loquace, fit Hippolyte, s'essuyant les moustaches d'un revers de la main.

— Je suis fatiguée, je vais me coucher.

— C'est ça, t'as rien foutu de la journée et t'es fatiguée. Qu'est-ce que je devrais dire, moi ?

Amélie haussa les épaules, indifférente. Hippolyte ôta son ample chemise de toile en chanvre à pans, le plus long à l'arrière servant de caleçon, qui se ramenait à l'avant. Elle se dirigea vers la paillasse. Dans son lit, elle accueillit en même temps que les ombres de la nuit sa solitude qui veillait.

Même si Hippolyte lui manifestait un peu de tendresse, rien ne pouvait apaiser sa peine, combler le vide immense qui s'était ouvert en elle, plus profond que les gouffres du Grand-Arc. Amélie détestait Julien de lui avoir fait ça, elle détestait l'idée qu'il avait ouvert la porte de sa cage, et qu'à présent l'oiseau libre s'était fait couper les ailes. Elle se tortillait sur la paillasse, tandis qu'Hippolyte ronflait comme un goret, étranger à la douleur de sa femme, inconscient du drame qui se jouait.

Et si Julien ne revenait pas ? Et s'il se faisait tuer par les Autrichiens ? Et s'il était vraiment marié à Brignoles ?

Amélie ne savait pas si elle pourrait jamais se réhabituer à vivre comme avant, maintenant qu'elle avait connu autre chose. Hippolyte n'y comprenait rien, il avait tout tenté, même de se montrer agréable avec sa femme, mais elle le repoussait. Amélie, si enjouée naguère, qui aimait souvent décocher une flèche ironique, un bon mot, n'en finissait pas de se taire. Et quand ce balourd lui demandait pour la vingtième fois ce qu'elle avait, si elle était malade, elle ne répondait rien et baissait un visage qu'elle savait ravagé, aux paupières bouffies, aux cernes profonds.

Mille fois, elle avait passé en revue tout ce qui avait pu arriver à Julien, pourquoi il n'était pas venu la chercher avant son mariage, pourquoi on ne le voyait plus chez Virginie Pommet. Personne, au chef-lieu, n'avait jugé bon de la renseigner. Chaque fois qu'un coup était frappé à la porte, elle sursautait, son cœur battait à se rompre. Mais il ne venait pas. Amélie se languissait, bien que sa belle-mère eût clamé en la regardant :

« Les maladies de langueur, ça n'existe pas chez nous. Et où c'est qu'on trouverait le temps, nous ? »

Le lendemain, de bonne heure, Amélie écréma avec une grosse cuiller en bois le lait qu'elle avait mis la veille à refroidir au ruisseau dans un pot en terre cuite à col évasé. Elle battit énergiquement la crème dans la baratte en bois rotative, se désolant de la voir écumer, gonfler et déborder comme de la lave mousseuse. Décidément, elle n'était bonne à rien, et les remarques des connaisseurs ne faisaient que confirmer sa maladresse. Il allait falloir chauffer un peu la crème, mais pas trop, sinon le beurre deviendrait blanc et perdrait son goût. Tout en tournant la manivelle, elle ressassait ses démons. Après avoir lavé son beurre dans des eaux successives, elle en fit des mottes bien jaunes, s'amusa à dessiner sur le dessus avec une fourchette, se trouva assez douée, puis les enveloppa soigneusement dans du papier. Amélie espérait se faire trois sous avec les Albertvillois qui viendraient au marché lui en acheter. A la fin de l'été, si elle passait la date du 28 juin sans encombre, comme toutes les femmes du pays, elle préparerait le beurre pour la cuisine d'hiver. Elle ferait fondre une vingtaine de kilos en grosses mottes, les ferait cuire à point dans une marmite en fonte jusqu'à ce qu'elles jaunissent, fassent une écume noire au fond, puis les mettrait dans des toupines en grès qu'elle couvrirait soigneusement.

A côté de la maison, Hippolyte astiquait le « père », le vieux chaudron en cuivre dans lequel on faisait la tomme, avec de la cendre de bois mouillée, une brosse en chiendent et de l'eau puisée au ruisseau. Pendant que son mari terminait le nettoyage des ustensiles, et constatant que le temps lourd était en train de virer,

Amélie ramassa prestement les grands draps blancs étalés en plein soleil sur l'herbe et les plia en reniflant leur piquante odeur d'herbe. L'orage menaçait, comme ce jour à l'Ebaudiaz.

Le souvenir de Julien Fabrègue la poignarda en plein cœur.

59

Le linge sale

Marie-Olympe Mercier bouillait tout le blanc, draps, nappes et torchons. Comme à son habitude, elle le mettait à tremper dans un cuvier d'un mètre de profondeur. La belle-mère fabriquait la lessive avec des cendres de sapin, de prunier et de noyer. Elle fit bouillir le lessif aux puissants effluves dans le poêle, filtra les cendres, transvasa jusqu'à ce que ça devienne clair. Amélie haussa les épaules, mais n'étant pas chez elle, se plia aux injonctions de sa belle-mère. Le matin suivant, elle vida la lessiveuse par le robinet au fond, plaça un drap au sommet rempli de cendre sur lequel Marie-Olympe versa de l'eau bouillante. Cela dura deux ou trois heures, avant de frotter le linge avec une brosse en chiendent.

— Tu vas voir, ma bru, avec la cendre, ça vient beau blanc, affirma la belle-mère.

Il leur fallait à présent aller rincer le linge, après quoi elles étendraient les nappes, les serviettes et les draps fleurant bon le propre sur le balcon des Mercier et aux courants d'air de la grange et du galetas[1]. Elles se

1. Grenier.

rendirent au lavoir du chef-lieu, un bassin double faisant office d'abreuvoir et de bassin à lessive. Elles y retrouvèrent des lavandières du village, que regardaient Marie-Eugénie Besson et Séraphine Bonjean, l'Ancêtre toujours aussi alerte. Cette dernière raconta à sa voisine, d'une voix aussi tremblante que l'amas gélatineux qui occupait sa gorge :

— Tu sais pas que la petite Hortense Buisson est enceinte ? Elle veut fêter Pâques avant les Rameaux. Il faut qu'elle se marie tout de suite.

— Evidemment que je le sais ! Ça va faire du foin.

— La Toinette, sa mère, elle lui a dit : « Faut pas y faire voir aux gens. » Elle voudrait la marier de suite, mais ça s'est su quand même. Et pis elle a roulé, c'est pas son premier galant. *Mon djiu*, quelle honte !

— Et bien sûr qu'elle n'aura pas droit au bouquet de fleurs d'oranger, renchérit la Génie Besson, et au baptême du gosse, le curé, il refusera de sonner les cloches.

— A nous, il a sonné souvent à cause des petits-fils. Pourtant, on a eu bien du souci. Mon mari, il était puis à moitié paralysé, maigre comme un bâton, les pieds en dedans. Ah ! Faut avoir du courage !

Elle avait débité son monologue d'un trait, la vieille bique de Séraphine. Elle bava un filet de salive et reprit, à peine essoufflée :

— L'Hortense, elle mériterait de mourir en couches.

— *Yè dégotan*, renchérit la Génie. Heureusement qu'il y a une justice ! Le bon Dieu la punira, en enfer qu'elle ira.

« La vieille peau ! » Amélie eut l'envie de lui cracher sa pensée en pleine face, mais elle se dit que son sort ne tenait qu'à un fil en cas de dénonciation. Et le regard de cette vieille femme, quand il se posait sur elle, la faisait frémir.

— Ah ! *Mon djiu, mon djiu,* on a bien tout eu ! renchérit la Phine. Mais qu'y faire ? Et quand c'est que le bon Dieu viendra me chercher, moi ?

Amélie et sa belle-mère se penchèrent contre le bord du bassin pour tremper leurs avant-bras rougis dans l'eau fraîche. Marie-Olympe s'était aperçue de son mal-être qui, soudain, lui demanda :

— La Mélie, il y a quelque chose qui tourne pas rond chez toi depuis quelque temps. Tu n'es pas à ce que tu fais. Tu s'rais pas malade, par hasard ?

Amélie leva vers sa belle-mère un pauvre visage dont le regard énonçait clairement qu'il ne s'agissait pas du tout de cela.

— Ben alors, c'est quoi qui te tracasse ? Tu peux bien me le dire, on est entre femmes. C'est-y que tu aurais un secret ?

La belle-mère avait baissé le ton, sachant que leurs voisines étaient à l'écoute, ces langues de vipère comme elle les appelait, et dont elle faisait pourtant partie. Amélie resta silencieuse, terrorisée à l'idée de ce que sa belle-mère risquait d'apprendre. Ce fut alors qu'une petite voix venimeuse se glissa entre elles, celle d'Ernestine Pernet, la femme du cafetier.

— Faudrait plutôt t'adresser au Croué, l'Olympe, si tu veux des renseignements. Il les a vus, ta délurée de bru et le riche géologue, celui qui rôdait par là avec ses grands airs d'aristo.

— Qu'est-ce que tu veux dire par là, Ernestine ? s'insurgea Marie-Olympe.

— T'as qu'à lui demander, à la Mélie, si elle ose te répondre.

La Phine intervint alors, toujours prête à ajouter son fiel :

— Elle a joué la châtelaine, mais l'autre, il a préféré la blonde d'Albertville. Et puis, c'est que les gendarmes sont venus le chercher au Crêt, chez la Virginie Pommet. Paraît que c'est un assassin... Au moins, il a évité que l'Hippolyte lui règle son compte.

De stupeur, Marie-Olympe en lâcha son torchon qui fila dans le bassin, tandis qu'Amélie restait comme frappée par la foudre, se tenant le ventre à deux mains, avant de s'enfuir en courant, en direction de la forêt, sous les ricanements des femmes.

60

Les prédateurs

Son bonnet défait, Amélie détalait comme une renarde dans la pente, poursuivie par Félicien Viard. Malgré sa petite taille, le Croué courait vite, et le désir lui donnait des ailes. Elle ne dut son salut qu'à Victorin, son beau-frère détesté, qui pour une fois était arrivé au bon moment. Il la rattrapa en plein vol, la serra un instant contre lui. Ses petits yeux vairons la harponnèrent avec une surprise non feinte, tandis que son compère parvenait à leur niveau.

— Qu'est-ce que tu fous ? lança-t-il au Croué. T'es pas dingue de la faire courir comme ça ?

— Fiche-moi la paix ! Je veux lui faire son affaire à la Mélie, ça fait trop longtemps qu'elle me cherche, et pis de les voir au Crêt, ça m'a donné des idées.

— Comment ça, au Crêt ?

— Ben, ils croyaient pas que je les regardais. Je les ai vus chez la Pommet et une autre fois dans *lé boé,* elle et le Provençal. Ben, ça vaut la peine ! La Mélie, elle a un cul à faire damner un saint.

Victorin sentit son visage s'empourprer, à la fois de honte pour son beau-frère Hippolyte et de désir manifeste. La jeune femme s'affola, en comprenant que Victorin ne se changerait pas en allié mais qu'il virerait de bord.

— Laisse-moi régler ça avec elle ! intima-t-il au Croué. J'ai deux mots à lui dire.

— C'est ça, ricana Félicien Viard. Tant que c'est des mots... Mais je n'ai pas fini la conversation avec la dame. Alors, à une autre fois !

Amélie lui décocha un long regard venimeux. Victorin n'avait toujours pas lâché sa main qu'il serrait à la broyer ; elle sentait pulser son sang dans le poignet, et depuis quelques instants, il battait beaucoup trop vite.

— Alors, ma belle ! commença-t-il, en la forçant à le regarder dans les yeux. Ça fait longtemps qu'on avait à se parler, toi et moi. Tu sais que ça te va bien, les cheveux courts...

— Qu'est-ce que tu veux, Victorin ? Parle tout de suite ! Je serai fixée. Avec toi, je sais que j'ai rien de bon à attendre.

— Là, tu te trompes, ma toute belle, je suis de ton côté, tout dévoué à ta cause. Et par les temps qui courent, ça t'serait bien utile d'avoir un allié dans la place. Parce que le Croué et les autres vont pas tarder à tout déballer à Hippolyte, et ça va faire du foin. Je doute que tu puisses rester au village après ça. Alors, fais-moi confiance !

— Toutes les gueules se ressemblent, la tienne, la mienne et celle du loup, fit Amélie, citant le proverbe savoyard. Je te le redemande, qu'est-ce que tu veux ?

— Toi.

Il la regardait de tout près, lui écrasant toujours la main. Elle sentait son haleine et le désir qui faisait trembler sa voix. Elle sentait aussi revenir son courage, sa force d'antan, un nouveau pouvoir sur lui.

— Tu manques pas de culot. Au moins, je sais maintenant de quoi il retourne.

— Ça fait des années que je suis amoureux de toi en secret. Tu l'as bien deviné, non ? Tu m'allumes chaque été quand tu montes à l'échelle de la grange. Ce Fabrègue, je l'aurais volontiers étranglé. Hippolyte, c'est ton mari et puis c'est mon beau-frère, c'est pas pareil, mais lui, un étranger, un type que tu ne connaissais même pas. Pourquoi pas moi, que j'me suis dit.

— Et Franceline ?

— Franceline, elle t'arrive pas à la cheville. Elle est bien gentille, mais elle n'a pas de tempérament. Et toi, je sais que tu en as, pas ?

Ne pouvant plus résister à la tentation de son corps chaud, à l'éclat de ses prunelles vertes, Victorin se pencha sur Amélie et lui prit un fougueux baiser. Elle se débattit sous l'étreinte, le mordit d'un coup. Il s'écarta avec un cri de furet qu'on étrangle ; un filet de sang à sa lèvre.

— Petite pute, salope, à lui tu t'es donnée et à moi tu refuses un petit baiser. Tu vas me le payer très cher. Tu as de la chance qu'on soit en plein jour et qu'on risque d'être vus du village. Je suis pas aussi marteau que ce pauvre bêta de Croué. Mais tu perds rien pour attendre, ma jolie renarde dodue. Un jour, j'aurai ta petite fourrure et dans pas longtemps. Tu sais que je suis un bon tireur.

Un frisson de peur parcourut l'échine d'Amélie, tandis que Victorin la laissait aller, ne la quittant pas un instant des yeux.

Au détour du sentier, elle n'eut pas le temps de le voir venir qu'un autre bras l'agrippa, une main l'étouffa contre une veste de drap puant le tabac. Elle se débattit comme une diablesse, le visage écrasé contre le maigre torse, renifla avec dégoût des odeurs qu'elle ne reconnaissait que trop, celles de Félicien Viard. S'il était de petite taille, il avait une musculature nerveuse d'une grande force.

— Lâche-moi, espèce de nabot, sale taré !

Ses courts cheveux balayaient ses joues. Elle entendit son rire gras au-dessus de sa tête.

— Je suis pas si taré qu'on le dit, ma toute belle, je sais réfléchir, moi. Et pis, j'connais tous les raccourcis. Je savais que je te rattraperais là. Du calme, faut qu'on discute, toi et moi !

Tandis qu'il relâchait son impitoyable étreinte, Amélie le toisa avec mépris.

— Qu'est-ce que tu veux discuter ?

Il passa un bout de langue sur ses lèvres gercées, embrasé de désir.

— Si tu fais ce que j'veux, je te protège des autres, je dis au Blanchot de la boucler et on dit rien aux Mercier. Tu sais, ils t'aiment pas tant et ils rigolent pas. Alors, t'as que moi sur qui compter.

Elle eut un rire sauvage, presque effrayant.

— Tu parles d'un allié. Et qui me dit que tu me donneras pas aux autres après ?

— T'as pas le choix. T'as fait une connerie. Maintenant, les choses ont changé. C'est plus pareil !

Amélie se dit qu'il lui fallait gagner du temps. Elle se fit moins raide dans ses bras, s'alanguit un peu, esquissa une vague grimace qu'il prit pour un sourire.

— A la bonne heure ! T'es puis pas si fière que ça et t'as bien compris que ton intérêt, il est avec le Félicien.

Tout en se laissant tripoter, la rage au ventre et la nausée au bord des lèvres, elle l'attira vers le bord du sentier, là où s'ouvrait la gueule béante du ravin. Affolé par ce que ses mains découvraient sous le caraco, le Croué en oubliait toute raison, s'il en avait jamais possédé une once, et se laissait manipuler par la femme qu'il convoitait depuis des années et qu'il croyait enfin prête à se donner à lui. Le crétin. Amélie le repoussa gentiment, faisant mine d'ouvrir sa chemise, et lui la regarda avec des yeux de gosse au matin de Noël. Lorsqu'elle le poussa de toutes ses forces dans la gure, il avait toujours ce regard émerveillé, il ne songea pas même à pousser un cri. Son hurlement retentit soudain, quand il bascula dans les fayards, tandis que ses mains de gnome se raccrochaient aux branches et que son petit corps glissait à toute vitesse sur la pente, se heurtant aux roches.

Le temps de jeter en bas un coup d'œil dénué de remords, Amélie l'aperçut qui se débattait sur une table rocheuse garnie de mousse, criant de douleur mais malheureusement toujours habité par la vie.

61

L'oiseau de malheur

Ce soir du 23 juin, on vit une lueur dans la montagne, puis cinq, ensuite une dizaine ; les bergers montés avec les troupeaux aux pâturages pour la saison d'été faisaient savoir qu'ils étaient bien arrivés. D'autres lueurs trouèrent la nuit, celles des feux allumés par les hommes de Von Schober.

— Ce sont ces canailles d'Autrichiens, rouspéta la Nore, et ils sont en avance sur le Provençal. Ils ne perdent rien pour attendre.

Ils gagneraient à tour de rôle, marqueraient des points. Mais seul le plus perspicace l'emporterait, car les parchemins et indices que chacun avait en sa possession n'avaient pas révélé tous leurs secrets. La faim de l'or et la soif de vengeance grignotaient jour après jour leurs esprits, consumaient ce qui leur restait de lucidité. Quant au Provençal, elle savait qu'un sort funeste s'était abattu sur lui et que les forces noires de la montagne commençaient à se disputer son âme.

On s'apprêtait à fêter la Saint-Jean comme partout. A Brignoles, si Magali Caillol avait encore été de ce monde, elle aurait passé neuf fois dans les flammes du feu des feuilles de fenouil aux vertus protectrices. La Nore, quant à elle, allait partir ramasser les herbes de la Saint-Jean, favorisées par le solstice d'été, et achever la cueillette avant le lever du soleil du 24 juin. De bon matin, elle verrait la fameuse croix sur l'astre flamboyant.

— Cette nuit spéciale favorise les énergies avant la moisson proche et écarte les dangers, expliqua-t-elle à la Dandine. Le 24 juin, les feux de la Saint-Jean détruisent les loups-garous. Espérons que cette année, ça sera de même !

Elle cueillerait l'herbe de Saint-Jean, l'achillée millefeuille aux vertus antiseptiques et décongestionnantes. Elle dénicherait le millepertuis dépuratif aux feuilles trouées, l'armoise, le chiendent, le thym, le serpolet contre les fièvres, la mélisse et la joubarbe qu'elle pilait contre les ampoules. Elle chercherait la bugrane qui poussait dans les prairies anciennes, la rare guimauve, la consoude, la marjolaine, l'herbe aux femmes et l'herbe aux verrues[1], la mauve et la vulnéraire. Elle finirait par les feuilles de frêne contre les rhumatismes, celles de noyer dépuratives, et les noix vertes dont elle tirerait une eau efficace contre les coliques.

La Nore marchait dans le bois de Coutaz Pella, portant dans une boriche solidement fermée deux vipères aux crocs bourrés de venin. Elle avait dit à son acolyte qu'elle les avait chargées de mordre toute créature au service des Autrichiens. Les deux femmes se dirigeaient vers la montagne où les hommes du baron von Schober prospectaient. Un instant, la sorcière crut voir un gnome qui chassait avec son arc dans la forêt.

---

1. Fumeterre et chélidoine.

Mais ce n'était qu'un homme dont la silhouette se faufilait dans l'épaisseur des taillis. Un peu inquiète à l'idée de cheminer avec des vipères, la Dandine osa interrompre la grande magicienne dans ses pensées.

— Maîtra ! C'est-y bientôt qu'on arrive ? Je suis puis lasse.

— Silence ! tonna la Nore. Comment veux-tu que je me concentre ? Il faut que je dégote ces ordures d'Autrichiens menés par le Ranche.

— Pourquoi vous les détestez autant ? osa demander la fille.

— Un jour, tu le sauras. Pour l'instant, on s'arrête, tu te tais et tu manges.

La vieille tassa ses jupons en s'asseyant sur un tronc d'arbre déraciné, imitée par la Dandine, et elles avalèrent quelques rissoles et du saucisson de porc.

Sur le chemin, la sorcière et sa disciple aperçurent Cyprien Borrel et sa femme qui montaient à leur chalet du Planay. Célestine chevauchait le mulet, son dernier-né sur les genoux, tandis que son mari tenait la bride. De temps à autre, elle tirait un sein crasseux de sa chemise qu'elle donnait à téter au petit François. Les deux fils aînés, Maxime et Joseph, des effrontés selon leur grand-mère Léonie, suivaient avec des cris de busards dont les montagnes renvoyaient les échos. Ils chahutaient Blanche, leur plus grande sœur qui tenait en laisse la petite Céline bien serrée au ventre par une large bride de drap. L'année précédente, ils avaient laissé dans leur chalet du Planay l'essentiel, les paillasses, le chaudron en cuivre, le matériel de traite. Mais il fallait emporter la vaisselle, la nourriture et les vêtements qu'on ne voulait pas abandonner à la voracité des mulots et qu'on transportait sur le traîneau. Là-haut, ils possédaient un arbé pour se loger, une grange avec écurie et surtout de quoi faire paître les bêtes. Ils y resteraient jusqu'au mois d'octobre. Ils montaient à pied avec les bêtes, les deux vaches, les trois chèvres, les deux brebis, le cochon acheté au printemps et les chiens. Cyprien Borrel possédait un corniaud et deux chiens de chasse. Les poules et les lapins, il les avait hissés dans un panier sanglé sur Joyeux, leur mulet. Avant l'emmontagnée, le Rossé avait sorti le cochon pour lui dégourdir les jambons, l'habituer à marcher. Mais s'il était encore peu corpulent et assez leste à la montée, pesant à peine sa trentaine de kilos, en revenant à l'automne, il serait bien gras, nourri du petit-lait tiré de la tomme, de rumex nutritif, de betteraves crues et de pommes de terre mélangées à du son. Ce ne serait pas la même affaire.

Une fois encore, Eléonore constata que les vaches et les cochons avaient plus d'importance au pays que les femmes.

Des cris discordants la tirèrent de ce joyeux spectacle. La Nore leva la tête et sourit enfin. Au-dessus d'elle, planant dans le vaste ciel bleu et s'amusant dans les courants aériens, Croéjus arpentait son territoire. D'un coup, fondirent sur elle deux grands corbeaux qui la frôlèrent et lui firent hérisser le plumage. Jamais la Nore n'en avait vu de tels. Leurs cris rauques ressemblaient à des invectives.

— Ça, c'est mauvais signe, dit la sorcière, dont l'esprit dérivait déjà à la rencontre du passé. Ils sont là pour eux, pour ces Autrichiens. Ils vont comprendre leur douleur… Ils vont tous périr. Comme leurs pères avant eux.

Quelques heures plus tard, dans sa maison de la forêt, Eléonore Bochet était en train de procéder à l'embarrage de Marie-Olympe Mercier qui lui avait manqué de respect en ne l'invitant pas au mariage. Pour verrouiller la matrice, elle enduisait une corde d'une bouillie de limaçons qui avaient pourri durant quarante et un jours. Puis elle la nouerait sept fois et irait la déposer sur le chemin de sa victime.

— Si l'Olympe marche dessus, nul ne pourra plus jamais la pénétrer, ricana-t-elle. Pour la délivrer, il faudra défaire les nœuds.

Germain Gachet, le bûcheron qui se tenait sur le seuil, eut des sueurs froides en entendant la vieille ricaner.

— Approche ! fit-elle, ayant senti sa présence. Et dis-moi ton nom ! Sinon je te change en caïon ou te dévore tout cru.

Le Gouître se présenta, pantalons retenus par une corde de chanvre. Il avait déposé sa hotte pleine de rondins et tenait encore en main sa goyarde dont il ne se séparait jamais, la machette à couper le bois et tailler les haies. Il ôta son chapeau mou qu'il tritura de ses mains moites.

— Voilà, c'est bien gênant, mais y a que toi pour m'arranger ça. Le Guste n'a pas réussi avec sa médecine, et je t'avoue que j'ai dû consulter Mercier qui m'a servi à rien non plus.

A ce nom, Eléonore cracha son mépris pour montrer en quelle considération elle tenait ses pseudo pouvoirs et le fait qu'il ait épousé sa petite-fille.

— Celui-là, il est comme le cochon, il ne fera de bien qu'après sa mort.

— Il faut que tu me dénoues ce que je pense…

Devinant sa gêne, la Nore en profitait.

— Et tu penses quoi ?

Il bafouilla, reprit :

— C'est pour que je puisse de nouveau être un homme, quoi. J'ai honte quand je suis dans le lit avec la Marouise. Moi qui avais tant de bonamies !

— Le terme de ta honte sera proportionnel à l'argent que tu me donneras, annonça la Nore.

Quelques pièces sur la table la convainquirent d'agir au plus vite. Le grimoire de magie conseillait de garder sur soi un anneau au chaton incrusté de l'œil droit d'une belette, de respirer la fumée s'élevant de la dent brûlée d'un homme trépassé depuis peu ou de faire uriner le mari à travers son alliance tenue par l'épouse. Il y avait encore une possibilité : faire manger à l'impuissant des fruits de frêne légèrement chauffés au four. Cette solution lui parut la plus simple. Elle s'activa en silence puis tendit sa médecine à son client.

— Voilà, tu mangeras ce que j'te donne. Et tes forces devraient revenir, afin de faire son affaire à la Marouise. Mais si tu t'avisais dorénavant à recommencer tes fredaines, je te garantis pas que ça se reproduise pas. Je devrais pas te le dire, mais le Roan, à ce qu'on raconte, il peut plus du tout, et c'est pas venu par hasard.

Elle fut interrompue par des rumeurs de voix qui montaient vers la forêt. Un peu plus tard, la porte de sa masure s'ouvrit sous la poussée d'un flot hurlant et vociférant.

— Ton corbeau de malheur, on lui a crevé la paillasse, annonça le Croué fièrement, montrant ce qu'il gardait caché derrière son dos.

Un oiseau noir au corps tout raidi et aux yeux vitreux qu'il tenait par les pattes et jeta sur la table. La Nore se précipita sur eux, toutes griffes en avant. Les hommes eurent un mouvement de recul.

— Tarabés ! Torlous ! Pauvres gadagnes, niais ! cria-t-elle à leur encontre. Vous me le payerez !

— Cheurchira ! Sorcière ! lui lancèrent-ils, un peu tremblants tout de même à l'idée de ses pouvoirs.

Un frisson de peur parcourut l'échine de la vieille, tandis que Félicien Viard sortait à reculons, ne la quittant pas un instant des yeux. Elle vit les deux femmes se signer devant elle et ne baissa pas le regard en les entendant parler de son cas.

— Ton heure est venue, la Nore, siffla Antonine Blanc, et même ton maître le Diable ne pourra te sauver.

— C'est tout droit en Enfer qu'elle ira, renchérit sa commère, la Phine à la bouche édentée et au goitre fripé.

En repartant, la Tonine cracha dans sa direction. Germain Gachet fila sans demander son reste et sans prendre sa potion. Ce fut alors que le chien hurla. Un congénère lui répondit, puis leurs hurlements enflèrent et se propagèrent de maison en maison. La Nore sourit.

62

La proie

En sortant de l'épicerie, Amélie Mercier croisa les deux femmes qui étaient au lavoir quand cette vieille peau de Séraphine avait craché son venin. Elle ne baissa pas les yeux, tandis qu'elle les entendait parler d'elle, mais leurs mots entrèrent dans son ventre comme de petits poignards.

— La Mélie, elle prend ses grands airs, elle a cru séduire un monchu. Et le pauvre Hippolyte, il porte les cornes. Si c'est pas malheureux, ça, de voir un homme comme lui être bafoué par une couratière !

Ernestine Pernet cracha sur son passage.

— Cette engeance de fille délurée, ça va tout amener la luxure par là. Et ça nous a déjà amené les gendarmes.

Amélie se rappela les paroles réconfortantes d'Eléonore qui subissait, elle aussi, des sarcasmes : « Bah ! Comme dit le dicton : Chien qui jappe ne mord pas. » Puis elle pensa avec horreur : « Le Croué, il a parlé. »

Dans les ruelles du chef-lieu comme à l'épicerie, les femmes s'écartaient sur son passage, ne la saluaient plus, lui faisaient comprendre qu'elle n'appartenait plus à leur monde, qu'elle était mise au ban de leur société. « La Mélie, elle a pas le visage du respect du pays », avait-on déjà coutume de dire à son sujet.

Elle se sentait observée par des yeux invisibles, apercevait les mains des voisines tirant ostensiblement les rideaux. Le regard de sa belle-mère se faisait plus inquisiteur. Les chuchotements et remarques désobligeantes allaient bon train. « La Mélie à l'Hippolyte, elle courate. Le mari, il voit rien. C'est pourtant gros comme une grange au milieu d'un champ. Mais ça durera pas la vie des rats. »

Quant à la visite des gendarmes chez la Virginie du Crêt, personne n'avait voulu la renseigner avec précision. L'angoisse du sort de Julien lui broyait le cœur. Sa seule consolation était de penser que cela expliquait pourquoi son amant n'était pas venu la chercher avant le mariage.

Rosalie Grange qui s'en revenait de l'épicerie feignit de ne pas l'avoir vue. Elle baissa furtivement les yeux et s'apprêta à poursuivre son chemin. Folle de rage, Amélie la saisit par son châle et la força à se retourner.

— Pourquoi tu me dis rien, Rosalie ?

Son amie lui jetait des regards apeurés, se faisait toute petite, mais elle ne pouvait pas fuir.

— J'peux pas te parler, mon mari ne veut pas.

— Alors, toi aussi tu es de leur côté, je n'ai plus personne ?

— Désolée, Amélie, faut que je remonte chez moi, mon mari me surveille maintenant.

— Ma pauvre Rosalie, tu es encore plus à plaindre que moi. Moi, j'ai connu le véritable amour qui fait que dans la vie, au moins une fois, on a une raison d'exister.

A peine rentrée dans sa maison près de la forge, soulagée qu'Hippolyte fût encore dans les Bauges, Amélie entendit frapper à la porte. Une boule dans la gorge, elle alla ouvrir et se trouva nez à nez avec Victorin. Elle n'eut pas le temps de refermer le lourd battant qu'il pesait de tout son poids dessus, l'obligeant à reculer dans la cuisine. Elle le toisa d'un regard orageux, lourd de mépris, et siffla :

— Qu'est-ce que tu veux encore ? Pourquoi t'es là ? Hippolyte va arriver.

Lui, bien campé sur ses jambes un peu arquées, la contemplait de ses yeux vairons avec une assurance qui n'augurait rien de bon.

— Ça m'étonnerait. Il m'a dit qu'il partait en face, chez les Baujus, chercher des clous. Et puis il se trouve que j'ai son consentement.

— Le consentement pour quoi ?

— Pour toi, pour te prendre, pour te mater. Entre beaux-frères, il faut bien s'aider, et tu sais bien qu'on partage tout, l'Hippolyte et moi.

— Tu mens. Ça m'étonnerait fort qu'il te permette ça, jamais il ne consentirait qu'un autre me touche.

Victorin ricana, les lèvres retroussées sur des dents aiguës.

— Maintenant que l'étranger t'a souillée, moi, à côté, c'est tout propre et puis ça reste en famille, ça ne regarde qu'à nous.

Amélie observait crânement ses yeux bleu et marron, les mèches claires sous son chapeau, la sueur qui perlait à son front hâlé, le tremblement de ses mains, la veine battant à son cou. Il ne reculerait pas cette fois, elle le savait. Elle respirait à petites saccades, cherchant désespérément une idée pour se sortir de ce guêpier, sachant qu'Hippolyte ne reviendrait pas avant un bon bout de temps. D'un coup, Victorin fut sur elle, il la saisit durement par le cou, imprima la cisaille de ses doigts sur sa peau laiteuse, chercha ses lèvres, tandis qu'il murmurait :

— Ma petite, tu monteras beau gentiment dans ma grange quand je t'en donnerai l'ordre. Tu vas être à moi et tu diras rien, parce que sinon, le Croué et moi, on te livre en pâture aux autres, et ils adoreront un gibier comme toi.

— Idiot ! Tout le monde est déjà au courant.

Furieuse, elle lui flanqua un coup de genou fulgurant dans le bas-ventre et, sans attendre la réaction de Victorin qui gémissait en se tenant à deux mains, elle s'élança dehors, tremblant de tous ses membres. Elle aurait dû deviner que cette accalmie était trompeuse, que son propre calme apparent attiserait le volcan, que le Croué n'en resterait pas là, ni surtout Victorin.

Amélie se sentait seule comme jamais elle ne l'avait été ; à peine si elle osait se rendre chez ses parents. Il faudrait pourtant bien, à un moment ou l'autre, leur parler de ce qui se passait, avoir ce courage. C'était de son père surtout qu'elle craignait les reproches. Elle le respectait, même si elle lui gardait rancœur pour son mariage arrangé. Elle savait que ce ne serait là que pauvre alibi à sa conduite. A cette idée, Amélie se rebella, elle s'enflamma, toute sa hargne lui revenant. Pourquoi aurait-on dû se sentir coupable d'aimer et d'être aimée ? L'amour était la plus belle chose qui fût au monde, et on le salissait par des préjugés et des peurs, on préférait se replier dans une petite vie tranquille, sans amour, donc sans histoires.

Si le scandale s'apaisait, il lui faudrait reprendre sa vie dans tout ce qu'elle avait de minable avec ses tâches monotones qui avaient au moins le mérite de l'aider à continuer de vivre. Le dimanche, elle attendrait qu'Hippolyte revienne du café. Il s'en retournerait comme chaque fois, la démarche légèrement vacillante, pas franchement ivre mais le verbe haut et le teint plus échauffé. Ses compères les chasseurs n'étaient pas des gens qu'elle estimait recommandables. Elle eût souhaité meilleure compagnie pour Hippolyte qui s'enfonçait de plus en plus dans l'abrutissement au lieu de s'ouvrir l'esprit. Et puis, elle craignait que l'un d'entre eux ne lui révélât le secret qu'il était sans doute un des derniers à ne pas connaître.

Pour Amélie et Hippolyte, le monde était désormais fait de lourds silences, de gestes mille fois répétés. Chacun vaquait à ses occupations sans se soucier de l'autre. Ils s'activaient sans un mot ; elle avait le cœur lourd. Elle se demandait ce qu'Hippolyte mijotait et ne cherchait plus à le provoquer. A la nuit tombée, réunis autour d'une assiette de soupe sur la table-pétrin, la lumière de la lampe tombant sur leurs visages, ils mangeaient sans un mot, avalaient des colères indigestes. Quand Amélie allait se coucher, Hippolyte était encore à travailler à la forge, comme s'il appréhendait le moment de la rejoindre, peut-être de crainte de ne pouvoir faire taire son désir et d'essuyer encore un refus ; il avait sa fierté. Elle ne supportait pas ses mains empressées, brutales, peu raffinées, sa rapidité à prendre son plaisir, son odeur de fumier, la broussaille de sa moustache sur sa peau tendre. La nuit, elle se retournait longtemps sur la paillasse, écoutant les craquements de la maison, les plaintes du vent dans la cheminée, sans parvenir à s'endormir.

Le souvenir de Julien, de ses lèvres et de ses mains la hantait. C'était le doute qui la tuait, plus encore que l'idée d'apprendre une mauvaise nouvelle. Etait-il encore en vie ? Même de vivre sans lui, de savoir qu'il était hors de danger lui aurait suffi. Sans Julien, Amélie se sentait moins courageuse, et force lui était de se l'avouer, même si sa fierté en prenait un rude coup. C'était beau de vouloir fuir un mariage, une famille, un village même, mais toute seule, ce n'était pas si facile. Amélie percevait que dans la lenteur et la banalité de ces tâches quotidiennes obstinément répétées se tramait une horreur indicible, que son destin était en train de s'écrire. Elle sentait venir insidieusement un autre doute, plus pervers, terrifiant.

Et si Julien Fabrègue l'avait séduite seulement pour qu'elle lui montre les lieux où pouvait se trouver l'or ?

64

Les trafics du curé Guérin

Dans ses appartements, Von Schober faisait les cent pas et bouillait de rage. Le garçon d'étage mit la main à sa poche et en tira prestement la missive qu'il devait remettre en main propre. Il se troubla devant le baron. Une aura empoisonnée émanait de sa personne. Il regarda ses cheveux gris, ses moustaches crochues sous le nez busqué et la canne à pommeau en forme de cygne sur laquelle s'appuyait une serre parcheminée où luisait l'or d'une chevalière. Le baron fronça les sourcils en parcourant les quelques lignes, frémit puis froissa rageusement le pli que lui envoyait son informateur des Millières et l'envoya bouler.

— C'est bien ce que je pensais !

— Quelle est votre réponse, monsieur le baron ? demanda avec anxiété le garçon.

— La voilà ! siffla Von Schober.

Le jeune homme s'enfuit après avoir été copieusement injurié et menacé d'être rossé à coups de canne. Sa crise de fureur passée, Von Schober but un verre d'eau et se rendit compte des conséquences de son acte. Le ventre noué par la rancœur, il se remit à arpenter la pièce pour vider sa colère. Il alla quérir Moser dans la chambre à côté.

— Ce maraud d'abbé Guérin s'est allié au Provençal. Il préfère traiter avec lui. Je ne sais ce que l'autre lui a promis. Sans doute une part du trésor. Quand je pense que j'avais réussi à faire coffrer ce Fabrègue et qu'ils l'ont relâché, faute de preuves convaincantes !

Son regard arrogant flamba comme une braise, et sa bouche mince et pâle se crispa. « Eh bien, frère ! Tu n'as pas la bouche qui s'étire dans le sens du sourire », avait coutume de lui dire Moser.

Von Schober grommela, furieux, et plus encore de recevoir des leçons de morale d'Alfons. Le curé Guérin allait payer très cher sa trahison. Deux semaines auparavant, il s'était allié aux Autrichiens, argumentant qu'autrefois ils avaient défendu l'Eglise contre l'abominable Napoléon Bonaparte, et avait été jusqu'à leur montrer une vague grotte où il avait trouvé quelques objets burgondes ou carolingiens. Puis il avait décidé de faire cavalier seul et avait renoncé à lui vendre les pièces qu'il cachait sans doute chez lui.

Parvenu devant l'église de Notre-Dame-des-Millières, le baron descendit pesamment de la voiture, aidé servilement de Gustav, son chauffeur, qu'il remercia d'un juron cinglant, signe de mauvaise humeur. D'une voix coupante comme une hache, il rugit en direction de l'église :

— Par tous les diables ! Que Satan l'emporte ! Ce traître de curé essaye de me doubler ! Je le pendrai tête en bas. Tout son sang lui muera des pieds jusqu'à la cervelle, il aura la soutane à l'envers et il tombera raide mort.

— N'est-ce point excessif ? se risqua Gustav qui connaissait les emportements du baron.

— Rappelle-toi que c'est jour de messe ! En plus, on est le 28. Le moment est peut-être mal choisi, essaya de le convaincre Alfons.

Le regard auquel il eut droit en retour le dissuada de poursuivre.

— Je le veux en pleine messe. Il se croit protégé du Ciel mais il va comprendre qui est en face. Je vais condamner ce fils du Démon à la géhenne.

Alfons Moser regarda le baron. Comme à son habitude, il était aussi hiératique qu'une statue d'airain. Son luxueux manteau négligemment boutonné révélait le gilet aux broderies en fils de soie. Cravate et haut-de-forme complétaient sa tenue, comme s'il se rendait à une grande cérémonie. L'ombre du chapeau soulignait son visage aux traits accusés et à la bouche sinueuse. L'éclat fixe et sombre du regard lui communiqua un malaise.

Von Schober se dirigea vers l'église, suivi de Moser et de N'a qu'un Œil, tandis que les deux autres se plaçaient de part et d'autre de la porte, coupant toute retraite. Il avança à pas de loup jusqu'à l'entrée de l'église, puis se rua dans le sanctuaire où venait de se terminer la communion. Il emprunta l'allée centrale, faisant sonner les semelles de ses bottes sous les regards apeurés des villageois et des femmes qui se signaient. Le baron brandissait un pistolet, vociférant et injuriant Guérin.

— Par les tripes du pape ! Rends-moi ce bien qui m'appartient, l'abbé, avant d'y perdre ta vie !

Le prédicateur avait dégringolé de sa chaire pour se cacher derrière l'autel, effrayé à la vue du baron aux yeux démoniaques et de ses sbires, lourdement armés.

Puis il préféra se réfugier à côté du Gouître. Le borgne, partagé entre le fou rire et la crainte, lui montra les dents et surtout son grand surin, comme pour l'inviter à recommander son âme à Dieu. Olbrich se dirigea vers le curé qui se tenait à genoux près du bûcheron. Malgré le barrage de ce dernier et ses muscles impressionnants, il l'arracha à son banc d'une poigne vigoureuse. Guérin se retourna vers lui épouvanté, tandis que son agresseur le traînait sur le parvis et que le baron criait, ayant tout oublié de son langage châtié :

— Salopard ! Tu m'as carotté et tu m'as trahi. Suis-moi ou je te fais ta fête ! Quant à vous tous, ce n'est pas la peine d'alerter les autorités, cela ne concerne que votre curé et moi. Et puis, il vous en coûterait de vous mêler de mes affaires.

— Mon Dieu, firent les vieilles en se signant, c'est la malédiction qui continue.

« C'est Grand-Guignol », aurait pensé le républicain Louis-Ferdinand Reydet, s'il avait été présent.

Encadrant le prisonnier qui tremblait, les gardes du corps marchèrent jusqu'à la cure où le baron dut encore menacer Guérin de son pistolet :

— Je t'ordonne de me remettre ce que tu sais ou je t'envoie en enfer !

Le curé Guérin le regarda avec fausseté et proféra d'une petite voix :

— *Aquila non capit muscas.* L'aigle ne capture pas les mouches. Je suis du menu fretin par rapport à Fabrègue.

Au bout de quelques tergiversations, la porte d'entrée de la cure s'ouvrit, et l'abbé Guérin fonça droit à un coffre d'où il tira, entre deux fausses reliques, un sac en cuir contenant les fibules et les plaques de ceintures burgondes. Le baron le lui prit des mains et le déversa sur la table en noyer. On entendit tinter et on vit les deniers Gondebaud, des sous et trémisses, des monnaies d'or imitant les espèces byzantines, un globule au pied de la victoire ou au droit de la monnaie, des frappes de Sigismond et Gomer en argent. Un sourire détendit enfin le visage du baron.

— Tu n'as vraiment aucune limite, Karl-Edmund, constata Alfons qui, pourtant, ne craignait personne en ce domaine.

— Je n'en ai pas tant que je n'aurai pas trouvé ce que je cherche, clama le baron.

Puis il pensa : « Ils ont vraiment existé. La cape et l'épée. »

65

Noyez la sorcière !

Malgré son grand pouvoir de maléfices et la crainte qu'elle leur inspirait, ils l'avaient prise à partie à la sortie de la messe, à peine remis de l'intrusion des Autrichiens. Un vent de folie soufflait sur les Millières. Ils avaient encore dans les oreilles le sermon du curé Guérin la concernant : « Il faut vous en débarrasser. La Granda Néra, c'est *na cheurchira*, une sorcière. Par cette noble tâche, vous servirez la main de Dieu. »

— C'est monchu l'incroâ [1] qui nous l'a dit, affirma la Phine, si bigote qu'elle se mortifiait en marchant pieds nus dans le seigle fraîchement coupé.

La Nore sentit la froideur du métal sur son crâne, les grosses lames claquant à ses oreilles, tandis que la haine se déversait en elle. La gorge serrée à lui couper le souffle, elle ravala un flot de larmes amères. Jamais elle ne leur montrerait sa faiblesse, sa peur, son humiliation. Un jour, ils le lui paieraient ; seule cette idée la réconfortait. Si seulement le maire était là, il pourrait leur dire, à tous ceux-là, à cette meute vociférante, ce

1. Monsieur le curé.

qu'il lui avait demandé de faire pour lui et comment elle l'avait sauvé d'un empoisonnement dû à ses ennemis. Mais lui aussi l'avait abandonnée, préférant laisser ses concitoyens régler un problème qui durait depuis trop longtemps.

Debout, faisant front à la vindicte des villageois, la Nore les regardait de sa haute taille, sans baisser les yeux. Antonine Blanc, avec sa haine par trop visible, un mauvais sourire aux lèvres, elle que la sorcière avait aidée à faire passer son dernier enfant et qui avait tout tenté pour sauver son père. Félicien Viard, à qui elle n'avait rien fait, le front vengeur, le goitre secoué d'un rire de sinistre crétin, le médecin Auguste Mermoz aux yeux de réprimande, le curé Guérin sans compassion. Tous ces visages qu'elle n'avait pas demandé à haïr lorsqu'elle était venue vivre au Pommaray, auxquels elle avait rendu menu ou grand service et qu'à présent elle exécrait. Dans un coin de la ruelle donnant sur la place, Amélie se taisait, les lèvres crispées, les poings serrés, livide comme une morte. Elle n'osait pas croiser le regard de sa grand-mère. Le Grou Djian se dandinait, riant aux anges. De lui, la Nore avait l'habitude de dire : « Le Grou Djian, il est un peu fou parce qu'il a une trop grosse rate, il crie des fois, mais il est rien méchant. Il roule par là à travers, il traîne. »

Quant au Jozon Blanc, qu'elle avait guéri, il se tenait en retrait devant son épicerie, regardant la scène avec des yeux de bovin mort. Eléonore savait qu'il ne tenterait pas un geste pour elle. Elle clama dans sa direction :

— Eh toi, le Jozon, qui avais l'estomac décroché, tu savais pas que tu rebiollerais si vite ! Mes soins sont les meilleurs.

Cyprien Borrel, son petit-fils, essaya de protéger Eléonore, poussant les murs épais des épaules resserrées autour d'elle, criant :

— Foutez-lui la paix ! Elle a rien fait.

Mais le Croué s'interposa, un sourire froid étirant ses lèvres minces, le regard noir, braquant sur lui son fusil de chasse.

— Tu bouges, t'es mort.

— Vous avez pas le droit de faire ça. Ecoutez au moins ce qu'elle a à dire ! Elle est innocente. De quoi vous l'accusez ? Qu'est-ce que vous lui reprochez tant pour être devenus cons à ce point ?

Félicien Viard expliqua, jubilant :

— On l'a vue faire un ange avec la fille de la Trèse Bonvin qu'était grosse des œuvres d'un gars de Bonvillard, parler avec les démons et se rendre à la synagogue pour ses accointances avec le Diable dont elle tire sa magie pour soigner. Elle peut pas dire le contraire. J'l'ai bien vue, un jour, dans la forêt du Planay pour la goga, avec son chat et son corbeau du diable, et d'autres sorcières qui vivent dans les forêts de Montsapey ; je les ai reconnues parce qu'elles ont de la mousse qui leur pousse sur le dos.

— Alors, comme ça, tu sauras où est le nord ! s'esclaffa le Rossé.

Le Croué le regarda sans comprendre et poursuivit :

— Et elles dansaient autour d'un enfant qui en est mort. Après, elles ont fait bombance.

Repensant au sabbat des sorcières, la synagogue ou la goga comme on l'appelait ici, le Croué frémit.

— Si c'est pas malheureux ! s'exclama la Phine. On veut pas de ça chez nous. Nous, on est des bons croyants.

Eléonore se révolta, cria son innocence, essaya de se dégager de l'étreinte des deux hommes qui la tenaient fermement.

— J'étais chez le Patchan qui avait des maux de tête. Il y avait ses deux sœurs à son chevet. Demandez-lui !

— C'est ça, oui. Tu es une sorcière qui sait faire venir la pluie, mais tu n'échapperas pas aux foudres du Seigneur, fit l'abbé Guérin, braquant sur elle une main décharnée.

— Faut la bannir comme on peut pas la brûler ! hurlèrent les femmes hystériques, les patientes de la guérisseuse n'étant pas les moins vindicatives. Faut la foutre dehors comme on a fait avec la Claudine Mollard qui nous avait empoisonné la source.

— Elle finira comme elle ! beugla l'Ancêtre.

— Non, il faut la soumettre au jugement de Dieu, fit le curé qui n'avait pas tant brillé devant le baron pendant la messe, affichant à présent un sourire mielleux. Si cette femme est vraiment innocente, comme elle le proclame, cette épreuve lui permettra de prouver sa bonne foi.

Tandis qu'ils lui attrapaient ce qui lui restait de cheveux pour la traîner vers le bassin que le curé désignait, la Nore avait l'impression que le Croué et Sira lui arrachaient à moitié la tête. La main d'un vieillard au visage sévère crochetait son bras et lui faisait mal, mais elle ne desserrait pas les lèvres, le cœur battant comme un fou. Ce fut alors qu'elle entendit des jurons, la voix reconnaissable du Tchantchourne. Ils n'avaient pas eu le temps de la noyer que le vieux garde-chasse s'était interposé, braquant son fusil sur eux.

— Lâchez-la, bande de misérables ! Vous êtes devenus fous ou quoi ! Elle est coupable de rien, elle bricole juste un peu pour les superstitieux que vous êtes. Elle a jamais tué personne, la Nore. Je m'en porte garant.

Des grognements de colère et des murmures parcoururent la foule. Les vieilles secouaient la tête.

— Il y en a ici qui contestent ce que je viens de dire ? Qui mettent en doute ma parole ?

Eléonore restait foudroyée par l'apparition de Félix Molliex. Il payait sans doute sa dette, car elle avait pris sa fille en pension sans demander d'argent. On observait en biais le Tchantchourne dont la main velue tremblait sur la crosse du fusil. Les regards se détournèrent, la populace prête à lyncher Eléonore plongea du nez dans le bas de ses jupes et de ses pantalons, dans toute sa noirceur. Privés de leur proie, certains des villageois eurent des mines mauvaises. Honoré Pernet osa même rétorquer :

— Ben, on pouvait pas savoir. Le Croué, il l'a quand même vue au sabbat du Planay. T'aurais pensé quoi, toi ?

— Moi, d'abord, je me demande si ça vous arrive de penser. Moi, j'aurais pris mes renseignements. Vous lui avez même pas laissé le temps de s'expliquer. Ah ! C'est facile, le bouc émissaire tout trouvé ! Le mouton noir dans le troupeau. La Nore, vous l'avez toujours rejetée parce qu'elle peut pas vivre comme les femmes d'ici. Elle est pas de votre époque.

— Elle a pas le visage du pays ! s'exclama la Phine.

— Elle est plus du Diable que du bon Dieu, renchérit une de ses commères.

— Ça n'en fait pas pour autant une meurtrière, cria Molliex.

— Je crois que vous êtes tous devenus fous, dit Philippine Métraux, se rangeant de son côté. C'est le

28 juin qui vous perturbe. Alors, faut bien trouver une explication, et la Nore est pratique, pas ?

Marie-Olympe Mercier, la belle-mère d'Amélie, s'insurgea avec sa haine débordante.

— En attendant, même si elle a rendu service, et encore faudrait le vérifier, elle s'est comportée comme si elle était la reine du pays, faisant la pluie et le beau temps. Et ça, on n'y veut pas chez nous.

Elle tremblait encore de ce qu'elle avait trouvé devant sa porte : une poupée en chiffon aux yeux exorbités, hérissée d'épingles. Elle avait eu beau questionner les enfants puis sa voisine et son mari lui-même, elle avait dû se rendre à l'évidence : personne de sa connaissance n'était dans le coup. Ce ne pouvait être qu'une poupée mise là par la Nore avec une complicité. Sans doute sa peste de bru.

— Je suis certain qu'elle est possédée du Diable, ajouta le curé Guérin pour faire bonne mesure.

Le Tchantchourne le regarda avec un profond mépris et lâcha :

— Toi, curé, tu montres bien l'exemple de la charité chrétienne.

Félix Molliex avait sauvé Eléonore. Elle leva vers lui un regard éperdu de reconnaissance. Elle n'osait imaginer ce que ces gens auraient pu lui faire. Après l'avoir tondue, ils auraient parfaitement été capables de la battre à mort et de la noyer dans le bassin ou la rivière. En attendant, elle se retrouvait avec les cheveux à moitié coupés. Mais le curé refusait d'en rester là. Il était persuadé que tous ces phénomènes et scandales étaient les fruits d'actes de sorcellerie.

— On va quand même lui donner une leçon à la Nore, elle ne recommencera pas de sitôt.

Il claqua dans ses doigts, et tandis que la foule cernait Molliex qui ne voulait pas tirer dans le tas, ils se saisirent de la Nore et l'amenèrent au bassin pour lui faire boire la tasse. Cyprien Borrel et trois de ses amis s'allièrent pour leur barrer le passage, en vain. Attiré par ce tapage et prévenu par son adjoint, le maire ne put que contempler l'ampleur du désastre. Malgré sa fonction et son timbre de voix, il ne parvint pas à ramener au calme ses administrés qu'une force surnaturelle semblait habiter. La vieille Eléonore proféra une incantation pendant qu'on lui plongeait la tête et le torse dans l'eau. Telle une loutre, son corps noir remonta à la surface du bassin, tandis qu'elle crachait de l'eau comme une démone. La foule s'écarta dans un grand cri, tétanisée d'épouvante. Ils avaient nettement vu des démons aquatiques porter le corps jusqu'à la surface. La vieille aux cheveux mouillés s'agrippa au rebord en pierre et reprit pied dans l'herbe où elle s'affala, à moitié suffoquée. Le silence régnait toujours, puis une petite voix monta du groupe des spectateurs, celle de l'abbé Guérin.

— Malédiction sur nous !

Tandis que la foule s'écartait, dans un terrible silence, toute excitation enfuie, la Nore se redressa, ruisselante, les cheveux du côté gauche semblables à de longs serpents d'eau. Elle serra les poings jusqu'au sang. D'une voix enrouée, comme venue d'outre-tombe, elle clama à la cantonade :

— Vous êtes des monstres et vous ne l'emporterez pas en paradis. Faire ça le jour du Seigneur ! Et le 28 juin, en plus. Dieu vous en demandera des comptes. Et moi, je me vengerai. Je répandrai la mort et la désolation sur ce village maudit. Je révélerai où est celui qui a disparu en 1881. Et je révélerai tous les infâmes secrets de vos lignées, comment vos pères se sont enrichis sur les cadavres des Autrichiens. Et si ça suffit pas, j'irai chercher la recluse...

Devant le regard de la vieille Eléonore et la fourche de ses doigts tendus, Fardinand le Roan, celui qui ne craignait ni Dieu, ni Diable, ni personne, sentit la sueur dégouliner le long de son dos.

— Nom de Dieu ! Foutez-moi le camp ! ordonna-t-il à la populace enfin dégrisée.

Dans les villages, les chiens Noiraud, Clairon et Pyrame poussèrent de longs hurlements. La Nore prit le chemin de chez elle, sans se retourner, la chair glacée, comme morte au-dedans. La terreur, à présent, la faisait claquer des dents.

Elle avait décidé de consulter la recluse en sa masure. Il y avait des mois qu'elle n'était plus allée visiter la vieille femme et elle ne savait quel accueil elle lui ferait. Mais la recluse la reconnut dès que la Nore lui eut donné le bonjour, sans qu'elle ait eu besoin de se présenter. Elle s'en montra heureuse. Du moins, sa voix cassée cessa un instant de chevroter.

— Je sais que j'ai pas été compatissante avec toi, fit Eléonore. Ce qui t'est arrivé, j'ai du mal à le supporter, aussi je t'en demande pardon à genoux. Mais j'ai grand besoin de ton aide. Voilà que les cloches sonnent toutes seules la nuit, que le Titin n'y comprend rien, des bêtes étranges rôdent, des bornes sont déplacées dans les terres par une magie surnaturelle, d'anciens dieux germains en grands atours m'apparaissent en rêve. Je me sens manipulée par des sorciers invisibles bien plus puissants que moi. Les gens d'ici veulent ma peau. Et on est le 28 juin. Que penses-tu de tous ces présages ?

— Pauvre folle, tu sais pas ce que tu dis. Tout n'est que superstitions de village et esprits dérangés. Mais d'autres phénomènes sont bien réels, eux. Dans la montagne, près de la grotte, il y a de la physique. Je peux pas t'en parler, tellement ça m'indispose. Et pis le 28 juin, je sais pas de quelle année il s'agit.

— Alors, je te demande humblement de prier pour mon salut.

— Je prierai pour ton salut, ma fille, mais cela me demandera beaucoup de forces. Et puis je t'en conjure, cesse ta magie nuisible !

La recluse s'arrêta de parler et se mit à égrener son chapelet à gros grains, faisant comprendre à sa visiteuse que l'entretien était clos. Avant de s'en retourner, Eléonore lui déclara :

— Il est temps que je révèle à Amélie qui elle est et qui nous sommes. Et je lui dirai aussi ce que tu as trouvé et ce pour quoi tu es là.

Au Pommaray, dans l'hystérie collective, on avait oublié la recluse. Dans la sacristie de l'église du chef-lieu, le curé Guérin, remis de ses émotions mais délesté de ses pièces burgondes, s'en ouvrit à son bedeau.

— Sainte Mère ! Et si ceux du Pommaray ont oublié de lui porter à manger ? Tu crois qu'on pourrait être damnés pour ça, Titin ?

Le bedeau rassura le curé.

— Plus rien n'a d'importance, à présent. Si ça se trouve, demain plus personne n'aura à manger. Mais je vous trouve peu charitable d'avoir fait ça à la vieille Eléonore.

Pendant ce temps, dans sa prison volontaire, la recluse s'agrippait aux barreaux, échevelée, squelettique. Elle, qui n'avait jamais voulu quitter ce lieu depuis soixante-seize années, suppliait : « Laissez-moi sortir ! »

66

Le cocu du village

Ce dimanche après-midi, les hommes s'étaient de nouveau réunis autour des tables pour parler de ce qui était advenu et réfléchir à la façon de se protéger des Autrichiens et surtout de leur nuire. Hippolyte Mercier s'apprêtait à sortir de chez Pernet et jeta quelques pièces sur le comptoir que le cafetier rafla d'une main rapide, sous l'œil vigilant de son épouse Ernestine. Thomasset, Corboz, Viard et Brunet le regardèrent ramasser sa monnaie, tout en ricanant. Hippolyte se retourna, enfonça son chapeau sur sa tignasse noire et les affronta.

— Qu'est-ce que vous avez à me regarder comme ça ?

— Qui va à la chasse perd sa place ! lança son beau-frère.

— Qu'est-ce que ça veut dire ?

— Tu entends ce que tu veux.

Les autres gars se mirent à ricaner de plus belle, excités par le drame qu'ils pressentaient.

— Baisse quand même la tête quand tu passes la porte !

Hippolyte revint sur ses pas, saisit Victorin au revers de sa veste et lui jeta en pleine face :

— Déballe ce que t'as à me dire ! Je vois bien qu'il se passe des choses pas nettes qui me concernent. Tout le monde ici me regarde avec un drôle d'air, depuis quelque temps. J'ai une sale gueule ou quoi ?

— Ben, puisque c'est toi qui le demandes, fit Léon Thomasset en crachant une chique. Nous, on ne voulait pas te le dire, on voulait que tu l'apprennes par toi-même. C'est moche de raconter ça à un camarluche.

— Tu parles de camarluches, et vous n'êtes même pas foutus de me regarder en face et de me dire tout droit de quoi il retourne.

Polaton tritura son sapé, l'air gêné, resta silencieux un moment.

— Ben dis donc, ça doit être la fin du monde ! remarqua Hippolyte.

— C'est ta femme, la Mélie. Elle te fait des crasses dans ton dos, elle fricotait avec ce type qu'est venu pour les mines, le géologue. Tu y savais bien, quand même !

Hippolyte le saisit au col et le secoua en criant :

— On va régler ça dehors. *Saillé, sé t'es pas on fégnant* ! Sors, si t'es pas un fainéant !

Amélie était occupée à faire du fromage. Elle remplissait les faisselles de lait caillé à point. Une table en bois inclinée, avec un seau dessous, servait d'égouttoir pour les tommes fraîches. Plus tard, elle les renverserait sur des assiettes. Elle posa sa faisselle sur une grande assiette en bois bombée au centre. Absorbée dans des pensées profondes où elle s'adressait à Julien, elle n'entendit pas son mari qui entrait. Un souffle d'air suivi d'un claquement de porte la fit se retourner. Elle n'eut pas le temps de dire un mot qu'Hippolyte fut sur elle, les yeux mauvais. Sa paume se leva monstrueusement au-dessus de sa joue, la gifle l'ébranla de la tête aux pieds, les empreintes de doigts y laissant des traînées rouges. L'homme éructa :

— Traînée, t'es vraiment rien qu'une traînée ! J'aurais jamais dû t'épouser.

Tétanisée, se tenant une joue brûlante, elle bégaya :

— Mais qu'est-ce qui te prend ?

— Le roi des cocus, voilà ce que je suis. Ils le savaient tous, et moi je suis le dernier à le savoir, le roi des cocus et le roi des cons. Le *grou cornu* qu'on m'appelle au village. Me faire ça, à moi !

Il savait, et à cette idée Amélie se sentit fondre comme une motte de beurre au soleil, tout son courage enfui. Cent fois, elle avait imaginé cette scène où elle lui apprenait qu'elle avait quelqu'un, qu'elle allait le quitter. Alors, elle se sentait forte, parce que son amant l'attendait dehors. Elle imaginait la colère d'Hippolyte mais pas cette violence. S'il avait souvent eu des mots durs envers elle, jamais son mari n'avait cherché à la blesser physiquement. A présent, il la toisait, les yeux meurtriers, violacé de colère.

— Ça se passait quand, vos saletés, dis, quand tu le conduisais aux alpages ou à la pierre des Autrichiens ? Tu l'as pas revu depuis qu'on est mariés, au moins ?

— Qu'est-ce que ça peut faire ? A présent, le mal est fait. N'en rajoute pas.

— A lui, tu t'es toute donnée, je parie, et à moi qui suis ton époux, rien, nib et peau de balle. C'est vrai que moi, je n'ai pas la classe de môssieur, je suis rien qu'un taillandier. Qu'est-ce que tu me reproches ? Je ne suis pas assez beau peut-être ?

Il s'était rapproché d'Amélie, la dominait de la tête et des épaules, il crocheta ses bras, la força à le regarder.

— Alors, pas assez riche, pas assez instruit ?

Hippolyte se frappa sur le front avec un air de compréhension soudaine.

— Je ne suis pas un bon amant, dis, c'est ça ? Lui, il te fait grimper au septième ciel. Qu'est-ce qu'il a de plus que moi ?

— Ne sois pas grossier, Hippolyte.

— Si je veux. J'ai pas à recevoir d'ordres de ma femme, d'ailleurs t'es plus ma femme, je te répudie. Je ne veux plus de toi.

Il se retourna pour qu'elle ne vît pas les grosses larmes qui débordaient de ses yeux et qu'il essuyait maladroitement de ses mains sales. Une émotion s'empara d'Amélie qu'elle ne croyait plus possible ; elle s'approcha d'Hippolyte et posa sa tête contre son épaule. Il hoqueta de plus belle, lui dit de s'en aller, qu'une femme ne devait pas voir pleurer un homme et que jamais plus il ne voulait la revoir. Amélie s'enfuit de la maison.

La bourrasque s'était levée qui hurlait sur les toits et au creux des chemins. Le ciel vira au gris plombé au-dessus du chef-lieu, noyant les pentes du Grand-Arc d'une obscurité inquiétante.

— J'en étais sûre que tu étais une traînée, triompha le lendemain Marie-Olympe Mercier. Dès que tu es entrée dans notre famille, je l'ai su. Tu as déshonoré notre fils.

— J'ai jamais demandé à y entrer, dans votre famille. De toute façon, vous ne m'avez jamais acceptée.

— Insolente, effrontée. Tu es un fruit pourri.

Amélie et sa belle-mère avaient eu toutes deux une explication houleuse et définitive où Marie-Olympe avait pu lui déverser tout son fiel. Puis la bru s'en était allée au Pommaray parler à ses parents.

Narcisse tenait une poêle à grand manche où il faisait sauter des pommes de terre aux flammes de la cheminée. Assise à la grande table, Léonie réparait une assiette cassée avec du fil de fer. Amélie s'avança à pas lents, les yeux rouges. Elle se dressa devant eux, bien droite, sans faiblir. Les mots sortaient d'elle, s'assemblaient, reconstituaient son histoire d'amour et de désespérance. La mère en avait lâché sa faïence, elle s'essuyait les yeux d'un pan de son tablier et ne cessait de répéter :

— Nous voilà beaux. Qu'est-ce que les gens vont dire ? Et tes beaux-parents... *Mon djiu*, quelle honte !

— Fiche-lui la paix ! ordonna le père. Tout cela ne serait pas arrivé si on l'avait pas obligée à se marier avec Hippolyte.

— Tu le vois plus, dis ? C'est bien vrai ?

C'était tout ce qui importait à Léonie et qu'elle serinait à Amélie.

Pour éviter une discussion sans fin, la fille fit semblant de se repentir, d'abonder dans son sens.

— *Mô*, maman, je ne voulais pas ce qui est arrivé...

Elle qui s'était toujours rebellée contre l'austérité de son éducation, elle courbait le dos, par faiblesse, par lassitude. Elle avait baissé la garde, déposé les armes. D'ailleurs, c'était la vérité qu'Amélie ne voyait plus cet amant par qui le scandale était arrivé. Mais elle se sentait un peu lâche, elle était rentrée au sein du troupeau comme un mouton qui a peur du loup, et elle allait se remettre à boviner.

Il lui fallait auparavant régler un compte.

67

L'heure des comptes

Amélie se mit en marche vers la maison de Polenta Corboz où elle les avait vus entrer. Ses yeux obliques étaient ceux d'une renarde en chasse. Ne plus être gibier mais chasseur, c'était ce que Julien lui avait dit. La colère montait en elle comme le lait dans le chaudron, elle irradiait son cou, hérissait sa courte crinière rousse. Elle avait besoin de les défier, de les regarder bien en face, de les confronter à leurs sales manigances, de leur faire peur. Après cela, ils lui mangeraient dans la main ; grâce aux révélations de sa grand-mère, elle avait de quoi mettre les Millières à ses pieds. Cette puissance soudaine lui donna le vertige.

Elle respira un bon coup et sans avoir frappé, poussa la porte. Ils se trouvaient attablés autour d'un pichet de rouge, avec leurs voix fortes qui résonnaient. Le silence, d'un coup, les figea, tandis qu'ils se retournaient vers elle. Amélie se redressa, les passa en revue : Alfred et ses yeux fuyants, Victorin et son air subitement gêné, Léon et son cou de poulet, Félicien le contrefait, tout égratigné, qui ricanait en la dévorant des yeux, pas encore vacciné de ses refus. Elle ne dit rien, et le silence s'appesantit, entrecoupé par le tic-tac de l'horloge rythmant la tension qui montait.

— Qu'est-ce qui t'amène, la Mélie ? demanda Polenta, le maître de maison, qui, à l'arrivée de ses compères, avait demandé à sa femme Justine d'aller faire un tour.

Elle se cabra et annonça d'une voix grave :

— Je veux savoir pourquoi vous me cherchez, pourquoi vous me pourrissez la vie.

— T'as des fréquentations pas tant recommandables. Ce Fabrègue, il nous dérange, et puis on n'aime pas que les femmes du pays couchent avec les étrangers.

— C'est tout ? Et pourquoi il vous dérange, cet étranger ? Sûrement pas seulement parce que j'ai couché avec lui. Allons, un peu de courage, mettons cartes sur table ! On y verra au moins plus clair.

Polenta esquissa une tentative maladroite.

— Si des beaux messieurs de la ville, des étrangers et surtout des Autrichiens viennent, c'est que nous sommes assis sur de l'or. Fabrègue se fait passer pour un géologue, le baron autrichien pour un historien, mais personne n'est dupe, à part la Dandine et le Grou Djian.

Le Croué intervint :

— Ces gars-là, ils cherchent quelque chose chez nous, et ce serait con qu'ils le trouvent et que nous, à qui tout ça appartient, on n'en profite pas.

Félicien Viard et ses compères enviaient les riches de la bonne société albertvilloise, leurs ripailles et leurs beuveries. L'embonpoint était synonyme de santé et de beauté, surtout chez les femmes. La goinfrerie était un critère de vie bourgeoise. La petite Juliette Favre, la nièce du Croué, qui était boniche à l'hôtel Million, lui avait raconté comment on servait aux convives truite sauce Nantua, suprême de volaille Régence, langouste, faisan rôti ou lièvre à la gelée. Des mots qu'il connaîtrait bientôt.

— Pourquoi penser à l'or, à des choses pareilles ? s'exclama Amélie. On vit et on meurt là où on est né et où on trouve à manger, pas ? Et puis l'or pourrit tout. Comme on dit chez nous : « Lorsque ma bourse est pleine, tout le monde est mon cousin. »

— Tu fais la fière et celle qui sait rien, fit Thomasset. Mais ton Provençal, il t'a sûrement montré des choses et peut-être de l'or. Alors, ma ptuita, tu ne veux pas partager ?

— Qu'est-ce que tu me veux, Polaton ?

— L'or. Tu l'as trouvé !

— Si je l'avais, cet or maudit, je serais pas là à moisir avec des rats comme vous, je serais à la ville, avec de belles robes, et j'aurais épousé un monchu, oui da ! Et j'écouterais le soleil au lieu de trimer.

Le Croué ricana.

— On te propose un marché. Fabrègue te faisait confiance, il t'a sûrement montré des endroits. Parce que tu dois bien savoir où est le trésor, pas ? Sans compter que la Nore a pu te livrer des secrets. Tu retrouves le coin où il cherchait, tu nous l'indiques et on n'en parle plus. Après, on te fout la paix.

— Et lui, vous en faites quoi ?

Ils se regardèrent, baissèrent les yeux pour qu'elle n'en vît pas la fausseté.

— On n'y touche pas et on le laisse partir.

Comprenant que son amant n'avait pas quitté le pays, Amélie retint un soupir de soulagement avant de siffler :

— Vous n'avez pas plus d'honneur que de couilles dans vos pantalons. Et vous crevez de trouille que quelqu'un apporte la preuve des saloperies de vos grands-parents.

— C'était la guerre, ils avaient tous les droits, beugla le Croué. On aurait même dû les remercier.

— A part que le butin, ils l'ont pas partagé équitablement, vos aïeuls, et en plus, je sais que l'un d'entre eux a disparu, et pas par magie. Sans compter l'abbé Vincent... Et ça, c'est plus récent.

Les hommes avaient des yeux de loups, leurs regards avides braqués sur elle. Les cheveux électriques, les joues brûlantes, elle leur asséna une dernière fois, sans mollir :

— Je les trouverai, moi, ces Autrichiens qui ont été massacrés avec celui que vous savez, et vous serez tous dans la merde, foi d'Amélie.

Elle les avait à peine quittés que les chasseurs se resserraient autour de la table, dévoilant leur noire complicité sous la lumière crue. Leurs visages défaits aux regards inquiets montraient qu'elle les avait touchés de plein fouet et que le moment était venu de prendre une décision. Viard énonça à voix haute ce que tous pensaient tout bas :

— Il ne faut pas qu'elle trouve les corps. Elle les utilisera contre nous. Ça fera vilain dans les autres villages.

Polenta Corboz ricana.

— Bah ! C'était la guerre, et la guerre, c'est jamais beau. Et pis de l'eau a coulé sous les ponts, depuis le temps. Tout le monde s'en fout.

— Tout le monde s'en fout, mais pas les Autrichiens, ce baron qui peut nous causer des problèmes et se venger. Quant au curé, cette affaire pourrait encore attirer les gendarmes au pays.

— En tout cas, faut qu'elle fasse gaffe, elle pourrait bien se retrouver gibier ! dit sourdement Léon Thomasset. Et puis, un accident malencontreux est vite arrivé en montagne.

— Tu lui fous deux coups de fusil par là en travers et pis c'est tout. Faut pas discuter avec des tordues pareilles. Mais qu'est-ce qu'elle a, aussi, à se mêler de ça ?

— T'as raison, faut lui faire son affaire. Ça n'a que trop duré.

Le ton montait, les esprits s'échauffaient, une violence palpable empuantissait l'air. Mais voilà que le Croué s'inquiéta :

— Et le Tchantchourne ? Il est pas dans le coup, il n'a pas voulu dire où est la grotte que les trois types ont vue là-haut. Faudrait pas qu'il se mêle de ça et puis qu'il aille encore lui filer un coup de main, à la Mélie.

Polaton le rassura d'un geste.

— T'inquiète, le Tchantchourne, il me mange dans la main comme un mouton, il me doit un service. Et puis, il veut se présenter aux prochaines élections municipales contre le Fardinand ; ça l'emmerderait que je dévoile certaines de ses combines.

— Et pour l'Hippolyte ? S'il était du côté de sa femme ?

— Aucun risque, dit le Blanchot, on a carte blanche. Pour lui, elle est comme morte. Je les ai entendus qui s'engueulaient comme des patiers. Mais faudra se méfier du Rossé, surveiller ses mouvements. Il a déjà trop tendance à nous serrer le train.

— Et le géologue, il peut nous causer des emmerdements, remarqua Félicien Viard. Et dire qu'on allait le coincer quand il a foutu le camp ! Y a forcément quelqu'un qui l'a prévenu de nos intentions.

— Bah ! Il suffit de suivre la fille, de pas la lâcher et ensuite de lui régler son compte, et aussi à l'autre, s'il pointe son nez par là. Il cherchera à la contacter. On les aura tous les deux, une fois qu'ils nous auront menés à l'or des Burgondes. Reste le problème du butin que les Autrichiens ont planqué à Coutaz Pella. Va falloir le récupérer en priorité.

Amélie n'avait aucun regret d'avoir laissé parler sa violence, même si Julien, autrefois, lui avait conseillé la prudence. Elle avait bluffé. La décision qu'elle avait prise était celle de quitter les Millières et de se rendre à Albertville chez sa tante Félicie. Elle bourra un sac de vêtements, prit un couteau, n'oublia pas du pain et de la tomme. A peine avait-elle ouvert la porte pour sortir qu'un énorme pied s'inséra dans l'entrebâillement.

— Ton amoureux, le Gouître vient de le coincer, annonça froidement Polenta Corboz.

— Après son histoire avec les gendarmes d'Albertville, il croyait peut-être que personne ne le verrait revenir au Crêt, ricana Victorin derrière lui, crachant un dégoûtant jet de salive. Il a oublié que le Croué et moi, on voit tout, on sait tout et qu'on a nos espions. Depuis son petit manège au rocher de l'Ebaudiaz, il était pas resté inaperçu, tu penses. On attendait juste qu'il se tape tout le boulot pour nous.

Amélie sentit sa poitrine se déchirer, réprima un flot de larmes amères. Corboz reprit :

— Si tu veux pas qu'il lui arrive des bricoles à ton Provençal, il vaut mieux nous causer.

Amélie eut la respiration coupée. Elle qui avait maudit Julien et même envisagé de se venger… La voix glaciale de Polenta continua de la briser comme une masse écrasant inlassablement la pierre à chaux.

— On t'a vue en train de fouiner au rocher des Autrichiens avec le géologue. Et comme lui, il veut rien lâcher, on s'est dit que peut-être toi tu savais. Et puis comme ça, tu te vengerais de lui. Tu as sûrement compris que c'est un lâche, il était tranquillement chez lui au Crêt quand toi tu te mariais.

Cachant la douleur que lui causait cette révélation, elle les défia avec assurance. Leurs regards d'hommes lésés remontèrent vers elle. Elle se recula dans un violent sursaut.

— Toi, tu m'approches pas ! Le premier qui me touche, je le crève.

Elle se raidit, toutes griffes dehors.

— Ça va, ça va ! dit Polaton, apaisant les autres d'un geste de la main. Admettons que tu saches rien ! Mais je suis sûr que tu as tout bien gardé en mémoire les emplacements que le Provençal t'a demandés.

— J'ai rien vu. Foutez-moi la paix !

— Si tu ne causes pas, on te fera parler.

Victorin la fixait de ses yeux vairons qui la firent frissonner. Mais elle tint bon et rétorqua :

— Vous pouvez me battre comme plâtre que je dirai rien, d'ailleurs, je sais rien.

— Tu nous prends pour des cons, dis ?

Thomasset la regarda intensément, il savait qu'elle ne faiblirait pas, que lui et les autres canailles pourraient la battre à mort sur place sans qu'elle lâche un mot de ce qui les intéressait. Elle n'était plus qu'une boule de colère froide.

— Qu'est-ce qu'on fait, alors ? demanda le Blanchot.

— Je suis après y penser, répondit Polaton.

Il aspira une goulée d'air sifflante dans son goitre et lança :

— Y a un autre moyen pour venir à bout de ta morgue... Demain, tu montes avec nous au rocher aux inscriptions et tu nous montreras les endroits où le Fabrègue il a cherché. Et tu nous donneras gentiment tous ces renseignements. Si tu tiens à ta peau et à celle du faux géologue. Et comme garantie, ton bonhomme, il restera avec le Gouître, en nous attendant. Et puis surtout, pas un mot à ton frère ou à un autre.

— Même si je me tais, vous serez repérés. Et puis une femme qui part comme ça avec des hommes, ça passera pas inaperçu, pour sûr. Surtout qu'il y a du monde aux foins et aux alpages.

— Ton mari, il vient avec nous, alors comme ça, les curieux poseront moins de questions. Et puis y a pas tant de personnes soucieuses de savoir ce qui peut t'arriver, ma belle. T'as pas oublié combien t'as d'amis au village depuis que ta belle-mère s'est chargée de te tailler une réputation. En plus, y aura deux autres femmes avec nous. Maintenant, file-nous les renseignements que t'as !

— J'en sais rien, j'en ai pas.

— T'es têtue comme ma mule ! N'oublie pas que t'as plutôt intérêt à nous y dire, et aussi pour ton géologue qui sera pas tant à la fête, sinon.

— J'vous y dirai quand on sera là-haut, fit-elle, pensant ainsi gagner du temps, avoir l'occasion de leur fausser compagnie dans la montagne. Et puis de toute façon, sans moi vous ne trouverez jamais rien.

Elle savait que si elle parlait à ces hommes, elle n'aurait plus aucune monnaie d'échange pour sa survie et celle de Julien. Ces hommes, y compris son mari, qui tous voulaient être de la partie, de peur d'être floués de leur part de l'argent.

— Des femmes avec nous, ça va être la pagaille, grogna Félicien Viard. La montagne, c'est pas une affaire de bonnes femmes.

Amélie lui adressa un regard qui en disait long sur son mépris.

— La montagne, je la pratique depuis aussi longtemps que toi et peut-être mieux. T'as oublié toutes les ascensions que j'ai faites avec mon frère et même une fois avec Hippolyte qui te dirait que je lui ai fait tirer la langue derrière.

— Y a pas que là que tu lui fais tirer la langue, ricana Victorin.

Le soir venu, Franceline Brunet demanda à son mari qui avalait une assiette de soupe :

— Tu entends le chavan ? Il annonce une mauvaise nouvelle. Faudra pas partir en montagne, demain.

Le chat-huant continua à hululer. Ils entendirent tinter les cloches de l'église du chef-lieu que manœuvraient d'invisibles sonneurs. Pris d'une crainte mortelle, Titin le bedeau se signa. A cet instant, des hurlements de chiens mêlés à ceux des loups percèrent la nuit au-dessus du village.

— C'est la Laide, le visage de la mort, dit le Blanchot aux yeux vairons, épouvanté. La malédiction du 28 juin.

Au Crêt, la vieille Séraphine Bonjean rendit enfin l'âme. On la retrouva au matin, inerte, mains blanches raidies autour du chapelet noir dans ses draps gris.

68

La course au trésor

Les trois hommes avaient réparti le matériel de fouille sur les selles des chevaux et le bât du mulet. Chacun avait un sac à dos, des couvertures, remèdes, victuailles et nécessaire de cuisine. Julien Fabrègue flatta les naseaux du gros roussin qu'il avait loué à Grignon, assura plus solidement la selle et régla les étriers. Pensant aux Autrichiens, il maugréa :

— Ces suppôts du Diable sont déjà là-haut. Le baron va trouver l'or avant nous.

Il n'y avait plus de temps à perdre. Même si les villageois le suivaient, Julien était décidé à trouver ce maudit trésor, il allait vers la conclusion de sa quête. Coutaz Pella, la Côte pelée aux masures en pierre, étageait ses prés à vaches et ses champs de seigle et de pommes de terre défrichés par les paysans. Ils y croisèrent des ânes tirant des lugées de foin. Certains portaient des femmes à califourchon, leurs maigres jambes ballottant sous leurs longues jupes noires. Elles avaient le visage tanné par le soleil, les joues rubicondes, la tête couverte d'un chapeau ou d'un mouchoir par-dessus le bonnet. Elles ne leur jetèrent qu'un regard atone. Au virage de la Barotière, une femme enceinte, assise sur un murgier, regarda passer les trois cavaliers et leur fit un petit signe. Les hommes chargeaient le foin sur leurs épaules dans des arbilles ou des draps de grosse toile noués aux quatre coins. Les mieux lotis descendaient les drapets sur des traîneaux glissant sur l'herbe et les chemins. Scène séculaire d'un labeur renouvelé chaque été. Avec ce que Fabrègue pensait trouver dans les montagnes, il pourrait faire vivre ces paysans pendant cent ans.

Les montures franchirent prestement le ruisseau de Fontaine-Claire et se dirigèrent vers l'Ebaudiaz, comme si elles sentaient l'impatience de leurs cavaliers. Tout en chevauchant sur la piste raide qui, depuis le chalet du Séchon, grimpait vers la forêt du Darbelay, Julien contemplait l'espace au flanc ondulant de la chaîne des Bauges et des Aravis, sur le versant opposé, où se devinaient les ombres des forêts. Il apercevait le triangle bleu du lac d'Annecy par l'échancrure du col de Tamié. L'énorme masse du Charvin arrêtait son regard. Les hommes avaient une vue époustouflante sur la vallée de l'Isère où se déroulait un large ruban luisant au soleil. Julien se retourna sur sa selle, vit qu'elle était fermée à l'ouest par la chaîne de la Chartreuse et le Granier au flanc effondré, comme un sombre présage. Puis son regard se porta vers la masse d'épicéas où ils allaient s'enfoncer, s'attendant à voir surgir quelque démon autrichien, brigand ou contrebandier. Anastase Bayle et Nez-de-Fouine suivaient, étrangement muets. Le silence n'était troublé que par le crissement des sabots sur le sentier muletier, le halètement des bêtes dans la montée et le lointain tintement de sonnailles des troupeaux. Pourtant habitués à ce genre de piste, les chevaux trébuchaient. Il fallait souvent en descendre et les mener par la bride.

— Ils sont nerveux, constata Fabrègue. J'espère que ce n'est pas la présence d'un sanglier.

Ils étaient sortis de la lisière de la forêt pour se diriger vers l'est, au pied de la Grande-Lanche. Il faudrait encore une bonne grimpée pour atteindre son sommet, et surtout l'arête nord de la Dent-du-Corbeau à la crête étroite, bordée de gouffres vertigineux, aux couloirs terreux et glissants. Ils seraient obligés d'abandonner les chevaux et de continuer à pied.

Anxieux, Julien pensa à l'inscription du parchemin : *Ad augusta per angusta.* Vers les sommets par des chemins étroits. Une quête de la gloire bien difficile.

— Hé, regardez un peu là-haut ! s'écria Berthomieux en tendant le bras. Ou je me trompe ou il y a un chamois, un sacré morceau.

Les regards convergèrent vers le surplomb qui se découpait sur le ciel bleu cobalt où une masse brune se déplaçait agilement sur la crête. Un hennissement du cheval de Julien fit sursauter le chamois qui se retourna vers les hommes, les regarda un bref instant de ses petits yeux brillants et détala à grand vacarme de sabots sur les rochers. Ils se remirent en marche, chacun gardant le silence et ses pensées pour soi.

— Oh ! Fan de pute ! s'écria Julien, en regardant la trace.

Derrière, les autres pilèrent avec des exclamations ponctuées de jurons. Devant eux, à quelques mètres, le sentier était barré par une avalanche de rochers et de caillasses instables. Un phénomène qui aurait pu paraître étrange aux gens du pays, moins à trois Provençaux, montagnards peu expérimentés.

— Il va falloir faire un satané détour, constata Bayle en hochant la tête. Ça va nous rallonger. Autant, on aurait mieux fait de monter directement par la Thuile et faire le chemin inverse, comme je l'avais dit.

Julien regretta fugacement la présence d'Amélie. Si elle avait été avec eux, sans doute leur aurait-elle indiqué le meilleur chemin. Mais il l'avait comme bannie de sa mémoire, anesthésié par sa soif de trésor et sa haine de Von Schober à qui il volerait la victoire et réglerait bientôt son compte. Cela passait avant tout. S'il réussissait, peut-être reviendrait-il vers elle. Il oublierait l'or pour la Savoyarde.

Mais une voix lui disait qu'il l'avait laissée se marier, malgré ses promesses, et que jamais elle ne le lui pardonnerait.

A quelques centaines de mètres derrière eux, suivait un étrange cortège : une dizaine de villageois silencieux, gravissant à pied le sentier de la forêt du Darbelay, en ahanant. En tête, marchait d'un bon pas la Nore, les cheveux coupés d'un seul côté. Les villageois avaient passé un accord avec elle. En échange du secret qu'elle partageait avec la recluse et sa petite-fille, elle vivrait tranquille. Suivait Amélie, ses cheveux courts cachés sous un chapeau de paille. Les talonnaient Hippolyte Mercier et les chasseurs, encadrant la recluse sur son brancard que tirait un mulet et que porteraient bientôt deux hommes costauds. Levant la tête, Amélie aperçut le curé Guérin en prière sur un talus, les mains à hauteur du front et tremblant dans sa soutane, musette et gourde au côté. Puis son regard se porta sur la recluse ; elle n'en revenait toujours pas.

La lumière vive de l'été la faisait cligner des yeux, elle qui n'avait pas vu le jour depuis trois quarts de siècle. En sortant de sa tanière, la première chose que la recluse avait dite en humant l'air avait été : « Ça pue ! »

Albertine Gonthier était parcheminée comme une momie, avec de grands cercles rouges autour des yeux clos aux paupières fripées, et des oreilles démesurées, comme si les cartilages avaient poussé avec les ans. Dans son antre, à défaut de voir, elle avait écouté toutes les rumeurs que le vent ou les uns et les autres lui portaient. Elle ne cessait de marmonner : « Le bon Dieu m'a oubliée, il m'a oubliée déjà, en 1815. »

La vieille oscillait sur son traîneau, les membres de la troupe se suivaient à la queue leu leu, précédés par les montures des Français, elles-mêmes précédées par celles des Autrichiens guidés par le Gouître. Une troupe de spectres, de croulants avides d'or. Le baron, qui avait consenti à troquer son costume contre une veste de loisirs en sergé, boitait de plus en plus quand il descendait de sa monture pour soulager sa vessie ou boire à sa gourde.

La course au trésor avait commencé. Tous cherchaient l'or. Les villageois qui avaient compris qu'il y en avait dans leurs prés et leurs montagnes, que tout n'avait pas été dérobé aux fuyards de 1815. Julien Fabrègue, par idéal et aussi pour se renflouer. L'Eglise, pour le pouvoir jésuite. Les Autrichiens, pour venger leurs pères et s'enrichir. Quant au policier mandaté par le commissaire Carraz, et qui peinait bien loin derrière, il avait l'ordre de suivre tous les mouvements de Fabrègue.

Les Autrichiens les devançaient toujours.

— J'ai de quoi les retarder, clama la Nore.

Elle portait des feuilles de frêne autour du corps pour éloigner les serpents, et à la main de l'armoise pour ne pas subir la fatigue. Selon les conseils de l'*Albert*, elle projetait de s'en faire une ceinture en marchant, à défaut de la cuire et de s'en laver les pieds.

Avec ça, rien ne pourrait lui nuire, ni mauvais esprits, ni poison, ni eau, ni feu. Encore moins la wuivre qui vivait dans ces montagnes.

69

Pièges en montagne

Von Schober était suivi de Hainisch et de Moser. Olbrich et Wittek fermaient la marche. L'absence de Theodor Wagner leur semblait étrange, car jusqu'alors ils avaient toujours tout fait ensemble. Wagner n'était pas de la course. Mais s'il avait pris sa longue-vue, le baron aurait pu constater que ce dernier était bien en lice, à quelques centaines de mètres des deux troupes.

Les bruits de sabots raclant le sentier pierreux se mêlaient au cliquetis des pelles et des pioches. Le silence n'était troublé que par le souffle saccadé des membres de l'équipe. Juste derrière le baron, Gustav progressait rapidement. Son chapeau de feutre ombrait sa face blême à l'épaisse moustache et au menton mal rasé. Chacun n'avait d'autre perspective que la vue fuyante du dos, du postérieur et des bottes de son prédécesseur. Le baron avait remplacé le Croué, s'apercevant qu'il les trompait, par ce colosse de bûcheron aux mains comme des battoirs. Germain Gachet était honnête, mais il avait besoin d'argent pour soigner sa fillette malade, et la rémunération du baron était plus réaliste et prendrait moins de temps que de trouver de l'or. Le baron avait voulu lui donner un mulet assez puissant, à défaut d'un cheval sur lequel il n'était jamais monté, mais leur guide avait exigé d'aller à pied, ce qui les ralentissait sérieusement.

Von Schober pensait à son père dont c'était le jour anniversaire. Le 28 juin 1815, il y avait de cela soixante-dix-sept ans, le détachement commandé par son père avait dépassé Esserts-Blay et les villages établis sur les cônes de déjection de l'ancien glacier. A Saint-Paul-de-Cevins, village plaqué à la montagne, un chemin muletier les avait menés au hameau du Parc puis aux chalets de la Faverge. Ils étaient péniblement remontés en forêt par la rive gauche du ruisseau des Moulins, puis par un mauvais sentier au chalet de la Lanche à mille huit cents mètres. La piste continuait dans les pâturages. Le baron imaginait le corps de troupes austro-hongrois serpentant sur le périlleux chemin qui dégringolait au nord sur le chalet du Séchon à mille six cent soixante mètres, au milieu de pentes gazonnées et de bois de sapins. Du Séchon, on descendait sur l'Ebaudiaz puis aux Millières. De là, ils s'étaient rendus à L'Hôpital, prendre les Français de Bugeaud en tenailles. A présent, c'était lui, son fils, qui reprenait le flambeau. Mais ses troupes n'étaient pas vaillantes, et lui-même souffrait encore de la balafre au ventre infligée par Wagner lors du duel, un souvenir cuisant qu'il avait dû faire désinfecter par un médecin albertvillois soupçonneux.

— Karl-Edmund, ces parages peuvent être infestés de vipères ! constata le borgne, observant les pierriers sur lesquels le soleil tapait dur.

— Bah ! fit leur chef, en chassant une bestiole de son nez. Les mouches y sont plus nombreuses et plus agaçantes.

Plus loin, Von Schober tira une balle sur une gélinotte et lui fracassa joyeusement le crâne, peu soucieux d'être entendu des autres. Se retournant et baissant ses lunettes fumées, il regarda le versant des Bauges et déclara sentencieusement :

— *Die Sonnenseite und die Schattenseite*, le versant au soleil et celui à l'ombre... Ici, on crève de chaud, qu'est-ce que ça doit être en face !

La Nore farfouilla dans son sac. Elle en sortit des oignons pour les abcès, des pensées sauvages pour les croûtes, de la barbe de maïs et des dents de loup en cas de nervosité, une lotion à l'arnica utile pour les bleus, de la camomille calmant le foie, les oreilles et les yeux. Puis elle retira la petite boîte en métal qu'elle cherchait. Elle se rappelait par cœur la page de son précieux grimoire consacrée aux serpents. Le coffret ouvert, elle en tira de la cire à modeler et, son œuvre accomplie, jeta la figurine du serpent sur les caillasses.

La vipère dormait paisiblement sur un tas de cailloux, se confondant parfaitement avec eux. Figée dans une douce somnolence, elle ouvrit cependant un œil puis glissa silencieusement à terre. Von Schober, descendu de sa monture qu'il tenait par les rênes, avançait sur le chemin, s'appuyant sur sa canne à tête d'oiseau, suivi de Konrad Olbrich. Les yeux pourtant rivés au sol, ils n'avaient rien vu. La vipère se déroula lentement en spirale, dressa sa tête triangulaire, arborant une gueule béante à la langue fourchue entre deux crochets. Elle était destinée à Von Schober, mais Olbrich se jeta devant lui pour le protéger. La bête le mordit au talon et s'enfuit en glissements sinueux.

Wittek, qui avait été infirmier pendant la guerre de 70, examina la blessure de son œil unique, prit le pouls de la victime et déclara en hochant la tête avec consternation :

— Il faut l'inciser et absorber le venin. On va le transporter sur un brancard. Notre marche en sera ralentie, mais tout n'est pas perdu. De toute façon, il nous aurait fallu abandonner nos montures. Donnez-lui du laudanum mélangé à de l'eau ! Ça l'étourdira et calmera la douleur.

Furieux de ce contretemps, le baron se tourna vers le bûcheron et glapit :

— Toi là, tu es costaud. Porte-le !

Germain Gachet empoigna sa goyarde de ses mains calleuses, et le goitre tremblotant, menaça :

— Vous me parlez plus sur ce ton !

— On le laisse ici, décida le baron. Vous ne croyez pas que je vais ralentir pour lui !

— Mais je t'ai sauvé la vie, quand même ! osa émettre Olbrich, grimaçant de douleur. Tu ne peux pas me laisser dans cet état.

— Tu as raison, dit le baron, les yeux étranges. Pour te remercier de ton courage, je vais te faire une faveur.

Il plongea la main à sa ceinture, dégaina son pistolet et lui logea une balle dans la tête.

— Ainsi, tu ne souffriras pas, conclut-il.

La détonation se répercuta dans les montagnes, faisant lever la tête des Français.

« Les Autrichiens règlent leurs comptes », se dit Julien, hébété de fatigue.

« *In cauda venenum*, dans la queue le venin », pensa machinalement le baron, se remémorant la copie du parchemin volée à Fabrègue.

Quelques dizaines de mètres plus bas, la Nore détruisit sa vipère de cire. Le curé lui jeta un regard mauvais, et la vieille, en grommelant, se laissa doubler par la file indienne des montagnards.

Julien se laissait porter par sa monture, affaissé sur l'encolure, épuisé. Ils pensaient avoir retrouvé le chemin de la Dent-du-Corbeau, gravissaient une nouvelle pente, et chaque fois qu'ils se croyaient parvenus sur une crête, une autre apparaissait. Les Provençaux ne comprenaient plus rien à la configuration de ces montagnes où, pourtant, ils étaient déjà venus en reconnaissance. Et les rochers gravés de runes restaient introuvables, alors que Fabrègue et les deux archéologues les avaient parfaitement localisés.

— Attention, pierres ! clama Nez-de-Fouine en tête du groupe.

Une pluie de cailloux se déversa sur lui. Julien, posté sous une vire fortement inclinée, l'évita de justesse. Tout le monde s'écrasa contre la paroi, se fit minuscule, tandis qu'une terrifiante avalanche de cailloux rebondissait au-dessus de leurs têtes, se jetant dans le précipice à grand fracas.

— Ces maudits Autrichiens, ce sont eux qui ont fait ça, ils se moquent bien qu'il y ait du monde en dessous. Je les soupçonne même de le faire exprès, remarqua Bayle, frottant son front où déjà pointait une bosse de belle taille.

Se rappelant ce qui se pratiquait dans le pays, Julien lui conseilla d'y presser une pierre froide.

— Oh ! Fan de pute ! grinça-t-il en voyant l'avancée du baron. Il s'est esbigné, une fois de plus.

Jules Berthomieux secoua sa tête blessée en râlant :

— Moi aussi, il me fait caguer. Donne-moi une preuve du trésor burgonde et je continuerai à suer sang et eau pour trouver cette maudite cachette dans ces montagnes !

Le soleil leur coulait son or en fusion sur les épaules. Les hommes avaient ouvert leurs chemises et délacé leurs gros souliers de marche pour souffler un instant. De l'endroit où ils se trouvaient, ils dominaient la Combe de Savoie et sa mosaïque de champs ocre et verts, et distinguaient les minuscules villages du versant opposé. On voyait en enfilade la cohorte des cimes qui se profilaient sur un ciel sans nuages. Amélie laissa échapper un gros soupir en pensant à l'ascension qui les attendait, à l'incertitude de son sort et de ses retrouvailles avec Julien. Les hommes de son village lui avaient menti. Il était libre. Mais il n'était pas venu pour autant à elle, afin de lui expliquer. Sans doute craignait-il que les autres ne le mettent à mal ou de la mettre elle en danger. Elle voulait encore croire à son amour, mais c'était un mince espoir. Julien voudrait-il encore d'elle ? Son tourment n'était pas resté inaperçu d'Hippolyte qui lui lança d'un ton sarcastique :

— T'as envie de renoncer, ma toute belle ? Tu t'y connais pourtant en grimpette.

Elle le foudroya du regard et lui rétorqua sèchement :

— Quand j'entreprends quelque chose, je vais jusqu'au bout. Et d'ailleurs, j'ai pas vraiment le choix.

— Bon, pour l'instant il faut puis reprendre des forces et boire un coup.

Le Croué acquiesça sans se faire prier.

— A deux mille, le pinard, il se bonifie toujours, c'est puis meilleur qu'en bas.

En un tour de main, chacun avait sorti de son sac saucisson, tomme, pain de seigle, bugnes rassises, sans oublier le fiolon de gnôle. On avait l'habitude de tuer la vache à la même époque que le cochon, début décembre, pour travailler les viandes ensemble, faire les saucissons que Félicien Viard mettait en conserve dans une jarre emplie d'huile ou de cendre. « On peut en manger un an, ils tiennent d'un cochon à l'autre », disait-il, satisfait.

La bonne humeur semblait être revenue. Amélie regarda un à un ces hommes qui faisaient bombance sans aucune délicatesse, essuyant leurs doigts gras sur leurs pantalons de drap, leurs rots salués d'exclamations enthousiastes.

— J'ai mangé gros, se félicita le Croué.

Il déboucha la petite bouteille de marc de raisin avec un bruit sec et avala quelques gorgées de gnôle avant de pousser des grognements de satisfaction.

— Tu avales comme un cochon, lui reprocha la Nore.

Amélie se détourna de cette abominable vision.

« En altitude, il faut boire, boire des litres parce qu'on se déshydrate vite », avait expliqué le Tchantchourne qui connaissait la sagesse ancestrale des montagnards. Leçon que le Croué semblait avoir parfaitement retenue qui vida sa fiole jusqu'à la dernière goutte.

— Arrête-toi ! Tu vas te cuiter, ordonna le maire.

— J'ai mais soif.

— Les soûlots ont toujours soif.

— *Na bena couêta*, une bonne cuite, ça fait d'mal à personne.

Amélie avait honte d'être une femme parmi eux, elle se demandait s'ils sauraient se tenir envers elle, si Hippolyte pourrait la protéger, le seul en qui elle pouvait encore espérer un allié. Son frère Cyprien, occupé avec ses bêtes et sa marmaille, ne s'était pas joint au groupe. Elle avait perdu Julien. Elle l'imaginait devant elle, avec son visage cuivré, sa chevelure aux reflets de glacier, la sensualité brûlante de ses lèvres et de son menton aux copeaux d'or sertis dans la chemise blanche. Il lui souriait et dévastait son cœur comme à chaque fois. Puis son image finit par se dissoudre dans le paysage, tandis que la voix honnie de Félicien Viard la tirait de son merveilleux rêve.

— On s'remet en route.

— *Faut avé bené ploté !* maugréa la Nore. *Fait mâ veni viu...*

Oui, il fallait avoir de bonnes jambes et il faisait mal devenir vieux. Au-dessus d'eux, se dessinaient les crêtes découpées sur un azur implacable, en dessous les gouffres des vallées, la noirceur des épicéas et la verdeur des hêtres, un sentier entre ciel et terre bordé d'ancolies, de soldanelles et de gentianes à gueule bleu roi. Polaton et Sira portaient la recluse au poids plume sur son brancard. Les mulets qu'on tenait par la bride bringuebalaient, et le curé Guérin priait son saint patron qui veillait à la santé des ânes et des mulets. La voix du forgeron le tira de ses méditations.

— Ce soûlot de Tchantchourne, il traîne la grolle, s'énerva Hippolyte qui marchait en tête, tenant fermement son bâton ferré et son fusil en bandoulière. D'ailleurs, vous êtes tous des grolles.

Le Tchantchourne avait déjoué les plans de Polaton, du Blanchot et de Polenta, il s'était invité à leur course au trésor, comme d'autres villageois et le policier, bien malgré lui.

Le soleil dardait ses chauds rayons, illuminant la pente. Les pierres roulaient, traîtresses, sous les souliers à clous et Mercier, toujours en tête, progressait avec prudence, assurant bien ses pas et encourageant les autres. D'un coup, Amélie sentit ses poumons brûlés par la pureté de l'air, elle eut le désir pressant de parvenir au but, de se délester de son lourd sac à dos qui la faisait se courber vers la terre comme une tortue. Elle entendait les raclements de sabots des mulets qui peinaient et les jurons des hommes qui se relayaient pour porter le brancard de la recluse.

— Plan-plan, les gars, tout plan !

— D'accord, fit Hippolyte, on ralentit la marche. Mais si on tarde trop, on arrivera en haut à point d'heure. Et les Francé nous auront semés.

70

Les fantômes du passé

La recluse faisait de grands gestes et se contorsionnait sur son brancard. Elle voulait se tenir debout.

— Pourquoi tu brames autant ? lui demanda le maire, se penchant sur la momie pour écouter les paroles qui sortaient de ses lèvres décolorées à l'haleine de moribonde.

A présent, Fardinand le Roan courait de l'un à l'autre.

— Le Croué, file trouver Fabrègue ! Et toi, Polenta, tu trouves le Ranche et sa gnâ ! L'Albertine veut tous nous rassembler, Savoyards, Francé et Autrichiens. On doit conclure une trêve. C'est à cette seule condition qu'elle nous livrera ses informations.

Une heure et quelques appels dans les montagnes plus tard, les trois camps étaient réunis, se regardant en chiens de faïence, main sur le pistolet ou le couteau. La recluse leur montra sa face ravinée comme la lune et les cratères de ses yeux plissés. Entre les dents qui lui restaient, elle marmonna assez fort pour être entendue :

— Il faut retourner à la pierre des Autrichiens. Je connais les noms des parents de tous ceux d'ici qui se sont enrichis et je sais où ils ont caché les corps. Je peux faire trembler même les plus haut placés, ajouta-t-elle en direction de Louis-Ferdinand Reydet, lui jetant un terrible regard sans pupilles.

— Elle aurait pas pu le dire plus tôt, maugréa le Croué, on n'aurait pas fait tout ce chemin pour rien. Un vrai rublon, une vieillerie qui nous mène tous par le bout du nez !

Quant à Amélie, elle posa sur Julien Fabrègue un regard qui lui fit détourner la tête. Il était libre, mais il n'était pas pour autant venu vers elle, pour s'expliquer, lui dire ses regrets. Ils ne s'étaient pas adressé une parole depuis leur dernier rendez-vous, juste avant les noces. Lorsqu'il lui avait promis qu'il viendrait la chercher pour l'épouser. Il promena sur elle un œil dénué d'intelligence, regarda sans comprendre la croix et le cœur au bout d'une chaîne, signes de son récent mariage. Tout ce qu'il trouva à lui dire, quand il la vit ôter son bonnet de coton, fut :

— Tu as coupé tes cheveux ?

— Je les ai vendus. Ne suis-je pas en deuil ? répondit-elle d'un ton morne.

Julien imagina ses nattes cuivrées et luisantes couchées sur du papier de soie, semblables à deux épis de blé roux. Les cheveux courts d'Amélie le ramenèrent aux tresses coupées d'Anaïs, un présage de mort. Il se mit à trembler comme au cœur de l'hiver.

La recluse recommença à s'agiter.

— C'est là ! glapit-elle.

Elle tendit un bras décharné vers un recoin de la forêt, à une trentaine de mètres de la haute pierre. De stupeur, les brancardiers la laissèrent tomber. Avec les pelles et une énergie nouvelle, sous les regards des trois femmes, les hommes se relayèrent pour déblayer péniblement la terre et les roches mousseuses qui recouvraient l'emplacement désigné, espérant que la mémoire de la vieille femme ne la trahissait pas. A quatre-vingt-douze ans, elle pouvait défaillir. Effectivement, son esprit s'égarait, sans compter qu'elle n'avait plus ses yeux.

— C'est où, l'Albertine ? On en a marre, nous autres !

— Qué que tu dis ?

— En plus, la vieille est *cheurda min on tepun*. Sourde comme un pot, grinça le Croué.

— Par là à travers, fit-elle, évasive.

Ils avaient enfin trouvé ce qui semblait une anfractuosité. Malgré ses gants de cuir, Julien se déchirait les paumes. Il déblaya ce qu'il put, avec l'intime et violente conviction de toucher au but. Indifférent à la douleur, il s'arc-bouta avec rage, poussant de toutes ses forces sur une grosse pierre qui s'ébranla et dévala la pente à grand bruit, libérant une cavité dans l'amas de blocs. Il y promena sa lampe pour voir à quoi cela ressemblait, devina un goulet, juste de quoi se faufiler en s'écorchant les coudes au passage. Derrière lui, se pressaient les villageois et deux Autrichiens, aiguillonnés par les injonctions du baron surexcité. Julien se tortilla comme une chenille sortant de son cocon, tandis que sa lampe-tempête qui oscillait projetait des cercles sur les parois à donner le vertige, dans une violente odeur d'humus.

— Nom d'un chien ! s'exclama-t-il.

Le faisceau de la lampe enfin immobilisée éclaira avec dureté une forme écroulée au sol, un tas de vêtements jetés sur une forme humaine. Elle éclaira l'os ivoire du crâne à la chair décomposée, à la tonsure de cheveux noirs. Julien frissonna devant cette caricature d'homme, ces restes momifiés sur lesquels il n'osait pas encore se pencher. Comme si l'être allait se relever, lui montrer le rictus dénudé de ses mâchoires aux lèvres racornies. Plus encore, ce fut la surprise qui l'étreignit. « C'est pas une tenue autrichienne, ça ! » Avec dégoût, toujours à plat ventre, il ramena un pan de la soutane en gros drap noir moisi. Il lui fallait chercher des réponses ailleurs que sur ces lambeaux. Fabrègue se mit péniblement à genoux, essuya la sueur de son visage, calma les battements d'un cœur rendu fou. Il se contorsionna pour sortir et rejoindre Hippolyte Mercier et les autres. Une fois à l'air libre, les reins cassés, il entendit la Nore lui dire :

— T'es noir comme un poêle. Vous avez trouvé l'abbé ?

Le forgeron ayant glissé à son tour dans le trou, ils se concertèrent sur l'identité du cadavre.

— En tout cas, il est de chez nous, fit Hippolyte, l'air inquiet.

— Moi, je pense savoir qui c'est, dit le curé Guérin, tétanisé. C'est Paul-Louis Vincent, l'abbé qui a disparu en juin 1881 et qu'on a cherché longtemps. Mon quinque… L'oncle…

— Qu'est-ce qu'il foutait là ? demanda Louis-Ferdinand Reydet. Il n'a pas pu se fermer tout seul dans cette tombe.

— T'es pas crétin, toi, tu sais ! s'écria le Tchantchourne.

Le maire avait pâli. Il allait être obligé de faire rouvrir l'enquête sur la disparition de l'abbé. Cette fois, pour un meurtre. Ça ferait du foin au village. Les

Savoyards avaient la tête dure, mais sous la pression des autorités et surtout celle de l'évêque, les langues se délieraient. Et ils remonteraient forcément jusqu'aux auteurs du crime. Heureusement, le policier albertvillois qui les suivait avait renoncé en chemin.

— Où sont les autres, les soldats autrichiens ? demanda Sira.

— Cherchez plus loin ! fit la voix étouffée d'Albertine. C'est pas le bon rocher. Revenez donc sur vos pas et allez creuser à trois cents mètres en direction de la piste, à côté de la source ! J'vous dis qu'ils sont là. Avec tout leur bataclan. Si personne les a déterrés depuis.

— T'aurais pas pu le dire plus tôt, vieille folle ! râla le maire. On est passés juste à côté. Faut y retourner ! On reviendra chercher l'abbé pour lui donner une sépulture décente.

La Nore prit un timbre sirupeux en s'adressant à Von Schober :

— Et vous, baron, suivez-les donc ! Vous irez dire bonjour à votre paternel qui vous attend depuis plus de soixante-quinze ans. J'espère que vous le reconnaîtrez. Il est vrai qu'il y a un petit air de ressemblance entre vous deux.

Von Schober blêmit, incapable de réagir, lui qui avait toujours la repartie cinglante. Fabrègue, l'adrénaline courant dans ses veines, sentit comme un hiatus, quelque chose d'inquiétant et d'innommable. A cet instant, précédé de sa puissante odeur et sa masse lancée à toute vitesse, un sanglier chargea. Il encorna Gustav Hainisch, le secoua comme une poupée de chiffon, s'en débarrassa et reprit sa course au galop, le poitrail ensanglanté. Gustav en resta tout ébahi, affaissé au sol comme un accordéon qui expire, se tenant la poitrine à deux mains. Le curé Guérin tomba à genoux face à lui. Une pensée fulgurante le traversa : « *Perseverare diabolicum est.* Persévérer est diabolique. »

La recluse les avait menés à la véritable cachette des Autrichiens. Le pendule de Julien avait raison. Une force mystérieuse lui indiquait depuis des semaines où elle se trouvait. La grande fosse creusée soixante-dix-sept ans plus tôt, couverte de pierres, de terre et d'humus avait été rouverte. Devant cette vision d'épouvante, le curé Guérin se signa. Pêle-mêle s'entassaient ossements d'hommes dépouillés de leurs manteaux et de leurs ceinturons, squelettes de chevaux, lances, casques et éperons. Naturellement, sabres et fusils avaient disparu, tout comme le fruit de leur pillage. Seuls traînaient un ciboire en argent noirci et quelques pièces de monnaie sans valeur. Bouleversé, le baron contemplait les restes de son père. Il était certain que c'était lui ; sa jambe manquante en témoignait. L'Oberstleutnant portait encore sa croix de fer au cou et quelques lambeaux d'uniforme que les insectes nécrophages n'avaient pas dévorés. Von Schober serra les dents, la douleur lui rongeant la jambe.

— C'est *coffe*, dégoûtant, et y a pas de trésor ! beugla le Croué, guère attendri par la scène. Ils l'ont volé avant de les enterrer, bien sûr.

— Qui donc ? demanda la Nore d'une voix perfide.

— Nos grands-pères, comme ça ils n'avaient pas à y rendre ni à partager. Ou alors, les Autrichiens sont revenus, ils l'ont récupéré.

— Et si c'était Dolfuss ? souffla Moser à l'oreille du baron. Après tout, on l'a toujours cru sur parole, ce vieux fou, mais rien ne dit qu'il n'avait pas tout récupéré.

— Je ne crois pas, dit Von Schober, ayant perdu sa superbe. Il a fini sa vie misérablement dans un hospice. Et ses descendants n'ont pas montré de train de vie particulier.

— Regardez ! fit le Sira d'une voix étranglée. Il y en a un pas comme les autres.

Il désignait d'un doigt tremblant un squelette avec encore des touffes de cheveux noirs sur lequel avait glissé un chapeau savoyard. Avec dégoût, le Croué qui était descendu dans la fosse fouilla les poches de la veste en gros drap clair, marquée intérieurement des initiales E et M. Les doigts d'os parcheminés serraient un sac de toile vide. Dans la poche, une montre-oignon ancienne au cadran fêlé affichait dix heures. Le Gouître le rejoignit pour l'aider à sortir le squelette du trou et le déposer sur l'herbe.

— Moi, je pense savoir qui c'est, dit Séraphin Nantet. C'est Eusèbe Mercier, le scieur qui a disparu en juin 1815 et qu'on a cherché longtemps. Ton arrière-grand-père, Hippolyte…

— Qu'est-ce qu'il fichait là ? demanda le forgeron. J'croyais qu'il était mort de phtisie.

— J'ai ma petite idée, déclara Moser qui les écoutait. Ce type est mort avec nos grands-pères qu'il essayait de voler. Vos grands-pères à vous l'ont tué à leur tour.

La Nore les regarda curieusement, avec des yeux chafouins et des lèvres pincées qui en disaient long sur son mépris.

— L'Eusèbe, c'était pas un homme bien. C'était un sale bédouin, un grippe-sou et en plus un cossard de première. Quand il a foutu le camp, en 1814, avec le magot des réquisitions qu'il avait déjà volé par là à travers, au pays, on a dit bon débarras. Seulement, après, c'est qu'on a eu des ennuis, des enquêtes et tout. Des gendarmes sont venus demander des tas de fourbis. L'Olympe et le Maniéraz, ils en savent plus qu'ils en veulent dire. Ils ont toujours fait des sous avec des moyens pas jolis, jolis, les Mercier. Tout le monde le sait bien, ici. *Voéla ! Voéla !*

— Pour sûr ! renchérit Molliex. Mais faut pas tant remuer la boue. Tout ce que je sais, c'est que vivant ou mort il reviendra plus, l'Eusèbe.

Les hommes ramassaient les quelques objets et les enfournaient dans leurs sacs pour les charger ensuite sur les mulets, en râlant d'avoir eu tout ce chemin à faire pour monter et d'en avoir autant pour redescendre. Sans rien avoir trouvé. Il leur faudrait d'abord combler la fosse à l'aide de grandes pelletées, tandis que le curé dirait une prière. Durant ce temps, ils avaient oublié Gustav sur le chemin plus haut, qui gémissait de douleur et sur lequel la Nore, compatissante, s'était penchée avec ses remèdes. L'arrivée furtive de Theodor Wagner ne réussit pas même à les émouvoir.

— J'ai le droit d'être là, glapit-il en direction de ses camarades, car c'est mon grand-père qui est dans ce trou avec les vôtres.

Un souffle d'air fit onduler la ligne d'arbres, engendrant chez la Nore un malaise indéfinissable. Julien frissonna et croisa le regard d'Amélie qui le fixait toujours. Il ne broncha pas mais baissa les yeux. Un vertige le saisit comme à la Bastide des Oliviers. Quelque chose d'indicible, quelque chose allait se passer. Hippolyte, qui leur tournait le dos, regarda Victorin dont les traits s'étaient figés.

— *Nom de djiu de nom de djiu !*

— Arrête de jurer comme un patier ! Qu'est-ce que t'as ? T'es blanc comme une pate.

— Regarde ! fit le Blanchot, lui désignant un point derrière sa nuque en tremblant.

La troupe des Autrichiens reprenait vie. Les ossements se rassemblaient comme des grains de riz, se recouvraient d'uniformes blancs, les têtes retrouvaient leurs shakos. Les chevaux se reconstituaient dans d'épouvantables cliquetis d'os et s'ébrouaient. Les hommes aux joues creuses et aux orbites luisantes se redressaient, grimpaient lentement aux parois de terre et enjambaient les rebords. Grimaçant et unijambiste, l'Oberstleutnant von Schober darda sur son fils un regard qu'il reconnut, puis désigna la recluse d'un doigt squelettique.

Le curé Guérin tomba une fois de plus à genoux. Peut-être était-ce une hallucination, peut-être était-ce réel. C'était comme si Dieu avait décidé de retourner le sablier du temps. Les saisons s'inversèrent, les années défilèrent, l'histoire se fit entendre à coups de canon et se figea en 1815.

71

28 juin 1815

L'Oberstleutnant von Schober et ses hommes avaient pris la raclée et marchaient en silence, tête basse, anéantis. De la belle armée austro-sarde, ils ne revenaient qu'une poignée. Capotes et manteaux déchirés et poussiéreux, fronts bandés de linges sanglants, bras en écharpe. Des centaines d'Autrichiens et de Hongrois avaient été faits prisonniers, les survivants fuyaient pour rejoindre l'Italie avec leur butin, la route de la Tarentaise était impraticable et Bugeaud leur filait le train sur la route de Chambéry. On disait les chasseurs Roberti prisonniers à Saint-Pierre-d'Albigny, le régiment de Piémont défait à L'Hôpital-sous-Conflans, et l'armistice demandé par le comte général-major d'Andezano.

Ce jour du 28 juin 1815, Von Schober et ses hommes étaient parvenus à Notre-Dame et avaient passé le petit pont sur le ruisseau. Leur itinéraire les mènerait à l'Ebaudiaz, au Séchon, à la Grande-Lanche avant de redescendre sur les chalets du Darbelay à mille trois cent soixante-douze mètres et à Esserts-Blay. Des appels assourdis montèrent de la vallée, passèrent de butte en butte et crièrent la mauvaise nouvelle. Les pillards arrivaient. « Ce sont les Autrichiens ! s'affolaient les Milliérains, apercevant les cavaliers en armes du haut de la colline. Ils viennent s'en prendre à nous. »

— Ils nous attendent là-haut, constata le major Moser, le bout de sa lunette d'approche appuyé sur l'épaule d'un chasseur à cheval.

Il avait fait le tour de ses compagnons pour en prendre des nouvelles. C'était un homme estimé de ses soldats, réputé pour leur graisser la marmite, leur payer un peu d'alcool ou partager une poignée d'oignons. Il avait été blessé au thorax par un coup de sabre. Klemens Hainisch, le chirurgien-major, lui avait administré un mélange d'eau-de-vie et de laudanum de Sydenham avant de le recoudre. Von Schober souffrait d'une vilaine blessure à la jambe due à un éclat d'obus. Quant à Heinrich Dolfuss, il était devenu définitivement sourd. Il avait encore dans les oreilles le vacarme et la fureur de la bataille.

Leur angoisse n'était pas retombée. Ils s'attendaient à ce qu'à tout moment des bandes de soldats ou de villageois avides d'or ou de vengeance s'abattent sur eux du haut du rocher ou jaillissent de la forêt comme des meutes de loups affamés. Et si ce n'était pas dans les parages, d'autres leur tomberaient dessus plus loin, et cela jusqu'en Tarentaise ou en Maurienne. Mais le butin valait bien tous ces sacrifices.

Erich Moser se rappelait le goût amer de la bataille. Il revoyait la débandade des Hongrois sur le pont qu'ils repassaient en désordre, perdant beaucoup de monde. Les hommes de Trenk se noyaient, abandonnant aux flots leur shako noir. Ils agitaient les bras, en vain, le poids de leur uniforme les entraînait au fond de la rivière, les courants faisaient ballotter un instant leur tête. Pour la troisième fois, ils avaient été battus. Plusieurs de leurs corps et de leur artillerie faisaient retraite. Bugeaud s'apprêtait à franchir le pont pour achever leur déroute quand l'ordre du cessez-le-feu était tombé. Partout montaient des cris et des gémissements. Au moins deux cents cadavres parsemaient la rive. Pêle-mêle avaient roulé tricornes, casques, sabres, fusils à baïonnette et sacs à dos. Les drapeaux français surmontés de l'aigle en lambeaux, criblés de balles et noircis par la poudre, côtoyaient les étendards blancs des vaincus. Déjà, les troupes fuyaient, poursuivies par celles de Bugeaud. Le temps était venu de déguerpir, sans oublier les fruits des pillages, celui de L'Hôpital et celui de Conflans.

Quand ils parvinrent à Coutaz Pella et à ses prés où broutaient quelques vaches, Von Schober reconnut l'endroit où ils s'étaient arrêtés à l'aller pour prendre de l'eau au ruisseau. Il ordonna à Moser :

— Trouve-moi la fille au collier, et vite !

Une fois cette dernière en sa présence Von Schober prit un ton doucereux :

— Fillette, tu te souviens de moi, n'est-ce pas ? Montre-nous où tu as trouvé ça !

Il lui agitait sous le nez le collier aux trois pièces d'argent et aux plus petites de cuivre. Les trois rois burgondes. Le tintement sembla tirer Albertine Gonthier de sa prostration. Comme elle paraissait muette et tétanisée de peur, l'Oberstleutnant décida de l'emmener avec eux pour la faire parler.

La troupe était soucieuse de passer au plus vite le col pour rejoindre l'Italie. Le temps lourd était en train de virer à l'orage. La chaleur devenait étouffante sous les uniformes. Des mouches en grappes harcelaient les chevaux et buvaient aux plaies des soldats.

Albertine Gonthier traînait la jambe, espérant retarder les hommes. A côté d'elle marchait le capitaine Moser, celui qui parlait français. Depuis le départ, elle sentait ses regards en coin, ce qui la troublait. Sous le shako, ses cheveux blonds, tirés sur les tempes, étaient trempés de sueur. Le coucher de soleil n'allait pas tarder à incendier les crêtes.

— Vous devez pas partir, conseilla Albertine à Erich Moser. C'est de la folie de passer les montagnes de nuit avec tout votre bataclan. Il y a des ravins, et les arcosses sont glissantes. Vous ne survivrez pas. Sans compter que vous pouvez faire une mauvaise rencontre, comme celle de loups ou d'un ours.

— Nous devons impérativement passer en Italie ! s'écria Erich malgré son appréhension. Sinon, c'est ici que nous ne survivrons pas.

Comme pour lui donner raison, un feu de mousqueterie retentit dans le lointain. Ils dépassaient Coutaz Pella quand ils entendirent les villageois et les paysans armés de fusils et de fourches qui se rapprochaient par des chemins d'eux seuls connus. Erich Moser dit à Von Schober :

— Il faut laisser le butin ici. Il nous ralentit. Nous reviendrons le chercher un jour.

— Tout à fait d'accord avec vous, major, dit l'Oberstleutnant. Il y a juste un problème, il y a des témoins...

Les regards se tournèrent vers la jeune fille. Même si elle ne comprenait pas l'autrichien, Albertine sentit un frisson glacé lui parcourir l'échine. Ils allaient la tuer. Erich Moser intercéda :

— On a encore besoin d'elle pour passer les montagnes. Dans la nuit on n'a aucune chance. Sans compter votre jambe...

L'Oberstleutnant regarda sa jambe pourrissante, déjà infestée de vers, qui répandait une odeur pestilentielle. Il pensa à la grimpette qui les attendait, d'abord en direction du Planay. Puis ils passeraient le gros ruisseau de Fontaine-Claire et monteraient en lacets jusqu'aux immenses alpages de l'Ebaudiaz. Pour redescendre sur l'autre versant dans la Tarentaise ou passer par la Thuile vers Montsapey et la Maurienne. Sa jambe déciderait de l'itinéraire. Quant à la fille dont il n'avait rien pu tirer, il se chargeait de la mater.

Von Schober se dit que la bataille de L'Hôpital avait été une boucherie mais que le butin en valait la peine. Il constata avec satisfaction que les gens de L'Hôpital et avant eux ceux de la vallée de Tarentaise étaient plus riches qu'il ne le pensait. Ils avaient récolté tabatières précieuses, timbales et couverts en argent, croix, cœurs, bagues, boucles d'oreilles, louis d'or dans les bas de laine. L'Eglise aussi s'était montrée généreuse : chandeliers, calices et ciboires, croix en argent aux pans coupés, dons des joailliers qui s'étaient établis ailleurs mais s'étaient souvenus de leur paroisse d'origine. Pour son usage personnel, Von Schober avait gardé une montre à répétition qui pouvait sonner à la demande et une montre genevoise à boîte émaillée qu'il comptait offrir à son fils Karl-Edmund quand il serait plus grand. Sans compter ce que le major Erich Moser avait découvert à Conflans.

L'Oberstleutnant craignait que les hommes ne se battent entre eux pour s'approprier le fruit de leurs rapines. L'or, Wladimir Rainer s'en moquait, et comme il aimait le dire : « La richesse du militaire, c'est un briquet et une pipe. »

Ce fut cet instant que choisirent les Milliérains pour lancer leur attaque. Avant même de comprendre ce qui leur arrivait, les Autrichiens se retrouvèrent sous un feu nourri. Deux chevaux en profitèrent pour s'enfuir à travers les prés.

— En joue ! cria Moser qui faisait rempart de son corps à Von Schober.

Les quinze Autrichiens survivants avaient sorti leurs fusils et déclenchaient un feu de file pour tout balayer. Un des paysans fut touché et s'abattit dans un cri. Le reste de la troupe fut décimé.

— Je pense que cela les retardera un bon moment, fit l'Oberstleutnant, inquiet et fiévreux.

Un peu plus tard, Otto Wagner demanda d'une voix dépourvue de conviction :

— Penses-tu que les Français aient abandonné ?

— Ils n'abandonneront pas, répondit Theodor Seitz. Seulement, à présent, ils nous pistent différemment. Ils se taisent et on ne peut plus les situer.

Comme pour démentir ses paroles, de puissants cris de geais leur parvinrent.

— Ils sont là, constata Wagner, et ses mots résumaient l'horreur qui les envahissait.

Ils reprirent leur marche au pas, observant avec inquiétude les trouées d'arbres que le soleil couchant incendiait, puis l'Oberstleutnant, le visage mangé par les cernes, le teint terreux. Son état avait empiré. Une sorte d'apathie l'envahissait progressivement, un lent poison se distillait dans son corps. Le major Moser, qui l'avait sanglé sur son cheval, voyait avec consternation le regard de son supérieur se creuser.

La montagne commençait à revêtir une teinte uniforme d'un rose nacré. Bientôt, le crépuscule laisserait place à la nuit. Tapis contre un talus dans la forêt, ils s'attendaient à chaque minute à voir des silhouettes les menacer. Mais rien ne venait troubler le silence de la montagne. Ils apprécièrent cette halte. Les combats de la journée avaient été rudes, et des blessés étaient morts en chemin. Ils espéraient que leurs camarades avaient pu survivre en passant par l'autre itinéraire. Von Schober songea avec appréhension que les Savoyards devaient les attendre quelque part, là-bas, à flanc de montagne. La fille grelottait. Erich Moser l'enveloppa dans un manteau de hussard. Contre sa paume, le collier de pièces burgondes palpitait et irradiait. Un curieux sentiment, à la fois paternel et sensuel, s'empara de lui.

Des lueurs trouaient la nuit. Les Autrichiens éclairaient la forêt pour se repérer. Un rocher profilait sa masse énorme et incongrue. Sous l'effet de la fièvre qui le tenaillait, Von Schober voyait courir des trolls et d'horribles démons derrière une ligne d'épicéas.

— Je ne crois pas à toutes ces fariboles ! affirma l'Oberstleutnant avant de se mettre à trembler, croyant apercevoir un revenant.

Un peu plus tard, reposé, il fit appeler la fille.

— Garce, tu vas sur-le-champ me dire où tu as trouvé ces pièces ! Où est le trésor burgonde ?

Albertine jetait des regards épouvantés à la ronde en clamant : « Quel trésor ? » Les yeux du baron descendirent sur ses formes, il se sentait encore assez gaillard pour cela. Un ultime geste qui le rattacherait à la vie. Devant Moser impuissant, il bascula sur elle, la faisant tomber de tout son poids sur la terre. Elle cria et se débattit.

— Tu vas parler, maintenant, ma jolie ! lui ordonna son agresseur, lui crochetant le cou d'une main et de l'autre retroussant sa longue jupe.

Elle se débattait, mais malgré sa blessure, Von Schober, entraîné pour la guerre, était encore fort.

— Arrêtez ! intervint Moser. Ce n'est pas digne de vous, ni de notre armée.

Le regard qu'il reçut le fit frémir.

— Tu veux passer en cour martiale ? Je croyais que le sort des filles en temps de guerre t'importait peu. Ne me dis pas que tu n'en as jamais violé une au cours de tous ces combats !

Il retourna à son ouvrage. Albertine cessa de se débattre. Une bouche fiévreuse prit possession de la sienne, une jambe à l'odeur putride s'introduisit entre ses jambes. Quand le membre de l'Oberstleutnant força sa virginité, elle hurla. Erich Moser avait détourné le regard, serrant les poings dans ses poches. Les hommes, qui s'étaient regroupés près du feu où cuisait la soupe de haricots très durs et dans laquelle le cuisinier avait versé une cartouche pour la saler, firent mine de ne rien voir. La soupe fut avalée debout autour d'une gamelle commune pour huit, une seule cuiller, avec du pain de munition. Plus un peu d'eau-de-vie et du vinaigre antiseptique.

— Imbéciles ! beugla Von Schober en se rajustant. Avec votre feu, vous allez nous faire repérer aussi sûrement qu'en plein jour. Qu'est-ce qu'on vous a donc appris à l'armée !

— De toute façon, les Français savent où nous trouver, expliqua Klaus Gorbach qui avait allumé le feu. Il faut bien reprendre des forces. Et puis on n'y voit rien ! Faut faire quelque chose, sinon on ne pourra pas cacher le butin.

Les yeux de Von Schober se reportèrent sur la fille qui serrait contre elle sa chemise déchirée et qui, loin de sangloter, le fixait d'un regard meurtrier. Elle le narguait toujours.

— Il faut la tuer, fit-il, c'est évident. Sinon, elle dira aux siens où nous avons caché le butin.

— N'y a-t-il pas une autre solution ? demanda Moser. Je n'aime pas cela. On n'a qu'à l'emmener avec nous.

— Elle reste ici, affirma Von Schober, implacable. Nous n'avons pas besoin d'elle. D'ailleurs, rien ne dit qu'elle ne fera pas exprès de nous perdre et de nous mener dans les ravins ou de nous ralentir pour que les siens nous retrouvent. Mais pour vous être agréable, major, j'ai trouvé une solution qui nous conviendra à tous.

Von Schober fit signe au soldat Ludwig Tauffe de lui apporter un tison, en lui expliquant ce qu'il attendait de lui. Epouvantée, Albertine comprit que l'autre refusait. Furieux de sa désobéissance, traînant la jambe, le baron prit lui-même le brandon, jura parce qu'il s'était brûlé, répandant une odeur de cochon grillé. Le tison rougeoyant approcha ses yeux. Albertine sentit la chaleur mordre sa chair. La face démoniaque de l'Oberstleutnant von Schober fut la dernière chose qu'elle vit en ce monde, et elle se mit à hurler. Son cri franchit les montagnes et les forêts, descendit les ruisseaux jusque dans la vallée. Les gens qui l'entendirent se signèrent et les loups se turent.

Les Autrichiens déchargèrent les pelles et se mirent à creuser à la lumière des torches et du feu, jusqu'à obtenir une grande fosse noire. Les regards envieux, ils y déversèrent les caisses et les sacs. Von Schober, debout sur ses jambes et grimaçant de douleur, ordonna :

— Vous êtes priés de garder le secret sur tout cela, messieurs. Dès que nous serons chez nous et retapés, nous reviendrons.

Ils avaient quand même fait un partage sommaire, afin que chacun ait de quoi s'en retourner chez soi. L'Oberstleutnant s'était gardé cette montre à répétition. Encore en possession de ses facultés, lors d'une pause, Von Schober avait pris le temps de rédiger une courte lettre à son fils Karl-Edmund, qu'il avait confiée à Moser. Regardant les montagnes, il avait dit ce que tous avaient pu entendre : « Je reviendrai. »

Le major Erich Moser eut une drôle d'impression, comme s'il était observé. Au-dessus des sapins, le ciel était violet comme un lavis d'encre qui se délite. Puis la montagne sembla se déchirer en deux, le ciel bascula et la lumière du soleil jaillit. Ce fut alors que la vision se produisit. Une troupe d'hommes et deux femmes aux cheveux roux, étrangement vêtus, apparurent devant le rocher. Ils soutenaient une vieillarde aux orbites vides. Les soldats autrichiens s'arrêtèrent de reboucher le trou, bouche bée. Otto Wittek en lâcha sa pelle de stupeur. L'obscurité retomba. Le mirage du futur avait été fugitif.

— Cet endroit est maudit, murmurèrent certains.

— Les Nibelungen sont là ! clama Von Schober, délirant de fièvre.

Le quinquina à forte dose et l'éther sulfurique n'avaient pas fait tomber la température. Il entendit la voix de l'infirmier dire :

— On n'a plus le choix. Il faut le faire.

On lui mit sous le nez une éponge imbibée de laudanum pour l'endormir un peu. L'amputation d'une jambe prenait à peine plus de quatorze secondes, et il n'en fallait qu'une douzaine pour un bras. La scie mordit ses chairs gangrenées qui se détachèrent, puis attaqua l'os au-dessous du genou. Kasimir Olbrich essuya de la manche la sueur qui ruisselait sur son front puis sortit le fer rouge pour cautériser. L'Oberstleutnant vit le fer s'approcher de sa jambe et serra les dents plus fort sur le morceau de cuir qu'on lui avait glissé dans la bouche. Il faillit hurler quand le fer toucha son moignon à vif. Pourtant, il était le premier à dire : « Quand la blessure cuit, elle guérit. » Ils n'avaient plus de belladone, de valériane et d'opium qui apaisaient les souffrances. On lui donna une lampée de schnaps.

Von Schober ne vit pas arriver les ombres furtives armées de fusils, de fourches et de pelles. Il eut l'image de sa femme Bertha. Elle lui tendait ses bras gantés de blanc tenant leur fils de deux ans, le petit Karl-Edmund, qui gazouillait. Avant de mourir, le baron pensa qu'il s'était trompé de vie. Mais il était trop tard.

Quant à Heinrich Dolfuss, l'artilleur devenu sourd, il n'eut que le temps de fuir dans les bois où il resta caché de longues heures en tremblant, jusqu'à ce que le carnage et le pillage cessent. Il avait dans sa poche la lettre et la montre que lui avait remises Moser avant de rendre l'âme.

Les Autrichiens étaient morts pour rien. La coalition des Alliés avait gagné. S'il n'avait pas été tué, l'Oberstleutnant von Schober aurait eu de l'admiration pour le colonel Bugeaud qui avait mené un pur combat pour l'honneur. Mille sept cent cinquante Français, puis deux mille trois cent vingt, avaient lutté dix heures durant contre plus de quatre mille ennemis qu'ils avaient vaincus et étaient sur le point d'anéantir quand l'ordre du cessez-le-feu était venu sauver ces derniers.

Dans les villages, on avait jugé bon de crier « Vive le roi de Sardaigne ! Vive les puissances alliées ! », et on s'était empressé de détruire toute trace des inscriptions républicaines. La cocarde bleue était arborée triomphalement. Pour un peu, on aurait fêté les Autrichiens.

A Coutaz Pella, adossée à un arbre, une jeune fille hagarde grelottait de fièvre en gémissant, serrant contre elle le rempart dérisoire de sa chemise en lambeaux. Gervais Gonthier qui était monté, s'inquiétant de la disparition d'Albertine et entendant le mouvement des villageois devant sa maison, reconnut sa sœur. Il courut vers elle, remerciant le Ciel qu'elle fût en vie. Albertine leva sur lui un regard flétri aux orbites vides cerclées de rouge.

— Les monstres, ils lui ont brûlé les yeux ! hurla son frère.

72

Les forces du passé

Soixante-dix-sept ans plus tard, la recluse regarda de ses yeux morts le baron Karl-Edmund von Schober, le fils de celui qui l'avait violée. Et elle devina tous les traits qu'ils avaient en commun, le front haut, le même nez en proue. Une surprise de taille attendait le baron.

— Tu es mon beau-fils, lui dit Albertine Gonthier. Et la Nore que tu te plais à moquer, et qui est ma fille, est ta sœur. Et la Mélie est aussi de ta lignée. Dans ses veines coule le sang maudit des Von Schober. Il a donc fallu que toi et les tiens pourrissiez toute ma descendance.

Le baron restait comme foudroyé. Les autres n'en croyaient pas leurs oreilles, excepté la Nore et Amélie qui connaissaient leurs origines, la seconde depuis peu. Quant à Julien, il était figé, telle une statue de marbre. Albertine se tourna et, comme si elle avait pu voir Alfons Moser, lui déclara :

— Toi, le dénommé Moser, je te mets à part du lot, car ton grand-père a essayé de me protéger. Erich, il s'appelait, je m'en souviens encore, le seul qui ait fait un geste pour moi.

Avec l'aide de sa mère, elle avait accouché de la petite Eléonore qui deviendrait la Nore, la sorcière. L'enfant de ce démon autrichien Von Schober. Elle était allée la déposer devant un oratoire, au pied de la statue de saint Michel au dragon. Puis Albertine avait décidé de s'emmurer vive pour le restant de ses jours et d'enterrer son secret.

La petite Eléonore avait été adoptée par une famille qui l'avait fait durement travailler aux champs, jusqu'à ce qu'elle fût en âge de se débrouiller seule. Prise de remords, sa grand-mère Philomène l'avait ensuite récupérée. La Nore avait aimé un colporteur piémontais, le temps qu'il traîne ses galoches par là et reparte par les montagnes. Puis le menuisier et rebouteux Bernard Bochet l'avait aimée et épousée, il lui avait fait Léonie, avant d'être consumé par la phtisie. Albertine Gonthier reprit son souffle et continua :

— Quant à vous autres, les gens d'ici, ne vous réjouissez pas trop ! Car je connais les noms de la parenté de chacun d'entre vous qui s'est enrichie ce 28 juin 1815. N'est-ce pas, le Roan ? Maintenant, je vais vous montrer où j'ai trouvé les pièces qui sont à mon cou et qui ne m'ont jamais quittée depuis 1815. Il faut remonter à l'Ebaudiaz.

Des grognements suivirent ses paroles, tous en avaient assez de monter et descendre. Ils levèrent le nez vers les crêtes où s'amassaient de sombres nuées en troupeaux. Un orage subit se mit à gronder furieusement au-dessus des arbres, les feux livides des éclairs tranchèrent le ciel obscurci, le vent empoigna les nuages gris et les jeta à la face des montagnes, ensuite la pluie en traits glacés se déversa sur eux. Albertine resta un instant le visage levé sous l'eau du ciel qui ne put laver sa souillure ni dessiller ses yeux. Quant à Julien, il demeurait songeur, le front plissé.

« Gonthier, c'est son nom, n'est-ce pas ? se demanda-t-il, désignant Albertine. Puis il pensa : Le roi Gunther. Gundaharius ou Guntherus, ce vieux nom germanique de 794 qui signifie "Auguste dans le combat", devient, en français, Gonthier. Les Gonthier qui étaient aussi seigneurs de Briançon. Amélie porte leur nom. »

Julien eut l'image de Siegfried, séduisant sous sa cape d'invisibilité la Walkyrie Brunehilde, épouse du roi Gunther, et lui dérobant l'anneau sacré des Nibelungen.

Celui qu'Hippolyte Mercier n'aurait jamais dû passer au doigt d'Amélie.

Ils avaient perdu leur chemin. Les quatre Autrichiens avaient la sensation de dériver aux frontières du rêve, ivres d'un breuvage qu'ils ne se rappelaient pas avoir absorbé. Le baron avait mis ses hallucinations sur le compte de la chaleur, de la fatigue, de son âge et du schnaps qu'il avait bu après la découverte de la fosse et l'arrivée intempestive du sanglier, à la suite de quoi deux villageois avaient dû redescendre Hainisch hurlant au premier village. Mais le regard tout drôle de Moser lui avait appris que lui aussi avait vu quelque chose d'anormal. Ces montagnes étaient truffées de pièges. Von Schober estimait que des sorciers antiques les avaient envoûtées.

— Qu'est-ce que c'est que toutes ces fantaisies ? fit Alfons Moser. Le temps est déréglé. La chaleur ? Des mirages ? Je pense que je vais enfin me réveiller de ce mauvais rêve.

— Cet endroit a été maléficié, expliqua le baron, les pièges sont encore actifs mille cinq cents ans plus tard. Nous avons réveillé les forces du Mal, les défenses burgondes. Toute la montagne doit être ensorcelée, ce qui explique le comportement malfaisant et irrationnel de ces paysans. Mais une chose est sûre, à présent : le trésor est à portée de nos mains.

Ils marchaient avec la nette et désagréable impression d'être observés.

— J'ai entendu un drôle de bruit par là, comme un crissement...

Wittek se pencha pour soulever une pierre. Dessous, se trouvait une larve d'insecte brun lovée qui se déplia et se mit à grandir démesurément. Gachet prit sa goyarde et essaya, en vain, de la couper en rondelles. Affolé, Moser braqua son pistolet sur la chose et tira. La détonation se répercuta dans la montagne et fit sursauter les chevaux avant d'atteindre la colonne des Français plus bas. Son camarade borgne tomba raide mort.

— Merde, tu l'as tué, dit le baron, incrédule, imité par le bûcheron.

— Vous avez bien vu que non ! s'insurgea Moser. Je suis le meilleur tireur, j'étais tireur d'élite dans l'armée. Ma balle a été déviée, ce n'est pas possible. Le monstre a disparu !

Accablés, ils traînèrent Kurt Wittek dans un recoin du sentier, facilement retrouvable, décidés à revenir le chercher, en espérant que les renards ou les loups ne tombent pas dessus avant. Le baron avait, dorénavant, un peu plus de conscience.

Il faisait de plus en plus lourd. Des nuages menaçants montaient vers eux, formant une barre compacte d'un gris métallique. Déjà, de petites décharges crépitaient au milieu, et des grondements sourds se faisaient entendre, nouant la gorge de Moser et imprimant la peur ancestrale dans les entrailles des montures qui se cabraient nerveusement. Les cheveux se dressaient sur les têtes, de drôles de lueurs ourlaient les pointes de roche ; on entendait les abeilles. Gachet hurla :

— Il faut trouver un abri. Si l'orage nous surprend en terrain découvert avec les pelles et tout le fourbi, nous n'avons aucune chance. Dépêchons-nous !

Ils se pressèrent, aiguillonnés par l'angoisse à l'idée que ces forces de la nature puissent les anéantir d'un coup, comme des fourmis qu'un seau d'eau noie dans leur fourmilière. Moser sentit vibrer son piolet suisse ; un son étrange s'éleva.

— Mon piolet… Il chante, balbutia-t-il.

— Jette-le ! gueula le bûcheron. Tu vas attirer la foudre. Et vous autres, foutez-moi ces fusils loin de nous !

A peine étaient-ils en vue d'un abri, qu'un monstrueux coup de tonnerre roula dans les montagnes, se répercutant comme le gong du Jugement dernier. Un vent oblique souffla sur eux, aussi coupant que le fil de l'épée, jetant à leurs faces des sifflements de faux. Le tonnerre gronda. Au milieu des nuages noirs, ils entrevirent la barbe rouge de Thor et ses yeux ardents, puis le fils de Wotan traversa le ciel sur son char tiré par deux boucs. Du moins, ce fut ce que Moser crut voir. Il pensa au parchemin qu'il avait volé à Fabrègue, aidé du borgne. *Tempora si fuerint nubila, solus eris.* Si le ciel se couvre de nuages, tu seras seul. Il se sentit seul au milieu de cette nature sauvage, comme jamais il ne l'avait été.

Bientôt, les éléments se déchaînèrent dans un concert de hurlements et de salves gigantesques. Thor leva son marteau. La foudre éclata à quelques mètres de leur groupe, fendant un bloc de pierre en deux, répandant une âcre odeur de poudre. La violence de l'éclair fit se cabrer le cheval de Von Schober qui projeta son cavalier à terre, baudrier arraché. Moser et Gachet aidèrent le baron à se relever sans aucun commentaire. Cela ressemblait trop à un mauvais présage.

Les éclairs illuminaient les parois et hachaient leurs faces lugubres, tandis que la pluie se mettait à tomber en longs traits. Les chevaux, attachés aux rochers devant l'étroit renfoncement où s'étaient réfugiés les Autrichiens, hennissaient d'affolement.

— On dirait vraiment que le Ciel est contre nous, fit le Gouître en se signant.

La nuit était tombée, chargée de voiles orageux. La lueur des éclairs semblait vouloir fracasser les rochers. Le vent mugissait ainsi qu'une armée de démons, et la nature tremblait sous les roulements du tonnerre. Moser regarda Von Schober qui était devenu pâle et silencieux, comme s'il entendait la voix de Thor ou du Tout-Puissant dans ce déchaînement des éléments tourmentés, à l'image de son âme. Les autres affichaient des visages faussement sereins.

L'orage commençait à s'éloigner, la quiétude revenait se glisser sous les cieux, et dans une éclaircie des ténèbres au-dessus de l'échancrure d'une crête, Von Schober vit glisser la lune comme une pâle nef. Des loups hurlaient dans la montagne. Le baron se sentit soudain partir à la dérive, bouche ouverte, sans un bruit. Son cri silencieux résonna au fond de ses entrailles. Une troupe de Burgondes morts au combat apparut et l'entraîna. Sous leurs casques à cornes, leurs regards de braise filtraient ; des lueurs laiteuses s'effilochaient autour de leurs thorax de bronze, de leurs targes rondes et de leurs larges épées. Des étincelles jaillissaient du roc sous les sabots de leurs montures noires qui franchissaient des distances prodigieuses en quelques secondes. Le baron sentit que par un antique maléfice ses guides fantômes l'entraînaient vers les territoires d'outre-tombe.

— Nous venons pour te ramener chez toi, en Enfer ! crièrent les cavaliers noirs de leurs voix d'ombre.

Les cheveux du baron se hérissèrent, et son courage fut vaincu. Il comprit qu'il était tombé au pouvoir des rôdeurs nocturnes de cet Enfer qu'il avait tant de fois bravé. Nul secours humain ne pouvait le sauver, et il ne savait à qui s'adresser dans les cieux, lui qui avait tant blasphémé. Et les voix d'outre-tombe des Burgondes noirs lui cornaient toujours dans les oreilles. S'il avait eu la cape d'invisibilité et l'épée Balmung, il aurait eu le dessus. Mais il ne les avait pas trouvées.

De leur côté, les Savoyards se serraient sous la barre rocheuse, engoncés dans leurs vestes de drap, leurs chapeaux dégoulinants de pluie. La Nore essayait de tendre devant elle et sa mère un grand parapluie bleu pour dévier les gouttes. Ils s'étaient installés comme ils étaient arrivés dans l'anfractuosité. La recluse, veillée par la Nore, avait un visage offert et inerte, comme morte. Amélie s'était retrouvée serrée contre son mari. Lors d'un coup de tonnerre particulièrement violent, avec un gémissement qu'elle ne put réprimer, elle enfouit son visage dans le cou d'Hippolyte et se pressa contre lui. Les autres n'avaient pas tourné la tête, attentifs seulement à la tempête, les dents serrées à grincer. Hippolyte caressa les cheveux de sa femme, posa ses lèvres sur sa tempe pour la rassurer. Quand il releva la tête, il aperçut le regard noir du curé fixé sur lui, aussi chargé que le ciel, le regard de l'Inquisition. Et il sentit que quelque chose venait de se déchirer en lui.

Hippolyte aurait voulu que le temps s'arrête pour conserver Amélie contre lui. Il avait peur qu'après l'orage tout recommence comme avant, l'indifférence et le mépris. Mais avec surprise, il sentit la chaleur du corps de sa femme se communiquer à son propre corps ; des lèvres froides vinrent à sa rencontre. Le baiser qu'ils échangèrent eut la force d'un ouragan, il fut la somme de toutes leurs frustrations, de la vie qu'ils ne savaient pas passer ensemble, des mots d'amour ou d'affection qui n'avaient jamais été échangés.

— Hippolyte, dit-elle doucement, je voulais te dire...

— Je sais, répondit-il d'une voix rauque. Ne dis rien, ma douce.

Elle se demanda comment cela allait se passer au retour, quand elle retrouverait Julien, qu'Hippolyte et lui seraient face à face, qu'il lui faudrait choisir sa vie. Elle avait peur de se rapprocher de son mari au moment où elle allait retrouver son amant. Elle avait encore plus peur de retrouver Julien dans les mêmes limbes, qu'il ne veuille pas d'elle. Elle craignait aussi qu'il ne l'aime plus à cause de ses cheveux courts.

La vision de la Nore, la face barbouillée de rouge sombre se délitant sous la pluie, la glaça. Elle avait emporté du sang de chauve-souris pour s'en enduire le visage. Ainsi, elle affirmait pouvoir percer l'obscurité et lire ses formules aussi bien la nuit que le jour. Les éléments se liguaient contre eux. Les Milliérains qui l'avaient bafouée naguère supplièrent la sorcière de les aider. Mais la Nore faiseuse de grêle et de pluie ne pouvait rien contre elles. Tout juste préconisa-t-elle de faire du feu avec quatre bâtons de chêne en croix et de tracer le signe de croix dessus.

— Tu en as du bois de chêne, toi ? lui demandèrent les autres, connaissant la réponse.

Des voix étranges et des cris d'animaux commencèrent à se mêler au vacarme du tonnerre et au fracas de la foudre, des rumeurs de torrents, des bêlements, des meuglements et des hurlements de loups à glacer les sangs.

— Qu'est-ce que c'est que ce bastringue ? demanda le maire, passant la tête hors de l'anfractuosité.

— C'est la chin-na-goga, gémit la Nore, leur enjoignant de se boucher les oreilles.

La goga, la synagogue, le tapage infernal dans les airs composé de tous les bruits de la nature, des voix animales et humaines. Celui qui l'entendait perdait la tête, se mettait à errer loin de chez lui, ou alors il se retrouvait à côté de sa maison qu'il ne reconnaissait plus.

Séraphin Nantet, dont le cousin avait aperçu un jour la Chasse sauvage du roi Arthur et de ses nombreux chiens vers la Dent-du-Chat, près de Chambéry, se mit à claquer des dents. Léon Thomasset piqua du nez sur son cou de poulet et se mit en boule.

— Le Polaton, il bat de l'aile, ironisa Corboz.

Fabrègue et ses compagnons étaient, eux aussi, entrés dans le monde des illusions et des mirages. Julien, halluciné, s'enfonçait à chaque pas davantage dans sa folie, sa quête d'or et sa vengeance. A croire que les anciens dieux lui avaient versé dans sa gourde une potion d'irréalité et d'amnésie. Claquant les doigts, il s'amusait à faire jaillir en rêve sur les pentes du Grand-Arc des milliers de rhododendrons en fleur et de fuseaux d'épilobes, comme un tapis rouge et pourpre aux odeurs envoûtantes.

Ils s'étaient perdus dans le brouillard qui grignotait goulûment la montagne, leurs pieds glissaient dans les arcosses trempées et les rocs chaotiques. Les trois Provençaux trouvèrent refuge dans un chalet abandonné du côté du Darbelay dans la commune d'Esserts-Blay. Comme Amélie le lui avait appris, sa main tâtonna sous l'humidité d'une grosse pierre, cachette qui n'était un secret pour aucun montagnard, et dénicha une clé noire. Il poussa de l'épaule la lourde porte qui grinça et délivra ses secrets. Les odeurs du chalet fermé depuis des mois lui sautèrent à la gorge : celle des planches de bois imprégnées d'un relent de fumier et de moisissure, celles de la pièce où on fabriquait la tomme, de la cheminée fissurée d'où l'âcre fumée filtrait par les ardoises. Il vit la petite table en sapin creusée par les vers, le double banc un peu bancal, l'étagère où s'entassait une pile d'écuelles et de plats en terre vernissée. Une cloison pourrie séparait le coin cuisine de la chambre à côté, avec ses deux lits. Une pauvre lumière émanait de la minuscule fenêtre à barreaux. Le Provençal imagina quels pouvaient être ses occupants. Un remugle de bêtes, de purin et de corps mal lavés où surnageait une vague odeur de soupe et de tomme fondue violait ses narines. Ils dénichèrent un restant de saucisson pendu. Leurs estomacs criaient famine. Julien en découpa des tranches dures et sèches, et ordonna :

— Allez ! Mangez ça ! Ça va pas vous donner la cagagne.

Toute la nuit, il se retourna sur sa paillasse, un grand sac rempli de feuilles de maïs qui craquaient à chaque mouvement et commençaient à marquer des creux inconfortables. D'une main rageuse, il tira sur sa poitrine le gros drap de chanvre et la vieille couverture grise puante. A ses côtés, couchés dans le même lit, Nez-de-Fouine et Anastase ronflaient terriblement. Pour la première fois, le Provençal eut envie de rentrer chez lui, à la Bastide, il se sentait si loin de Brignoles et du soleil. Tout cela n'était qu'une mauvaise farce dont l'issue tardait. La farce des anciens dieux nordiques.

Julien regretta de ne pas avoir accompli tout ce qu'il aurait dû faire, remettant toujours au lendemain. Il regretta sa lâcheté, de n'être pas venu à la mairie du chef-lieu, ce jour-là, et de ne pas avoir su épouser Amélie. S'il s'en sortait, c'est ce qu'il ferait.

73

Le jugement des dieux

Les silhouettes courbées et frigorifiées des Milliérains apparurent au détour du sentier dont les contours s'arrondissaient et disparaissaient. La pluie ne cessait pas de tomber. Toute la montagne et la vallée, entre deux déchirures de brouillard, semblaient transformées en coton. En quête de proies, des loups hurlaient. Un timide et frileux soleil monta par-dessus les crêtes, éclaboussant d'or blanc les sommets.

— Ça pleut gros, constata Amélie en frissonnant, sa bouche laissant échapper de petits nuages de vapeur.

— J'ai point jamais vu ça, renchérit la Nore. D'ici qu'on ait la neige !

— J'en ai bien peur, dit le maire qui avançait dans les arcosses mouillées, enroulé dans une cape de berger.

Son esprit cartésien d'instituteur laïque ne pouvait lui fournir une seule explication valable à ces phénomènes. Il tremblait à l'idée que le Jugement dernier était arrivé, que son existence parvenait à son terme et qu'il lui faudrait peut-être devoir rendre des comptes au Tout-Puissant. Le fait qu'il sache qui était l'assassin de l'abbé Vincent, sans le livrer à la justice, ne ferait pas pencher la balance en sa faveur. Et puis surtout, il ne saurait jamais où se trouvait le trésor.

Amélie portait un châle de tête de fin lainage à franges. Deux pointes étaient nouées souplement sur la poitrine ; la troisième lui descendait dans le dos jusqu'en dessous de la taille. Malgré cela, en plein été, elle tremblait de froid et de peur. Ils ne pouvaient plus reculer, qu'avancer dans ce paysage incohérent qu'ils avaient cru connaître par cœur et dont à présent la géographie changeait, comme au gré des humeurs d'un dieu farceur.

— On est arrivés nion-sin, murmura la Nore. Nulle part.

Le curé priait son Dieu à lui qui, visiblement, ne daignait pas l'écouter.

« Jamais on n'a eu un 28 juin comme ça », répétait la Nore.

Les chasseurs en avaient assez de tourner en rond. Ils avaient perdu la trace de Fabrègue et de ses comparses. Ils décidèrent de prendre à part et de questionner la plus fragile et la plus jeune : Amélie.

— Tu sais sûrement quelque chose ? la pressa Léon Thomasset. Ta grand-mère et la recluse ont parlé. Tu peux nous dire où est la cachette du trésor. On va pas y passer la vie des rats, à se geler. Et puis ton amoureux, le Provençal, on lui fera son affaire tôt ou tard. Et si tu parles pas avant, il va passer un sale moment, crois-moi !

Malgré son angoisse, Amélie haussa les épaules et affronta le regard des hommes qui la cernaient de leurs poitrines rapprochées plus violemment que des murailles. D'une voix dénuée de peur, elle demanda :

— Et si je parle, qu'est-ce que vous allez décider pour moi ? Vous allez me faire mon affaire, comme vous aimez à le clamer ? C'est vrai qu'ici, ça serait facile, un accident est si vite arrivé. Je te le demande : *Qué voté fore ?* Que vas-tu faire ?

Elle les défia du regard, les passa en revue, eux et leurs faces brûlées, leurs yeux fuyants ou emplis de haine, captant leurs désirs secrets et leurs voracités.

— Faut lui faire son affaire ! beugla le Croué qui, apparemment, ne savait répéter que ces mots, en particulier depuis qu'elle avait failli abréger sa misérable existence.

A cause d'elle, il avait dû se fendre d'une poule pour payer le rhabilleur qui avait remis ses os en place.

— Personne ne touchera à elle, intervint alors Hippolyte, dressant devant elle le rempart de son corps aux larges épaules.

Etonnée, Amélie regarda son mari et ne vit que sincérité. Depuis leur rapprochement dans l'anfractuosité, elle l'avait senti touché, remué, comme si toute sa hauteur et sa froideur anciennes l'avaient quitté ; quelque chose avait changé dans son attitude. Mais serait-il aussi clément quand il la verrait partir avec un autre ?

Un vacarme d'enfer, suivi d'une assiette de pierres qui volait sur sa droite, lui fit tourner la tête. Hippolyte était en train de déraper sur les arcosses, il tenta de se raccrocher, de planter son bâton puis alla percuter un rocher pointu sur lequel il s'affala à plat ventre. Amélie eut les images de sa chute, le ciel qui basculait au-dessus de sa tête, le sol qui le heurtait avec violence, tandis que le goût du sang montait dans sa gorge. Elle constata qu'il était sauf, mais il parvenait avec peine à se redresser, à s'asseoir, les yeux roulant dans les orbites. Victorin et Félicien dévalèrent la pente, le visage décomposé, le soulevèrent sous les aisselles et le traînèrent comme une loque jusque vers un rocher plat où l'adosser. Déchiré par la souffrance, Hippolyte cria à leur encontre ce qu'Amélie entendit parfaitement :

— Lâchez-moi ! Lâchez-moi que je vous dis ! Vous allez me tuer.

— T'as fait une sacrée chute. T'as perdu le fusil mais je l'ai récupéré.

— Vous deux, lâchez-moi !

— Gueule pas ! On te repose, obtempéra son beau-frère d'une voix un peu tremblante.

Du fond de sa douleur, Hippolyte ne sentait plus son bassin et sa cuisse, son pantalon se maculait d'un sang qui coulait de la déchirure de sa hanche transpercée. « Je dois être bien amoché », pensa-t-il en se tâtant le sexe, terrifié à l'idée de perdre sa virilité. Avec son tact et sa finesse légendaires, le Croué remarqua, hochant la tête avec sérieux :

— T'as aussi le front tout esquinté.

— Espèce de gadagne ! Aide-moi plutôt à arrêter le sang ! Sortez vos mouchoirs, s'ils sont pas trop morveux ! Déchirez un bout de ma chemise ! Victorin, aide-moi à baisser mon froc !

— En tout cas, tout fonctionne, t'as rien d'esquinté de ce côté-là. La Mélie est tranquille, constata son beau-frère avec un ricanement.

Félicien et Victorin s'activèrent à bander sommairement la plaie, mais l'emplacement à la hanche était malaisé, les bandes de tissu s'imbibaient de sang et n'arrêtaient pas pour autant l'hémorragie.

— Il est bien amoché. Il va se vider comme un caïon à la saignée. Et pis son pantalon est tout déchiré, se lamenta Félicien, histoire de remonter le moral d'Hippolyte déjà bien bas.

Comme il ne parvenait pas à mettre un pied devant l'autre, paralysé de douleur, les deux compères durent le porter sur leur dos chacun son tour, mais le sentier détrempé étant difficile et le Croué de petite taille, cela devint vite impossible. Hippolyte encouragea Félicien comme il le faisait avec son mulet.

— Allez, *ardi* ! Marche ! Allez, marche donc ! T'es plus costaud que t'en as l'air.

Mais le Croué était épuisé, il ne pourrait plus tenir longtemps, et les mulets en avant de leur troupe étaient trop chargés pour leur rajouter le poids d'un homme.

— Alors, file chercher les autres pendant que le Blanchot me porte un peu ! Va leur dire que j'ai déroché. Et grouille !

Le Croué disparu au bas du sentier, filant lestement tel un gnome difforme, Victorin posa doucement au sol le forgeron qui se tordait de douleur. Un bruit de pas dans le sentier les fit se taire et guetter l'apparition. Amélie se profila derrière le talus, sac au dos et la musette aux plantes de la Nore bien en main. Elle s'était longuement demandé si elle allait remonter, s'inquiéter de son époux, puis elle s'était rappelé comment il avait pris sa défense contre les autres, comment il l'avait protégée de l'orage. « Je lui dois bien ça », avait été son sentiment. Hippolyte, à moitié dans le cirage, venait de sombrer dans des rêves délirants. Il vit sa femme comme une fée des sources aux couleurs d'automne.

— Comment il a fait son affaire ? l'entendit-il murmurer.

— Il s'est agrappé au rocher et tout par un coup, il a aboché.

Amélie pansa ses blessures, lui fit boire un remontant et lui soutint la tête, en lui parlant. Pour son mal de tête, ce soir, elle lui apposerait des cataplasmes d'oignon cuit sur la nuque. S'ils arrivaient quelque part et si le soir daignait arriver, car tout ici avait changé et relevait du surnaturel.

Félicien Viard réapparut en clamant :

— On rejoindra pas les mulets avant un quart d'heure. Faut marcher, Hippolyte !

Le forgeron soutenu par ses deux compères qui se relayaient, ils se remirent en route ; les fortes pentes faisaient exploser la douleur en fleurs écarlates dans sa hanche meurtrie. Devant eux s'ouvrait le col du Charvan, dernier passage avant la descente sur la Thuile et les pâturages où les attendaient les mulets, ultime danger à affronter, et pour Hippolyte qui titubait, le dernier calvaire.

Ce fut alors qu'une traînée de feu traversa le ciel et vint s'échouer sous le sommet du Grand-Arc.

— La wuivre, frémit Hippolyte.

Comme tous les chasseurs, il connaissait l'histoire de leur collègue de Saint-Paul-sur-Isère qui s'était fait surprendre, une nuit, près du sommet du Grand-Arc et s'était réfugié dans un abri rocheux. Il avait vu la wuivre aux ailes flamboyantes sortir de la forêt de Saint-Hugon, survoler la plaine et les pentes, et se poser lourdement près du lac Noir. Elle s'était baignée, avait déposé la boule d'or qu'elle tenait dans sa gueule, puis s'était envolée comme une étoile filante.

« Les nèbles », pensa Julien en voyant les brumes glacées qui traînaient en bandes effilochées et avalaient goulûment les flancs de la montagne.

En provençal, nèbles signifiait brumes, nuages ou nuées. Les Nibelungen étaient les « fils du brouillard ». Le brouillard qui se dissipait, dévoilant une monumentale pyramide noire, zone de rocs chaotiques enfouis sous les arcosses. En bas, à gauche, s'ouvraient une vallée et un col. Julien déclara à ses deux amis :

— Cette montagne colossale ne peut être que le Grand-Arc, et en bas, c'est la vallée de la Maurienne. Je pense que nous sommes passés derrière le Grand-Arc vers Montsapey.

— Qu'est-ce qui te dit que nous n'y sommes pas derrière la Thuile ? grommela Berthomieux. Avec ce brouillard, on ne reconnaît plus rien, et on ne peut même pas se servir des cartes.

Ils ne trouvaient plus leur chemin, et son pendule ne lui était d'aucune utilité pour les renseigner. Julien s'était un peu éloigné pour se soulager. Il pensa soudain à Hagalaz, la rune sur le rocher, dont il n'avait pas pu comprendre le sens. Maintenant, il savait. La précipitation de cristaux de glace, la grêle tombant subitement du ciel, les ravages et, symboliquement, une période de grandes perturbations où des choses pouvaient être transformées du jour au lendemain. Mais après son passage tout s'apaisait. En principe. Une traînée de feu dans le ciel lui fit redresser la tête.

— Qu'est-ce que c'est encore que ce phénomène ? demanda Bayle.

— Les gens d'ici disent que c'est une vouivre.

— Tu plaisantes ? Je connais l'histoire de la fée-serpent Mélusine que son époux ne doit pas surprendre à la baignade, mais je ne savais pas qu'il y en avait ici aussi.

Julien lui raconta ce qu'il avait appris de ses lectures sur le sujet. Chez lui, en Provence, on croyait aussi à la vouivre possédant un œuf qui, mis en terre, en donnait une autre. Il avait aussi entendu parler du Drac, ce reptile à ailes monstrueuses qui causait des tourbillons dans le fleuve.

— Vingt dieux ! s'exclama soudain le maire, s'arrêtant net sur le chemin.

— Qu'est-ce que t'as trouvé, Fardinand ? demanda le Blanchot qui venait d'apparaître derrière un rocher.

Les autres pilèrent derrière lui avec des exclamations ponctuées de jurons. Juste en face, trois hommes venaient de déboucher sur le sentier menant au col, des bras les désignaient, des exclamations fusaient de part et d'autre. Le regard d'Amélie vacilla, son cœur se déchira et la vision lui faucha les jambes. Cette tête aux cheveux clairs, cette veste noire, cette silhouette puissante qui la faisait défaillir, elle l'aurait reconnue entre mille. Julien, apparu avec ses deux amis, que ses yeux distinguaient mal à cause du soleil revenu. Derrière elle, elle entendit les hommes s'immobiliser, jurer, se questionner, et la voix du maire se faire soucieuse.

— C'est le Provençal avec ses gars. Celui-là, il ne nous a apporté que des emmerdements avec ses histoires de trésor.

Amélie avait toujours les yeux rivés sur Julien. La distance entre eux s'amenuisait ; elle sentait la brûlure de son regard, son corps rejoindre le sien, la douceur impérieuse de ses lèvres s'approchant des siennes. Il n'y avait que quelques dizaines de mètres à franchir sur un névé pour se réfugier dans ses bras. Comme s'il avait deviné ses pensées, son époux lui déclara :

— Ton amoureux, il a pas une chance, tu ne le retrouveras jamais.

La haine se déversa en elle comme un torrent. Pliée en deux sous le poids de sa souffrance, elle poursuivit son chemin.

— Qu'est-ce qu'on fait ? demanda Victorin, regardant la troupe de l'autre côté.

Hippolyte se redressa, ordonna à son beau-frère, d'une voix changée :

— Donne-moi le fusil !

Il prit un point d'appui sur son épaule puis mit en joue les hommes d'en face. Il déplaça le canon, l'orienta vers Julien, grommelant entre ses dents qui claquaient de froid et de souffrance :

— Toi et moi, c'est l'heure de régler nos comptes.

Amélie se trouvait en avant. Mue par un pressentiment, elle se retourna vers son mari, le vit avec le fusil et lui lança un cri terrible.

— Non, Hippolyte, par pitié, ne fais pas ça ! J'en mourrais.

Elle le vit chanceler, réfléchir, écouter son âme, dans une attente interminable. En face, deux fusils et un pistolet s'étaient braqués sur eux, la neige vierge du névé pouvait à tout instant se tacher de rouge, inscrire leur violence. Mercier abaissa son arme, la jeta au sol, regarda sa femme pendant un long moment où tout se dit. L'amour qu'il avait pour elle, la liberté qu'il lui rendait, la souffrance de son cœur. Elle revint sur ses pas, s'arrêta à côté de son mari, emplie d'émotion.

— Merci.

C'était tout ce qu'elle pouvait lui dire au moment de le quitter, à l'instant où leurs vies allaient peut-être se séparer à jamais. Victorin lui adressa un morne regard, anéanti comme si elle venait de le quitter lui aussi.

Von Schober dut se rendre à l'évidence. Ils étaient décimés, foudroyés les uns après les autres par des forces surnaturelles. Lors de son enseignement chez les Frères asiatiques de Vienne, il avait acquis la véritable connaissance de l'Infini, de l'homme visible et de l'homme invisible. Il se sentait alors paré à affronter toute puissance d'origine naturelle ou surnaturelle, les dangers d'ici-bas et ceux de l'autre monde, et il ne craignait aucune sorcellerie. Mais ses maîtres ne l'avaient pas préparé à ce qui l'attendait dans ces montagnes, ils n'auraient pas même pu imaginer pareils phénomènes. Il dut se rendre à l'évidence : la science des Chevaliers de la Vraie Lumière ne lui serait d'aucun secours.

Au-dessus de leurs têtes se découpait la Dent-du-Corbeau sur le ciel gris où flottaient quelques nuages. Les deux corbeaux familiers d'Odin-Wotan la survolaient, quêtant des rumeurs du monde à chuchoter dans son oreille à leur retour. La cime commença à se modifier puis ondula comme une frise blanche. Le Corbeau prit son vol, plana sur eux, toutes serres déployées, l'œil terrible. Pour contrer le corbeau gigantesque, le baron von Schober tendit son amulette œil d'Horus, Julien son talisman de Mars, le curé Guérin brandit son crucifix, la Nore fit le signe des doigts en fourche et Hippolyte Mercier braqua son fusil. En vain. Protections égyptiennes, talismans, signes de croix, conjurations et balles restaient inefficaces.

Julien Fabrègue pensa de nouveau : « Ce que nous voyons ne nous tue pas. Les hommes meurent de peur ou d'un acte involontaire de leurs camarades, ils tombent dans la montagne de frayeur. » Puis il chercha le point commun.

« C'est l'eau de la source qui est empoisonnée. Nous y avons tous rempli nos gourdes. Nous sommes en proie à des hallucinations. Et pourtant, nous vivons ce qui est écrit sur le parchemin des *missi dominici*, cette horrible histoire qui les effrayait tant, que d'autres ont dû connaître avant nous. »

Quelqu'un était déjà venu ici et avait réveillé ces forces, quelqu'un avait su.

Epuisé par cette marche dans les aulnes mouillés, le curé Guérin sentit ses genoux ployer, dérapa et glissa dans le ravin. Malgré sa haine envers lui, la Nore blêmit et murmura :

— *E avê pâ mértâ môr parire !* Il avait pas mérité une mort pareille !

Avant de rendre son âme au Ciel, le curé Guérin eut le temps d'exprimer une crainte. Il allait se retrouver face à face avec son oncle, celui qu'il avait assassiné dix ans plus tôt, bien involontairement, parce qu'il ne voulait pas parler.

Cave ne cadas. Prends garde à la chute ! Une fois de plus, le parchemin avait raison.

— On a tous fait un mauvais rêve, déclara Jules Berthomieux, encore tremblant, mais revenu, comme les autres, sur la terre ferme.

« Oui, mais on a tous fait le même », s'inquiéta Julien. Il passa en revue les rescapés des trois équipes. Les visages décomposés des Milliérains en disaient long sur ce qu'ils avaient enduré. Amélie sanglotait sans retenue, elle qu'il n'était même pas fichu d'aller prendre dans ses bras, comme s'il avait oublié ce qui les avait unis. A l'écart, plié en deux, le maire vomissait de la bile. En travers des épaules de Gachet, pendue comme un sac de chiffons mouillés, la vieille Albertine tenait encore le coup et indiquait d'une voix chevrotante à son porteur où diriger ses pas. Du côté des Autrichiens, le bilan était sévère, mais le baron conservait toute sa morgue. Fabrègue se réjouit que le vieux fût encore de ce monde, afin d'assouvir sa vengeance et lui voler la victoire. Car ils touchaient au but.

Tout était, en apparence, redevenu normal. Une belle journée d'été dans les montagnes savoyardes. Encore trempés, leurs vêtements fumant au soleil réapparu, tous avaient abandonné les alpages et redescendaient à pied dans la vallée. Ils se dirigeaient en longue file vers la petite grotte de la forêt du Planay où Albertine, adolescente, avait trouvé les pièces burgondes parmi d'autres objets. Elle s'était amusée à balader les hommes dans les montagnes, mais à présent, l'histoire devait trouver sa conclusion. Elle sentait ses forces l'abandonner et ne savait pas si elle survivrait jusqu'à la cachette.

« Qu'est-ce que c'est que ce bruit ? » se demanda Fabrègue, en entendant d'étranges cliquetis, s'avisant ensuite que c'était leurs dents qui s'entrechoquaient.

74

L'or des Burgondes

La grotte était invisible derrière l'enchevêtrement de racines géantes et de buissons. Au fil du temps, le terrain avait changé, des rochers s'étaient accumulés à cet endroit. Une mince faille permettait d'y accéder. Même le plus habile des braconniers n'aurait pu déceler cette entrée. Par une mémoire sans faille et une vision intérieure propre aux aveugles, Albertine Gonthier avait réussi à les mener à bon port.

Julien se mit à courir. Il était près du but à présent, il avait gagné. Il trébucha, se rattrapa à genoux, mains sur la mousse humide et grasse. Il perçut l'ombre d'un cygne sur la terre. La canne-épée se planta juste sous son nez. C'était lui, ce démon de baron, qui levait les bras au ciel. Traversé d'une idée subite, Julien fit le signe du maçon à Von Schober au moment où la canne allait s'abattre à nouveau, espérant que cela l'arrêterait. La solidarité internationale de leur ordre. On racontait que durant les campagnes militaires, certains avaient eu la vie sauvée par ce geste. La pointe de la canne crucifia Julien en pleine paume. Il hurla de douleur, et son cri se ficha dans la poitrine d'Amélie.

Rentrant le ventre, Von Schober se faufila le premier dans l'étroite ouverture de la grotte entre les rochers pointus aux couleurs sépia, bordés de maigres résineux ébranchés. A l'intérieur de la cavité, des racines d'arbres pendaient, ainsi que des concrétions. La lumière jaunâtre tombait sur deux squelettes allongés côte à côte. Se penchant sur les restes humains, il constata que leurs crânes étaient fendus au-dessus des yeux, rite qu'on attribuait aux Burgondes.

Derrière lui, se tenaient quelques-uns des survivants de l'expédition : les deux Valentinois, Hippolyte Mercier en piteux état, Ferdinand Reydet, Germain Gachet, Alfred Corboz, Eléonore et Amélie. Albertine était restée dehors. Julien, la main incendiée de douleur, s'était relevé et contemplait à son tour ce qui imposait un tel silence aux autres.

La lumière des lanternes sur les coffres ouverts faisait scintiller bijoux, pierres précieuses, pièces d'or et riches ceintures. Agenouillé au centre du trésor, le baron von Schober, extatique, faisait ruisseler entre ses doigts, saphirs, émeraudes, grenats, topazes, cornalines et cristaux de roche. Julien, attrapa des fibules et bracelets en argent doré, des boucles d'oreilles, un collier à neuf pendentifs en or en forme de gouttes, rectangles et cercles, des bracelets princiers en or, cercles non fermés et déformables, des fermoirs d'aumônières. Il marchait sur des plaques de ceinturons à métal estampé, repoussé, incrustées de fils d'argent, de cuivre, de laiton ou d'orichalque qui, malgré le temps et la montagne, n'avaient pas trop noirci. Sur certaines plaques-boucles, il s'extasia devant les grenats sertis dans une monture d'argent ou de bronze, les décors d'entrelacs, de combinaisons géométriques, chevrons et losanges, et les figurations d'animaux fantastiques, dragons et serpents. Des cuirasses de rois et d'empereurs s'entassaient pêle-mêle, rutilant sous leurs regards émerveillés, car l'or des Burgondes était aussi celui des Romains, des Juifs, des Perses et des Grecs, fruit de cinq siècles de pillages et de conquêtes. Julien ignora les magnifiques pièces antiques. Il n'avait d'yeux que pour l'épée, la grande épée à cabochon vert émeraude, Balmung, l'épée magique de Siegfried, avec laquelle il allait achever la misérable vie du baron autrichien. Il pensa : « Le trésor est maudit. Dans la *Chanson des Nibelungen*, ils meurent tous assassinés : Siegfried, Hagen, Kriemhild, Gunther, Giseler ; et même Brunehilde se suicide dans la version nordique. » Le Provençal, d'une main tremblante, se saisit de l'arme prodigieuse.

Von Schober, le cœur battant, approcha de la cape d'invisibilité. La Tarnkappe. Elle était d'une blancheur immaculée ; elle flottait à deux doigts du sol et ondoyait comme sous l'effet d'un souffle. « Elle existe, la légende était donc vraie », se répétait-il. Il la prit entre ses mains tremblantes et l'enfila. Son cœur sembla se déchirer, tant il était heureux. Avec elle, son pouvoir n'aurait plus aucune limite.

Les deux femmes s'ébahissaient des bijoux, des objets de culte, de la vaisselle d'or, d'argent et d'ivoire, incrustée de pierres précieuses. Fibules ansées, boucles cannelées en argent, bagues, boucles d'oreilles, colliers d'ambre, perles en pâte de verre. Amélie tenait entre ses mains fébriles un pot en argent décoré de végétaux et d'oiseaux. Hippolyte se consacrait aux pinces, couteaux, glaives, épieux, boucliers, casques, cuirasses et freins d'or de chevaux que des forgerons virtuoses avaient façonnés en des temps immémoriaux. Fardinand le Roan s'appropria une coupe en argent et une tête de dragon en cuivre sur une hampe d'étendard romain. Le Gouître préféra un énorme coffre rempli de monnaies burgondes et de deniers romains que lui disputa Polenta. Von Schober ramassa enfin d'une main rapace les objets de tous leurs malheurs, les siens et ceux de son père.

Les deniers Gondebaud, Sigismond et Gondemar.

Julien Fabrègue avait réussi, il était riche. Il aurait dû jubiler. Mais il sentit un grand vide dans sa poitrine. Quelque chose lui manquait, que tout l'or du monde et toutes les femmes ne suffiraient pas à combler. Il se souvint du dicton provençal : « *Non es pas riche qu'a de ben maï aqueou que se countendo.* » « N'est pas riche celui qui a du bien mais celui qui sait se contenter. »

Par-dessus le trésor des Nibelungen dont ils avaient sorti une infime partie de la grotte et qu'ils avaient entassé sur la mousse, leurs regards se croisèrent enfin. Le cœur de Julien se mit à palpiter, à revivre, à se rappeler.

— C'est moi, Amélie, c'est moi, mon amour.

Elle reconnut son odeur, ses cheveux d'or pâle, ses mains qui chassaient la nuit de son visage, sa voix caressante qui la berçait.

— Là, c'est fini, tout est fini. Je t'aime, je t'aime. Je ne te laisserai plus jamais seule.

Julien la serra contre sa poitrine, l'enveloppa de ses bras, l'absorba tout entière en lui. Le sang de sa main transpercée coula sur le sein de la femme. Elle le reconnut, avec l'immensité de cet amour qui avait défié les siècles, les hommes et la montagne. Alors seulement, il revint au monde des vivants. Les larmes ruisselaient sur leurs visages, salaient leurs lèvres qui s'entrechoquaient, s'épousaient, se cherchaient, se buvaient, ne voulaient plus se défaire. Ils sentaient autour d'eux les présences de la grand-mère, des villageois et même du mari d'Amélie qui leur prodiguaient leur bienveillance silencieuse, soucieux de ne pas déranger l'étreinte sacrée de ce couple à genoux. Un amour comme celui-là, ils n'en avaient encore jamais vu dans la Combe de Savoie, de leur versant et de l'autre, depuis bien longtemps, ils n'en avaient pas entendu parler.

— Je t'ai enfin retrouvée, je ne veux plus te laisser partir, murmura Julien, la caressant de ses yeux ouverts.

— Je ne veux rien d'autre que toi, que t'aimer.

Amélie lui répondit avec toute sa certitude de femme. Et à travers elle, toutes les femmes des montagnes redressèrent la tête, tressaillirent au plus profond de leur âme et de leur cœur, et lui sourirent.

Anaïs Puget avait tellement raison quand, avant de mourir, elle avait confié à Julien : « Le plus grand trésor de l'homme est l'amour. C'est la clé de tout. Ne l'oublie jamais ! »

Le baron von Schober passa près d'eux à les frôler sans qu'ils s'aperçoivent de sa présence. Pour plus de sûreté, il alla toucher le maire puis Albertine, et aussi la Nore qui n'eut qu'un léger frémissement, car elle percevait les êtres invisibles.

« J'ai réussi, pensa-t-il avec extase. Personne ne me voit, je suis invisible. »

Il en fut joyeux comme un lutin facétieux qui allait pouvoir faire mille sottises. Sauf que ces sottises à lui pourraient changer la face du monde, des politiques et des guerres. Seuls les Frères asiatiques seraient au courant de la chose. D'abord, il faudrait trouver une cachette inviolable pour la cape, puis envisager tout ce qu'il pourrait faire avec, comment s'introduire dans les lieux les plus sacrés et les plus fermés, écouter les secrets d'Etat, voler des biens inestimables, faire tomber des monarchies et le Vatican. Réécrire l'Histoire.

Pour commencer, il allait tuer Fabrègue, comme il l'avait fait de son père avant lui, quand il avait provoqué l'accident de calèche sur la route de Brignoles, après avoir fait boire au cocher du vin drogué. Il avait dû abréger aussi l'existence de son épouse Fanny, la bavarde qui en savait trop.

Ultima necat. Seule la dernière heure tue.

— Le baron, il est... mort, constata le maire en hochant une tête incrédule. Je l'ai vu tomber dans la grotte, au moment où il enfilait cette drôle de cape blanche. Une crise cardiaque a dû le terrasser. Tous ces problèmes pour en arriver là ! On l'aurait cru immortel, ce vieux. Enfin, on le regrettera pas.

Julien releva à peine la tête. Au moment où son propre cœur s'ouvrait, se déployait et renaissait, celui de son ennemi s'était arrêté de battre.

A cet instant, la recluse se dressa, le regard halluciné.

— Levez-moi ! Aidez-moi !

Elle cala son bras sur un bâton fourchu. Absents au monde, Julien et Amélie se contemplaient toujours avec des yeux brillants d'amour. Mais la Nore mit sa main sur les leurs enlacées et désigna sa mère.

De la chair commençait à enrober ses jambes fluettes, les muscles autour des bras se remodelaient. Son visage ridé se raffermit peu à peu, ses yeux se dessillèrent, ses iris apparurent, bleus comme le ciel.

Elle eut le teint frais, la bouche rose et ourlée, d'épais cheveux fauves. Nul ne l'avait jamais vue ainsi, excepté sa famille d'alors.

Albertine Gonthier eut de nouveau quinze ans.

Au loin, son regard se perdit dans la lande d'ombre mauve qui montait à l'assaut de la montagne. Elle se sentit si petite dans cet infini qu'elle resta un long moment immobile, sans faire le moindre geste. Et le temps lui-même sembla stopper sa course folle. Puis elle se retourna pour regarder une dernière fois la grotte des Nibelungen. Un frisson la parcourut des pieds à la tête. Un homme se tenait près de l'entrée, en uniforme blanc à boutons, épée au côté. Un homme qu'elle avait aimé.

Une dernière fois, le major Erich Moser se retourna, agacé. La forme fantomatique d'une vieille femme aux cheveux roux venait de se dissiper comme une fumée de sable.

Le baron exultait. Il repéra un glaive sur un des tas du trésor. Il voulut s'en saisir mais n'y parvint pas. Quelque chose ne tournait pas rond. Il essaya à nouveau, en vain. Sa main décharnée traversait le métal. Puis il vit le corps sous la cape blanche. Son propre corps. Et il comprit. Il appartenait réellement au monde invisible, celui des morts. Il poussa un hurlement que seule la Nore perçut, puis la terre s'ouvrit sous ses pieds. Il fut précipité dans le Helheim, dans l'enfer des Burgondes où l'attendaient les cavaliers noirs.

Alors, le temps se retourna comme un gant, la femme se révulsa dans sa matrice, l'enfant retourna au sein de sa mère, et le dehors devint dedans. Les objets quittèrent leurs promontoires, les feuilles revinrent à la sève, l'oiseau s'enferma dans sa coquille. Et l'univers repartit aux origines. Vinrent le néant, la blancheur absolue où sommeillaient tous les possibles, toutes les couleurs du monde.

Tempora mutantur et nos mutamur in illis. Le temps bouge, nous bougeons avec lui, avaient écrit deux hommes, mille ans auparavant.

75

Retour vers le futur

Quelque chose de surnaturel rôdait dans la Bastide des Oliviers, comme un souffle impalpable et inquiétant. Alors que Julien replaçait le parchemin des *missi dominici* dans son coffret égyptien du Nouvel Empire, il y eut comme un hiatus. Julien Fabrègue se mit à dériver à la frontière d'une autre réalité. La pièce perdit imperceptiblement ses contours, les rayons de la bibliothèque ondulèrent. Un son étrange naquit de nulle part, suivi d'une mélopée chantée dans une vieille langue nordique. La pièce s'assombrit davantage, les rideaux occultant totalement les rayons du soleil. Dans un coin de la bibliothèque, un dieu maya battit des paupières, puis ce fut le tour d'une Isis de granit d'agiter sa croix ankh. Le masque de Janus se décrocha du mur et tomba au ralenti comme une feuille, ses deux visages le regardant alternativement avec une indicible horreur. La bibliothèque aux contours déformés se remplit de brouillard humide. La peur au ventre, Julien vit s'animer le monde des morts et surgir d'un tourbillon noir une épée flamboyante.

Il se réveilla en sueur sur le canapé où il s'était assoupi. L'intérieur de la bastide, magnifiquement restauré, le rassura. Tout un mur était orné de cuirasses rehaussées d'or, et des coupes incrustées de pierres précieuses brillaient sur les commodes et les guéridons. Toujours sous le choc de son mauvais rêve, Julien entendit passer le chiffonnier sur la route avec sa carriole grinçante. La voix familière de sa servante lui parvint du hall d'entrée :

— Bon, je m'en vais ! Je soupe avec mon frère. Pour ce soir, je vous ai laissé sur le fourneau une daube.

Une voix féminine l'interpella, qui n'était pas celle de Magali. Se retournant, Julien vit une silhouette en robe de batiste rose et chapeau de paille à fleurs coiffant une longue chevelure rousse. Amélie Borrel se tenait sur le pas de la porte, un panier de prunes au bras, et lui souriait.

La dame des Oliviers que lui avait prédite Magali.

Romans « Terres de France »

Jean Anglade
Un parrain de cendre
Le Jardin de Mercure
Y a pas d'bon Dieu
La Soupe à la fourchette
Un lit d'aubépine
La Maîtresse au piquet
Le Saintier
Le Grillon vert
La Fille aux orages
Un souper de neige
Les Puysatiers
Dans le secret des roseaux
La Rose et le Lilas
Avec le temps…
L'Ecureuil des vignes
Une étrange entreprise
Le Temps et la paille
Les Ventres jaunes
Le Semeur d'alphabets
La Bonne Rosée
Un cœur étranger
Les Permissions de mai
Les Délices d'Alexandrine
Le Voleur de coloquintes
Des chiens vivants
Sylvie Anne
Mélie de Sept-Vents
Le Secret des chênes
La Couze
Ciel d'orage sur Donzenac
La Maîtresse du corroyeur
Un horloger bien tranquille
Un été à Vignols
La Lavandière de Saint-Léger
L'Orpheline de Meyssac
Le Pain des Cantelou
Jean-Jacques Antier
Tempête sur Armen
La Fille du carillonneur
Marie-Paul Armand
Le Vent de la haine
Louise
Benoît
La Maîtresse d'école
La Cense aux alouettes
L'Enfance perdue
Un bouquet de dentelle
Au bonheur du matin
Le Cri du héron
Le Pain rouge
La Poussière des corons
Nouvelles du Nord
La Courée
Victor Bastien
Retour au Letsing
Henriette Bernier
L'Enfant de l'autre
L'Or blanc des pâturages
L'Enfant de la dernière chance
Le Choix de Pauline
La Petite Louison
Petite Mère
Le Rêveur de l'écluse
Françoise Bourdon
La Forge au Loup
La Cour aux paons
Le Bois de lune
Le Maître ardoisier
Les Tisserands de la Licorne
Le Vent de l'aube
Les Chemins de garance
La Figuière en héritage
La Nuit de l'amandier
La Combe aux Oliviers
Patrick Breuzé
Le Silence des glaces
La Grande Avalanche
La Malpeur
La Lumière des cimes
Nathalie de Broc
Le Patriarche du Bélon
La Dame des Forges
La Tresse de Jeanne
Loin de la rivière
La Rivière retrouvée

La Sorcière de Locronan
Annie Bruel
Le Mas des oliviers
Les Géants de pierre
Marie-Marseille
Michel Caffier
Le Hameau des mirabelliers
La Péniche Saint-Nicolas
Les Enfants du Flot
La Berline du roi Stanislas
La Plume d'or du drapier
L'Héritage du mirabellier
Marghareta la huguenote
Le Jardinier aux fleurs de verre
Porte-plumes au vent
Daniel Cario
La Miaulemort
Jean-Pierre Chabrol
La Banquise
Claire Chazal
L'Institutrice
Didier Cornaille
Les Labours d'hiver
Les Terres abandonnées
Etrangers à la terre
L'Héritage de Ludovic Grollier
L'Alambic
Georges Coulonges
Les Terres gelées
La Fête des écoles
La Madelon de l'an 40
L'Enfant sous les étoiles
Les Flammes de la Liberté
Les blés deviennent paille
L'Eté du grand bonheur
Des amants de porcelaine
Le Pays des tomates plates
La Terre et le Moulin
Les Sabots de Paris
Les Sabots d'Angèle
La Liberté sur la montagne
Les Boulets rouges de la Commune
Pause-Café
Anne Courtillé
Les Dames de Clermont
Florine
Dieu le veult
Les Messieurs de Clermont
L'Arbre des dames
Le Secret du chat-huant
L'Orfèvre de Saint-Séverin
La Chambre aux pipistrelles
Paul Couturiau
En passant par la Lorraine
L'Abbaye aux loups
Annie Degroote
La Kermesse du diable
Le Cœur en Flandre
L'Oubliée de Salperwick
Les Filles du Houtland
Le Moulin de la Dérobade
Les Silences du maître drapier
Le Colporteur d'étoiles
La Splendeur des Vaneyck
Les Amants de la petite reine
Un palais dans les dunes
Renelde, fille des Flandres
Les Jardins du vent
Alain Dubos
Les Seigneurs de la haute lande
La Palombe noire
La Sève et la Cendre
Le Secret du docteur Lescat
Constance et la Ville d'Hiver
Marie-Bernadette Dupuy
L'Orpheline du bois des Loups
Les Enfants du Pas du Loup
La Demoiselle des Bories
Le Chant de l'Océan
Le Moulin du Loup
Le Chemin des Falaises
Les Tristes Noces
Elise Fischer
Trois Reines pour une couronne
Les Alliances de cristal
Mystérieuse Manon
Le Soleil des mineurs
Les cigognes savaient
Confession d'Adrien le colporteur
Le Secret du pressoir
Sous les mirabelliers
Laurence Fritsch
La Faïencière de Saint-Jean

Alain Gandy
Adieu capitaine
Un sombre été à Chaluzac
L'Enigme de Ravejouls
Les Frères Delgayroux
Les Corneilles de Toulonjac
L'Affaire Combes
Les Polonaises de Cransac
Le Nœud d'anguilles
L'Agence Combes et Cie
Suicide sans préméditation
Fatale Randonnée
Une famille assassinée
Le piège se referme
Gérard Georges
La Promesse d'un jour d'été
Les Bœufs de la Saint-Jean
L'Ecole en héritage
Le Piocheur des terres gelées
Les Amants du chanvre
La Demoiselle aux fleurs sauvages
Jeanne la brodeuse au fil d'or
Les Chemins d'améthyste
Denis Humbert
La Malvialle
Un si joli village
La Rouvraie
L'Arbre à poules
Les Demi-Frères
La Dernière Vague
Yves Jacob
Marie sans terre
Les Anges maudits de Tourlaville
Les blés seront coupés
Une mère en partage
Un homme bien tranquille
Le Fils du terre-neuvas
Hervé Jaouen
Que ma terre demeure
Au-dessous du calvaire
Les Ciels de la baie d'Audierne
Les Filles de Roz-Kelenn
Ceux de Ker-Askol
Michel Jeury
Au cabaret des oiseaux
Marie Kuhlmann
Le Puits Amélie
Passeurs d'ombre
Les Filles du pasteur Muller
Guillemette de La Borie
Les Dames de Tarnhac
Le Marchand de Bergerac
La Cousette de Commagnac
Le Double Secret de Bigaroque
Gilles Laporte
Le Loup de Métendal
Jean-Pierre Leclerc
Les Années de pierre
La Rouge Batelière
L'Eau et les jours
Les Sentinelles du printemps
Un amour naguère
Julien ou l'Impossible Rêve
A l'heure de la première étoile
Les Héritiers de Font-Alagé
De longues fiançailles
Hélène Legrais
Le Destin des jumeaux Fabrègues
La Transbordeuse d'oranges
Les Herbes de la Saint-Jean
Les Enfants d'Elisabeth
Les Deux Vies d'Anna
Les Ombres du pays de la Mée
Eric Le Nabour
Les Ombres de Kervadec
Louis-Jacques Liandier
Les Gens de Bois-sur-Lyre
Les Racines de l'espérance
Jean-Paul Malaval
Le Domaine de Rocheveyre
Les Vignerons de Chantegrêle
Jours de colère à Malpertuis
Quai des Chartrons
Les Compagnons de Maletaverne
Le Carnaval des loups
Les Césarines
Grand-mère Antonia
Une maison dans les arbres
Une reine de trop
Une famille française
Le Crépuscule des patriarches
La Rosée blanche
L'Homme qui rêvait d'un village
L'Auberge des Diligences

Le Notaire de Pradeloup
Dominique Marny
A l'ombre des amandiers
La Rose des Vents
Et tout me parle de vous
Jouez cœur et gagnez
Il nous reste si peu de temps
Pascal Martin
Le Trésor du Magounia
Le Bonsaï de Brocéliande
Les Fantômes du mur païen
La Malédiction de Tévennec
L'Archange du Médoc
Louis Muron
Le Chant des canuts
Henry Noullet
La Falourde
La Destalounade
Bonencontre
Le Destin de Bérengère Fayol
Le Mensonge d'Adeline
L'Evadé de Salvetat
Les Sortilèges d'Agnès d'Ayrac
Le Dernier Train de Salignac
Michel Peyramaure
Un château rose en Corrèze
Les Grandes Falaises
Frédéric Pons
Les Troupeaux du diable
Les Soleils de l'Adour
Passeurs de nuit
Jean Siccardi
Le Bois des Malines
Les Roses rouges de décembre
Le Bâtisseur de chapelles
Le Moulin de Siagne
Un parfum de rose
La Symphonie des loups
La Cour de récré
Les Hauts de Cabrières
Les Brumes du Mercantour
La Chênaie de Seignerolle
Bernard Simonay
La Fille de la pierre
La Louve de Cornouaille
Jean-Michel Thibaux
La Bastide blanche
La Fille de la garrigue
La Colère du mistral
L'Homme qui habillait les mariées
La Gasparine
L'Or des collines
Le Chanteur de sérénades
La Pénitente
L'Enfant du mistral
L'Or du forgeron
Jean-Max Tixier
Le Crime des Hautes Terres
La Fiancée du santonnier
Le Maître des roseaux
Marion des salins
Le Mas des terres rouges
L'Aîné des Gallian
L'Ombre de la Sainte-Victoire
Brigitte Varel
Un village pourtant si tranquille
Les Yeux de Manon
Emma
L'Enfant traqué
Le Chemin de Jean
L'Enfant du Trièves
Le Déshonneur d'un père
Blessure d'enfance
Mémoire enfouie
Une vérité de trop
Louis-Olivier Vitté
La Rivière engloutie
L'Enfant des terres sauvages
L'Inconnue de la Maison-Haute
Le Secret des trois sœurs
Colette Vlérick
La Fille du goémonier
Le Brodeur de Pont-l'Abbé
La Marée du soir
Le Blé noir
Les Terres chaudes

Composition et mise en pages : FACOMPO, LISIEUX

Cet ouvrage a été imprimé en France par

CPI
BUSSIÈRE

à Saint-Amand-Montrond (Cher)
en juillet 2010

N° d'édition : C08294 – N° d'impression : 102143/1
Dépôt légal : août 2010